套條子
顏瑜 著

目次

序章……005
第一章……012
第二章……027
第三章……044
第四章……065
第五章……085
第六章……101
第七章……121
第八章……136
第九章……157

第十章……191
第十一章……212
第十二章……227
第十三章……248
第十四章……260
第十五章……276
第十六章……294
第十七章……316
第十八章……341
第十九章……365
後記……390

序章

在一個月黑風高的夜晚，河堤邊，天氣不晴朗，有些烏雲。兩個警察躲在草叢中，鬼鬼祟祟，悄聲細語，探頭探腦，似乎在等待什麼。

草叢的另一端停著許多汽機車，翻過河堤，就是郊外公園，平時是老人小孩的遊玩地點，但在午夜十二點的此刻，卻冷清得令人發顫。

四下無人，萬籟俱寂，只有大橋的燈火在遙遠的河面上搖曳。

「姊，我們要等到什麼時候？」其中一位警察問道。

「叫我師父。」另一位警察糾正。

「楊羽庭，我們要等到什麼時候？」

「我說叫我師父。」另一位警察翻白眼，再次糾正。

這兩個警察是姊弟，正利用夜色做掩護，躲在草叢中進行埋伏。名叫楊羽庭的女警比較資深，身上的裝備也很齊全，什麼警槍、腰包、無線電、手電筒都有，相較之下，男警就單薄得離譜了，除了一身警服外，他什麼也沒有，甚至連警棍都沒有，非常奇怪。

「你看，來了。」這時，楊羽庭打了個手勢，對同伴說道，神情緊繃起來。

從河堤的遠處出現了一個長長的身影，走得很緩慢，伴隨著拖行重物的聲音，在這樣寂靜的夜晚，遠在天邊，卻好像貼在耳朵旁一樣，有點恐怖。

「他是誰？壞人？」男警問道，瞇起眼睛卻看不清對方輪廓：「走，衝上去打他。」

「你白痴喔？」

「不然妳在興奮什麼？」男警回嘴道：「切，我還以為可以合法打人了。」

男警名叫周明憲，他其實不是真正的警察，他只是一個「警察役」，也就是被分配到警察單位擔任「替代役」的軍人，所以才會全身上下都沒有裝備。他得嚴格地協助警察工作，直到退伍。

警察機關指派給周明憲的管理者，就是姊姊楊羽庭，所以周明憲得稱呼楊羽庭為師父。周明憲當兵當得好不好、能不能順利退伍，全憑姊姊的一句話，照理講，他應該要十分巴結姊姊才對，好聲好氣地伺候著，但他偏不。

事實上，根本沒有人知道他們是姊弟，他們甚至連姓氏都不一樣，否則也不可能指派在一起，這會產生利益包庇的疑慮。

「噓，你安分一點，不要一直亂動。」楊羽庭瞪了周明憲，囑咐道。

「好啦。」周明憲無奈地縮起身體。

他覺得很冷，只想趕快離開這個地方，對於抓壞人並沒有多大的興趣。他就是來當兵過個水的而已，原本以為自己往後這一年多有姊姊罩著，日子可以過得美滋滋了，誰知，姊姊根本不管用，這個警察單位忙得很。

「來了。」楊羽庭又說道，屏氣凝神。

「這妳剛剛已經說過一次了。」周明憲不耐煩回嘴。

那個壞人的確來了，但定睛一看，卻不是什麼壞人。

對方穿著灰色的制服，身體縮住，推著一臺舊機車，從遠處緩緩走來，速度很慢。剛才拖行重物的聲音，就是輪胎破掉滾在柏油路上的聲音，這使他前進得非常辛苦。

對方並不是誰，對方身上的制服和他們一模一樣，對方也是警察。

「他在幹麼？」周明憲問道，總算被陌生人引起了一些好奇心。

「在推贓車。」楊羽庭回答。

「贓車？」

「對。」

眼下的情況，楊羽庭認為，對方手中那臺破破爛爛的機車就是贓車，這個月是贓車的取締月，全國上下的警察都在找贓車，對方正要將贓車帶回他所在的單位，看他隻身一人孤零零的，應該是要叫拖吊車來載。

楊羽庭今晚帶弟弟出來，也是為了找贓車，她和弟弟不一樣，她是真正的警察，有績效壓力，這個月也必須找到贓車才行。

「看，果然是贓車。」楊羽庭悄悄比著前方說道，她查了車牌號碼，警用小電腦立刻跳出警告畫面，說明是已經失竊了幾十年的機車，難怪那麼破舊。

「被捷足先登了嗎？」周明憲問道，對方已經推著贓車越過他們了。

「對啊，不曉得他是去哪找到的。」

這個河堤位在板橋與新莊的交界處，因人煙稀少，沒有監視器，是贓車出現的熱點，歹徒想偷車都來這裡偷，想拋棄贓車也都來這裡丟，像個藏寶庫似的，既可以抓到偷車賊，也可以找到贓車。

但也因為是熱門地點，所以也沒有那麼好尋寶，三不五時就有警察來這裡逛街閒晃，顯眼的贓車早都被取走了，剩下的都是沒有車牌，或支離破碎、難以辨認的。

成千上百的機車、汽車被堆在堤防外，許多玻璃都已經破掉了，多年無人認領。楊羽庭從警才一年多，並不資深，她沒辦法從這些已經被挑揀到爛掉的陳年舊物中，再找出贓車來，但她有獨門絕技。

「猜猜我們等等要做什麼？」楊羽庭嘿嘿笑著，臉上露出一抹奸詐。

「我警告妳，妳可別亂來啊。」周明憲立刻摀住胸口，故意說道：「人家的節操不容玷汙！」

楊羽庭一巴掌把他拍到旁邊去，讓他滾開，重新觀望草叢外頭，緊盯那個警察不放。

「所以我們要幹麼？」周明憲又冒了出來，湊在旁邊問道。

「我們要偷車。」

「偷車？」

「對，偷他那臺贓車。」楊羽庭揭曉答案。

計畫是這樣子的，既然自己找不到贓車，那何不去偷別人的呢？楊羽庭很早就知道有這麼一條祕密絕技了，在這個沒有監視器的三不管地帶，除了可以自己找贓車，也可以去偷別人找到的贓車。

正所謂螳螂捕蟬，黃雀在後，他們不僅僅在尋找贓車，也在埋伏尋找贓車的警察。

「等等，妳不是警察嗎？」周明憲邏輯錯亂：「警察可以偷車？妳要當偷車賊喔？」

「什麼偷車賊，那車本來就是失竊的。」楊羽庭解釋道：「我們等等趁他一個不注意，把車順走就對了，他才一個人，對付不了我們兩個人。」

「聽起來真棒，人民的保母。」周明憲嘲諷道：「這樣沒有違法嗎？」

「怎麼會違法，那也不是他的車，那本來就是一臺失竊的車，只是從一個警察手中，跑到另一個警察手中而已。」楊羽庭說得頭頭是道，其實並沒有想說服弟弟，只是在等待時機。

眼前的警察不曉得在磨蹭什麼，抓著機車就站在十字路口，臉上疲憊的汗水與髒汙混雜在一起，可能費了九年二虎之力才從某個地方拖出這臺贓車。

「妳真的要偷警察的車？」周明憲還是難以置信，他在被派駐到這裡之前，也曾受過幾週的基本警察役訓練，他可沒聽說過有這種事。

「那不是警察的車，那是贓車。」楊羽庭糾正他，然後反問：「不然我們兩個蹲在這裡這麼久是要做啥？」

「妳變了耶，楊羽庭，變得好壞唷。」周明憲笑道，覺得有趣。

「叫我師父。」

幾分鐘過後，楊羽庭所等待的時機到了，對方似乎是等拖吊車等太久了，等得尿急，便暫時將贓車放在原地立起來，跑向河川小便去了。

「走，機會來了！」楊羽庭站起，拉了周明憲一把，跑出草叢外。

兩人衝向贓車，一前一後，很有默契地將贓車往前推走。過程中拚命往上施力，減少破輪胎拖行的聲音，但還是產生了很大的動靜。

「快點快點！」

「走這邊！」

「快點！」

為了快速遠離原處，兩人一見岔路，就馬上帶著機車轉進去，躲進黑暗中，動作行雲流水。不出半分鐘，兩人就將機車拖行了數百公尺遠，那警察回來估計都懵了，他辛苦找的贓車怎就這麼憑空消失了呢？

「再來呢？要去哪？」周明憲大汗淋漓地問道，沒有方向感。

「走這邊。」楊羽庭熟門熟路地指著前面。

「我說妳這手法怎麼不像第一次？」周明憲懷疑道。

兩人費了九牛二虎之力，終於從另一個堤防閘口，將贓車運出來了。

「哈，搞定！」楊羽庭挺直腰桿，鬆了口氣，她背後是黑暗的堤防，眼前是燈火通明的城市，這下安全了。

她的警用機車就停在旁邊而已，她和周明憲剛剛就是從這邊徒步走進堤防內巡邏的。

「現在呢？這車怎麼辦？」周明憲問道，他扶著贓車，有些不知所措。

「騎回去，你來騎。」

「它沒有電也沒有鑰匙，要怎麼騎？」

「你坐上去，我來推你。」楊羽庭來不及解釋要怎麼帶贓車走，就把周明憲推上了贓車。

有種方式不必靠拖吊車也能帶贓車離開，這方法也是楊羽庭半年前才會的。她騎上她的警用機車、發動，從後方用腳撐住了贓車的尾端，催下油門，贓車就開始動了，被她的機車推著走，支點是她的腳，她用腳推著前方的贓車前進。

時速雖然慢，只有二、三十公里，但要離開這地方也不難了。

「哇嗚，楊羽庭，還有這招啊？」周明憲可樂了，坐在贓車上把持方向，一面將安全帽繫好。

楊羽庭沒時間跟他囉嗦，他們畢竟是偷了人家東西，當務之急還是得趕快離開這個地方，避免夜長夢多。

就這樣，他們弄到了一臺贓車，周明憲說是「偷」，楊羽庭則說是「攔截」。周明憲第一次見到這麼鬼扯的事情，贓車不用自己找，從別人手裡搶來才夠勁，警察竟然偷警察的車，即便楊羽庭再三保證沒問題，周明憲還是覺得很荒唐。

周明憲不相信，從小中規中矩，念書都當乖乖牌的姊姊，會突然做出這麼犯規的行為，他覺得事有蹊蹺。

他才剛下放單位兩個月，跟著姊姊也就兩個月而已，他發現姊姊和以前比都不一樣了，姊姊變聰明、變狡猾、也變壞了。

他知道這鐵定跟一個人有關，就是他們的爸爸。

第一章

「老實招來，這是妳偷的第幾臺車了？」周明憲問道，回程的路上，他依舊控制著贓車，贓車不僅沒有動力，還爆胎，讓他上下顛簸得像在騎駱駝，背都快疼死了：「妳這不是第一次對吧？」

「就是第一次，而且，不是偷。」楊羽庭翻白眼強調：「這車也不是那個警察的財產，是民眾的財產，由我們歸還給民眾，跟由他歸還給民眾，還不是一樣？」

「是呀，應該去問問那個警察一不一樣。」周明憲酸道：「他一定很感謝妳幫他破案，讓他的績效飛走了。」

「我警告你啊，回去一個字都不准說，就說是我們在路邊發現的。」

「妳說派出所嗎？這東西要運回派出所？」周明憲不懂流程，便問道。

「贓車當然要運回派出所。」

「然後呢，妳這獨門絕技是誰教妳的？妳只是一個菜鳥，怎麼可能知道這種方法？」周明憲懷疑地問道，偷贓車這種事，別說姊姊了，連他這個小痞子聽了都有點腿軟：「是不是跟爸爸有關？」他直截了當地問道。

「沒關。」

「鐵定跟爸爸有關。」周明憲篤定地說道。

楊羽庭和周明憲的爸爸也是警察，而且不是普通的警察，是曾被國家頒發「楷模獎章」的名警，破獲過數起重大刑案。他叫做顏聰敏，只要是警察一定聽過他的名字，因為他辦案風格獨特、思慮跳脫、無所畏懼，連檢察官都敢抓，所以受人尊敬。

但顏聰敏已經去世將近七年了，一直到死，他都沒有升過官，始終是第一線的基層警員。他「祕密」留下兩個小孩，一個是楊羽庭，另一個就是周明憲。

「什麼祕密留下？我們就是他和小三生的。」周明憲說道，聽姊姊在回憶爸爸的事情，他忍不住反駁：「一個渣男爸爸，有什麼好尊敬的？」

楊羽庭和周明憲都非婚生，是名警顏聰敏的私生子女，算同父異母的姊弟，卻都上不了檯面。兩個家庭幾乎等於單親家庭，周明憲上小學以前，一年頂多見到顏聰敏兩次，上小學以後，次數就更少了，對爸爸幾乎沒有感情。

楊羽庭的狀況也差不多，他們兩家都不是顏聰敏的正室，雖知道彼此的存在，但鮮少接觸。在周明憲的視角裡，他只和媽媽相依為命，所以什麼名警不名警的，聽在他耳裡都是狗屁，他痛恨這個風流的爸爸。

直到顏聰敏死後，兩家的情況才有好轉：他們的母親——命運多舛的兩個女人——開始來往，楊羽庭和周明憲才有接觸。周明憲記得那是在國三，他從學校被帶走，去參加爸爸的喪禮，他在儀式中偷偷和楊羽庭打了照面，從此姊弟倆就像卸下了心防一樣，常常見面。

周明憲也對爸爸不再那麼恨了，畢竟人都走了，而且爸爸還算有點良心，留了好幾百萬給他們兩家，周明憲只覺得自己撈到了好處，爸爸的遺產竟然還落得到他們兩家手上，算是白撿的了。

不僅僅是錢，爸爸的遺物也有好多落到他們「小三」這裡，其中就有很多辦案日記與過期公文，周明憲在楊羽庭家裡見過那些東西，他覺得，姊姊今天的行為一定是受到了爸爸的影響，就連姊姊成為警察，也是爸爸所導致的。

「妳不要被他教壞了。」周明憲冷冷地說道，他自認為已經參透了一切，姊姊肯定是讀了爸爸的辦案日記，才會懂這些邪門歪道，去偷人家贓車：「到時候出事妳就知道。」

「我聽不懂你在說什麼呢。」楊羽庭裝傻。

「你們好奇怪，爸爸一死就開始對他改觀了，無聊。」周明憲哼了一聲。

這點他說的沒錯，在他的感覺上，好像爸爸一死，大家就開始原諒爸爸了一樣。姊姊竟然成了警察，自己當兵抽籤，還好死不死抽到了警察役，簡直是孽緣！

「別再囉哩叭唆的，把車推到地下室去。」楊羽庭說道，不知不覺鬆開了推動贓車的腳，讓贓車的速度慢了下來。

他們已經抵達目的地：橋下派出所。

姊弟倆所服務的單位，是新北市政府警察局新莊分局的橋下派出所，位於新莊通往板橋最大的一座路橋下，也就是剛才在河堤邊的那座，所以被稱為橋下派出所。

楊羽庭來這裡已經一年多了，周明憲才來兩個月，兩個人都很低調，沒人知道名警顏聰敏留下了這麼一對從母姓的兒女，現在就在新莊分局任職。

「羽庭，妳真找到贓車了呀？」這時，從派出所門口走出來一個胖胖的男警，他大聲說道，引得其他男警都跑出來。

「唉唷，真的找到贓車了，在哪找到的啊？」另一人問道。

「沒有啦，就去河堤那邊巡邏發現的。」楊羽庭不好意思地搔搔頭。

「厲害啊，小妹。」連副所長都跑出來，撥了撥眼鏡打量贓車，然後訓斥眾人：「你看看你們幾個，連個小小的女警都能找到贓車，你們還敢在這裡偷懶！」

「羽庭真的很神欸。」

「這個月是取締月，你們每個人都要交一臺出來啊，人家小妹已經交出來了，你們幾個看著辦。」副所長再次叮嚀。

「羽庭帶我們去找啊。」

「帶我們去呀。」男警們開始起鬨。

楊羽庭委婉一笑，順了順瀏海，有些不好意思地低下頭。只有周明憲撐著臉坐在機車上，冷冷觀察一切，眾人稱讚機車時，卻彷彿當他不存在一樣，眼裡只有楊羽庭。

「我聞到了一股虛偽的氣息。」眾人散去後，周明憲說道。

「什麼虛偽的氣息？」楊羽庭還沉浸在眾人的稱讚中，沒察覺到弟弟的挑釁。

「有人覺得被男警捧在手掌心很屌啊？無聊得要死，那群臭豬哥只是喜歡妳的臉而已，根本不在乎妳的能力。」

「你不酸是會死嗎？反正我就是找到贓車了。」

「最虛偽的是，妳明明知道他們只是喜歡看女警做事，還故意往這個坑跳，不然妳會這麼用力找這臺贓車嗎？」

楊羽庭臉垮了下來：「男生做得到的，女生也做得到好嗎？」

周明憲反駁：「但其他男警找到贓車，能得到這種待遇嗎？妳聽剛剛副座是怎麼說的，『連個小小的女警會抓贓車』，呵呵呵，好像女警的標準就應該比較低一樣，妳這下不只虛偽的臭氣了，連女權的臭氣都出現了。」

「你在亂說什麼？」楊羽庭不爽了，走過去就瞪著周明憲：「我找的贓車，就是我找的！」她拍胸脯說道：「我就是要證明女警不會比男警還要差。」

「不打自招了吧？所以妳做這些根本不是為了績效，妳就是為了證明女權是對的。」

「什麼女權女權，你們這些臭直男只會把這兩個字掛在嘴邊，好掩蓋自己找不到女朋友的可悲。」

「嘿，別想轉移話題，我女朋友可多得很。」周明憲盯著姊姊，莞爾一笑，直指核心地說：「有種妳不要用老爸的密招，妳憑自己的力量去抓，我就信妳。知道什麼是假女權嗎？就是只找了臺贓車就在門口炫耀，巴不得全世界的人都知道，這不叫厲害，這只是譁眾取寵而已，所有人還是只把妳當花瓶。」

周明憲的話將楊羽庭氣到無話可說，只能眼睜睜看著弟弟將贓車推往地下室，悠哉悠哉地消失了。

周明憲的話像捅破了一層窗戶紙，把外面世界的真實，全吸進了楊羽庭不願面對真相的內心。

警界存在嚴重的男女歧視，這種歧視其實也不叫歧視，就是一種根深蒂固、且言之有理的刻板印象：當刑案發生時，長官派出的一定是男警，而不會是女警，因為女警天生弱小，追不到小偷，打不贏嫌犯。就連菜市場阿嬤都知道，報案要找一個男警來比較可靠，女孩子就別瞎攪和了。

女警的工作在實務上被限制很多，女警最適合當內勤，擺擺公文、寫寫字、拍拍形象照；如果轄區發生了群眾鬥毆，那女警千萬不可以上場，要是被打傷了怎麼辦？飛車追逐，也絕不會有女警的戲分，女警最好是待在派出所內待命，乖乖接電話。

這就是女警的宿命，她們即使成為警察，派駐職場後也只有幾條路可以走，不是成為內勤、就是進入婦幼隊。你看不到女警拿衝鋒槍、也看不到女警成為刑警，她們就是女警，警界內一個稀少且特別的存在。

楊羽庭都當了一年多的警察了，自然知道這點，她有多次被所長關心，問她要不要去當內勤人員，就可以不用大半夜在外面巡邏了，多危險呀？但都被她拒絕了。

這些保護主義即使不是歧視，也讓楊羽庭很不舒服，原因只有一個：她有一個名警老爸，她不敢說自己想成為老爸那樣的人，但至少，她不想被老爸看不起。

周明憲說對了很多事情，今晚「偷贓車」的奇葩舉動，確實是老爸所教的。楊羽庭藏了一大堆老爸的遺物，都是些辦案日記與公文照片，一箱一箱的放在她房間裡，自從她當了警察後就沒收起來過。

老爸曾經逮捕過檢察官、曾經查獲販毒集團、還曾經把自己的上司抓進牢裡。他是個傳奇人物，他的一言一行，有很多都可以在遺物中找到蛛絲馬跡。

老爸也曾偷過贓車，他在日記裡這樣逗趣地描寫道：我讓學弟在對面學狗叫，成功支開對方的注意力，然後把車騎走。

一切都是那麼有趣，楊羽庭當了警察後，才發現自己陷入了這個坑裡，陷入了對老爸的無限好奇。她當初是在母親的慫恿下，才選擇這個有利於家計的職業，後來看了父親的遺物，卻越看越有意思。

她也一直努力著，努力得想和大家一樣，和其他警察一樣平等，因為老爸在不經意間，也常透露出對女警的不耐煩。老爸的破案資料中從來都沒有女警協同參與，老爸認為女警是拖油瓶，從不讓她們插手辦案。

楊羽庭很在乎這一點，到今晚，她被弟弟給戳破了，她所爭取的一切終究是徒勞的，大家還是只把她當成「小小的女警」。她努力搶第一找到的贓車，更突顯自己的可笑，瞧瞧那些人是怎麼說的，他們要約她等等下班去喝酒，開慶功宴。

哼，抓一臺贓車就要辦慶功宴，楊羽庭會不知道他們那群男生在想什麼嗎？她根本爭取不到真正的平等，她永遠抹不掉女警的身分，唯一一個不戴有色眼鏡看她的，就是罵她假女權的弟弟。

「聽說羽庭剛剛找到贓車啊？」這時，她耳邊傳來不祥的聲音。

竟是所長走了下來，大半夜的凌晨一點多，兩個醉漢在門口拿酒瓶互敲，都不見得能讓所長下來，楊羽庭竟然讓所長下來了。

橋下派出所的所長，五十幾歲，為人還算老實，對下屬不錯，就是身體不太好，走路很慢，健康檢查都亮紅燈，年底就會申請退休，也算無欲無掛了。

「羽庭都能找到贓車了。」所長瞪大眼，紅潤的臉頰圓嘟嘟，蓄勢待發，口徑和剛才副所長一模一樣，讓楊羽庭整個人毛起來：「那你們還找不到嗎？比不過一個女警？」

他一說完，楊羽庭都要發瘋了，可不可以停止這種比較！

「來，大家站起來。」所長又接著說，對著眾人招手。

楊羽庭有股不好的預感。

「給羽庭鼓掌，她是本所第一個找到贓車的。」

「鼓掌！」所長歡天喜地：「羽庭好厲害呀。」

眾人開始鼓掌。

鼓掌。

又鼓掌。

楊羽庭真的要昏倒了，這是在開玩笑嗎？但見所長那笑瞇瞇的樣子，真不像在開玩笑。

她就如同生日宴會上被迫接受生日快樂歌的壽星一樣，尷尬、丟臉、遭到凌遲。倘若不是在今晚，她可能還會欣然接受，找不出有什麼不對勁，但她剛才已經被周明憲揭穿了國王的新衣，現在的掌聲怎麼聽就怎麼刺耳。

她再也不找贓車了，她再也不出風頭了，再也不像個傻瓜一樣賣弄了。

「謝謝，謝謝。」楊羽庭繃著臉四處道謝，慢慢離開派出所一樓。

「謝謝，所長，我先去忙了。」

她簡直想挖個地洞鑽進去，她心都要碎了，她真想叫全世界都閉嘴，不要再拿她女警的身分說事了。

楊羽庭直奔三樓，現在是凌晨一點多，她兩點鐘才下班，剛找到了贓車，理論上應該要先處理，但她想休息了，剩下的，明天再說。

橋下派出所一共有四層樓，一樓是值班檯與報案區，二樓有會議室與公務櫃，三樓和四樓就是寢室了。

楊羽庭一回到自己的寢室，就見有一名不速之客躺在她的床上，翹著二郎腿在打手機遊戲。

「你好大的膽子，現在連女生宿舍都敢跑進來了？」楊羽庭關上門罵道，對方不是誰，正是周明憲。

「女生?有嗎？」周明憲左顧右盼，然後視線回到手機上，吊兒郎當的說：「兄弟，妳藏好，我不會跟別人說妳也溜進來看女生……。」

「臭小子你回你的寢室不行嗎?」

「那裡的大叔腳太臭了，還是女生寢室香。」周明憲回答。

「要是等等其他人回來看到……。」

「她們都不在，我確認過了，兩個學姊都放假。」

「你……。」楊羽庭無話可說了，只好到衣櫃前脫下外套，摘掉髮夾。

這個弟弟實在太油條了，油條到不像話，上個月還畢恭畢敬的，對誰都鞠躬哈腰，現在卻連女生宿舍都敢溜進來了，還掌握了大家的動向。

「再這樣下去我們遲早會被發現。」楊羽庭走進廁所洗臉。

「那可就麻煩囉，妳可要擔著點。」周明憲對她笑道，一副玩世不恭的模樣。

「我說真的，要是被發現我們兩個是姊弟，你師父我百分之百會被換掉。」

「那我以後就不用被逼著叫妳師父了。」

「你把贓車放好了沒？」楊羽庭問道，想起了那臺他們費盡心力弄到的機車。

「放好了，藏在一個絕不會再『被偷走』的地方。」

「你藏在哪裡？」楊羽庭沒聽出什麼雙關，緊張地問：「欸，那臺機車你可要藏好，是真的有可能被偷。」

楊羽庭清楚記得父親的辦案日記寫過，擺在派出所裡的贓車也有可能被同僚偷走，同僚自己拿去破案，把績效占為己有。所以要盡量把它藏好，用鐵鍊拴住，或是早日破案歸還給民眾，以免節外生枝。

周明憲聽完卻只是哈哈大笑：「小姐，妳的車誰敢偷啊？現在全世界都知道妳找到了一臺贓車欸，要是不見，所長會立刻召集大家去找回來給妳。」

「呃，說得也是。」楊羽庭再次被弟弟堵住了嘴，他真的是挺靈光的，沒有做警察的心，卻有做警察的料。

楊羽庭整理完了身上的裝備，現在就等下班而已，她坐到書桌前，覺得無比疲憊。櫃子上都是六法全書，是她當初考警察的時候買的，對爸爸的排斥早就隨著他的逝去煙消雲散了，更多的是一種好奇及無奈。

是媽媽慫恿她讀警校，不僅畢業後能直接找到工作，還免學費。媽媽其實從來沒有對爸爸表現過什麼敵意，她總是笑著，很少談論他的事情。

周明憲的媽媽也一樣，她們都很少談論這個風流的男人，不會罵，也不會講，更不會爭，這使得楊羽庭及周明憲，從小就被困在一種奇怪的迷惘之中，對父愛永遠是疑惑的，不清楚那是一份怎樣的情感。

「還很難堪嗎？」這時，周明憲的手突然搭在她肩膀上，輕輕按了起來。

「嗯。」被這樣一問，楊羽庭霎時就泛淚：「你怎麼不早跟我說？讓我像個白痴。」

贓車的事情還是給楊羽庭帶來傷害，她覺得自己像個小丑，方才忙著和周明憲鬥嘴，沒時間照料自己的情緒，此時眼淚一流就煞不住，怕自己成了全派出所的笑柄。

成年人就是這樣，有時候一忙就來不及哭，時間久了就放著、蓋著、忘了。

「我要說什麼？妳也沒什麼厲害的，只找到一臺贓車就開始得意忘形。」周明憲嘲諷道，實則安慰。

「所長剛剛還在鼓掌，他是不是故意的？」

「不是吧，我看他就是個傻蛋，昨天開會還忘詞。」

「喂，他是你所長。」

「但妳今天的確做了一件蠢事，偷了一臺贓車還得意洋洋。」周明憲將話題拉回來。

「是蠢事沒錯，但那不是偷，是攔截而已。」楊羽庭反駁。

「嗯嗯，那我也要攔截。」周明憲將手伸向前面，往抽屜一撈，就撈出了一本類似評價表的玩意兒，那是政府用來管束替代役軍人用的冊子，只要楊羽庭在上面添幾筆壞話，周明憲就會吃不完兜著走。

周明憲當著姊姊的面，大大方方地就在本月的欄位填下「表現優異、積極進取」，用來誇獎自己。

「印章借我。」然後他大剌剌向姊姊伸手。

「是不是有人說過，空氣中瀰漫著一股不要臉的氣息？」楊羽庭故作詩性大發，朝空氣嗅了嗅：「有人敢寫，我還真不敢蓋。」

「嘿嘿，那妳真幸運，有我在旁邊可以幫妳蓋。」

「真是謝謝你哦。」

「不客氣。」周明憲接過印章：「我這樣寫還算收斂了，你看大家多喜歡我，所長還說要給我配一把模型槍，要我自己去買，他公費出。」

「真的？」楊羽庭愣住，第一次聽到有這種事。

「真的啊，因為我不能配警槍。」周明憲帥氣地擺了個抽槍的動作：「他覺得就算是替代役，槍套空空的也很奇怪，不安全，叫我去買一把。」

為了服這個警察役，周明憲的確買了一大堆酷炫裝備，什麼蛇形腰帶、伸縮警棍、辣椒水，但礙於今晚偷贓車必須輕裝上陣，所以楊羽庭一樣也沒讓他帶。

「我警告你哦，別搞花樣喔。」楊羽庭覺得不太妙：「所長說模型槍，就是模型槍，不准弄能發射的，你會害自己觸犯軍法，被送法院後果很嚴重。」

「我知道好嗎。」周明憲嘟嘴說道：「這還用妳講，我哪可能買得到真槍？」

「誰知道你這個小流氓會變出什麼把戲，要是害到我，我跟你沒完沒了。」

在楊羽庭眼裡，弟弟就跟混混沒兩樣，高中輟學不讀，未成年跑去騎車，摔斷了條腿休養近一年才好，這一年裡都是兩家子共同照顧的。

楊羽庭和周明憲雖然家庭環境類似，但成長方向卻大不相同，楊羽庭已經是公務員了，收入穩定，弟弟卻連高中學歷都還沒有，就渾渾噩噩鑽了漏洞，先跑來當兵，楊羽庭問他退伍後想做什麼，他也不知道。

所幸，她這個弟弟還會自力更生、打工賺錢。要是只當伸手牌，他的家境根本負擔不了。

楊羽庭檢查了周明憲的警用裝備，確定他沒搞出把真槍，這才放心。下樓時，已經過了退勤時間，楊羽庭可以下班回家，但周明憲不行，他是軍人，要駐守陣地，有相關的限制，至少今天他不能離開派出所。

但他還是陪姊姊走到了地下室車庫，因為他有一個疑惑：

「姊，這臺機車有點奇怪。」

&

周明憲按照姊姊的吩咐，將從河堤帶回來的贓車安置在地下室。這臺車髒兮兮的，頭燈都已經破掉，看起來失竊了數年，幾乎成了廢鐵。

周明憲上鎖安置贓車後，隨手翻了車座，卻發現車座已壞，就這樣被他掀開來。車箱內沒什麼東西，只有一些碎渣和破爛的雨衣，但車箱內側的馬力標記，卻和車牌不吻合。

「妳看看，這是一二五ＣＣ的機車，它應該掛白色的牌子，怎麼會掛綠色的呢？」和姊姊走到地下室，周明憲掀開贓車的車座問道：「是不是很奇怪？」

周明憲很懂機車，這年紀的男孩子血氣方剛，車身都要改成會發亮的，一臺機車就能上山下海，當年也正是這樣把自己摔斷腿的。楊羽庭雖然對機車沒什麼興趣，但成為警察後也不得不接觸相關法規，至少考駕照的時候必須要學會。

普通機車有兩種顏色的車牌，一種是最常見的白色，另一種則是綠色，分別對應不同等級的排氣量。五十ＣＣ的機車屬於「輕機車」，要掛綠色牌子，五十ＣＣ以上的車就得掛白色牌子了。

眼前的機車明明排氣量超過五十ＣＣ，卻掛綠色牌子。

「嗯？」楊羽庭走近查看，瞄了眼周明憲所指的位置，也覺得奇怪：「對欸，怎麼會掛綠牌？」

「說不定以前的規定不一樣？」周明憲猜測。

「沒有吧，這臺車我查過資料，沒什麼問題，難道是當初監理站發錯牌？」楊羽庭有些混亂了，但沒有多糾結什麼：「應該是誤會，明天我找車主來問問看。」

找到贓車是要歸還的，要請失主過來取車，才算破案。現在已經晚了，楊羽庭打算明天才處理這件事，失主的資料她看過了，是一個七十多歲的阿伯。

「聽說綠牌子現在絕版了是吧？」周明憲看著贓車的車牌問道。

「對啊，輕機車現在已經沒生產了，監理站就不發牌了。」

「酷，那綠牌子比重機的紅牌還稀有欸。」周明憲嘿嘿笑著：「我也好想要一個綠車牌。」

「那是老阿伯騎的車。」楊羽庭無言地說道，五十ＣＣ的機車，最高時速也才六、七十公里，是舊時代的產物，她才不相信周明憲會騎這種丟臉的車。

「我又不一定要騎。」周明憲理直氣壯的說道：「我可以掛在我的房間門上呀！」

「很幼稚。」

「我還小，幼稚是我的權利。」他朝她扮鬼臉。

「你給我乖一點，別離開派出所。」楊羽庭叮囑道：「軍人在管制期間不得離開駐地。」

「知道啦。」

楊羽庭又吩咐了幾句，然後就驅車離去。

凌晨兩點鐘，她雖然下班了，但還得趕去另一個地方。

第二章

學長們說要幫楊羽庭辦一場慶功宴，因為她找到了一臺贓車，這可不是玩笑話，他們在手機群組發布了楊羽庭的破案消息，並邀約下班後喝酒吃飯。

凌晨兩點的此時此刻，所有跟她同時段上班的人也都下班了。這算一種應酬，學長們愛喝酒，總會在下班後小酌，今天只是找另一個藉口罷了，不管楊羽庭有沒有到場，他們都會喝。

楊羽庭雖然很不想去，但她今天忽然有別的想法，她非去不可。

「哎呀，羽庭來了，好難得呀！」

「羽庭，坐這裡。」同事們朝她招手。

熱炒店裡，橋下派出所已經包下了一桌，魚蝦雞鴨，應有盡有。楊羽庭尷尬地坐下來，雖然她已經任職一年多了，還是覺得和大夥兒格格不入，很大一部分原因是，他們是男警，她是女警。她在派出所裡也不是沒好朋友，和她同寢室的兩個學姊就是她好朋友，但她們今天不在。

「妳要吃飯還是麵？」熱心的同事問道，幫楊羽庭點餐。

「飯好了。」

「ＯＫ。」

整桌都是男生，只有楊羽庭是女生，照理講她今晚是不應該來的，也怕尷尬，但她有任務在身，不得不來。

「你們有看到展哥嗎？」楊羽庭問道，左右尋找著她的目標。

「展哥？沒欸。」旁邊的同事回話。

「有啦，好像去廁所。」

「哦哦，謝啦。」楊羽庭暗自慶幸自己沒白跑一趟。

從警的這一年多，菜鳥的酸甜苦辣她都嘗過了，至今卻還是有隔閡感。想當初，和她同時到職的男同事，他們稍有差錯就會被罵得狗血淋頭，動不動就會被叫去跑腿、罰站，楊羽庭卻沒這個問題。楊羽庭畢竟是女生，人家不敢罵她，也不會叫她搬重物，更不會讓她從事危險勤務，但如今，同屆的男警都已經成了派出所的中堅力量，楊羽庭卻還只是個「小小的女警」。

女警的苦是心裡的苦，所有人對她不生氣、對她沒要求，才是令她最鬱悶的。她不是想表現自己，她只是想獲得一點點平等的待遇而已，至少在出現緊急任務時，所長不會認為她是拖油瓶，從崗位中剔除，叫她在派出所內待命。

她好歹也是個警察，她奮發向上，打靶射擊每次都九十分以上，體能也不輸給身邊這些挺著大肚腩的男警，她不懂要怎麼做才能獲得對等的尊敬。

「嗨，展哥。」楊羽庭回過神，終於迎來她等的人。

一個男警從廁所走了出來，拍拍屁股擦手，他鼻梁很細，嘴唇很薄，沒什麼血色，三十多歲就把操勞全寫在臉上，像是熬夜已成了習慣。

「今天你在呀？」楊羽庭問道，並主動敬酒，這位展哥可是派出所的重要人物。

「對啊，找我喝酒，我就來了。」展哥隨手回酒。

在派出所裡，人員一般分為三個層級，第一級是主管，也就是所長、副所長和幹部；第二級則是專門處理特殊績效的警察，例如抓毒販、找槍枝、調查重大命案，主管都會交給這些人來做，因為他們有經驗、有能力、值得信賴。偶爾第一級的人和第二級的人會重疊，所長親自帶隊抓壞人的場景也屢見不鮮。

再下來就是第三級的一般警察了，一般警察負責一般勤務：開罰單、接電話、值班、巡邏、指揮交通、處理車禍，都由第三級的人來做，最沒難度。

派出所要運作得當，人事分配就要各司其職，不能亂搞。就說展哥好了，他雖然年紀不大，但懂得交際，每個角頭的場子都去過，從警十年來也辦過不少大案子，經驗豐富，所以他理所當然是第二級的人物，所長什麼事都會先想到他。

缺毒品績效找他；里長兒子被打了，找他；連派出所一顆子彈不見了，也得找他變出來。有些檯面下的事情，只有第二級的人知道門路，連所長自己都不見得會處理，更不可能交給第三級的人去辦。

楊羽庭就想成為第二級警察，第一級是官，她考不上，沒指望了。但她起碼想成為像展哥一樣的人，展哥不用巡邏也不用值班，甚至不必穿制服。

「聽說小胖月底要調走啊？」楊羽庭靠過去問道，問起展哥身邊的一個搭檔。

「對啊，他老母生病，他要調回南部去照顧。」展哥有條不紊地回答，內心卻精明得很，在思索這小妞想做什麼？

「那你們小組到時候會缺一個人對不對？」楊羽庭問道。

「妳想加入？」

「對！」楊羽庭猛點頭。

第二級的人常常單打獨鬥，但大部分時候還是會有搭檔，出任務時彼此也有個照應。

展哥的小組有三個成員，現在即將少一個，展哥可以補人，也可以不補，很彈性。只要進了展哥團隊，楊羽庭就不必再處理一般基層警員的雜事了。

「聽說妳今天找到一臺贓車啊？」展哥岔開話題問道。

「哎，別提那個了啦，不經意去查到的。」楊羽庭難為情地說道。

找贓車在派出所依然是屬於第三類的工作，只要多出去外面繞繞，查查車牌號碼就能找到，在展哥眼裡完全稱不上績效，屬於不入流的工作。

楊羽庭也知道這一點，便說：「我來派出所也一年多了，想說有沒有機會可以進展哥的小組。我是女警，我覺得對你們會很有幫助，如果有女毒蟲需要搜身的話，我能處理。」

「就這樣嗎？」展哥笑了一下，完全不掩飾他的輕佻。

但這卻讓楊羽庭感覺到一股暢快，至少展哥是從她的論述上瞧不起她，而不是看著她的胸部，認為她是女警很礙事。

楊羽庭想成為第二類不為別的，就想扯掉身上的標籤，弟弟今晚的話已經點醒她，即使她再找到更多贓車，也脫離不了花瓶的身分，她必須從根本上跨出一次巨大的步伐。

「我這裡有內線。」楊羽庭突然說道。

「什麼內線？」

「所長年底就會申請退休沒錯吧？」楊羽庭悄聲說道，既緊張，又害怕，她用盡力氣打出自己的壓箱寶：「你們為了留住他，想在下半年的績效上動手腳。」

展哥一聽這話，臉色鬆動了一下，但又微笑起來：「妹子，酒可以多喝，話不能亂講。」

「讓我加入，絕對可以幫忙，讓所長退休不了。」楊羽庭繼續說。

「妳酒是不是喝太少了，今天才這樣多話？」展哥笑著，主動幫楊羽庭斟滿酒杯。

事情是這樣子的，所長因為健康狀況不太好，申請了退休，最快下半年會核准。但警界的事情，不能用常人的邏輯理解，不是所長想退休就能退休，至少在派出所內，展哥等人不准。

這個所長名叫翁國正，是個好搞的主管，沒野心、不求績效也不罵人，甚至不怎麼管事，派出所的警員闖禍，他都是笑笑讓底下的人擺平，反正他快要退休了，只要派出所不爆炸，他都能睜一隻眼閉一隻眼。

有這麼好料理的主管，底下的人個個都過得悠遊自在，睡得香、吃得好，現在所長要退休了，那怎麼可以！來接替的人百分之九十九會比他難搞，於是他們不允許翁國正退休，不允許出現新的所長，來破壞他們的美好生活。

只要這次的退休申請被駁回，翁國正就得再等一年，他們就能再爽一年。具體的作法是這樣子的，展哥等人會將年底的績效做得奇爛無比，要毒品沒毒品、要槍枝沒槍枝、要六十分只給二十分；倘若不小心出現重大刑案，他們會使出拖延戰術，個個突然都不會辦案了，讓分局長氣得只能在會議桌上大罵：你們這個派出所要不要乾脆關了！

會被罵的就是所長，所長是派出所的代表人，這下所長也不必退休了，他也沒有那個臉申請退休，申請假如被拒絕，那可是奇恥大辱，他只能摸摸鼻子把申請令收回去，明年再說。

接下來，所長會找展哥等人算帳嗎？

他不敢，這些人都是派出所的中流砥柱，他得罪不起，否則處境只會更難堪，況且這一切的幕後主使者，就是副所長，他們看準翁國正好欺負，軟磨硬泡也要把他留下來。

這頗有挾天子以令諸侯的味道，副所長已經好幾次試探所長要不要多做一年再退休，所長卻堅持要告老還鄉，那就別怪他們手下無情了；而這手段還考驗副所長等人的火候，要是做得太超過，翁國正可能會因為績效太差被調走。

「妳從哪聽到這麼離譜的事情？」展哥笑著問道，已經喝開了。

楊羽庭和他碰酒杯，也已經被灌了將近兩瓶酒有餘，為了混進圈子，這是她第一次喝這麼醉：「你知道，女生宿舍旁邊就是副座的寢室嗎？」

「妳偷聽副座說話？」

「你們以為旁邊住的只是女孩子，但女孩子也是很危險的。」楊羽庭呵呵笑道，臉頰泛起一絲紅暈。

「說謊，副座的房間是彈藥庫改建的，從外面根本聽不見。」展哥犀利地問道，雖然還是笑著，但已經透露了不悅。他向來都肆無忌憚在副所長那裡喝酒聊天，這下隔牆有耳，他怎能高興？

「彈藥庫雖然是鐵合金，但還是混凝土建的。」楊羽庭頭暈目眩地說道，她真的醉了，但腦海裡卻有幾行筆跡十分清晰，來自於她父親的日記：「拿個紙杯貼在上面就能聽清楚，再不然就拿塑膠杯，更薄，傳聲更好。」

「這什麼胡說八道的東西？」展哥沒聽過這種說法，以為她在胡言亂語，頓時竟被激怒了。

「讓我進小組，我一定可以幫到你們的。」

「妳可以幫什麼？」展哥問道，話依舊說回了原點，楊羽庭並沒有任何足以讓展哥收留的優點：「妳是要用所長威脅？」

「當然不是！」楊羽庭趕緊搖頭，後知後覺的她這才發現自己惹展哥生氣了，她說出所長的事情只是想表明自己也有兩把刷子而已，並不敢拿來當把柄：「我只是……我只是……我也可以幫忙啊！」

「幫忙什麼？」

「展哥，你讓我進小組學習，我可以當你的徒弟，大家不都是這樣上來的嗎？」楊羽庭真有點喝過頭了，瀏海都亂了，抓著展哥就一陣拜託：「我什麼都肯做，這一年裡我也參與過很多大刑案呀。」

「妳什麼都會?可以啊，那妳告訴我，『安仔』是什麼味道？」展哥問道，忽然間冷靜了，靠在椅子上，露出一抹意味深長的笑容。

「甜的。」楊羽庭不假思索地回答了。

「什麼？」展哥瞬間愣住。

「我說甜的。」楊羽庭抬起頭傻笑：「這不就是你要的答案嗎？」

展哥咬緊牙齒，感覺晴天霹靂：**這女人……這女的是怎麼回事**？

「安仔」是警察的術語，意指安非他命，是一種常見毒品，又叫冰毒。安非他命舔一口並不是甜的，而是苦的，帶有一種貓尿味。

那為什麼楊羽庭會說安非他命嘗起來是甜的呢？因為警察或毒販常常往裡頭摻冰糖，為了浮報績效或增重販賣，晶瑩剔透的冰糖長得和安非他命幾乎一模一樣，是用來摻假的首選。

所以實際上，每當有大數量的安非他命被查獲時，你要是偷偷嘗一口，肯定是甜的，會舔到很多冰糖。這是只有接觸過海量毒品的人才知道的事情，沒辦過大案子的人，根本不可能知道。門外漢會說是苦的，內行的才會說是甜的，這幾乎已經成了一種通關密語，用來界定眼前的警察到什麼等級。

想知道一個警察的本事到哪裡，就問這句話：安仔是什麼味道？

「一個區區的女警，竟然……，」展哥還沉浸在楊羽庭回答之中，怒不可遏，她豈可如此輕易地說出正確答案：「妳從哪聽來的？」他問道。

這是緝毒警用來辨識彼此身分的一種術語，根本不會輕易說出去，更不會當成玩笑話說給別人聽，楊羽庭好大的膽子，究竟是從哪裡聽來的？

楊羽庭看著展哥的臉色，人已經醒了一大半，毒品味道一事，自然還是從父親那裡知道的，父親的辦案日記就像故事書一樣，記載太多有趣的事情。但令楊羽庭感到心冷的是，她竟然從展哥身上聞到前所未有的、充滿敵意的沙文主義氣息：

「你認為我沒資格？」她問道，語氣也不再客氣了。

「妳從哪裡聽來的？」展哥又再問了一次。

「你認為我沒資格知道這件事嗎？」楊羽庭也再問了一次：「就因為我是女警？」

「沒人管妳是不是女警！」展哥直接發火：「就妳一個屁大的小鬼，憑什麼？妳幹警察多久？我問妳？在宿舍偷聽很厲害嗎？」

「這不是在宿舍偷聽的。」

「誰管妳是在哪裡聽到的，妳辦過什麼案子？妳告訴我啊？妳要加入，妳抓得住歹徒嗎？妳握得緊槍嗎？」

「誰抓不住歹徒？誰握不緊槍？」楊羽庭不甘示弱，也被激怒了：「學長，請不要做人身攻擊。」

「什麼人身攻擊？說一下也叫人身攻擊？妳是草莓做的？妳這樣也想進我的小組？」

「我到底為什麼不能進你的小組！」

「這他媽還用說嗎？我是要請一個女警來當公主嗎？和歹徒駁火我還要照顧妳，擔心妳會不會被挾持嗎？」

「我！不！會！被！挾！持！」

「我需要的是戰力，是警力，不是一個沒作用的人！」

楊羽庭握拳，然後忍了下來，將額頭趴到桌上，混著啤酒的味道痛哭。他們好像兩個世界的人，雞同鴨講，無法溝通。她以為自己可以找到一個沒有刻板印象的人，她以為平時笑笑的展哥，是個可以理解她的人，但全然不是。

她越是想證明自己，就越是被這些人和這些體制傷害，如果警界不需要女生，當初為何要讓她們這些女孩子加入？她可以去搬箱子、可以去擦衝鋒槍，把自己細皮嫩肉的手都擦破，只要他們肯讓她做！

「怎麼了？」

「怎麼啦？怎麼吵架了？」

周遭的人紛紛站起，一臉木訥，不知所措。

怎麼好吃好喝的兩個人，突然就吵起來了呢？而且還吵得這麼嚴重？

有幾個人開始罵展哥，說他不應該這樣對女孩子，但聽在楊羽庭耳裡只是更加刺耳，她真想立刻把自己的長髮剪掉，賞那些說閒話的人一巴掌，然後和展哥來一場赤手空拳的搏鬥。

「小妹喝醉了，先帶她回去吧。」副所長的聲音響起，他也在現場吃飯。

「不用……。」楊羽庭還趴在桌上，小聲說道。

「羽庭，我先帶妳回派出所。」一個男警走過來，關心地拍拍她的肩膀。

「對啊，先回派出所吧，妳太醉了。」

這時，一個洪亮的聲音響起：「喂，別碰她！」

抬起頭，是周明憲出現在熱炒店外，他穿著風衣，騎著機車，斜著腳，身形高大，黑色的眸子掃過餐廳一眼，朝楊羽庭抬起下巴就說：「師父，我來載妳回家。」

楊羽庭凝視他數秒，然後抹了抹眼淚站起，搖搖晃晃地走過去。

幾個人想來攙扶她，卻被周明憲制止：「她不用你們扶，她自己會走。」

眾人你看我我看你，這氣氛要說有多怪就有多怪，副所長忍不住問道：「明憲吶，我記得你還沒放假啊，不是要留守陣地嗎？」

「師父批我明天放假了。」周明憲回答道，朝楊羽庭眨眨眼，打暗號。

楊羽庭背對大家點點頭，表示確有其事。她戴上周明憲遞來的安全帽，就坐上了他的機車後座。兩人就這麼離開熱炒店。

「我說副座，這小倆口該不會有什麼吧？」某位警察向副所長問道，語氣曖昧無比。

「羽庭不會，她很有分寸，她的身分是師父。」副所長回答，繼續吃飯。

「羽庭不會，不見得那個替代役沒非分之想啊。」他又說：「我們羽庭可是警花欸。」

「我也覺得他們有點太親密了，怎麼會讓女警去教男警？」另一個人問道。

「他不是男警，他只是一個替代役的。」副所長不耐煩地回答，喝口湯解解酒：「再說他們真要有什麼，你也不能怎樣，警察跟警察結婚多的是。」

「你自己說他不是警察的，他只是一個替代役。」

「反正在訓期間別給我亂搞就好，師徒關係解除後，他們要怎樣我也管不了。」副所長回答。

「當初為什麼讓她做替代役的師父？」這時，展哥問道。

「她跟所長要求的吧。」副所長想了下後說道：「好像一直拜託所長。」

「哼，是這麼愛表現的人啊？我都沒發現。」展哥莞爾一笑，嘴脣抿成刻薄的一線：「才當一年警察就想教別人。」

「你們也沒人想接這個爛缺啊？」副所長點出重點，根本沒人想照顧替代役軍人，又累又麻煩：

「她自願帶，也要被你們說嘴？」

「如果來的是女孩子，我就帶！」幾個人嘿嘿笑道。

「白痴，你看過替代役是女生的嗎？」副所長吐槽。

「對齁！」

&

楊羽庭坐在機車上，靠在周明憲背後，臉埋在他的外套裡，感到無比安心。有些事不用講也很清楚，就算全世界都不理解她，至少弟弟懂她。

「不知道自己的底線在哪裡還敢喝那麼多酒。」周明憲的聲音從前方傳來。

「喝了也不會怎樣，都是自己同事。」楊羽庭閉著眼回答道：「都是警察。」

「等等妳吐的時候希望那些警察派得上用場。」

「你怎麼會出現？」楊羽庭問道。

周明憲沉默了一下才說：「看妳心神不寧的樣子，就有預感妳會亂來，剛好又聽到其他前輩說妳喝醉了。」

「所以你就過來找我呀？」

「嗯。」

「但你這樣離開陣地真的可以嗎？」楊羽庭擔憂地問道，擅離崗位可是會被當成逃兵的：「軍人不是都有衛星定位嗎？你被憲兵抓走怎麼辦？」

「我說了呀，我明天放假，假單送替代役中心那裡去啦。」周明憲回答。

「你為什麼放假？你不是跟著我上班的嗎？我沒放假你怎麼放假？」楊羽庭還是一頭霧水。

「妳去上妳的班呀，我放假。」

「好小子。」楊羽庭恍然大悟，搥了他一拳：「你偷蓋我的印章給自己放假！」

「妳怎麼還在暈啊？副座剛剛就問過啦，妳還幫我背書呢。」周明憲笑道，給楊羽庭暖了暖手：「我假如沒請假，現在怎麼帶妳回家？」

楊羽庭無話可說，又趴回弟弟背上。

警察的作息日夜顛倒，當他們回到家裡時，已經凌晨四點鐘，快天亮了。

楊羽庭中午兩點還要接著上班，就周明憲最爽，自己給自己放假，等等可以睡到自然醒。

「你……你那個假不能這樣隨便亂用的……。」楊羽庭坐在玄關，頭痛欲裂地說道，她身為師父，有排班的責任：「你現在多放一天，未來要補回來，不然會出事，役政署會查。」

「我知道啦。」周明憲慢悠悠地走過來，端了杯熱水，讓楊羽庭喝下。

喝過熱水後，楊羽庭才感覺精神好了一點，她看了看四周，確實是自己的家，不是周明憲家。

楊羽庭從警後，依然和媽媽住一起，在新北市；周明憲也和媽媽住一起，也在新北市。兩家都是單親家庭，住址從小到大沒變過，都是沒電梯的小公寓。

但他們兩家以前是不往來的——畢竟是情敵，所以沒怎麼碰過面。直到顏聰敏死後，兩家收到顏聰敏刻意留給他們的財產，才逐漸解開心結。

楊羽庭和周明憲也是在那時候，才開始有聯繫。周明憲年紀小，記憶很模糊，他知道自己有一個姊姊——說不定還不只一個，天知道老爸亂搞了幾個人——一直到國三，他才真正和這個姊姊來往，姊姊會跟他一起上下學、打小報告說他蹺課、罵他偷騎機車，最後看他摔斷腿，陸續照顧他一整年。

兩個家庭逐漸地就變成一個家庭了，楊媽媽會照顧周明憲，周媽媽也會照顧楊羽庭，兩家四口偶爾會一起吃飯，沒什麼彆扭。

「你們下班了嗎？」這時，屋內傳來楊媽媽的聲音。

周明憲正和楊羽庭在玄關爭論周明憲的放假問題，就見一個高瘦的女人從房間走出來，舉止溫婉和藹，衝著他們就是一笑。

「媽，妳怎麼起來了？我們吵到妳了嗎？」楊羽庭看了時鐘，然後往周明憲身上拍幾下：「我就說你太大聲了，吵死了。」

「沒有，自然醒。」楊媽媽搖著頭說：「餓了吧？我去煮些東西給你們吃。」

「不用啦，阿姨，妳趕快去睡。」周明憲說道。

「我已經睡飽啦，我去煮粥給你們吃。」楊媽媽走向廚房，又是一笑：「辛苦啦，上深夜班。」

「妳媽好好哦，我媽都只會打我。」周明憲羨慕地說道，望著廚房的門。

「她現在不打你了吧？」

「她現在還是打我。」

「你到底是有多皮？」楊羽庭翻了白眼：「算了，你先去洗澡吧，等等我要睡覺了。」

「為什麼妳睡覺我要先洗？」周明憲納悶。

「因為等等我睡了你再洗會吵到我。」

自從周明憲服警察役後，就更常住在楊羽庭家了，他家離派出所比較遠，只要不是駐守陣地，他就睡楊羽庭家。

楊羽庭回到房間，先換下制服，原本想拿到洗衣機，卻被腳下的東西給絆住了。那是一個大紙箱，裡面堆滿她老爸的辦案文件，是前些日子才從閣樓又翻出來的新東西。

老爸的辦案文件也不全是有趣的東西，只有日記和命案現場照片值得一看，其他的都很無聊，都是些什麼毒品筆錄、查戶口資料等等的雜物，也不知道老爸留著它們幹麼。

「欸，媽。」楊羽庭想到一件事，便跑到廚房去，揮著手中的紙：「老爸的這些東西也算公務機密吧？當初怎麼沒被銷毀，直接當遺物發還給我們？」

「粗心了吧？箱子是封起來的，用膠帶，看不到裡面。」楊媽媽輕聲回答道，低頭觀察火候。

「爸幹麼特地留這些給我們？」

「因為他死得突然，葬儀社的人清過他家，不曉得這些應不應該丟，就給我們了。」

顏聰敏是七年前過世的，死因是心肌梗塞，一種容易猝死的病。

這些不經意留給楊羽庭的資料，成了楊羽庭唯一能了解她爸爸的東西。她爸爸其實是家裡的禁忌，不僅楊媽媽不談他，連周媽媽都不談他，姊弟倆對爸爸的記憶，只停留在那遙遠的過去，爸爸過年時會偶爾出現在屋子的一角，和媽媽說話，摸摸孩子的頭，然後就消失了。

楊羽庭不懂，為何兩個媽媽甘願承受這樣的待遇，她們不生氣嗎？楊羽庭和周明憲都看過爸爸的臉，看過很多次，那一看就是渣男的臉，深邃沉著卻很有心機，講話聲音都低低的，拍媽媽肩膀能把媽媽抬得小鹿亂撞。

他們甚至都不知道爸爸的正宮是誰，不知道他們是否還有其他兄弟姊妹，這一切都是個謎團，即使爸爸已經去世了，他們還是對此一無所知。

好奇怪。

「妳還在看那堆破銅爛鐵？」此時，周明憲已經洗完澡，擦著身體出來：「換妳啦，去洗澡。」

楊羽庭從紙箱中回神，抬頭問：「欸，你家還有沒有爸爸的東西？」

「沒有啦，一開始就都被妳拿走了。」周明憲回答道：「只有妳有興趣。」

「你現在也算半個警察了，你都對爸爸的東西沒興趣嗎？」

「沒。」周明憲搖頭，然後突然蹲下來，扶住她的頭，盯住她的雙眼看：「嗯，感覺好多了，沒那麼醉了。」

「誰准你摸我的頭！」

「我想摸就摸，這裡又不是派出所，妳無權命令我。」周明憲得意地笑道，然後大腳一張就躺到楊羽庭床上：「我當兵當完就不幹這個了，簡直不是人幹的。」

「你還知道警察的辛苦啊？」

「上班時間太久了，還要駐守陣地，我打兩份工都沒這麼累。」說完，周明憲就呼呼大睡。

「喂，不是吧？喂！」楊羽庭推了推他，簡直不敢相信：「真的睡著了啊？回你房間睡啊，滾開！」

「羽庭，出來吃粥啊。」這時，楊媽媽探頭進來。

「媽，妳把他趕出去啦，睡我的床！」楊羽庭抱怨。

「看來真的是很累。」楊媽媽走過來，輕輕摸了周明憲的頭，傳來響亮的鼾聲：「妳睡媽的房間吧，媽等一下要出門了，要去幫人家打掃家裡。」

「妳不幫我把他拖出去？」

「快去吃粥吧，別吵妳弟了。」

楊羽庭有點生氣，但一想到是周明憲載她回來的，就原諒了他。

身心一鬆懈，酒意和疲倦同時湧上來，楊羽庭才喝了一口粥就在客廳睡著了。她和周明憲確實忙了整天，又是埋伏，又是推贓車的，真的很累。

第三章

警察通常一天上班十二個小時，楊羽庭這週是午班，下午兩點上班，凌晨兩點下班。

隔日，她一到派出所就先處理贓車事宜，昨晚找到的贓車不能一直丟在地下室，還得破案，歸還給民眾才行。重點是，她得搞清楚那臺車的車牌究竟出了什麼問題。

她按照車籍系統的電話號碼打給車主，果不其然，是空號。

「在忙什麼呀？」某個同事從旁邊冒出來，關心地看著螢幕：「哦，昨天的贓車啊。」

「對呀。」

「妳這車都丟掉二十年了欸，以前留的電話可能都無效了吧？」

「我看車主住附近而已，應該可以直接去他家找他？」楊羽庭指著電腦上的地址說，然後話鋒一轉問道：「欸，學長，有一件很奇怪的事情。」

「什麼事？」

「這臺車的車牌和它的排氣量對不上呀。」楊羽庭說出她和周明憲發現的疑慮，明明是一二五ＣＣ的車，卻掛五十ＣＣ的牌子。

同事先是皺眉，然後用納悶的表情看著楊羽庭：「這有什麼不對，這顯然就是拼裝車啊，被胡搞瞎搞過。」

「啊？」剎那間楊羽庭還聽不懂。

「這車的車牌是從其他地方拔來裝上去的，妳查到失竊的是綠色牌的車，不是這一二五ＣＣ的車，綠色牌子是後來掛上去的，這根本是兩臺車。」

同事這麼一說，楊羽庭頓時恍然大悟，趕緊看了看手中的贓車照片，再對照電腦系統。果然不只排氣量有問題，連車子的品牌也對不上，她找到的是裝了別人車牌的拼裝車。

「歹徒偷了Ａ車就把車牌給拔了，再裝上Ｂ車的車牌，躲避追緝，妳根本不曉得這車原本是什麼樣子，也找不到車主了。」同事說道，遺憾地拍拍楊羽庭的肩膀：「妳麻煩大了，搞到了一臺拼裝車。」

警察最討厭遇到的，就是拼裝車，Ａ車裝了Ｂ車的車牌，查到的資料就全是Ｂ車的，Ａ車的車體本尊卻極難溯源，尤其是幾十年前的車。

「不能從引擎的編號查嗎？」楊羽庭問道，假如車牌無效，引擎內還有一串編號可以追查吧？

「二十幾年的車呢，妳在想什麼。」同事苦笑，在引擎上烙印防竊識別碼，是近代才有的事情：「你還是看看車箱內有沒有行照之類的吧？」

「沒有，都沒有。」楊羽庭搖頭，她找到的只是一臺連後照鏡都腐爛掉的破車，唯一能辨別車籍資料的那塊綠色車牌，竟還是別臺車的。

「妳找到它的時候怎麼沒有對一下資料？」同事問道：「綠牌子的輕機車這麼少，這一看就不是輕機車啊。」

楊羽庭有苦難言，她這車是偷來的，當時光要從別人眼皮子底下搶走，就夠緊張了，哪還來得及檢查車身狀況。

功虧一簣了，楊羽庭心情瞬間跌落到最低點，沒了正確的車牌，根本無法辨別車子屬於誰。假如無法找到失主，就無法發還車輛，自然也就不能破案，算不上績效了。

她找到的並不是一臺贓車，而是一堆破銅爛鐵。這堆破銅爛鐵既不能一直放在派出所，也不能拿去垃圾場丟，它名義上還是屬於贓車，是法定證物，楊羽庭無論如何也得將車主找出來，證物是不能亂丟的，會出事。

「哦——」這時，一個討厭又冰冷的聲音響起，是展哥站得遠遠的，在樓梯口那裡打量她，不曉得已經觀察了多久：「看來我們的贓車女神出包了啊。」

楊羽庭望向他，咬著牙和他僵持著。

昨晚的不愉快還歷歷在目，以前的展哥在她眼中只是一個遊手好閒的人，偶爾出現，微笑一下，然後就消失了，從不參與日常勤務，和她沒有交集。現在她才知道，原來他是一個如此會記恨的人，就算隔了這麼遠的距離，她也能感覺到他身上散發出來的幽怨。

不打不相識，一打才知道對方如此小心眼，難怪他們敢陰所長，私底下搞小動作讓所長無法退休。

楊羽庭深吸一口氣，主動釋出善意：「展哥，你能幫幫我嗎？現在要怎麼處理比較好？」

「我也不知道欸。」展哥笑道，語氣中透露惡意：「但妳最好快點把它處理掉，地下室已經沒那麼多空間存放這些垃圾了。」

「展哥，你也想不到辦法嗎？」夾在中間的同事問道。

「我們的贓車女神這麼聰明，哪輪得到我？」展哥笑了笑，甩著鑰匙走了：「妳就好好辦妳的拼裝車吧，別亂想些有的沒的。」

「他幹麼啊？」同事皺眉抱怨道，覺得莫名其妙：「不幫就不幫，講話有必要這麼酸嗎？」

「沒事啦，我自己處理。」楊羽庭回答。

「妳要怎麼處理？這種拼裝車最麻煩了。」

「我會處理的。」

展哥的風涼話中帶著一絲威脅，楊羽庭畢竟知道他們想搞所長的企圖，所以他讓楊羽庭好自為之，管好自己，少干涉其他事情。

「我下樓再去看一下那臺車。」楊羽庭起身，跟同事說道：「假如有事再打電話給我。」

「好哦。」同事朝她揮揮手：「加油。」

楊羽庭這班是預備警力，可以做自己的事，但基本上要待在派出所裡。

她到了地下室去，重新檢查那臺贓車，它已然變成燙手山芋，再也不是什麼寶物了。

楊羽庭推了推機車，想要看看引擎上有沒有編碼，但忙了老半天還是沒找到引擎蓋，她不知道引擎長在機車的哪個部位。

她拿出手機用網路查詢，才知道引擎原來安裝在車箱下方。於是她又搬來一些工具，費了九牛二虎之力，才把機車的車箱卸除，看到引擎的全貌。

「咳咳咳。」楊羽庭被灰塵嗆得連連咳嗽，暫時遠離機車。

「妳在做什麼？」這時，所長出現了。

翁國正從地下室車道那裡走過來，盯著楊羽庭看，出言關心。

他自從被檢查出身體有問題後，出入地下室都不坐電梯，都走樓梯和車道，作為每日運動，保點心安。

「在處理贓車。」楊羽庭回答道，起身立正站好。

「昨天找到的那臺呀？」翁國正問道，豐腴的臉看起來紅潤健康，卻是高血壓的跡象。

「對呀。」楊羽庭點點頭，心想，何不向翁國正求救：「所長，我找不到這臺贓車的車主，車牌是假的，被換掉了，有什麼辦法嗎？」

「車牌被換掉？」翁國正走向前來，彎下腰扶著機車打量了一下：「拼裝車嗎？」

「對。」

「有引擎號碼嗎？」

「找不到。」

「手電筒拿來我看看。」

楊羽庭將手電筒遞過去，翁國正照了老半天，也沒找到引擎號碼，只有一些沒用的出廠型號：「這車太老了，沒烙編碼。」

「是嗎？」

「嗯，沒救了。」翁國正又拿起自己懷裡的運動瓶裝水，往引擎上一灑，除掉灰塵，但還是找不到編碼：「妳這個很難處理了，找不到車牌，車又這麼破，應該丟很久了，監視器也調不到線索。」

「那要怎麼辦？」楊羽庭焦急地問道。

「只能一直擺在地下室了，但妳調走的那一天，這臺車也要跟妳走，不能留在派出所。」翁國正思索道，肯讓楊羽庭將贓車擺在地下室占位置已經算網開一面了，但不能永遠擺在這裡：「我叫許展皓來處理好了。」

楊羽庭大驚失色，許展皓就是展哥，她趕緊搖頭：「不用啦，我自己會處理！」

「妳要怎麼處理？」翁國正問道。

「我會想到辦法的，車上說不定有其他線索。」楊羽庭慌張地說道，絕不能讓展哥插手才行，她翻找車箱內的碎屑渣渣：「說不定、說不定哪裡有寫車主的名字。」

「所以有嗎？」翁國正笑道。

「我看看。」楊羽庭繼續翻找，極力想說服翁國正。

「嗯，妳試試看吧。」翁國正沒為難她，將手背在後面就走了：「不行的話再跟我說，我簽一個特批給分局，叫分局做一份證物公告認領，發布半年再讓許展皓當無主物銷毀了，像處理無名屍那樣。」

聽起來就很麻煩，難怪大夥兒都說拼裝車是燙手山芋。

翁國正真的對她很好，一臺車就得動用到那麼多人，要是其他所長才懶得理她，早就放她自生自滅了。但楊羽庭雖然再三感激，還是不想讓展哥插手，這事要是傳出去，多難聽呀，她趾高氣揚找到的贓車竟是烏龍一場，還得拖這麼多人下水幫忙。

所長走後，楊羽庭便騎上自己的機車，離開了派出所，她還有最後一條線索可以試試，就是那枚綠色車牌。

雖然是別臺車的車牌，但死馬當活馬醫，說不定能從車牌上找到什麼端倪。

楊羽庭按照車牌給的地址，不一會兒工夫就到了某失主的住處。

車牌的主人就住在橋下派出所轄區，離當初發現贓車的河堤很近，說不定真有關連呢！

「有人在家嗎？」楊羽庭面對著一排老房子，敲門。

這排房子又矮又小，被拓寬的馬路擠得歪七扭八，勉強在河堤邊生存，屋齡都超過四十年，隨時都有可能被拆除。

一個老人前來應門，好巧不巧，和車籍上面的照片是同一個人，就是楊羽庭打電話都打不通的空號，雖然比照片還老了數十歲，但至少認得出來。

「是李先生嗎？」楊羽庭問道。

「怎麼了啊？」老先生看到有警察來，略微擔心：「什麼事情？」

「這是你的車嗎？」楊羽庭立刻亮出照片，將那臺贓車遞給他看。

老先生卻搖搖頭：「不是啊。」

「那怎麼掛你的號碼？」楊羽庭指著照片中的車牌說道：「CAB-123，這是不是你的號碼？」

「好像是捏。」老先生越看越出神。

「你的機車被報失竊欸，是你報的嗎？」

「沒有啊。」老先生一頭霧水，不自覺帶著楊羽庭走到後門，找到了他停在巷尾的機車。

神奇的一幕出現了，機車上掛的牌子也是「CAB-123」，和派出所贓車的號碼一模一樣，但老先生的這臺，就真的是貨真價實的五十ＣＣ輕機車了。

「你這車的車牌是不是被偷過？」楊羽庭問道，甩了甩手中的照片：「就是綠色的車牌。」

「好像有，喔喔，那個很久了，幾十年了喔。」老先生點點頭。

這下釐清整個脈絡了：當年老先生的車牌被偷，掛到了楊羽庭所找到的贓車上，後來他又去申請車牌補發，才導致今天的場景出現。

「你後來申請補發車牌，怎麼沒去撤案？」楊羽庭問道，有些氣餒，這也代表線索到此為止了：「你要去撤案呀，不然你這車牌會一直被當作失竊，你騎在路上有可能被攔欸，你都沒被攔過嗎？」

「我有報案嗎？」老先生糊里糊塗地問道。

「有呀，所以我們才會查到你的車牌失竊呀。」楊羽庭哭笑不得：「你這車牌幾年被偷的還記得嗎？」

「不記得了啊，那個好久以前了，妳沒說我都忘了。」

「在哪裡被偷的還記得嗎？」

「不記得。」

「可你不是一直住這裡嗎？」

「對啊。」

「所以也是在這裡被偷的吧？你當年機車也是停在這裡吧？」

「好像是。」

「你有看到是誰偷你的車牌？」

「怎麼可能。」

一番對話下來，毫無進展，年代相隔太久，楊羽庭只能作罷，不再打擾老先生。

離開矮房子後，她又來到河堤旁邊。

真不知道自己在幹麼呀，一籌莫展。

傍晚時分，微風徐徐，小孩子的聲音從河堤外傳來，夕陽把人的餘光帶到牆的另一端去，還沒越過，就彷彿能看到大片草地，還有河水潺潺流動。

楊羽庭徒步走出閘門，來到河堤外，果然風光無限好，只是近黃昏。腳踏車道把寬闊的綠地切成兩邊，一邊有河，一邊有堤防。再過去，高聳的路橋轟轟轟響著，那裡就不那麼美麗了，橋的下方堆滿閒置的車輛，有好的、有壞的，綿延數百公尺，能一直堆到昨晚楊羽庭和周明憲埋伏的草叢去。

楊羽庭沿著大河繼續走，卻看到一個熟悉的身影。

腳踏車道基本上是不能騎機車的，卻有臺機車違規停在那裡，車上斜坐著穿球衣的男孩。正對面是有個籃球場沒錯，但男孩並沒有在打球，而是在跟女孩子聊天，聲音像風鈴一樣清脆的傳過來。

「周明憲，你在這裡幹麼？」楊羽庭走過去，不滿地問道。

男孩抬起了頭，正是周明憲，他的腳踩著籃球，正在和女孩子談情說愛，一看到姊姊出現，單腳就將球踢起，拋到手上接著旋轉。

「在這裡玩呀。」周明憲理所當然地說道。

周明憲旁邊的女生有點害羞，立刻躲到他身後，低著頭地問道：「哥哥，她是……？」

「是我姊……。」

「是他師父。」楊羽庭立刻打斷他。

周明憲這才想起兩人的約定，在外面，姊弟倆的關係可不能暴露，尤其楊羽庭現在穿著警察制服，要是傳到派出所那邊去，大事就不好了。

「師父？」女生不太能理解，但眼前的女警未免也太酷了吧：「警察是你的師父呀？好厲害！」她看著周明憲說道，眼睛都冒愛心了。

「對呀。」周明憲快活地回答。

「對你個頭！」楊羽庭一巴掌把他推旁邊去，不顧他的面子，揪出他身後的女孩子就問道：「妳幾歲？」

「我……今年十六……。」女孩子弱弱地回答。

「有帶身分證嗎？」

「有。」女孩子乖乖拿出證件，面對警察的詢問，也不敢不從。

「十六歲……。」楊羽庭無言地看著證件上的出生日期，瞪了周明憲一眼：「你們認識多久？」

「才剛認識而已呀。」周明憲回答，雙手一攤：「不就在這裡嗎？」

「臭小子，十六歲你也敢碰！」楊羽庭揮拳就要揍人。

「唉唷，冤枉啊，我們只是聊天而已，又沒幹麼！」周明憲連連閃躲。

「妹妹，不要隨便跟陌生男子講話，尤其才認識一天的。」楊羽庭叮囑道：「妳家住哪裡？」

「住新莊。」女孩子回答，好像有些不開心。

「那妳趕快回家吧，都快五點多了，妳爸媽可能在找妳了。」

「我又不是小孩子。」女孩子嘟噥道。

「什麼？」

「我又不是小孩子了。」女孩子翻了個白眼，走向籃球場的方向，騎上自行車就走了。

「唉，這，你看看，現在的小孩是怎麼回事。」楊羽庭指著女孩子的方向，對周明憲抱怨：「這什麼態度啊？」

「她說的沒錯啊，她又不是小孩子，傍晚五點妳管人家要不要回家？」周明憲吐舌頭說道。

「豬頭，我都還沒說你勒！」楊羽庭一把就捏住他的耳朵：「十六歲的你也敢碰？你不要像我們老爸一樣風流，哪天被抓去關你就知道，碰未成年是違法的！」

「痛痛痛痛痛！我們只是聊天而已，又沒幹麼！」周明憲摀著臉，大喊冤枉。

「人家那麼小你也聊得下去？」

「小什麼小，她高一，我要是沒輟學，今年也就是個大學生，差個三、四歲是會怎樣？我之前的女朋友還比她小呢！」周明憲甩著頭：「哎，放開我啦！」

楊羽庭還是不贊同這個說法，周明憲和她同年出生，他們兩個都二十一歲，楊羽庭只比他大幾週而已，但從思想上來看，周明憲真是幼稚到極點，明明長得比她高、身材比她魁梧，一口一句叫她姊姊卻毫不奇怪。

「當你姊姊真是有夠衰，明明才差幾個禮拜，卻要獨自承受所有煩惱。」楊羽庭拍了他一下：「你怎麼會在這裡？」

「我休假啊，解除列管，出來玩不行喔？」

「你出來玩都不用跟我說嗎？你現在的身分是軍人，行蹤都要告訴我，你到處亂跑責任是在我身上欸！」

「我沒到處亂跑啊，我也就是在這個河邊而已，這樣也不行喔？」周明憲拿起手上的球，冷不防就朝姊姊丟去。

結果楊羽庭既沒閃躲，也沒被砸到，更沒像偶像劇裡女主角一樣嚇得花容失色，只是冷冷地伸手一拍，讓球直接掉落斜坡，往大河的方向滾去。

「哇，妳幹麼！」周明憲趕緊去追球：「白痴喔，暴力女金剛！」

楊羽庭看著弟弟在下面追球，先是酸他，接著忍不住笑了，她坐在他的機車上，感覺全身的煩惱和鬱悶都消失了，她可以這樣看一整天。

「都髒了啦。」周明憲上來了，帶著一顆布滿泥巴的籃球：「妳知道很難洗嗎？」

「有比你難洗嗎？你媽說小時候要綁著你才肯洗澡。」

「妳媽也說妳堅持要嫁給一隻長頸鹿。」周明憲也拿以前的事情回嘴。

「欸，我們那臺贓車，好像白抓了。」楊羽庭忽然提起了這件事。

「為什麼白抓？」周明憲收起笑容，問道。

「它的車牌跟車子不符，找不到車主，變得有點麻煩。」楊羽庭嘆了口氣：「而且我一定成了大家的笑柄，原本找到的贓車就這樣沒了。」

「老爸怎麼說？」

「關老爸啥事？」

「妳不是有老爸的密技嗎？去找找看啊。」周明憲問道，有點嘲諷。

楊羽庭回想了一下，卻找不到相關記憶，老爸好像沒在這件事失手過。

但楊羽庭倒想起了一件事：「老爸好像會……『套條子』？」

「套條子？」

楊羽庭胸口一緊，越想越不對，忽然間氣血翻湧，整個腿都沒力了，直接蹲下來，雙眼放空又震驚地盯著遠方。

「喂，妳怎麼了？別嚇我啊！」周明憲也趕緊蹲下來。

「慘了，我們好像中計了。」楊羽庭不甘心地說道，委屈著臉望向弟弟：「我們好像被『套條子』了。」

「到底什麼是『套條子』？」周明憲十分著急。

條子是老百姓對警察的暱稱，帶有一種不服與不滿，人們常說「條子來了、條子來了」，代表掃興的傢伙來了，要來破壞大家的好事了，所以這並不是個什麼好聽的稱呼。

「套條子」的意思就是對警察下套，坑蒙警察的意思，楊羽庭只在老爸的日記中看過這個名詞，她認為這是老爸自己獨創的詞，用來描述警界裡一種荒唐的現象——警察設計警察，自己人坑自己人。

但不是所有的陷害都能叫「套條子」，老爸使用這三個字，有它的特殊語境存在。條子本身是貶義的，套則是一種隱含耐心的誘拐手段，就像獵人用沾著雞蛋的假餌騙取狐狸上鉤一樣，一個要城府夠深，另一個則必須貪婪無比。

「我們昨天夜裡偷的那個警察，他是故意的。」楊羽庭說出她的推斷。

「故意？」周明憲還是聽不懂。

「他早就知道我們在覬覦他的贓車，所以他故意去尿尿，讓我們把車偷走。」

「妳怎麼知道？」

「你不覺得整個過程很奇怪嗎？」楊羽庭回答道：「一般警察都是兩個人一組的，到河邊那種陰暗的地方，更不能像我一樣，只帶一個替代役，要盡量是兩個正規的警察才安全，但他卻從頭到尾只有自己一個人。」

楊羽庭描述那晚的狀況，她和周明憲一踏進堤外，就聽見有人大聲走動。在其他地方走動不要緊，畢竟那裡本來就是堤外公園，但在廢車區域內走動，可就會挑撥到警察的神經了，尤其正值贓車取締月。

於是楊羽庭就帶著弟弟到草叢中躲起來，埋伏。

事情的發展也完全如楊羽庭所願，順遂到不行，那個警察真的拖著贓車出現了，還把贓車放在原地，到很遠的地方去小便，給了楊羽庭和周明憲可趁之機。

「他絕對是故意的，我這樣告訴你好了，那個草叢本來就是埋伏的熱點，能在那個區域找到贓車，絕對都是老手中的老手。」楊羽庭篤定說道：「他走路的方式也很奇怪，他戴了一頂帽子，好像不想被別人認出來一樣，你說有哪個警察是這樣子的？而且他身邊還沒有同伴，車子弄丟後也不著急，根本沒有找，這算哪門子的警察？」

「那他的用意是什麼？幹麼要把車給我們？」

「他就是要把車給我們！」楊羽庭說出真相：「因為那是一臺拼裝車，很麻煩，他也不想辦，所以就用這種方式丟給其他警察。」

「……。」

「高竿吧？你看，現在這坨廢鐵就在我們手上了，甩都甩不掉。」楊羽庭憤恨不平地說道：「最厲害的是，他還是受害者，他完全沒有逼我們，他就是個無辜的受害者，是我們搶了他的東西，我們還要跟他道歉，搶到手才發現是一坨大便！」

「難怪我們拖車的時候那麼大聲，他也沒有追上來。」周明憲也越想越不對，真的感覺自己中計了：「我那時候還很怕被發現，結果往後看都沒人追……。」

「好厲害，刻意在贓車月，丟出來一臺他不想處理的拼裝車。」楊羽庭說道：「以現在警察出現在廢車場的頻率，他就算沒等到我們，隨便也能等到其他人來接這個冤盤。」

這就是正宗的「套條子」，一個巴掌拍不響，得兩邊人馬都很精明才有辦法做到。楊羽庭和周明憲自以為很聰明，躲在草叢埋伏，沒想到卻反被套路了，跳到黃河都洗不清，這正是「套條子」的精髓所在。

「你老爸有幾招更高竿，也很缺德。」楊羽庭笑著娓娓道來，逐漸回想起在辦案日記裡看過的內容：「這條河對面是哪裡你知道嗎？」她指著平靜的河面問道。

「板橋啊。」周明憲回答。

「沒錯，所以我們新莊和板橋是世仇，因為轄區連在一起，只隔一條河，恩怨很多。」楊羽庭談起一個故事：「老爸遇過一具浮屍，從這條河的上游漂下來，那時候老爸是板橋的，以河的中間為界線，假如浮屍漂到那邊，就是他們板橋要辦，漂到這邊就是我們要辦。」

「誰都不想辦對吧？」周明憲說。

「對，但是屍體最終停在哪裡是很明確的，誰也不能推拖、睜眼說瞎話。但老爸那時候就想了一個損招。」

「什麼招？」周明憲好奇地問道。

「他故意讓菜鳥在無線電裡說，死者的衣服膨起來，從大體裡面掉出好幾包東西，沉到水裡去。」楊羽庭描述道，句句都透露出老爸的智慧：「新莊方面一聽到這些話，群情激憤，拍胸脯說這個案件他們要辦，明明他們人都還沒到場，就堅持說屍體在他們轄區，歸他們所有。」

「為什麼？這是什麼意思？」周明憲不懂。

「他們以為那是具『毒屍』啊，弟弟，就是身上裝毒品的屍體！」楊羽庭解釋道，有些沒心腸的販毒集團會利用人體來運毒，浮屍就經常和這種案件掛勾：「『毒屍』的價值可是很高的，根本是寶藏，撈起來不曉得有多少毒品，所以他們當然要辦。」

「所以老爸騙他們？」

「當然是騙他們的囉。」

一般的浮屍沒有績效價值，處理程序還很麻煩，人人嫌棄；但毒屍可就不一樣了，跟個寶箱似的，一旦出現，連刑事局可能都會突然冒出來，強行把案子接走。

老爸還刻意叫菜鳥去說，說得天真無邪、懵懂無知，讓對方見獵心喜，以為他們不識貨。結果屍體撈上來後，才發現根本沒有什麼毒品，啥也沒有，什麼都沒有！

而老爸早就帶著學弟落跑了。

「這樣不會被追究嗎？」周明憲問道。

「追究什麼？他們只說看見有東西掉進水裡，又沒說是什麼。要是對方還沒醒悟，笨到花時間去水底撈，那老爸就真缺德了，會遭天譴。」

「哈哈哈，這什麼呀？」周明憲大笑，終於聽懂了一半：「老爸也太天才了吧，這樣騙人！」

「嘿，他也沒騙人喔，他只說有東西掉進水裡，又沒掛保證說是毒品。」楊羽庭解釋道：「他們自己愛搶績效，就去搶吧，最後捏著褲襠，也得把原本不屬於自己的案件辦完，沒任何獎賞。」

「哈哈哈哈哈，好扯！」

這就是最道地的「套條子」，用些不著邊際的話就拐住了對方的貪婪，騙他們自願接盤，縱使氣得七竅生煙，也無可奈何，畢竟是自己攬下來的。

話說回來，楊羽庭這次是真真切切被擺了一道，一臺爛摩托車在手，老爸要是知道自己女兒被套了條子，不知會做何感想。

「那現在我們怎麼辦？」周明憲陪著姊姊在河堤邊坐下：「妳要怎麼處理那臺車？」

「不知道，可能還是要拜託所長吧。」楊羽庭嘆了口氣，望著自己的腳說：「只是很丟臉而已。」

「妳一直想著丟臉，其實大家根本沒在笑妳啊。」周明憲安慰她。

「才怪。」

「妳幹麼就不能像其他兩個學姊一樣呢？」周明憲提起了與楊羽庭同寢室的女警：「我看她們都沒做什麼事，很低調，一個負責收派出所的伙食費，一個都上白天班，日子也過得好好的呀。」

「你明明就知道我不想這樣。」楊羽庭看向弟弟，兩人四目交接：「我想變成像爸爸那樣的警察。」

這是第一次，楊羽庭對弟弟說出心裡話。

她知道她的兩個學姊過得很輕鬆寫意，每天準時上班、幫學長訂飲料、用公務電腦看影片、滑手機跟男朋友聊天、偶爾跟學長巡邏一下，日子過得美滋滋，但楊羽庭就是不想那樣。

她有她自己的理想，她的長遠目標是考警官學校，成為像所長那種管理階級，短程目標則是學會所有該學會的東西。她可不希望到時候成了所長，還擺脫不了花瓶的包袱，連辦案都不會。

「哼，連妳這個笨蛋也想當所長啊。」周明憲戳了她一下，楊羽庭竟隱約聞到一股醋意，仔細聽了他的嘆息，才發現他竟然在反省了。

「那我以後要幹麼咧？」他扶著頭問道，一副苦惱的樣子。

「你現在就好好當完兵，然後去把你的高中讀完，再看要不要考個大學。」楊羽庭直接給他出主意。

「我才不要，我根本就不會讀書啊。」

「你可以去讀跟修車有關的科系啊，你不是喜歡機車嗎？」

「我是喜歡機車，不是喜歡修機車。」周明憲回嘴。

「那你好歹把高中念完吧？」楊羽庭說道：「奇怪，現在不是有義務教育嗎？你是怎麼逃掉的？」

「嘿嘿，厲害吧。」

「沒人在誇獎你，到時候教育局一定會抓你回去念完。」

周明憲又想了一下，然後就不想了。太陽已經下山，天色越來越黑，只剩一團模糊的紅色在天邊流連。

「妳說，我們是被『套條子』了？」他問道，腦中忽然有個主意。

「對啊，那臺機車一定是那人不要的。」

「那我們找人『套』回去不就得了？」周明憲提到。

「咦？」楊羽庭愣住：「這樣不好吧？」

「有什麼不好？我們就照他的作法弄一次，選個黑漆漆的夜晚，把機車放在堤防裡就好了啊。」

「那機車是證物不能隨便亂丟。」

「妳明明就知道我說的不是丟。」周明憲翻了白眼：「我們一樣找個地方站著，然後假裝去上廁所，回來後機車就不見了，我們再打報告說機車被偷走不就好了嗎？」

這並不是什麼新穎的點子，從得知自己被「套條子」後，楊羽庭就曾想過自己也能轉手再把機車送出去，這並不困難，現在是贓車取締月，到處都能找到冤大頭。

但她之所以有顧慮，不是她怕走這些旁門左道，而是她現在被展哥盯上了。

「要怎麼證明贓車是被偷走的？」楊羽庭反問：「我如果回去打報告說贓車不見了，大家肯定會覺得是我拿去丟掉的，說不定我還會被處分。」

「那那個人怎麼不會？」周明憲問起那個警察。

「他不一樣啊，說不定他在派出所很有分量，沒人敢質疑他，但我不是啊。」

「姊姊，妳好像並沒有領略到老爸的『套條子』呀。」周明憲突然露出個壞笑：「明明是妳提出來的。」

「什麼意思？」

「『套條子』的最高境界，就是對方和著血也得把這個啞巴虧吃下去，完全沒有反擊的餘地。」周明憲講出他的計畫：「我們讓贓車被偷走，再去跟蹤對方，直接把對方的單位和職稱記下來不就好了嗎？妳回去後就和所長說，妳的贓車被某某分局的某某警察偷走了，他們還能說什麼？」

這話把楊羽庭給說服了，假如做到這個份上，的確讓所有人都無話可講。贓車確實被偷走了，現在就擺在對方的車庫裡，不信可以親自去看看，那展哥還能作什麼文章？

到時候要不要把贓車取回來又是另一回事了，她說她不想取那臺拼裝車，不想追究，所長和展哥也不能講什麼，畢竟沒人想碰那臺車。

「好像可以欸。」楊羽庭露出複雜的表情。

「那我們就這麼辦。」周明憲露出一抹得意的笑，拍掌定案：「剛好我今天放假，可以躲在暗處，我們就選在這個月黑風高的夜晚，妳當那個孤零零的警察，我來負責跟蹤對方，看是哪個倒楣鬼偷走我們的車。」

「你在高興什麼？」楊羽庭覺得事有蹊蹺。

「上次是我們埋伏他的贓車，這次進階版，我們埋伏他埋伏我們的贓車。」周明憲像在繞口令般說道：「當警察好像也沒那麼無聊嘛，一次比一次還沒有底線。」

「別忘了你現在是軍人。」楊羽庭還是有點顧慮要不要讓弟弟參與。

「反正，晚點我們就開始行動。」周明憲露出個意味深長的笑容：「老爸的『套條子』，我們來試試威力有多強。」

楊羽庭不說話，但其實也躍躍欲試，她已經克服心理障礙。這套把戲，什麼「我們埋伏他埋伏我們的贓車」，肯定連展哥也沒做過，在老爸面前，展哥也只是小咖而已。

而他們可是老爸的兒女。

第四章

凌晨十二點，楊羽庭和周明憲如約見面，並用那個「腳踢車」的老方法，將綠牌子贓車踢到了河堤邊，靜待時機。

周明憲穿著便服，準備先去躲起來，他把他的機車放在一個方便隱密的地方，好隨時發動跟蹤。現在楊羽庭要做的，就是確認廢車區域內有沒有警察，然後將綠牌子贓車推進去，到處瞎晃，直到自己被盯上為止。

「妳要戴好安全帽。」周明憲交代道，把楊羽庭的頭髮撥到兩旁：「不能讓他們知道妳是女警，妳要看起來像男警。」

「為什麼？」楊羽庭不懂。

「我怕他們會不忍心對女警出手，所以妳最好還是打扮得討人厭一點。」周明憲順手從自己車箱拿出外套，塞進楊羽庭的腹部：「好了，大肚子有了，妳安全帽的罩子記得放下來，不要讓他們看到臉。」

「嘿，真的不一樣了欸，你怎麼突然變得這麼聰明？」楊羽庭照著車鏡打量自己。

「我本來就很聰明。」周明憲哼了一聲，率先一步離開閘門口。

只剩楊羽庭一個人，她隻身一人踏出河堤外，推著贓車進入閘門。單警巡邏其實挺危險的，上次只帶一個替代役就出門已經夠危險了，這次更危險。但開弓沒有回頭箭，她只能硬著頭皮往大橋的方向走去，深入廢車場內部。

所幸，她很快就聽到警察的聲音，是無線電在嗶嗶叫，靜夜裡格外清晰。楊羽庭甚至能用耳朵分辨出有兩組警察在巡邏，每一組兩個人，總共四個人，有四支無線電同時在響。

大家都是來這裡找贓車和竊賊的，在這種敏感地方，哪怕是散步的阿伯不小心路過，也會被攔下來查個澈底。

楊羽庭推著贓車，選了個有無線電的方向走去，心裡七上八下。確實如周明憲所說的，這比上次的行動還要高一級，她不僅僅要故意被人盯上，還要假裝不知道，然後把手裡的贓車丟給對方。

楊羽庭往大橋的方向走去，周邊的廢車越堆越高，很快的，她前方的無線電聲音就消失了，只剩下背後那遙遠的無線電聲音還在，這代表一件事——前方這組警察人馬已經發現她的存在，並且關掉了無線電，在暗中觀察她。

楊羽庭不知道他們在哪裡，也不知道自己距離他們有多遠，說不定他們已經潛伏在她的四周，並查詢過車牌，發現這是一臺贓車，也說不定他們還在遠方等她靠近。她四周的空氣好像被抽走了一樣，連風的聲音都聽不見，但仍可以感覺到一股敏銳的目光。

楊羽庭還是緊張，但也覺得好笑。那晚，她和弟弟躲在草叢中埋伏時，對方是不是也感受到一樣的目光呢？現在立場完全顛倒了。

「勤區六四三，六洞呼叫。」這時，她手上的無線電突然響了，是派出所同事在呼喚她。

面對突如其來的插曲，楊羽庭也只能拿起無線電：「回答。」

「接一下電話。」對方說。

楊羽庭這才發現，自己的手機不小心關靜音了，派出所打了好幾通電話過來她都沒接到。她雖不知道是什麼事情，但也不緊急，否則對方會直接用無線電通報她。

「喂？」楊羽庭接起了電話：「學長，怎麼了？」

「妳晚餐想吃什麼呀？」對方說：「我們訂了便當，看妳要雞腿的還是排骨的。」

楊羽庭噗哧一聲笑出來，原來是要訂便當。

有些事情不能在警用無線電裡說，只能手機聯絡，這就是一個例子。而且現在都已經晚上六點多了，警察再忙也是要吃飯的。

「幫我訂一個雞腿的，啊不，兩個好了。」楊羽庭想起了弟弟，雖然他今天沒上班，但兩人就在一起。

這時，她忽然靈機一動，贓車還在她手上，依照原訂計畫，她得假裝去上廁所，讓贓車離開她的視線，現在何不將計就計，乾脆就利用手上這通電話呢？

「喂，學長，對對，就兩個雞腿的。」楊羽庭說道，壓低音調，不讓旁人聽出來是女聲：「蛤？你說什麼？我聽不清楚。」

她說著說著就將贓車立起來，往遠處走去：「這裡訊號不好，你說什麼？」

「再說一次？」

「學長？」

其實電話已經掛斷了，但楊羽庭藉故離開了她的贓車，越走越遠，動作無比自然、符合常理。當她回來發現自己辛苦找到的贓車不見時，也只能仰天長嘯，責怪自己太粗心了。

楊羽庭已經走到了坡下，上面的雜草都高出了她一顆頭，她依然在假裝講電話，暗地裡卻死命地聽著上頭的動靜。

奇怪，怎麼還沒人去搬她的贓車？

因為實際操作過，她知道她那臺贓車在被搬動時，會發出很沉重的拖行聲，輪胎破掉根本不能好好滾動。但現在，她還沒聽到車子被搬動的聲音。

「喂？喂？對。」她越講越大聲，希望能降低對方的戒心，幫助對方掩蓋機車拖行的聲音。

但機車就是沒被拖行，四處靜悄悄的，只有她像個小丑一樣，自言自語講著電話。

失算了嗎？

楊羽庭走了出來，感覺計畫失敗了，要不就是對方沒有上當，要不就是周圍根本沒警察，她誤會了。她聽見對方的無線電消失，是因為對方已經離開了，並不是對方在埋伏。

「唉。」楊羽庭往原處走去，她得把機車往回牽了，後面那裡還有另一組警察，可能還有機會。

但當她回到停放贓車的位置時，卻發現贓車不見了。

「咦？」

楊羽庭滿臉疑惑，趕緊走向前去。

由廢車推出來的小路中，她原本立在路中央的贓車已經不見了，但四周靜悄悄的，空無一人，地面也沒有輪胎拖行的凹痕。

「車呢？」楊羽庭睜大眼，在贓車最後停放的地方繞了一圈又一圈。

她剛才在坡下並沒有聽到贓車拖行的聲音，現在路面也沒有拖行的痕跡，這贓車怎麼可能憑空不見？難道對方用了什麼高科技手段將它取走嗎？對方有叫拖吊車過來嗎？

楊羽庭沿著小路開始往前奔跑，想找到偷走她贓車的人。

接著她發現更加匪夷所思的事情，廢車場外的腳踏車道竟然不見了，她原本還以為自己看錯了，但揉揉眼睛，綿延了數十公里，能從新莊河岸通到八里去的腳踏車道竟然不見了，取而代之的是一片泥濘地。

「這怎麼回事？」楊羽庭慌了，踉蹌地走過去。

她周遭的景物全變了，原本停在轉角，一臺很醒目的藍色貨車也不見了；廢車場的車子款式也全換了個樣子，而且數量銳減，再也拼不成通道與巷子，踮起腳就能望到底，和原本堆積如山的廢車場相比，根本不是同一個廢車場。

「喂，有沒有人啊！」楊羽庭真的嚇死了，怎麼她去河邊講個電話回來，世界就全變了？她立刻拿起無線電喊道：「六洞、六洞，勤區六四三呼叫。」

擦擦擦擦擦……

擦擦擦擦擦……

無線電傳來噪音，沒有訊號。

「六洞、六洞，勤區六四三呼叫。」

「六洞、六洞，勤區六四三呼叫。」楊羽庭又喊了好幾次，害怕極了，她前面找不到警察，便開始往後面找，她記得總共有兩組警察的，但現在四處一片安靜：「有沒有人啊？這裡是哪裡啊！」

她已經不確定自己是不是在原本的河堤了，她看到了頭頂上方的大橋，他們派出所管轄的大橋，但橋體卻沒有護欄，機車道也不見了，真是見鬼了！

「周明憲！」楊羽庭想起了弟弟，立刻拿出手機，想撥電話給弟弟。

她真的被眼前的一切給嚇壞了，連傍晚弟弟用來泡妞的籃球場也不見了，只剩一片荒蕪。

您所在的區域沒有訊號。

手機卻如此顯示。

「別鬧了好不好！」楊羽庭趕緊再打一次。

這時候，她身後的遠方終於傳來聲音，卻是恐怖的聲音。

砰！

砰！砰！

是槍聲？

楊羽庭立刻掏出自己的警槍，就地蹲下，以警察的直覺瞬間冷靜，戒備地鑽進橋墩下方。

幾個衣衫不整的男子從廢車場深處跑過來，踩著車頂狂奔，砰砰砰的聲音就是車子被踩的聲音，但楊羽庭認為自己沒聽錯，剛剛絕對有槍聲。

幾秒過後，果然有一堆刑警出現了，他們追在歹徒身後，迎面往楊羽庭的方向跑來，其中幾個不停朝空中開槍，要求對方束手就擒。

砰！

砰！砰！

楊羽庭嚇到雙手不停顫動，握警槍的手都流汗了。

歹徒共有四個人，他們也有槍，全抓在手裡，只是還沒發射，這是楊羽庭從警以來第一次遇到警匪槍戰。他們全往她這邊跑過來，即將到達橋下。

楊羽庭不曉得自己該不該站出來，她是警察，這時候應該要協助同事才對，假如她現在出手，一定可以從前方攔住歹徒，但也有可能被擊斃。

「給我停下來，混蛋！」

「站住！」

刑警們瘋狂追著，歹徒也瘋狂逃著，終於，楊羽庭沒忍住，持槍就往對面的水泥牆擊發，作為警告。

砰！

「你們都站住！不准動！」她躲在橋墩下喊道。

四名歹徒被槍聲嚇到，首領喊了聲：「前方有埋伏！」竟自亂陣腳，帶著大家跳河了，往旁邊的坡道衝下去。

當刑警們趕到時，歹徒已經游到了河裡，楊羽庭見情勢安全就跑了出來，跟著大夥兒在岸上打量。

「站住！」刑警頭子喊道，又往空中開了一槍，但就是不朝歹徒開槍。

然後一群人就這樣擠在岸上，沒人下水去追他們。

「漢生，三洞五呼叫。」刑警頭子拿起無線電，朝指揮中心通報，呼喊雙方的代號：「歹徒四人跳河了。」

「跳河？」指揮中心驚訝地問道：「從橋上嗎?死了嗎？」

「當然沒死，從河邊跳下去的。」刑警頭子看著歹徒的動向說道：「往板橋方向游去啊，請通知派出所警力協助逮人，封鎖一號、二號、三號水門。」

「他們游到哪裡了？」

「十分之一而已。」

「十分之一？」對方笑了，喊了他的暱稱：「不去追嗎，鹽哥？」

「你來追啊，呵呵，冷死了。」

聽到「鹽哥」兩個字，楊羽庭覺得無比耳熟，卻忘了是在哪裡聽過。

夜幕很深，楊羽庭拿起手電筒偷照他們的制服，發現他們是板橋分局的刑警，但這裡是新莊分局的轄區，對面才是板橋分局的轄區，楊羽庭有些被弄糊塗了。

看來是板橋的人跑來他們新莊抓人了，結果歹徒又跳河往板橋方向游走。

不知道是怎麼樣子的刑案呢，需要出動這麼多人。

「糟糕！」這時，某個刑警喊了一聲：「你們聽！」

從遠處傳來嗡嗡嗡的聲音，內行人一聽就知道是馬達聲，刑警頭子面色大變，立刻喊道：「漢生，漢生，三洞五兩呼叫，歹徒有橡皮艇，請立刻通報新莊、樹林、土城、萬華、三重、蘆洲沿線單位，全面封鎖河堤。」

戰情升級，刑警們也不敢再開玩笑了，他們就地分散開來，緊密地追蹤歹徒的位置，但隨著歹徒游向河中央，這變得越來越困難，夜色真的太黑了，手電筒不管用，只有那橡皮艇的聲音不斷靠近。

「你們小心一點，對方有槍，注意安全。」刑警頭子警告道，然後蹲低身體趴在岸邊。

馬達聲越來越近，河面上出現一抹紅色，真的是橡皮艇。

「鹽哥，真的不開槍嗎？」某位刑警問道，已經將槍口對準了橡皮艇，只要有一發子彈射中，就能讓它洩氣。

「別，要是打死了人，你報告寫不完。」名叫鹽哥的男子卻搖頭。

「這情況你還不開槍他們就要跑了！」

「閉嘴，趴好。」

老大都已經這樣講了，其他人便不敢再多說什麼。

幾分鐘過後，橡皮艇就消失了，馬達聲也逐漸遠離，直到完全聽不見。

「漢生，漢生，三洞五兩呼叫。」鹽哥這才又抄起無線電呼喊。

「回答。」

「歹徒四人往下游方向移動，請新莊、萬華及本轄方面全面協尋，速度不會太快，就一艘紅色橡皮艇。」

「你讓人給跑了啊？」指揮中心驚訝地問道。

「不，他們是用划的。」鹽哥回答。

「你讓人給划了啊？」指揮中心繼續調侃。

「沒辦法，我們沒有橡皮艇，這本來就不公平。」鹽哥聳聳肩。

「我看你等等怎麼跟分局長交代！」

任務彷彿結束了一樣，刑警們都站了起來，放鬆了警惕，明明才剛放走了一批歹徒，卻跟個沒事人一樣。現在沿著河堤往前面追，說不定都還來得及呢。

鹽哥從草叢裡站了起來，身上都是泥巴，他和楊羽庭對上視線，就這一瞬間，讓楊羽庭整個人愣住了，腦袋一片空白。

濃密的眉毛、深邃的面孔和率性的鬍碴，這張臉她看過並不多次，卻深深的記在心裡——這不就是她的老爸，顏聰敏嗎！

楊羽庭傻了，她老爸都過世七年了，但她並沒有忘記他的面容，至少她記得他照片中的樣子。眼前這個人，百分之百就是她爸爸，顏聰敏。

「你……是顏聰敏？」楊羽庭睜大眼，驚訝地問道。

顏聰敏看著她，歪了下頭：「小妹辛苦啦，妳是橋下所的嗎？來支援的？」

「對……對！」楊羽庭不知道該說什麼，只能猛點頭。

「怎麼只有妳一個人？也太危險了吧！我們板橋應該早就通知你們新莊了，怎麼只有妳到？」顏聰敏笑著，越看眼前的女孩越奇特：「女警欸，太勇敢了吧？剛才多謝妳幫忙開槍攔住，但以後還是少做這種事，等你們的刑警來再說。」

顏聰敏自顧自說道，完全沒注意到楊羽庭的心情。

「你是顏聰敏，真的嗎！」楊羽庭大聲問道，激動地看著顏聰敏，她父親的暱稱就叫鹽哥，她現在才想起來：「妳沒認出我嗎？是我呀！羽庭呀！我是羽庭呀！」她拍胸脯說道，終於引起了其他人的目光。

「哎呀，這個。」顏聰敏有些尷尬：「嘖，好像有點印象，又沒有印象。」

「鹽哥，你什麼時候又認識新的妹子？這麼年輕的女警耶？」同事將手電筒照上來，瞬間有數十道光都打在楊羽庭臉上，然後是一片沉默。

「鹽哥，誇張，這麼漂亮的女警！」

「這新莊的？」

「你們怎麼認識的？也太正了吧！」眾人一下子議論紛紛。

直到楊羽庭冷冷地說了這麼一句：「我是她女兒。」

眾人再次沉默，情況從興奮變成難以理解。

「女兒？」顏聰敏嘴角抽搐：「小姐，別亂抹黑了，汙衊我的形象。」

「真的啊，爸，我是羽庭呀！」楊羽庭再次激動說道。

這下眾人不敢再聚集了，見楊羽庭說得好像真的似的，紛紛一哄而散，讓顏聰敏自己去解決。

「妳在鬼扯什麼？我什麼時候有女兒？」顏聰敏臉色垮了下去：「小姐？大姐？我頂多就大妳十幾歲吧？女兒個屁！」

他不客氣地就往楊羽庭的額頭彈下去，這痛，頓時讓楊羽庭清醒不少。

是呀，她爸在七年前就已經去世了，她親眼看著他進棺材的，人怎麼可能死而復生？

「叫你們『第三組』快來，別在這邊鬼扯了。」顏聰敏哼了一聲，對楊羽庭失去了好感。

第三組，楊羽庭卻被這個詞給點醒了。

警察機關中最早給刑警隊的編制就是「第三組」，那時候並沒有什麼「刑警隊」或「偵查隊」這種稱呼，只有「第三組」或是「三組」，負責刑事案件的偵辦與調查。

直到某一年之後修法，「第三組」才正式改名為偵查隊。

也就是說，她現在身處在「第三組」還存在的年代，她穿越了時空，回到了過去，這才能見到她老爸。

見楊羽庭都沒反應，顏聰敏往她眼前揮了揮：「喂，妳是怎樣？傻了喔？」

「沒、沒事。」楊羽庭勉強笑了一下，實則震驚無比。

從剛才她就有預感，她一定是碰上奇怪的事了，否則怎麼周遭的景物都會不一樣？連路橋的機車道都不見？

她竟然穿越回過去了！

「怎麼辦？」楊羽庭慌了，趕緊跑出橋下，打量四周。

見到老爸固然開心，但這種只發生在電影裡的事情，竟發生在自己身上，她現在要怎麼回去？她弟弟還在河堤外等她呀！

「爸，」楊羽庭喊了一聲，但又改口：「呃，鹽哥，現在是民國幾年？」她向顏聰敏確認一下。

「什麼民國幾年？」顏聰敏回答：「八十七年啊。」

聽到這楊羽庭差點沒崩潰，她真的回到過去了。

「喂，你們家的人來了。」這時，顏聰敏提醒了她，指著遠處。

從兩個河堤閘門冒出了許多警察，有的穿一般制服，有的穿刑警背心，都是新莊分局的人。楊羽庭卻更慌了，因為她根本不是民國八十七年的人，眼前新莊的警察她一個都不認識。

好在顏聰敏已經對她失去了興趣，轉往新莊分局的人走去。

「你們動作也太慢了吧？歹徒都跑了。」顏聰敏叉腰說道。

「還不是因為你說歹徒在下游，警力都先到下游去了。」對方回答，語氣不是很友善。

他們帶來了大型照明燈，這回，將大家的位階照得一清二楚。

其實顏聰敏並不是什麼警察頭子，他只是刑事組裡的一個小組長而已，階級跟一般刑警沒兩樣，但他的話語權卻很高，大家都聽他的話，因為在這年他就已經是個名警了。

相反地，新莊分局來的都是主管級的人物，有兩個所長，以及一個刑事組長，其他副手級幹部都在下游，光位階就能壓顏聰敏好幾級。

「到底發生什麼事？無線電喊得亂七八糟的，說有開槍？」新莊的刑事組長問道。

「四個『三合會』的混混搶了東西跑出來了。」顏聰敏簡短說道，提起一個黑道集團。

「還在了解中，等等看我們組長那邊調查得怎樣，他們在『三合會』那裡。」顏聰敏回答。

「搶了什麼東西？說清楚。」組長緊張了。

「有人受傷嗎？」組長問道。

「目前是沒有。」顏聰敏回答：「但我建議我們先把管轄權釐清清楚。」

「什麼管轄權？不是在你們板橋發生的嗎？」組長十分敏感地說道，他覺得對方想推案：「我們只是協辦，人等等就抓到了，你們自己去下游帶，就四個嘛？」他哪會不知道顏聰敏以狡猾出名。

「我也是這麼想的！就歸我們所有！」顏聰敏搥掌說道，一口答應下來：「畢竟是我們的案件嘛。」

新莊組長一聽這話，反而又猶豫了。

這時，從廢車堆那邊傳來聲音：「鹽哥，都沒找到欸，會不會掉進水裡？」

「那就去水裡找找看。」顏聰敏說道。

「你們在找什麼？」一聽這話，新莊組長又狐疑了。

現場的狀況真的如雲如霧，就連從頭到尾都在場的楊羽庭也不知道來龍去脈，顏聰敏見狀便嘆了口氣，大發慈悲地說了他所了解的案情。

「『三合會』是當地有名的黑道集團，今晚，有四個混混偷了組織裡大約五十公斤的頂級海洛因逃跑，市值超過一千萬新臺幣，按當時的幣值計算，相當於二十一世紀的五、六千萬元。

新莊組長一聽下巴都掉了下來：「一千萬？」

但他畢竟不是省油的燈，他懷疑道：「就憑四個混混有辦法從『三合會』偷一千萬的海洛因出來？」

「我也不知道怎麼偷的，反正千真萬確，『三合會』都直接找我們組長報案了，黑道的家內事竟然不自己解決，反而找警察報案，你就知道有多嚴重。」顏聰敏不多做解釋，憑證據說話：「這四人是騎車逃亡的，從板橋一路逃到新莊，其中三臺車被我們找到了，剩一臺還沒找到。」

「毒品呢？」新莊組長直問重點。

「有一半找到了，在那三臺機車上，其他的還沒找到。」顏聰敏如實回答，並回頭看了一眼廢車場：「可能在他們身上，也可能留在那最後一臺車上，帶不走，我們還在找那最後一臺車。」

新莊組長只聽到這裡就按捺不住了，立刻對底下將近四十名手下疾呼：「全部人，現在馬上去找一臺機車，就停在河堤這裡而已！」

他著急得要死，口水都快流出來了，又問顏聰敏：「車牌是多少？」

「我沒記起來欸，而且，你想幹麼？」顏聰敏面帶深意地問道。

「車停在我新莊的轄區！」新莊組長指著廢車場，態度跟剛剛比，有三百六十度的轉變：「我們現在已經出力在幫忙找了，下游那四個歹徒我們也在抓了，我們也有功勞，這個案子必須算我們一份，我們都出動這麼多人了！」

似乎是太興奮了，他有點語無倫次，氣血翻騰，道理都說不清楚。

總的來說，畢竟是一千萬的海洛因啊，跨國警察能抓到的，可能也就這麼多了，尋常警察一輩子能遇到幾次這種大案？不管前因後果如何，新莊都得分一杯羹，這一千萬就算只分到零頭，說不定都能跟總統拍一張照片，升官指日可待。

就算不為自己著想，他也得為了分局長、副分局長以及其他新莊大大小小的同仁著想呀！這種案子只要摸一下都能多少分到獎勵，跟天上掉下來的餡餅沒兩樣。

於是，眾人各自都忙了起來，忙得不亦樂乎，廢車場霎時成了尋寶之地，大夥兒都瘋狂的在找那臺贓車，每走一步就要摸一下旁邊的機車引擎，看是不是熱的。

楊羽庭從頭到尾都在一旁看著，她無法理解這年代的辦案方式，她只希望顏聰敏說的是真的，下游真的有認真在尋找那四名歹徒，否則就太奇怪了，這麼多警力在上面找車子，下游的事情卻無人過問。

她可沒忘記，那四名歹徒是顏聰敏親手放走的，他任由他們坐橡皮艇逃走，連沿著河岸跟追都不肯。

「你在搞鬼。」楊羽庭突然說道，對著在橋墩下抽菸的顏聰敏。

「嗯？」顏聰敏轉過頭，才發現這小妞還在。

「四臺車都已經找到三臺了，為什麼最後一臺要分給別人？這違反常理。」楊羽庭瞇眼問道，觀察顏聰敏的肢體動作：「你甚至都沒和他爭辯，就拱手讓他們參與辦案了。」

「他是組長呀，刑事組長欸。」顏聰敏認真的說道：「官位很大的欸。」

「錯，你在『套條子』。」

顏聰敏一聽這句話，馬上被菸嗆到，他露出震驚的表情，呆呆的問道：「妳是從哪裡聽到這個詞的？」

「套條子」一詞是顏聰敏自創的，他從來沒有對人說過，只對自己調侃，他不敢相信，眼前這個女警竟然說得出來。

「你先回答我的話，我再告訴你。」楊羽庭說道，眼前的事情實在太詭異了，她必須先搞清楚才行：「你剛剛跟那個組長講的，都是真的嗎？還是有騙人的地方？」

「大部分是真的。」顏聰敏支吾其詞。

「哪部分是假的？」

「我回答完一個問題了，換妳回答我，妳是從哪裡聽到那個詞的？」顏聰敏強勢問道。

「你會白白把績效讓給別人，說明這個案子裡面有可疑之處，會帶來很大的困擾，所以你才想讓別人來接這個冤盤。」楊羽庭回答，一副將顏聰敏完全看透的模樣：「『套條子』的高明之處就是讓對方自願掉入圈套。」

「我是問妳為什麼知道這個詞，不是問妳這個詞的含義！」

「我回答完一個問題了，換你回答我了。」

「我的老天，妳這是在賴皮嗎？妳從哪裡學來這麼厚臉皮的招數？」顏聰敏不可置信。

「學你的。」

「什麼？」

「當然是學你的。」楊羽庭說道，然後開始盧：「快點說，這裡面到底哪裡有問題？」

「我去妳的，妳給我回答，妳為什麼知道這個詞？」

兩人開始攪渾水，一來一往的吵架，誰也不遜色。

楊羽庭自從知道自己穿越到過去後，就不敢講自己是顏聰敏的女兒了，她好歹也看過時空穿梭的電影，覺得講了會給自己惹上麻煩；因此「套條子」三個字的典故她自然也不敢跟顏聰敏說。她看過他的日記，對他很了解，但他卻對她一無所知，這應該是件好事。

顏聰敏和楊羽庭吵了十分鐘後，就被氣走了，很少有人能讓他這麼生氣。

楊羽庭頓時孤獨一人，她看著周遭的大家，忽然陷入恐慌。比起去關心顏聰敏的案子，她有更大的問題和煩惱：她要怎麼回到現代？她到底發生了什麼事情？為什麼會穿梭到民國八十七年？

「喂？人抓到了，在江子翠！」這時，人群裡傳來騷動。

是那群黑道小混混在下游被抓到了，五十公斤的海洛因也人贓俱獲，速度之快堪稱閃電破案，但楊羽庭還是覺得有哪裡怪怪的，老爸會想賴掉的案子，絕對有哪裡不對勁！

「找到啦，是我們新莊抓到的。」刑事組長得意地說道，覺得自己的名字已經被寫在升官榜單上了，即將飛天：「馬上報告分局長，說我們和板橋聯合破案，查獲一級毒品海洛因五萬公克，歹徒全數落網。」

「五、五萬公克？」下屬不解。

「五十公斤就是五萬公克，當然要寫五萬公克才有氣勢！」組長理所當然地說道：「那可多好聽呀。」

楊羽庭混在大夥兒之中，在廢車堆裡穿梭。新莊的人以為她是板橋的，板橋的人以為她是新莊的，沒人搭理她。

凌晨時分，大黑堤防卻熱鬧無比、歡天喜地。楊羽庭越走越遠，手中撫摸旁邊的廢車零件，金屬觸感時不時傳來，直到被刺痛了一下。

「噢。」她抽回自己的手，發現被碎玻璃給割傷了。

然後她終於知道哪裡有問題了，不是還有一臺車沒被找到嗎！

顏聰敏說總共有四臺機車，其中一臺騎進了這個廢車堆中就消失了，大夥兒忙了老半天，不就是在找那臺機車嗎？怎麼會還沒找到就宣布破案呢？

「喂——」楊羽庭焦急地回過頭，卻立刻被眼前的景象嚇住：「啊！」

消失了。

全部都消失了。

廢車場裡，所有的人都不見了，楊羽庭甚至是先看到眼前的景象，耳朵裡那大夥兒嬉鬧的笑聲才不見，寂靜得令人戰慄。

什麼顏聰敏、新莊組長、警員、刑警，全部的人都消失了，廢車場變回原本堆積如山的廢車場，腳踏車道也重新冒出來了，遠處的籃球場、池塘與景觀公園，全都回來了。

她回到了現代，回到了原本的世界。

叮鈴叮鈴叮鈴叮鈴叮鈴叮鈴——

叮鈴叮鈴叮鈴叮鈴叮鈴叮鈴——

她的手機瘋狂響著，拿起來看，才發現都是周明憲打的電話，她瞄了下時間，竟才只過半個小時，但這半小時，已經足夠讓弟弟緊張了。

「喂？」楊羽庭接起電話。

「姊，妳跑去哪裡！」周明憲劈頭就著急問道，接著轉變為生氣：「為什麼都不接電話？妳知道我差點要跟派出所求救嗎！妳去哪裡了！」

「明憲……。」楊羽庭愣愣地說道，朝大橋的方向走去，最後停在一個東西前面：「你不會相信我剛剛見到誰了。」

「妳見到誰？」周明憲問道。

「爸爸。」楊羽庭回答，然後放下了手機。

第五章

楊羽庭和周明憲為了擺脫「CAB-123」這臺棘手的贓車，決定使出老爸以前的絕招，讓別人去接盤。然而事情卻朝離奇的方向發展，楊羽庭竟然回到了過去，見到民國八十七年的老爸。

「妳沒事吧？妳跑去哪裡？」周明憲出現了，伸手就先摸摸姊姊的額頭，擔心地左瞧右盼，沒把姊姊剛剛講的話當一回事。

「我說我看到爸爸了。」楊羽庭再次說道，腦袋空白。

「看到爸爸什麼啦！」周明憲還是不懂。

「我看到爸爸了，你聽不懂嗎？」楊羽庭眨眨眼，雖然自己也不敢相信，但確實是真的：「你看看這個。」她舉起自己的右手，上面還有玻璃的割傷，並不是夢，然後她指著自己的額頭，望著旁邊車窗反光的自己：「還有這個額頭的紅點，是爸爸彈的。」

「姊，妳是不是瘋了？」周明憲問道，從包包拿出礦泉水，替姊姊清理右手的割傷：「就半個小時而已，我在堤防外面等妳，妳去哪找的爸爸？天堂？地獄？還是夢裡？」

「就在這裡。」楊羽庭指著地面說：「你不要不信我，是真的！」

楊羽庭的頭腦一片混亂，她很難解釋，但她必須解釋，畢竟那是他們兩個的爸爸，她有責任讓周明憲相信她不可。

「我剛才先把機車放著，然後派出所的人打電話來，我就一邊接一邊到河那邊去，上來以後機車就不見了。」楊羽庭娓娓道來，指著遠處又指著近處，試圖還原現場：「然後我就穿越時空了，你打球的那個籃球場不見了，腳踏車道也消失了，都變成二十年前未開發的樣子。」

「嗯哼，那妳怎麼沒帶老爸一起回來？」周明憲心不在焉地聽著：「記得告訴他多注意身體，他最後會死於心臟病。」

「周明憲，你別以為我在開玩笑！」楊羽庭打了他一下：「我說的是真的，我自己都懷疑自己，但我剛剛真的到民國八十七年去了！」

楊羽庭拉著周明憲，原本想到大橋底下去看看犯罪現場，民國八十七年留下的彈孔不知道還在不在。但她忽然想到，有另一個方法更快。

「一定跟這臺機車有關！」楊羽庭的注意力回到了眼前的綠牌子贓車上，她又驚又喜地對周明憲說：「我知道要怎麼回去了，我們重新來一次！」

「來一次什麼啦？」周明憲真的覺得姊姊瘋了。

楊羽庭將機車翻來覆去，檢查了一下有沒有被動過的痕跡，她將機車立起來，擺在小路中間，跟剛才的位置一樣，然後就拉著弟弟往下坡道走去。

「走，我們到剛剛我講電話的地方去。」

「妳可能會得諾貝爾獎，新時代的穿越時空方式，完全不用時光機，愛因斯坦會出來打人。」周明憲吐槽，但還是跟著姊姊走了。

兩人到了河邊，楊羽庭剛才講電話的位置，然後就背對著機車，等待時機。

楊羽庭警告周明憲千萬不能回頭，心裡則七上八下的，她已經迫不及待要回去民國八十七年了，看看她老爸和那夥刑警到底抓歹徒抓得怎麼樣了。

幾分鐘後，楊羽庭帶著周明憲走上斜坡，探頭出去。

但那臺機車卻還在。

「不可能呀？」楊羽庭跑了上去，往左右張望。

河堤依然是原本的河堤，景物都沒變，時間並沒有倒轉。

「剛剛真的是這樣發生的呀？」楊羽庭又晃了晃機車。

「可能它不喜歡我吧，剛剛不是只有妳一個人在場？」周明憲依然在說風涼話。

但楊羽庭卻當真了，她喊著絕對這樣子沒錯，推著就把弟弟趕出鬧門之外。

「不是啊，妳別搞笑了，妳到底要幹麼？」周明憲不開心了。

「你先在外面等著，我再試一次。」

「不行啦，這裡這麼荒涼，妳知道我剛才找妳找得要死嗎！」周明憲生氣了。

「乖，快點去外面，別偷看，就一下就好，如果你等等進來看到機車不見了，就代表我成功了。」楊羽庭指著鬧門外的一處電線桿，讓周明憲去那裡，以免他跑進來偷看，破壞了流程：「就一下子，十分鐘就搞定了。」

然後楊羽庭就趕緊回到贓車旁邊，重新、認真地，還原現場。

她將贓車擺正，然後撥了通電話給派出所的同事，問他們便當訂得怎麼樣，一樣往下坡處走去。

同事一下子就和她聊開了，問他們跑哪去了，怎麼還不回來？都要交接班了，而且菜都涼了，為啥還不回來吃。

楊羽庭和他敷衍著，躲在河邊，卻越想越覺得悲觀，她永遠不可能還原剛才的場景，所有的條件都不一樣。剛才有別轄區的警察在埋伏她，現在沒有；剛才是派出所的人打給她，現在卻是她打過去；剛才周明憲在很遠的地方等著，現在卻只在外面而已，也不曉得有沒有偷看。

退一萬步講，月亮的位置、蟲鳴鳥叫、幾點幾分幾秒鐘她應該走到哪裡，也全都不一樣了，像穿越時空這麼嚴謹的事情，她根本無法複製原本的條件。

楊羽庭走上來，果然聲音是吵雜的，和那種令人起雞皮疙瘩的寧靜不一樣，她用第六感想也知道，她還是在現代。

「妳好了沒？」從閘門外傳來周明憲的聲音。

「你進來。」楊羽庭回答。

楊羽庭又用各種方法再還原了幾次，最後放棄了，但她心裡清楚，剛才的一切絕不是夢境或幻想。於是她帶著弟弟到大橋底下，找到她當時躲起來的地方，她就是在這裡對那四名歹徒開槍示警的。

「找找有沒有彈殼，如果有找到，就能證明我說的是真的。」楊羽庭說道。

「彈殼長怎樣？」周明憲問。

「你是軍人你不知道彈殼長怎樣？」

「我們新兵訓練的時候用的是步槍，不是手槍。」周明憲無奈地說。

楊羽庭拔出自己的槍，卸下彈匣，打算讓弟弟看看手槍子彈。不拔還好，一拔絕了，照理說她的彈匣應該要有十發子彈，現在只剩九發而已。

「你看！」楊羽庭瞪大眼，將彈匣捧在手掌心，嗅著還有一股火藥味：「我就說是真的！子彈少一發了！就是我剛才幫老爸擋歹徒用掉的那一發！」

這下，楊羽庭澈底鐵了心相信她穿越時空了，誰來勸都沒用，就算把她送去精神病院，她都會百分之百宣稱她真的見到老爸了。

「快來幫我找彈殼！」楊羽庭拿出手電筒，就開始在地面摸索。

「喂，我說，」周明憲苦著臉，真是傻了：「不是我不信妳，是真的沒辦法信啊。而且妳現在子彈少一發，妳要怎麼跟派出所交代？警察的子彈不見，跟軍人一樣嚴重吧？」

楊羽庭卻不管那個：「快來幫我找！」

兩人又忙了老半天，最終無功而返，那顆落在民國八十七年的彈殼，可能找不到了。而且派出所也在催促了，楊羽庭照理講該交接班了，沒那麼多時間可以在這裡耗，副所長都說要派人來找她了，問到底遇到了什麼問題？

「知道了，我們馬上回去了，只是在找贓車。」楊羽庭往無線電回答。

「快點，妳要被通報勤務缺失了。」派出所方面已經不耐煩了。

兩人回到原處，面對這樣子的姊姊，周明憲也是頭一次，他畢竟只是個替代役徒弟，不曉得姊姊到底要幹麼：「那這臺車怎麼辦？」他指著那輛綠牌贓車問道：「我們要繼續『套條子』嗎？」

「所裡都在生氣了，還套什麼條子？」楊羽庭回答，她可沒忘記今晚出來，是要把機車甩鍋給別人的，但如今狀況不一樣了，這臺機車別有洞天：「先把它運回去。」
「又要踢車？」
「對。」
「那可以換我騎警車嗎？一直坐前面好無聊。」
「想得美。」楊羽庭說道：「而且我講的是真的，我見到爸爸了，你給我認真相信！」

楊羽庭和周明憲回到了派出所，也安置了「CAB-123」的贓車。
這次楊羽庭真的找來了鐵鍊，用土方法固定它，免得弄不見。她認為這臺贓車就是二十年前爸爸和新莊分局他們在河邊找的那臺贓車，事實證明他們最後沒找到，否則也不會流落到現代來。
楊羽庭得搞清楚當年到底發生了什麼事情，她還有一個方法可以用，就是去翻老爸以前的舊物，如果這個案件很重要，老爸一定會留下線索。
凌晨兩點鐘，一下班，楊羽庭就搭周明憲的順風車走了。周明憲其實今天請假，但楊羽庭不只是他的姊姊，也是他的師父，在警察役中等同於上司，師父有任務在身，徒弟就必須跟隨其後。
「過來幫我找。」
一回到楊家，楊羽庭就將倉庫裡，父親所有的遺物都翻出來，總共有四大箱，說多不多，說少也不少。

楊媽媽不在家，今晚上夜班去了，所以姊弟倆可以肆無忌憚地翻箱倒櫃，不要吵到鄰居就好。

「這麼多紙？是要找什麼？」周明憲一看到內容物，人都傻了。

父親的遺物一點都不有趣，講白一點就是一堆密密麻麻的文件，有筆錄、有公文，也不知留著是要做什麼。楊羽庭則解釋：父親留著這些東西，是某天出事時要打官司用的，父親不是個單純的警察，他遊走在灰色地帶，要是哪天被誰給出賣了，可以用這些公文保身。

但楊羽庭同樣也不喜歡這些文件，遺物裡頭，只有兩本父親的日記讓她有興趣。父親閒暇時就會添上兩筆，記錄下「套條子」或「偷贓車」這些他要人的事蹟，用來娛樂他自己。

楊羽庭將兩本日記丟給周明憲，日記的內容她已經看爛了，她讓周明憲重新找找裡面有沒有她看漏的東西；她自己則著手去翻那些紙，看有沒有關於民國八十七年發生的案件卷宗。

「這樣怎麼找啊？有好幾百萬字吧，都可以出書了。」周明憲沒看日記，而是盯著四大箱的筆錄，頭都痛了。

「不然你先幫我找民國八十七年左右的案件。」楊羽庭將其中一個箱子推過去。

「它們有按照時間排列嗎？」周明憲問道。

「沒有。」

「那妳不是要我的命嗎！」他最不會讀書了，更別說是看繁瑣的公文。

兩人找了半小時，卻什麼也沒找到。周明憲開始偷懶了，躺在地上滑手機，楊羽庭也找累了，但她忽然想到什麼，跟著拿出手機來。

她輸入「民國八十七年」與「顏聰敏」兩個關鍵字查詢，神奇的事情出現了，竟被她查到了一點東西出來。

二十年前還沒有什麼新聞報導會被放到網路上，但她在維基百科中的某個欄位發現一則歷史刑案，說是在民國八十七年，警政署發布「全國掃黑大行動」，最終由板橋分局刑事組主導，捉拿頭號槍擊要犯「黃慶義」，平息了當時動盪的社會氛圍。

當年，黃慶義在全國各地燒殺擄掠，百姓惶恐不安，警政署派出數千名警力，聯合刑事警察局、保安警察以及各縣市警力，才終於在屏東找到黃慶義。

但黃慶義並沒有活下來，他在混戰之中，被顏聰敏一槍擊斃，成為一段佳話，為顏聰敏的名警生涯更添一份事蹟。畢竟那是拿自己的生命在搏鬥，第一線的警員根本沒什麼心思沽名釣譽，個個都是真勇敢，遲疑一秒都會因公殉職。

楊羽庭再繼續查，黃慶義果然是黑道組織三合會的一員，而且照片和她在橋下看到的人一模一樣，都是頭髮蜷曲、蓬頭垢面、瘦骨嶙峋、雙眼無神有點像殺人魔，兩個肩膀好像發育不全一樣向內彎，頗為畸形。

底下也提到了毒品，說黃慶義也是個毒梟，但著墨不多，通篇的旨意還是在於，他殺了三十二個人。

看到這裡楊羽庭心都涼了，那個男人，那四個歹徒，竟然殺了三十二個人，爸爸知道這件事嗎？楊羽庭回想晚上在橋下發生的事情，顏聰敏有說有笑的，並不像在面對一個背負了三十二條人命的殺人魔。難道，他們說在下游抓到了黃慶義是假的？最後讓黃慶義跑了？

楊羽庭的視線又回到手機上，沒錯，黃慶義一定是跑了，否則新聞又怎麼會說最後在屏東抓到？

肯定是當初在新莊沒抓到，最後才會跑到屏東去。

「慘了。」楊羽庭坐在地上說：「老爸大意了，竟然讓那人跑了，後來還殺了三十幾個人。」

「怎麼了？」周明憲轉過頭來問道。

「你看看這個。」楊羽庭將手機遞給他，然後去翻箱子內的文件。

根據她的推斷，當晚，那四名歹徒從三合會搶了毒品就跑，在大橋下和他們相遇。後來下游的警察說抓到人了，應該是真的有抓到，畢竟這種事情不能亂通報，但黃慶義後來又跑了，而且犯下更多罪行。

楊羽庭不願多想的是，為何黃慶義有辦法在下游又跑掉？難不成又是被老爸給放走的嗎？她真的不願意多想。

「殺人魔啊？妳說老爸在追的就是這個人？」周明憲問道。

「對，而且他沒追到。」楊羽庭回答，繼續在箱子裡翻找相關的文件。

「為什麼沒追到？不是說在屏東追到了嗎？」

「那是後來的事，剛剛在橋下老爸在乎的只有毒品，完全沒提到他殺人，所以我覺得他是後來殺的。」

「剛剛在橋下？」周明憲不懂。

「我不是講了嗎？我剛剛在橋下和老爸一起看到這個殺人魔了。」楊羽庭冷冷地說。

周明憲無語：「妳認真？」

楊羽庭懶得跟他廢話了，她知道這種事情說出來沒人相信的，她只想趕快找到更多資料，以了解當年到底發生了什麼事。

但她怎麼找，就是找不到相關卷宗，這個案子似乎太敏感了，讓老爸沒有留下任何證據，連日記裡都沒提到黃慶義一個字。

隔天，兩人一到派出所上班，楊羽庭就馬上用警用電腦查了黃慶義的資料。人雖然已經死了二十年，但還是可以查出一點蛛絲馬跡。

「竊盜、強盜、傷害、殺人未遂、組織犯罪條例、毒品、槍砲、檢肅流氓條例……。」楊羽庭念出上面的前科：「哇，刑法上有的重罪，這人全部都有。」

「他是怎麼搜集到這麼多的？」周明憲在一旁饒有興致地看著。

「大概是同時間一起犯下的，就是在橋下坐橡皮艇逃亡之後。」楊羽庭回答，昨晚的一切還歷歷在目：「他們都敢跳河了，絕對是亡命之徒。」

「說得好像妳親眼看到一樣。」

「我就親眼看到。」

周明憲抿著嘴，還是不相信姊姊的話，但他不知該如何處理眼下這彆扭的狀況，他真不懂姊姊消失的那半小時是發生了什麼事，但絕不可能穿越到過去。

「你們在看什麼？」這時候，所長翁國正走過來了。

「所長好。」

「所長好。」兩人立刻站起來。

「這誰啊？前科這麼多？」翁國正盯著螢幕說，看了看名字，竟然有點印象：「黃慶義？是不是那個誰……？」

「槍擊要犯。」楊羽庭說出答案。

「對啊，噢，當時鬧得很大啊，全國都在抓這個人。」翁國正嘖嘖幾聲，回憶起往事：「大概死二十年了吧，我那時候在豐原分局，聽說他們一路南下，我們就在省道和高速公路設攔截圍捕點，全部的匝道都封起來，禁止通行，妳就知道有多嚴重，老百姓的車都不能過。」

「後來還是被他逃到屏東了不是嗎？」楊羽庭問道。

「好像是在屏東沒錯，但這個案子，很黑啊。」翁國正回答。

「很黑？」

「這人是三合會的人，最後他和他的小弟被槍斃，三合會大佬全身而退，妳不覺得很有趣嗎？」翁國正深深笑道，卻也不願再說下去，畢竟三合會直至今日依然存在，與他們新莊的淵源還頗深。

三合會和竹聯幫、四海幫一樣，就是一個黑道組織，專門從事一些非法勾當賺錢，警察也無法將他們根除。

三合會的根據地，很不巧的，就在板橋與新莊的轄區，新莊有一條廟街，布滿夜市攤商與南北雜貨販子，是知名的觀光街，同時也是國定二級古蹟。但外行人不知道的是，廟街就是三合會的大本營之一，裡頭有許多黑道分子的堂口，哪裡可以收取保護費，哪裡就有他們的據點。

新莊只和板橋隔了一條溪，三合會自然在兩岸叱吒橫行，警察也得和他們打交道。逢年過節，對派出所最好的就是這些人了，他們會來送禮，噓寒問暖、請客開宴。

楊羽庭也知道三合會的存在，但她才來一年多而已，對這些事還不是很熟。但既然黃慶義這個頭號槍擊要犯是三合會養出來的，就必定不是什麼善類。

「對了，明憲啊，你槍買好了沒？」翁國正忽然岔開話題，向周明憲問道。

「報告所長，有。」周明憲立刻從自己的腰包中拿出一支手槍。

楊羽庭看了心臟幾乎要跳出來，原來翁國正要讓他配槍是真的，這可把她給嚇壞了，她看著眼前黑色的槍，跟真正的警槍沒兩樣，可千萬要保佑是模型槍呀，別鬧了！

「我看看。」翁國正接過那把槍，卸下彈匣，瞄了一眼就知道大概。

這槍跟玩具沒兩樣，裡面填充的是火藥包，而不是金屬子彈。擊發的時候火藥會爆炸，發出槍聲，運動比賽裁判手裡拿的，就是這種槍。

但周明憲的槍還是太逼真了一點，外型完全是仿真槍設計的，該有的重量也都有。

「你這哪裡買的啊？也太真了？」翁國正檢查膛口，用手指伸進去，發現是堵死的就放心了。這槍的槍管不通，縱然裝子彈也射不出來：「網路上嗎？」

「對啊，在國外網站買的。」

「你要小心欸，凡事先多問你師父，這種槍要是在海關那裡被扣下來，他們覺得不正常，你就慘了。」翁國正提醒道，他雖然欣賞周明憲的聰明，但也知道年輕人容易得意忘形：「多少錢啊？」

「一萬多塊。」

楊羽庭的下巴差點掉了下來，恨不得掐死弟弟，又在亂買東西了，他家家境就已經不是很好了，還這樣亂花錢。

「這麼貴啊？」翁國正也很驚訝，下一秒卻說：「幫所長也買一把。」

「什麼？」楊羽庭問道，以為自己聽錯了。

「這種槍很管用的。」翁國正解釋道：「緊急時刻可以拿來嚇唬歹徒，也不怕擦槍走火，真的開槍也沒關係，砰砰幾聲對方就嚇趴了，但其實根本沒子彈。」

他說得很對，楊羽庭剎那間想起自己聽過同樣的說法，她還來不及回答，弟弟就搶著說：「聽說高明的警察身上都會帶兩把槍對吧？一把真槍，一把假槍，出事的時候先開假槍，往壞人頭上開下去都沒事，真的不行的時候，再換真槍上場。」

「對，你怎麼知道？」翁國正驚喜地點點頭：「那是我們那年代的技倆了，後來警政署頒布警械使用條例，警察就不能再隨便配假槍了，只能帶法律規定的正式裝備。」

「那所長怎麼還想配假槍？」周明憲問道。

「噓，小聲一點。」翁國正怕被別人聽到：「我都要退休了，最近警政署一下子要取締贓車，一下子要抓毒品，一不小心就要我出馬，最好還是弄一把假槍出來做做樣子。」

終歸一句，假槍還是挺好用的，現在警察動不動就會被說執法過當，射死罪犯賠錢都賠不完，但使用假槍就沒這個問題了。權衡利弊之下，翁國正還是想弄一把來玩玩。

「替我也買一把啊。」翁國正拍了拍周明憲的肩膀：「然後你那把拿來報公帳，再把發票拿給內勤。」

「遵命！」

翁國正走後，周明憲露出得意洋洋的笑容，隨手就將那把槍給插進腰帶中。有了所長的認可，一切都名正言順了。

「史上最帥男警出馬！」他扣上槍套說道，朝姊姊拋媚眼：「看所長多喜歡我，還把我當兄弟，叫我幫他買槍。」

「喜歡個頭，他對誰都這樣，本來就很親民。」楊羽庭推開他的屁股，一把將他的槍搶過來，仔細看了看：「我跟你講，你不要拿這玩意兒到處亂搞，就算沒子彈，也會有恐嚇的嫌疑。」

「我才不會，妳把我當誰了？」周明憲回嘴：「我可是前輩們公認最認真的實習警察。」

「不是實習警察，是替代役。」

「都一樣啦。」

這倒是，周明憲在派出所裡很受歡迎，別看他吊兒郎當的樣子，他很會觀察眼色，從不遲到早退；每天到派出所就先幫大家訂飲料，跟誰都能聊天，還會幫學長按摩，哄學姊開心；民眾來報案，他也會上去幫忙，十分熱心，甚至還會幫副所長停車。

楊羽庭都不敢說，周明憲根本沒有汽車駕照！

而且，替代役其實不能穿警察制服，但周明憲不知怎麼跟翁國正講的，竟然獲得同意，給自己搞了一套風風光光的制服，跟個真正的警察沒兩樣。

她這弟弟實在太油條了，有人在場時就認真掃地，沒人在場時，就躺在沙發上打電動。礙於大家都稱讚是楊羽庭教徒弟教得好，楊羽庭也沒辦法發火，只能苦笑著說是是是，她這徒弟真的很用功。

但楊羽庭卻想到了一件事：「你是不是偷看爸爸的日記了？」她問道。

「什麼偷看？」

「不然你怎麼可能知道以前的警察都配兩把槍？」楊羽庭狐疑地瞇起眼睛，那是父親在日記裡寫過的內容，原理就和翁國正剛才說的差不多，但卻被周明憲搶了風頭。

「我可沒偷看，是妳昨天叫我看的。」周明憲回答。

話說回來，楊羽庭還得繼續追查昨天的疑案才行，事情看似已經完整了，卻還很不完整，為什麼黃慶義有辦法殺了三十二個人？這不管放在哪個年代都很不尋常，民國八十七年的警察是紙糊的嗎？

楊羽庭靈機一動，想到他那臺贓車，便輸入黃慶義的資料，查看他名下的交通工具，結果，那臺拼裝車也不是他的車，

她能掌握的資訊實在太少了，「CAB-123」只是個假車牌，沒有半點用處。她只能根據車體判斷這是一臺三陽品牌的機車，排氣量一二五ＣＣ，外殼是金屬色的。光憑這些線索想找車主，根本是大海撈針。

這車肯定是黃慶義偷來犯案的，而且還拔了人家「CAB-123」的車牌混淆視聽，最後丟在河堤外，今年才被楊羽庭和周明憲發現。

「不對呀，還有一條線索。」楊羽庭又想起了什麼：「這車並不是我們找到的呀！」她對周明憲說。

「嗯啊，是我們『偷』來的。」周明憲一本正經的說道，既然姊姊不尷尬，那他也不尷尬。

「那我們去問當初被我們偷的那個警察，說不定就能得到線索了！」

「重點是妳找得到嗎？」周明憲譏諷道，他學得很快，早就知道警察都在幹什麼勾當：「他都故意把車丟給妳了，妳想找到他，我看妳去找老爸觀落陰比較快。」

楊羽庭無言。

是的，周明憲說的沒錯，而且河岸又沒有監視器，根本拍不到那天的畫面，看來周明憲看得比她還要透澈。

「嘿，你們，要聊到什麼時候？」這時，後面有人說話了，是同事在催促他們：「副座說要開會，趕快上樓了。」

兩人回過神，這才發現大夥兒都在收拾東西，三三兩兩地往樓上會議室走去。雖然派出所每兩天要開一次會，但現在才四點鐘，未免也太早了？一般都是六點鐘開會才對。

副所長要開會，是因為他剛剛才從總局回來，總局那邊發布緊急消息，要新北市各個警察分局提高戒備。

跟三合會有關。

第六章

會議室內，今天上班的人都已經到齊了，雖說是副所長召集的會議，但仍由翁國正坐鎮主持。

翁國正也不知道會議內容是什麼，剛才前往新北市警察總局開會的，只有副所長一個人而已。

「三合會的會長，林海龍昨天被送加護病房，聽說病危了。」副所長一開口就開門見山地道出主軸。

翁國正不自覺和楊羽庭打了個照面，心照不宣，竟如此湊巧，他們剛剛才在樓下說三合會的八卦，現在三合會就冒出來了。

「病情很不樂觀，現在在林口長庚醫院觀察，各界都很躁動。」副所長說道：「局長下令，全市加強警戒，明日起各分局編列人員在『一〇八熱點』守望，為期一個月。」

這話說得委婉，所謂的「一〇八熱點」，就是三合會在雙北地區的一百多個堂口，其中有宮廟、有停車場、有檳榔攤、有小吃店、有撞球場、有保齡球館、有ＫＴＶ、有酒吧，全是黑道小混混聚集的地方，容易發生糾紛。

三合會是北臺灣最大的黑道組織，而且權力都集中在核心人物，會長林海龍手中，這導致一旦林海龍病逝，三合會將馬上陷入混亂，群龍無首，連個二把手都找不出來。

這是令警察最害怕的事情，他們可以接受黑道的存在，但不能容許黑道沒有紀律，一旦林海龍去世，各個堂口一定會打起來，為了爭奪會長的位置而拔刀相見。

到時候局長就倒楣了，這邊掛一個，那邊死一個，他都得出來面對，要是不小心傷及普通老百姓，那他這輩子都不必升官了，所以他才會下令各界嚴陣以待，把所有的堂口都看牢了。

不僅僅是警界，連政界、商界都十分關心林海龍的病況，要死可以，但至少先把自己的組織安定好再死，別留下個爛攤子讓大夥兒收拾。

黑道老大的位置不是世襲的，要世襲也很困難，隨時會被推翻，得服眾才行。所以不管林海龍有幾個兒子都無濟於事，他最好趕緊找個可靠的接班人出來。

「今日起執行專案勤務，晚班會開始安排四個人巡邏特定路線，守望表都要簽，分局長和督察組長都會去看，局長也會親自來看。」副所長開始交代細節，橋下所的轄區堂口特別多，誰叫三合會的大本營就在他們新莊呢。

「同仁務必穿著防彈衣。」翁國正補了一句。

「局長說了啊，新莊和板橋是重中之重，若有滋事分子一切先依社會秩序維護法抓起來，反正林海龍躺在醫院了，也管不到。」副所長話說得坦白：「絕不許出任何差錯，幹部們加強監督，有摸魚的就派你直接到熱點罰站。」

話都說成這樣了，聽起來的確是挺嚴重的，不管是社會的動盪，還是林海龍的病情。

這種狀況在黑道組織中其實並不常見，沒有個二把手，至少也得有幾個親信才對，如此一來才能避免今天這種分裂的狀況發生。但林海龍的個性十分專制，自接任會長後就獨攬大權，從不下放權力，身邊的人稍有鋒芒就會被他除掉。

會議很快就結束了，簡單明瞭，但在大夥兒站起時，翁國正卻讓許展皓留下來：「那個，阿展，等等來我辦公室一下。」

「好。」

楊羽庭看了看兩人，又想起前幾天和展哥在熱炒店裡的爭執，心裡頓時有個想法，拉著弟弟就往樓上走。

「幹麼？」周明憲小聲問道。

「跟我來就對了，有事情。」

「不要拉我的手，會懷孕。」

「懷你個頭！」

「我說真的，妳不要忘了我們的身分不能曝光，妳這樣白痴我們絕對撐不了半年就會被發現。」周明憲點醒她，姊弟關係可不能曝光。

楊羽庭一聽趕緊收手，但沒有停下腳步，用最快速度衝到三樓，回到寢室。她先看了看裡頭，確認沒其他女生就把周明憲拉進去。

周明憲一看她要鎖門立刻護住胸口：「男女授受不親，人家的節操可不容玷……。」

「玷你個頭！」楊羽庭將他巴到一旁，從抽屜中拿出塑膠杯，貼在地板上，像醫生用聽診器尋找位置般，左移右挪。

「這又是什麼謎之操作？」周明憲被搞糊塗了。

「噓，你在旁邊看著就好。」楊羽庭讓他閉嘴。

她之前說過，女生寢室可以偷聽到副所長室的聲音，但事實上，比起用彈藥庫改建而成的副所長室，樓下的所長辦公室能聽得更清楚。

楊羽庭現在就在偷聽翁國正和許展皓的對話。

「嘖嘖嘖嘖，我的老天，現在的女孩子連這點節操都不要了嗎？」周明憲看懂了，就在旁邊蹲下來，玩楊羽庭的頭髮：「況且還是個女警。」

「你安靜。」

然後楊羽庭就聽到了，她找到了位置，塑膠杯開始傳來模糊的聲音。

翁國正：「不是說今天就能抓到那件毒品嗎？」

許展皓：「出了點差錯，人跑了。」

翁國正：「人跑了？那怎辦？」

許展皓：「已經在找了，很快就會有線索。」

翁國正：「你確定？上禮拜已經出一次包了，再兩天分局就要總結績效了，我還在等你這件。」

許展皓：「我會盡量處理。」

翁國正：「什麼盡量處理，一定要處理好。」

許展皓：「我盡量。」

翁國正：「不要跟我說盡量，我們橋下所現在還掛零，分局長每天在群組檢討我！」

許展皓：「我晚點就去逮人，看狀況怎樣跟你說。」

翁國正：「趁這次三合會出亂子，先抓幾個回來問吧，手機扣一扣，查一查，隨便都有。我不是沒辦過刑案，你不要當我白痴。」

許展皓：「我知道。」

翁國正：「你知道？你知道就不會拖到今天了！再擺爛下去我就不用退休了！」

翁國正很少這樣發怒，他永遠是那張笑臉，楊羽庭第一次聽到他罵人。

但結合她之前聽到的情報，她知道是副所長和展哥聯合起來搞鬼，故意要讓所長無法退休。她不曉得所長看不看得出來，但所長此時的處境的確很危險。

主管有主管的壓力，有時是不得不對部屬施壓。

許展皓身為二線人員，工作就是替所長分憂解勞，他不必巡邏、不必值班、不必穿制服、也不必執行剛才開會所交代的「守堂口」任務，但假如連所長請求的事情他都辦不成，那他憑什麼享受這些特權？

翁國正接下來還提到贓車問題：「到目前為止只找到一臺贓車是嗎？」

許展皓：「是零臺，楊羽庭那臺不算，是冒牌貨。」

翁國正：「媽的，零臺？其他人都在做什麼？」

許展皓：「所長，任務才剛交代下來不久而已，大家都還沒開始動。」

翁國正：「現在不動什麼時候要動？難道要跟你一樣拖到最後兩天？我真的會被你們氣死！」

許展皓：「現在又有總局指派的專案勤務，每個晚上要撥四個人出去，可能很難了。」

翁國正：「很難？很難！」

翁國正大發雷霆，讓展哥去叫另一個人進來，準備檢討別件事情。

聽到這裡楊羽庭就聽不下去了，她的心情有點沉重，且混雜著傷心、不解、失望、無力與難以置信。

警察抓小偷，這五個字不是天經地義嗎？為何到現實世界中，全都變得奇怪且複雜了呢？

展哥明明能抓毒品，卻故意不抓，想讓所長無法退休；局長派全新北市的警察去鎮守堂口，充當免費的保安，也不是為了除暴安良，他只是想讓三合會的繼承權平安交接而已，真正的黑道他一個也不會抓；就連楊羽庭也是，她推著一臺破機車在河邊到處亂走，也沒有任何光彩的原因，只是想把手中的累贅轉嫁給其他警察。

他們到底在做什麼？全國將近七萬名的警察，領納稅人的錢，每天到底都在想什麼？都在忙什麼？

「欸姊，喂！」周明憲推了她一把：「楊羽庭，妳幹麼？」

楊羽庭抬起頭，這才發現自己發呆很久了，手上的塑膠杯早就掉了。

「我好像——」楊羽庭失神地咬著嘴唇，雙眼無力地垂下：「有點累了。」

「幹麼累？」周明憲雖這樣問，卻沒有要深究了。

他讓姊姊靠在他的肩膀上，沒再說話，他感覺她真的很累，所以他什麼也不做，只是靜靜地讓她靠著，像個成熟的男人一樣。

當晚，楊羽庭和周明憲還是推著「CAB-123」贓車到堤外公園來了。

這次楊羽庭不是要把贓車推給其他警察，也不是企圖召喚她老爸，她只是單純想找個好地方丟掉而已。

她累了，不想再花心思放在這臺破車上面了，至於自己為什麼會穿越到民國八十七年？以後再說，她也不知道。

警察丟棄贓車，乍聽之下好像違法，但楊羽庭分析過，似乎釀不成什麼大錯。

首先，這臺贓車並不是典型的贓車，它是拼裝車，極難破案歸還，所以楊羽庭當初並未大張旗鼓在網路上輸入尋獲資料；即便派出所的人出賣她、舉報她，這車也沒有入證物庫或檔案庫，她只是撿了一個莫名其妙不知是什麼東西的玩意兒，後來又弄丟了而已。

再說，這車只要丟在路邊，早晚也會再被警察撿走，畢竟車牌顯示是贓車，頂多就兩三天的工夫，楊羽庭保證它會被撿走。

「我們找個隱密的地方嗎？」周明憲問道，走在前面幫姊姊推車。

「找顯眼的地方好了。」楊羽庭走在後面說：「這樣比較容易被看見。」

「好。」

兩人沿著河水走，往前又是大橋了，車水馬龍，即便在夜間也喧囂無比。現代化路燈把橋體弄得鮮活明亮，連接河岸兩端的新莊與板橋，將陰暗的河面照出倒影，好讓人不認為底下是無盡深淵。

周明憲把贓車放在一個車輛推成的拐角，然後就撒手不管了，讓它傾倒在別臺車之上。

楊羽庭點點頭，打了個手勢，就讓弟弟打道回府了。他們邊走邊聊以前的往事，楊羽庭說自己之所以當警察，多半還是因為媽媽的鼓勵，比起老爸的辦案日記，媽媽才是最主要的原因。

不曉得為什麼，媽媽很喜歡警察這個職業，沒有因為爸爸的始亂終棄而產生偏見。

「我媽也是欸。」周明憲說道：「她聽到我抽到警察役的時候，高興得要死。我說妳有病啊？被一個警察害得夠慘了，現在家裡又多一個警察。」

「她們兩個女人也真是隨遇而安，老一輩講的認命，大概就是這樣了，孤獨地撫養我們長大，也沒什麼怨言。」楊羽庭感慨道。

「我是覺得很笨。」周明憲嘟囔道。

他的母親和楊媽媽真的十分相像，都是孤家寡人一個，當初不知道是怎麼被顏聰敏給勾引去的，搞出了私生子後，周媽媽就被趕出家門了，從此周明憲就沒了外公外婆，其他親戚長怎樣他也沒見過。

楊媽媽也差不多，聽楊羽庭說，她媽年輕時在舞廳工作，收入不穩定，欠債欠到和家裡斷絕關係，娘家那邊既不認她這個女兒，也不認楊羽庭這個孫女。

都很可憐呀。

雖然現在楊羽庭和周明憲都長大了，但小時候那種不受人待見的感覺還清晰。顏聰敏去世後，兩家子一起吃飯時，楊羽庭和周明憲玩得再怎麼瘋，兩位媽媽卻總是相敬如賓，她們會彼此點頭微笑，隔一段距離，喝一口茶，吃一口飯，問一句近來好嗎，然後沉默地看著孩子，再次四目交接，點頭微笑。

周明憲問過媽媽，到底喜歡爸爸什麼，媽媽只說，爸爸是個好人。

這什麼狗屁答案！

「欸，等等。」這時，楊羽庭卻忽然停了下來。

周明憲走在她後面，差點撞上她：「幹麼啊？」他問道，看了看四周，卻覺得有點奇怪：「我們是不是迷路了？剛才有經過這裡嗎？」

「不是迷路。」楊羽庭睜大眼，抓住周明憲的手臂，用顫抖的語氣說：「我們回到過去了。」

旁邊的景物全變了一個模樣，廢車場變小了，外圍全是雜草叢生，隱約還傳來一股河水的惡臭，這絕對不是經過新時代整治的河濱公園。

這裡就是民國八十七年的堤外河川地，楊羽庭完全記得這個味道。

「走，快點。」楊羽庭拉著弟弟又往回頭路跑去，想去看那臺贓車還在不在，但隨著前方變得明亮，冒出了好多人。

有一大堆警察正在廢車場裡穿梭，拿著手電筒照來照去，此起彼落喊著，尋找東西。楊羽庭和周明憲剛才只顧著走路，都沒注意到後面有聲音。

「怎麼突然多這麼多人啊？」周明憲驚訝地問道。

「我就跟你講在這塊鬼地方可以回到過去。」楊羽庭說，然後朝一個警察跑去：「嘿！嘿！你們在找什麼？」

這次她不用問自己身在民國幾年了，她一拿出手機看，完全接收不到訊號，就知道和上次的狀況一模一樣了。

「CAB-123。」對方直接說出這個車牌號碼，他以為楊羽庭是新來幫忙的，便解釋道：「找一下這臺輕機，應該被埋在最底下了，找好幾天都找不到。」

「你們還在找那臺機車嗎？」楊羽庭有些驚訝：「已經過幾天了呀？」

「三、四天吧。」對方回答：「我也是下午才過來交接班的。」

他們竟然還在找那臺贓車，楊羽庭難以理解，出動了這麼多人都還找不到，難道真的掉進水裡了嗎？

她往廢車場的深處走去，試圖從周圍的景物辨認出剛才周明憲放贓車的位置，但她找不到，這些路都是由車子排列而成的，二十年前的路和二十年後的路早就不一樣了。況且，周明憲把車放哪裡是未來的事，現在可是二十年前。

「姊，這到底怎麼回事？」周明憲問道，緊張地跟在楊羽庭背後，都看傻了眼。

河堤外的事物都和剛才不同了，明明不久前他們才從那個閘門走進來，怎麼閘門現在全布滿了爬藤？而且姊姊說的沒錯，那個籃球場不見了。

「我們真的跑到古代了？」他問。

「不是古代，是二十年前。」楊羽庭回答。

周明憲快瘋了，在廢車場裡打轉，彷彿在尋找什麼出口，但又不敢離開姊姊太遠。

楊羽庭懶得理他，她得知道她爸現在在哪裡，事隔這麼多天，最後黃慶義到底抓到了沒有？她爸知道他最後會殺了三十二個人，成為槍擊要犯嗎？

「你們有看到顏聰敏嗎？」楊羽庭對身旁的警察問道。

「顏聰敏是板橋的，怎會在這裡？」對方反問。

「是沒錯，但前幾天的案子是他抓的吧？」

「他們好像還在追人吧？」這時候，遠處有人回答了，他走過來，邊踮步邊注意腳下，免得被絆倒：「好像去桃園追人了，反正這臺車歸我們新莊管，組長已經說了，今天一定要找到。」

楊羽庭對他們如何瓜分案件不感興趣，她問：「你們知道他具體的位置嗎？我急著找他。」

「學姊，妳是哪個單位的？」對方開始起疑了，打量她身上的穿著，雖然制服是警察的制服，但總覺得氣質有哪裡不對，耳環和髮型看起來都很前衛：「妳是我們新莊的嗎？」

「當然是。」楊羽庭毫不遲疑點頭，然後小聲嘀咕：「只是不是你們這年代的。」

楊羽庭見在這裡問不出個所以然，便帶周明憲離開河堤，打算往板橋分局過去。周明憲見狀不肯了，他還死命地在找路，至少要找到他剛才放好好的贓車，假如他們真的穿越到過去，那臺贓車可能是他們回去的唯一方法。

「別緊張，好嗎。」楊羽庭試圖讓他冷靜：「我們先去見爸爸，你還沒看過爸爸，我敢保證我們不會被困在這裡的，我上次也是和爸爸說完話，轉身就又回到現代了。」

「我才不想見爸爸。」周明憲卻說，毫不掩飾自己的恐慌：「照妳所講的，我們現在可是在民國八十幾年呀，大半夜的妳要離開這裡，我們說不定永遠都回不去了！」

「在這裡也沒用，我們跑回二十年前肯定有什麼理由，你要是在這裡耗時間，我們也變不回去。」楊羽庭說道，見周明憲還不為所動，便說了狠話：「你不走那我只好自己去了，你一個人留在這裡。」

「喂，哪有這樣的，我不要！」

周明憲果然跟了上來，楊羽庭沒有等他，越走越快，幾乎是小跑步衝向閘門。她和周明憲不一樣，她想趕快見到爸爸，見到那個眼神狡猾、思想飄忽不定、滿肚子怪招的爸爸，她有太多的疑問想要問他。

但一出閘門，她才發現事情並沒有那麼容易，她只有自己和弟弟兩個人，她甚至沒有交通工具，沒有機車，她要上哪兒去找爸爸？

「弟，事情好像有點麻煩。」楊羽庭看著上方的大橋，若有所思：「我們要去板橋只能走那座橋，但我們要怎麼過去？」

「坐計程車？」周明憲不甘願地提議，用半乞求的口吻又說：「還是我們留在原地？」

「你有帶錢嗎？而且現在的錢跟我們未來的錢一樣嗎？」

「不知道！」周明憲生氣地說。

楊羽庭想了一下，決定來一招狠的，她跨上旁邊一臺警用機車，聞了一下安全帽的味道，覺得還行，便打算就此出發。

「妳認真？」周明憲嚇呆了：「妳從原本的偷贓車，變成偷警車了欸？」

「這不叫偷，只是借用，他們會理解的。」楊羽庭指向旁邊一排警用機車，示意讓周明憲也騎一臺走，這些警察都沒有在拔鑰匙的，可能覺得沒人敢偷。

「妳好歹也跟他們說一下吧？」周明憲還是遲疑。

「好啊。」楊羽庭將計就計，往閘門內喊道：「哈囉，機車借我用一下唷。」

結果也沒人回答。

「走吧。」她甩了下長髮，戴上安全帽：「你假如不敢，就上來給我載。」

周明憲就這樣被強迫上路了，楊羽庭隨便牽了臺警車就走，也不知是哪個倒楣鬼的。但好戲還在後頭，當他們騎上了已經習以為常的路橋，打算從新莊通往板橋時，才發現這座橋在民國八〇年代還沒蓋機車道，機車禁止通行，他們就這樣穿梭在汽車之中，頻遭側目。

「討厭。」楊羽庭瞪了下他們，然後開啟警笛與警示燈，這下變成了無敵模式：「我是警察，看誰還敢攔我？我們直接上高速公路。」

「妳認真？」周明憲再次驚嚇：「欸，妳可別想在這時代亂搞，要是我們回不去，妳所做的一切都要付出代價。」

「意思也就是說，假如我們能回去，就不用負責任啦。」

「……楊羽庭，妳真的瘋了！」

也許是在二十一世紀悶太久了，楊羽庭拋開了所有的束縛，往板橋以及桃園的方向急駛而去。在這裡她不僅僅可以掙脫女警的包袱，甚至連「人」的包袱都可以丟去，他們是幽靈一般的存在，不必承擔任何後果。

楊羽庭真的騎上了高速公路，她驚喜地發現機車的前置箱中有一支無線電對講機，正在擦擦擦的發出聲音。機車的主人不僅沒拔鑰匙，竟還把無線電留在機車上，天兵到了極點。

楊羽庭拿起無線電，調高音量，換了幾個頻道，立刻聽到了這時代警察的對話聲。

「信安，信安，西園呼叫。」

「信安回答。」

「信安和西園是誰家的？」周明憲問道，他沒聽過這兩個代號，只聽過他們新莊的。

「信安是臺北市的總局，西園應該是西園路上的某個分局。」楊羽庭回答。

警察分局採用代稱的方式很簡單，哪個分局門牌掛著的路名是什麼，就叫什麼：假如正前方是博愛路，代號就叫博愛，正前方是長安路就叫長安；但有一個例外，倘若碰上了中正路、中山路等等常見的路名，就會跳過，改採別的名字，避免重複。

「西園路好像在萬華，這是萬華分局在和臺北總局通訊。」楊羽庭判斷。

這時無線電又傳來聲音：「西園三洞兩、四洞兩、五洞兩、六洞兩、拐洞兩、八洞兩，攔截圍捕點均已就位，信安是否收到？」萬華分局問道。

「收到，各臺保持警戒，除西園外，自強、安和、興隆、林森四臺儘速回報布點狀況。」總局點名了其他分局，催促著他們趕緊進行部署。

楊羽庭記得這些路名，分別是北投區、大安區、文山區、中山區的警局，臺北市正在集結全首都的警力，設置攔截圍捕點，準備捉拿歹徒，連北投這種偏遠的地方都不放過。

事情正朝歷史必然的方向發展，楊羽庭記得翁國正說過，當時為了捉捕黃慶義，連臺中的豐原都行動了，把所有的道路全封起來。

「不是說在桃園嗎？」周明憲有點聽迷糊了，他雖然沒姊姊熟悉，但好歹也是個警察役：「怎麼又動用到臺北市的警察了？」

「不知道。」楊羽庭搖頭：「可能歹徒跑來跑去，我們動作最好快一點，我們兩個是唯一知道黃慶義最後會跑到屏東去的人。」

他們一路朝桃園狂奔而去，周明憲很聰明，他把玩著無線電，旋轉按鈕，試圖找到板橋分局的訊號，最後竟然找到老爸所使用的刑警隊私人頻道。

「鹽哥，你們在哪？」無線電傳來聲音。

「地上趴著呢，累死了。」顏聰敏回答。

「組長等等就過去了。」

「叫他在車上待著就好，跟他說這裡不用這麼多人。」

「知道了。」

短短五句話，卻讓楊羽庭漢周明憲聽得都沸騰了。

「這是我們老爸？」周明憲激動問道，將耳朵貼在無線電上，想聽得更清楚一點：「我好像記得這個雞掰的聲音！小時候聽過！」

「對，是我們老爸，他綽號是鹽哥。」楊羽庭回答，事隔兩三天，她終於再次聽到老爸的聲音。

「為啥叫這個綽號？」周明憲問道。

「我也不知道，可能名字裡有個『顏』吧。」

「日記裡沒寫嗎？」

「沒有。」

「那為什麼他們可以不用講術語？」周明憲繼續問。

「他們應該是開了私頻吧，有時候執行專案勤務，會單獨開一個頻道出來，省事。」

「酷！」

兩人在高速公路上持續奔馳，楊羽庭在前面騎著，雖是大半夜的，精神卻十分抖擻，情緒也處在最高點。

周明憲也逐漸接受他們穿越到過去的事實，畢竟真相擺在眼前，他都聽見爸爸的聲音了，路邊的街景也全是二十年前的模樣，他不信也得信了。

他只希望他們最後能夠回去而已，他可不想真的被困在這個沒有智慧型手機的時代。

「鹽哥，臺北市那邊說沒看到人。」無線電的聲音又響起。

「我就說他們白費工夫了，歹徒一定是往南邊跑，不可能再北上。」顏聰敏回答，吐槽的是臺北市部署攔截圍捕點的部分。

「你怎麼知道他會來桃園？」

「我就是知道，而且，」顏聰敏提醒：「你最好先閉嘴，不要在無線電裡說這麼多，你以為私頻會比較保密嗎？人家也是想聽就聽，才沒管你用的是什麼頻道。」

「收到，反正該封的路都封了，應該會往你那邊過去。」

這時，楊羽庭和周明憲已經騎到桃園，才二十分鐘而已，並沒有花太多時間，高速公路就是快。但楊羽庭急了，就憑無線電的內容，她根本不知道顏聰敏在哪裡，整個桃園這麼大，他們要上哪去找他？

這時，她發現前方被設置了攔截圍捕點，兩臺警車擋在匝道口，通行的車輛想下交流道都必須接受檢查，拿著衝鋒槍的特警站了一排，戒備森嚴。

所謂的「攔截圍捕點」，跟尋常在路邊會看到的「酒駕受檢」差不多，都是警察把路封住，對來往的車輛進行檢查。

然而，「攔截圍捕點」的火力顯然更勝一籌，任務也十分明確及嚴謹：「酒駕受檢」的警察通常愛攔不攔的，揮著閃光棒，看一臺車放兩臺車，敷衍了事；但「攔截圍捕點」不行，都出逃犯了，他們得逐一仔細檢查。

楊羽庭有了點子，直接騎過去問道：「你們知道板橋刑事組現在人在哪嗎？」

他們繞過了大排長龍的車輛，直接騎到特警前面。他們畢竟是警察，享有特權。

「板橋？」對方卻一問三不知：「我們這裡是桃園欸，我哪知道臺北縣的警察在哪裡？」

「這案子是從板橋發生的，他們現在在抓人。」楊羽庭試圖解釋，但對方還是不清楚，他們就只是服從上級交代的命令，把高速公路封起來而已。

「唉，怎麼辦，傷腦筋。」楊羽庭苦惱的說，對弟弟解釋：「他們一定是祕密埋伏的，可能連他們板橋內部都沒幾個人知道他們在哪。」

「妳怎麼不打電話？」周明憲問道：「這時代應該已經有手機了吧？」

「你知道老爸的手機幾號？」楊羽庭反問，她早就想過了：「而且我們的手機在這裡根本不管用，沒有訊號。」

「妳不會跟他們借喔？」周明憲指向那些特警。

「然後呢？你又不知道老爸的號碼。」

「可以叫老爸打給我們啊，來，我教妳怎麼做。」周明憲說道，走下機車，心中已經有了一個完整的辦法。

他向桃園的警察借了手機，借來了一支滑蓋手機，硬梆梆的，螢幕還很小，而且不是每個人都有手機，東湊西問才弄來一臺。

「哇靠，這算古董了吧？」周明憲拿著手機，研究了一會兒。

「你如果不會用就還給人家。」楊羽庭說：「你根本沒老爸的號碼，要怎麼跟他聯絡？」

周明憲不跟她解釋了，他向手機的主人問了這支手機的號碼，然後轉頭就拿起無線電喊道：「鹽哥，鹽哥，板橋呼叫。」

「你不要亂喊，沒人這樣喊的！」楊羽庭緊張了，沒料到弟弟竟然就這樣直接在老爸的頻道裡叫他。

「你誰啊？」對方問道，卻不是顏聰敏的聲音。

「你請鹽哥打電話到〇九一〇××××××來。」

對方卻根本不搭理他，直接回絕：「無線電請保持靜音。」

「套條子。」周明憲卻說了這三個字，也只說了這三個字。

過沒幾分鐘，顏聰敏真的打來了，撥通了周明憲手中借來的電話。

楊羽庭都看傻了呀，是啊，她跟弟弟說過，老爸對於「套條子」三個字非常敏感，不懂她怎麼會知道這個術語。現在這三個字直接成了通關密語，能引誘顏聰敏上鉤。

「你們到底是誰？」顏聰敏的聲音從電話中響起，用罵的：「你跟上次那個女的是什麼關係？」

「我是……。」

然而周明憲都還沒回答完，楊羽庭就將電話搶了過去：「鹽哥，我們有重要的情報要告訴你。」

「妳先說清楚你們到底是誰！」顏聰敏認出了她就是上次那個女警，不把這件事搞清楚他根本無法專心工作：「為什麼會知道這麼多我的事情？」

「我們在某次聚餐見過面，你喝醉的時候不小心講了一些祕密。」楊羽庭回答。

「說謊。」顏聰敏直接潑她冷水，像他這麼精明的人，會不知道自己幹過什麼事情、見過什麼人嗎？

「好，如果你要聽實話，那我的答案跟上次一樣。」楊羽庭對著手機說：「我們是來自未來的，你的親生骨肉。」

顏聰敏沉默了，如果剛剛罵了對方說謊，現在就應該罵對方是瘋子。

「我們是楊瓊霞和周玉玟的小孩。」楊羽庭講出了自己和周明憲媽媽的名字：「懂了嗎？」

「沒聽過。」顏聰敏冷冷地回答。

周明憲在一旁聽得生氣，揮起拳頭就想打人，這傢伙拐走了他們的媽媽，現在竟然敢說沒聽過！

「你不信那我也沒辦法了，我沒其他解釋。」楊羽庭說道，還是得趕快將話題拉回來，比起媽媽的事情，她更關心的是槍擊要犯：「我們有重要的情報要告訴你，關於黃慶義的。」

「什麼情報？」顏聰敏問道。

「電話裡不方便說，你現在位置在哪裡？」

「你們別耍智障了，現在正在進行高度機密的專案任務，還問我位置在哪?妳這小女孩壞心思特別多，別以為我忘了，上次在河邊跟我耍賴，我還沒找妳算帳。」

楊羽庭有些急了，她把事情想得太容易了，若想有什麼作為，她必須先和顏聰敏建立信任基礎，她得給出些甜頭，否則顏聰敏不會理他們的。

「黃慶義是你的線人。」於是她說出了這個祕密。

顏聰敏沉默了，周明憲則在旁邊露出既驚訝又不解的表情。

父親的日記通篇未提到「黃慶義」三個字，就連相關筆錄也一份都沒有保存，就是這點讓楊羽庭起疑的。照理講，像黃慶義這麼重要的人，父親多少會留下點線索才對，但他卻將他完全抹去了。

透過日記，楊羽庭早就摸清了父親的個性，她推斷父親肯定和這位黃慶義之間有什麼不正當的關係，最有可能的猜測就是「線人」。

「你們到環東路二段來見我。」顏聰敏說道，直接給了一個地址：「環東路二段六百五十三號，就你們兩個。」

他也不必再問什麼「妳怎麼可能知道這件事」了，他得親自見見這兩人才行，究竟是何方神聖，他問了就知道。

「走吧。」楊羽庭對弟弟說：「我們已經知道老爸在哪裡了。」

「妳怎麼知道那傢伙是老爸的線人？」周明憲狐疑地問道。

「我隨便猜的，因為一看就有鬼。」楊羽庭說起那晚河岸的場景：「他眼睜睜看著他們四人坐橡皮艇逃走，連追都不追，肯定有貓膩。而且歹徒肯定不只有四個，不然是誰開的橡皮艇？」

楊羽庭將手機還給原主，然後就帶弟弟下交流道，進入桃園市區，往顏聰敏給的地址駛去。

她感覺自己背負重要的使命，她得告訴顏聰敏，這個線人繼續留著會出事，她得趕在悲劇發生之前，讓顏聰敏知道未來到底發生了什麼事情。

第七章

當時的桃園還不是直轄市，只是桃園縣而已，新北市也一樣，在民國八十七年時尚未有這個稱呼，不管是新莊還是板橋，都隸屬於舊臺北縣。

楊羽庭帶周明憲來到顏聰敏的指定地點：桃園縣的環東路二段六百五十三號，這裡是一處寬闊的馬路，四周都是野草。

遠遠的，楊羽庭就看到某臺銀色的轎車很古怪，它停在一棟鐵皮屋旁邊，方圓數百公尺內，就只有這臺車而已。

「老爸肯定在那。」楊羽庭載著周明憲騎過去。

在這寂靜的馬路上，機車嘟嘟嘟嘟的引擎聲非常大，他們都還沒騎到位，就見一個男人走出來，叉著腰，面色不爽地盯著他們看，嘴上叼著一根香菸。

「那就是老爸？」周明憲有點緊張。

「對。」

「進來。」顏聰敏一認出楊羽庭就朝他們招手，讓他們直接把機車騎進屋內。

這鐵皮屋與其說是屋子，不如說是個棚子，鐵捲門大大的拉起，要停進一輛貨車都不是問題，機車想直接騎進去便也不是什麼難事了。

根據之前無線電聽到的內容，楊羽庭還以為他們在埋伏，但鐵皮屋內卻是一片歌舞昇平，眾人喝著酒、吃著飯、看著電視，還有個年輕的原住民妹妹在後邊炒菜。

「你們在這裡做什麼？不是在埋伏嗎？」楊羽庭傻眼。

「少囉嗦，進來。」顏聰敏拎著他們，就將他們趕到後院，繞開其他人的視線。

原來真正的埋伏點在山下，這個棚子是休息區，警力每六小時輪替一班，累了就原地睡覺，也沒有什麼床。顏聰敏的團隊已經在這裡蹲點二十四小時了，現在是他吃飯休息的時間。

「為什麼在這裡埋伏？全臺灣這麼大，路這麼多，你怎麼知道黃慶義會跑來這裡？」楊羽庭納悶。

「妳問得太多了！」顏聰敏扔掉菸蒂，不滿地說，他的神色比前幾天還要憔悴，鬍碴也更多了。他質問楊羽庭：「你們兩個到底是誰？哪個單位的？為什麼知道我這麼多事情？」

「因為我們真的是你的小孩。」楊羽庭回答。

「鬼扯也要有個限度！」

「你不相信我也沒辦法，你看看這個。」楊羽庭拿出自己的警用小電腦，向顏聰敏解說功能：「這是我們未來的高科技工具，不管是想開罰單還是想查通緝犯，用手指按一按就能搞定。」

「還有這個！」周明憲也迫不及待插嘴，拿出自己的智慧型手機，亮出發光的螢幕以及他的美女桌布：「這是二十年後的手機，你總該信了吧？你們這時代不可能有這種東西。」

顏聰敏看得兩眼都發直了，他左手接過楊羽庭的小電腦，右手接過周明憲的智慧型手機，滿臉疑惑。

「我們回來是要幫你的，你要小心那個黃慶義。」楊羽庭認真說道，她總覺得自己回到過去是有任務在身，否則不會無緣無故穿越。

「怎麼說？」顏聰敏問道。

「他最後會殺三十幾個人，是超級殺人魔。」

「不可能。」顏聰敏卻搖搖頭：「阿義不會做出那種事。」

「你叫他阿義？」楊羽庭疑惑，這似乎坐實了黃慶義就是線人的猜想：「你跟他到底是什麼關係？他究竟做了什麼事情，要被警察追緝？」

顏聰敏不太想回答，縱使這後院沒人，聽不見他們說話，他也不想將這些機密說給眼前的怪人聽。

「你們走吧，這事跟你們沒關係。」顏聰敏將小電腦和智慧型手機還給他們。

「什麼沒關係？」楊羽庭簡直不敢置信：「你沒聽到我說的嗎？他是槍擊要犯，在多年以後會被寫在犯罪教科書上的！」

「你們走，別在這瞎攪和。」顏聰敏揮揮手。

「什麼瞎攪和，你為什麼不相信我們！我們都已經特地跑來警告了！」楊羽庭拉住他的手。

「放開！」

「我就是不放！你不能就這樣見死不救！」楊羽庭激動地說。

「我說了，阿義不會做出那種事。」

「為什麼？」

「因為阿義是警察！」顏聰敏瞪了她一眼，用嚴厲且威懾的語氣。

楊羽庭愣住了，抓著顏聰敏的手放開了，後面的周明憲也愣住了。

劇情急轉直下，這是什麼狀況？

「你說那個長得像搶劫犯的人是警察？」楊羽庭傻傻地問道，她還記得黃慶義的長相，猥瑣矮小、面色枯黃，這樣的人怎麼可能是警察：「他是臥底？」

「妳可不可以閉嘴？」顏聰敏不耐煩的說，而且十分生氣：「這件事是最高機密，只有三個人知道，現在又多了你們兩個。」

楊羽庭雖然震驚，但還是聽出了言外之意，顏聰敏敢將這麼重要的祕密告訴他們，鐵定是相信了他們。

「你真的不和我們談談嗎？」楊羽庭恢復冷靜：「我們可是很確定他在未來會成為殺人魔。」

「有的事情知道得越多就越麻煩，倒不如不要知道的好。」顏聰敏卻意興闌珊，說出耐人尋味的話：「妳覺得我那天晚上為什麼要把這案子推給新莊？就是因為很麻煩。」

「你說他是警察，他可是你的同胞，你現在卻要棄他於不顧？」楊羽庭反問，不是質疑顏聰敏的邏輯，而是質疑他的道德觀：「只因為覺得麻煩，你竟然連聽都不想聽？」

顏聰敏沉默了，他也是有苦難言，這事情真的說來話長。

黃慶義是警界派進三合會臥底的警察，名義上雖然是警察，但卻也不是什麼正牌的警察。

在民國六、七〇年代，警察的篩選標準十分寬鬆，不像現代有什麼筆試或體能測驗，更談不上什麼國家銓敘。當時，只要去報名就可以當警察，即便背景有點問題，塞點錢就能搞定，所以警紀十分敗壞。

黃慶義就是在那時候當上的警察，而且因為長得難看，很像流氓，當沒多久就被派去三合會當臥底了，做警察的時間幾乎沒有做黑道的十分之一，所以身分上一直存在疑慮。

「臺灣並沒有什麼真正的臥底，我們不像美國那樣，有正規的法律制度，要不要派進去黑社會當線人，都憑長官一句話而已，他們進去後國家也不可能再發薪水，所以搞到最後，你也不知道那個人是不是已經叛變了，連他自己說不定都不曉得自己是要當警察還是當黑道。」顏聰敏娓娓道來，講出他這個年代的苦衷：「阿義就是這樣進去的，他的長官幾年前死掉了，後來換我接手他的事務，所以你要我管他的事情，真的很麻煩。」

「既然你都不信任他了，你還覺得他不會殺人？」楊羽庭問道。

「他畢竟是警察，而且也和我接觸了三年。」顏聰敏眨眨眼：「他有一個女兒，被他老婆帶著住在高雄，他在三合會裡面也不是什麼重要人物，個性又軟弱，只提供過幾次線索，妳說他殺了三十幾個人，我不相信。」

顏聰敏的說法似乎頗有道理，但還是存在致命漏洞：「他都已經偷了一千萬的海洛因落跑了，你還說他軟弱？」楊羽庭問道：「就算他軟弱，現在簍子已經捅破了，你怎麼知道他不會做出更可怕的事情來？」

「他偷一千萬那是被逼的，你們是未來人，難道查不到任何資料嗎？」顏聰敏反問，實在不想透露更多，因為句句都是機密。

「被逼？」楊羽庭和周明憲都很疑惑。

周明憲馬上用手機查資料，卻發現根本不能上網。

沒有訊號……。

「三合會是全臺灣最大的販毒集團，最近剛進口了一貨櫃的海洛因磚，聽說是最純的阿富汗貨，市值超過百億。」顏聰敏直截了當公布答案，說得十分露骨，毫不掩飾：「剛進來這麼大量的毒品，內部人士馬上就帶一批貨出逃了，這還不明顯嗎？有內部大佬想要獨占全部，這是要發起鬥爭的跡象，阿義只是個替死鬼！」

說完了，這就是顏聰敏的推論，從一開始他就知道這個案子有問題，黑道的毒品被偷了，竟然不自己解決，反而找警察報案，簡直大逆不道，而且還丟臉至極。

鼎鼎大名的三合會敢打出這種可恥的牌，背後絕對暗潮洶湧，這不是阿義這種小咖可以挑起的，他只是個被迫點燃的導火線。

「這樣就更能證明未來會發生大事不是嗎？」楊羽庭沒有被嚇唬到，依然瞄準焦點：「不趁現在阻止，還要等到什麼時候？」

「很多事情不是妳想怎樣就能怎樣，妳不要太天真了！」顏聰敏有點生氣了：「三合會走私了幾百噸的毒品，警察都抓不到了，現在妳又想我們做什麼？我身為阿義的直屬上司，我連他偷海洛因都是三合會報案後我才知道，妳要我做什麼？」他咄咄逼人地反問：「妳當警察多久了，我問妳？」

「一年多。」

「一年多，呵呵。」顏聰敏笑著搖搖頭，表情卻是憤怒的：「真的輪不到妳來指教我怎麼做，多年以後，等妳能活到退休，妳再來思考我們今天的對話。」

顏聰敏的時間不多了，從鐵皮屋內傳來呼聲，貌似有新的任務出現了。

顏聰敏總結他的結論：第一，黃慶義是臥底這事本來就是個爛差事，他是他的直屬接線人，這已經夠麻煩了，他並不想再參與更多；第二，他更不想被捲進三合會的爭端，三合會愛怎麼鬧都隨他們去，他離得越遠越好。

「鹽哥，組長來了。」鐵皮屋內的催促更加頻繁了。

「你們先躲進車內。」顏聰敏對著楊羽庭和周明憲說道，現在已經來不及讓他們騎車走了，若是躲在草叢裡，也不知要躲多久，想來想去還是先安置在車上：「你們躲在後座，等組長走你們再離開，罩子放亮一點。」

他指著旁邊的銀色汽車說道，推著他們先行迴避，要是讓組長知道有外人在場，可不好處理。

就這樣，楊羽庭心裡的話都還沒發洩完，就不得不又堵回肚子裡去。

他們一上車，那位組長就出現了，但並不是楊羽庭見過的那位新莊刑事組長，而是板橋的刑事組長。

他身形魁梧，穿著ＰＯＬＯ衫，不知從哪裡冒出來的，楊羽庭看著他，總覺得十分面熟，彷彿在哪裡見過。

組長和顏聰敏在鐵皮屋前講了幾句話，就帶著顏聰敏朝銀色汽車走來。

「哇，怎辦，他們過來了！」周明憲慌張地說。

「噓，過來正好，我們聽聽看他們講了什麼。」楊羽庭讓周明憲躲好，兩人蜷縮在椅子底下。

組長走在前端，背對顏聰敏說：「確定阿義會朝我們這條路過來？」

「對，他在電話裡是這樣講的，他會走平面道路，直接下桃園。」顏聰敏回答。

「你跟他用電話通訊？」組長轉過身，皺眉。

「公共電話。」

「小心一點，現在全部的人都在盯這件事。」組長提醒道。

「那現在怎麼處理？阿義他們大概再半個小時就到了，他希望我們逮捕他。」顏聰敏轉達黃慶義的想法：「越快越好，他很怕。」

「逮捕？不。」組長卻搖頭：「上面要我們放他們走，所以才請你保證他一定會走這條路，免得把人打死了。」

「放走？」顏聰敏納悶。

「對，目前只有北北基桃啟動攔截圍捕，中南部都還沒收到指令，只要讓他們穿過桃園，再來就隨便他們跑了。」

「你要他們跑去哪裡？阿義在等我們抓他。」顏聰敏嚴肅地說道：「他有重要的事情要跟我們說。」

「什麼事情不能在電話裡說？」組長問道。

「那什麼事情需要我們放走他？三合會的意思嗎？」顏聰敏反問，語氣變得強烈：「現在警察配合黑幫需要做到這種程度了嗎？」

「不要亂說話，顏聰敏，上面到底是什麼意思連我也不清楚。」組長警告他：「你要慶幸你能派上用場，這次鬧事的剛好是你的線人，日後升遷會有你的份。」

「我不需要。」顏聰敏不怕和組長槓上：「你告訴我阿義能不能活就好，他好歹也是個警察，他有老婆小孩，我要保他。」

「你能保個什麼屁？」組長回嗆：「他運了一千萬的海洛因，就算被抓到也是死罪，會被槍斃。」

「他是警察。」顏聰敏瞪著他再次強調。

「你去跟法官講吧，如果有那個機會的話。」組長嘲諷道：「我會幫你一起作證的，算舉手之勞，希望他能活到那時候。」

兩人劍拔弩張，幾句一來一往後換了個話題，立場又回歸一致：「你確定這起毒品案新莊他們拿去了？」組長問道。

「對。」顏聰敏點頭。

「那就好，給那群呆瓜去承擔責任吧。」組長饒有深意地說道。

這起一千萬海洛因的運毒案層次非常複雜，暗藏三合會的內部鬥爭與警方立場的矛盾，放在哪個年代、哪個國家，警察都不可能與黑道完全對立，偶爾共同分贓謀利是常有的事。

在板橋的市議員之中，有兩位就是三合會捧上來的，顏聰敏和組長都不想被捲得太深，高層都說了，要放走黃慶義，他們只要辦好上級交代的事項就好，其餘的就讓新莊去承擔。

倘若到時候毒品案辦得不理想，或是社會大眾不滿意，都是新莊分局要負責。打從一開始兩人就知道這並不是個什麼好差事，更不是飛黃騰達的捷徑，是新莊那群人太傻了，沒看見背後三合會的陰影。

「組長、組長，人來了！」這時，鐵皮屋內傳來聲音。

顏聰敏和刑事組長立刻動起來，卻不是往大馬路跑去，而是往鐵皮屋後的山坡跑去。

楊羽庭聞聲也跟著下車，不顧弟弟的阻攔，硬是要跟著大家去看發生了什麼事情。

只見在山坡下還有另一條小路，五名便衣刑警部署在那裡，路上鋪了一排擋車用的雞爪釘，但卻是假的雞爪釘，塑膠做的，起不了作用。

遠方有臺汽車直駛而來，根據線報，那就是黃慶義等數名歹徒所乘坐的車輛。當晚他們一度在溪流下游的江子翠被捕，但又趁亂逃脫，在臺北縣內輾轉，最後偷了臺汽車，往桃園移動。

目標已經出現了，刑警們紛紛拔出槍來，朝著汽車擊發，霎時一片火光四射，噹噹噹噹的聲音十分響亮，傳遍整個山上。

「裝模作樣。」楊羽庭卻哼了一聲，躲在樹林後方觀察一切。

「什麼意思？」周明憲不解。

「你看他們射得這麼用心用力，幹勁十足，但車子有受到什麼傷害嗎？」楊羽庭問道，結合剛才所聽到的一切，她已經知道這群刑警要放走歹徒，現在不過是在演戲。

「對欸，怎麼辦到的？」周明憲望著下方槍聲大作，卻沒死半個人，覺得很奇怪：「他們用假槍嗎？不對呀，有子彈的聲音呀。」

確實噹噹噹噹一直傳來子彈的聲音，這就得說起警察的一個獨門妙招，「假射」了。

警察什麼都有假的，「假槍」、「假追」、「假績效」、「假罰單」、「假毒品」，楊羽庭還在父親的日記裡看過一個更絕的，叫「假所長」，連所長都能弄來一個假的，唬弄一下老百姓。

這所謂的「假射」，就是明明開槍了，卻傷不了對方。具體做法是朝地板開槍，槍口往下，如此一來子彈就會藉由夾角，顆顆粒粒反彈到汽車的金屬底盤，打出噹噹噹的清脆聲音，卻傷不到人。

「假射」有兩個很重要的作用，其一就是傷不了人，而且樣子還做得很充足，槍槍都是朝著敵人開的，跟對空發射那種明顯的假動作不一樣；其二可以嚇唬歹徒，子彈反彈在車底的聲音非常可怕，坐在車內都能感覺到子彈在屁股底下跳，膽子小的歹徒可能會直接嚇尿，以為自己即將丟掉小命，停下來不敢再和警察作對。

「假射」的用途很大，若要攔停，這招比直接朝歹徒開槍還管用多了，算是心理戰，而且十分安全。缺點是，你得用手槍，你倘若用步槍，那一發就能將地板打個稀巴爛，濺起的碎片隨便都能破壞輪胎或油箱。

但即便是「假射」，還是看得姊弟倆心驚膽跳，這是他們第一次見識到攔截圍捕的現場。車子很快就停了下來，在雞爪釘的半公尺前冒出白煙，這時顏聰敏已經衝到坡下去了，他持槍朝著車內大嚷，不曉得說了什麼。

楊羽庭從這個角度看見車內有五個人，比上次還多了一個。黃慶義坐在副駕駛座，激動地和顏聰敏說話，兩手在空中揮舞比畫，似乎是要顏聰敏趕緊抓他們。但顏聰敏卻假裝聽不見，和他東拉西扯地在打啞謎，啞謎之中還充滿了各種暗示。

暗示的內容沒什麼，就是要他們繼續開，還不能做得太明顯，只能一隻手拿槍指著他，另一隻手拚命揮著讓他快滾。嘴巴上一下子講「你們已經被包圍了」，別過頭又說「最好不要再往北走」、

「最好別走高速公路」，放水意味濃厚。

黃慶義朝他比中指，罵聲連連，直到遠處的刑事組長狠狠往車內丟了一包鈔票，沉甸甸砸中他的臉，才讓他閉上嘴。

算是安家費了。

「那該不會是錢吧？」周明憲看得臉都黑了。

「對啊，不然他們怎麼繼續逃亡？」楊羽庭回答，心情卻也十分沉重。

這回輪不到阿義作主了，開車的駕駛一看錢的數量可觀，便踩油門走了，只剩阿義和顏聰敏四目交接，在那裡比著割喉的手勢，不曉得是在威脅顏聰敏，還是表明自己死定了。

車輛漸行漸遠，鬧聲也逐漸小了起來，但姊弟倆之間的氣氛卻變得凝重，他們都不敢相信自己親眼所見：一夥帶有槍枝與毒品的黑道當著警察的面逃逸，警察還資助了他們旅費，這什麼狗屁的世界？

楊羽庭難以想像這是二十年前警察的樣子，還有公理與正義可言嗎？

「你為什麼真的放他走！」顏聰敏一上來，楊羽庭就氣沖沖地質問道。

顏聰敏嚇了一跳，他明明要他們躲在車內的，這不就好在大夥兒都還在下面收拾殘局嗎？組長也還在下面講電話，否則要是被看到還得了？

「你們滾！快滾！」顏聰敏指著鐵皮屋內他們騎來的機車說道。

「顏聰敏，赫赫有名的『楷模警察』，你不是抓過檢察官、破過跨國販毒案嗎？難道全是假的？」楊羽庭犀利地問道，她實在不敢相信自己的父親會做出這種事，完全顛覆了她小時候的認知：

「你放走一個槍擊要犯，這要是在二十一世紀，你就是一個腐敗的劣警，你會被抓去關。」

「妳給我閉嘴，妳哪時候看到我放走他？他自己衝破包圍網的。」顏聰敏狡辯道，果然警察就是會有警察的說法：「妳不要以為自己很懂，在這個體制內妳還有上下級，不是妳想怎樣就可以為所欲為。」

「這樣叫做為所欲為？」楊羽庭越說越氣：「我已經講了，那傢伙會成為殺人魔，現在你們全部都是幫凶。你讓我非常失望，什麼名警全是假的吧？你有什麼厲害的？你自以為自己有多大的本事？上回在河邊，明明可以抓到黃慶義，你卻把他放走了。後來在下游，他都落網了，又莫名其妙可以脫逃。這全是你們警察搞的鬼吧？絕對是你們警察搞的鬼！就像現在這樣，已經是第三次了，你們第三次放走他！」

楊羽庭想起日記上那些得意洋洋的內容，愈發憤怒慚愧：「還說什麼當警察要先學做人，說什麼槍枝、毒品、通緝犯，你伸手就能變出來一堆，噁心。」

「妳說什麼？」顏聰敏額頭浮現青筋，被楊羽庭的狠話給刺傷了。

「我說你很噁心。」楊羽庭再次重複：「你根本不是什麼模範警察，你連最基本的老百姓都保護不了，成天變那些花招，譁眾取寵，你根本就不配做一個警察！」

這話講得每個人都成了一鍋要爆炸的水，裡頭沸騰的蒸汽嗶嗶啵啵壓抑著，即將翻湧而出。

底下的刑警就快要上來了，楊羽庭和顏聰敏還在互瞪，一個憤怒中帶有失望及淚水，一個屈辱中帶有講不清的冤枉，誰都會隨時掐住對方的脖子，捍衛自己的立場及清白。

周明憲是唯一還維持理智的人，他見顏聰敏完全不發話，好像他們三人被其他刑警發現也無所謂，便慌了，他拉著姊姊就走，不能再繼續待下去了。

「別拉我，我看他們還想幹麼！」楊羽庭掙扎。

「別拉我！」

周明憲沒理她，抓著她的手就將她強勢帶走了，他跨上來時的機車，油門一催就載著兩人離開了鐵皮屋，即使已經騎了好幾分鐘，他還能感覺到楊羽庭和顏聰敏在互瞪，他們隔空傳達了強大的怨念及憤怒，誰也容不下這口氣。

深深的無力感籠罩在楊羽庭身上，她當初選擇成為警察，有自己的憧憬與期待，她認為這是一份崇高的工作，如今這份榮耀卻被她所尊敬的老爸給一手摧毀了，她不曉得自己還能相信什麼，是那塊被媽媽放在抽屜裡的「楷模警察」匾額嗎？還是每每有人提到顏聰敏三個字時，肅然起敬的神情？

都是騙人的，楊羽庭搖搖頭，一切都是騙人的。

她不要當他的女兒了，她也從來就不是他的女兒，她只是一個私生子，一個被拋棄、卻還傻傻在乎著他的私生子。

「我們回去吧，然後再也不要回來了。」楊羽庭靠在周明憲背後，說道。

「回新莊嗎？」周明憲問道

「對，回那個河堤。」楊羽庭累了，悄悄閉上眼睛：「去那邊我們就能回到現代了。」

她的語氣沒有遲疑，彷彿相信冥冥之中自有安排，命運讓他們穿越到民國八十七年，該搞清楚的都搞清楚了，也是時候回到現代了。

周明憲扶著姊姊抱在他腰際的手，心裡五味雜陳。

這是他第一次見到老爸，但也可能是最後一次了，他雖有點遺憾，但比起這些，他更想保護姊姊。爸爸早就死了，一直都是死的，從來沒活過，爸爸是他們人生的缺席者，有沒有他，根本就不重要。

姊姊才是他的全部，他們兩家相依為命，過去是如此，未來也會持續下去。

第八章

楊羽庭和周明憲從新莊的堤外廢車場回到了現代，那輛「CAB-123」機車又出現了，擺在周明憲原本擺的地方，似乎就是啟動穿越的媒介。

他們又將機車推回了派出所，原本是要丟棄的，但姊姊不發一語，周明憲便自行決定，還是先帶回警局比較保險，畢竟這不是普通的機車。

楊羽庭失魂落魄，在派出所熬到下班後，就馬上換裝回家了。周明憲不能跟她走，他除了休假以外都要駐守陣地，只能擔心的叮囑她好好照顧自己，調適下心情。

這次見了爸爸，究竟有多失望，周明憲是不會了解的。楊羽庭一回到家，就翻出媽媽放在抽屜裡總統親自頒發給爸爸的「楷模獎章」，她把獎章連同那些日記一起丟進裝筆錄的箱子裡，封起來，打算找個合適的日子拿去扔掉。

她很累，真的很累，睡了個昏天暗地，也沒設鬧鐘，什麼都不想管了。

半夢半醒之間，她推算過年代，她和周明憲是在民國八十八年出生的，也就是說，顏聰敏在民國八十七年就應該遇上他們的媽媽了，最遲也不可能拖到八十八年，畢竟懷胎十月，他們必定在八十七年就已經認識了。

她最後悔沒做到、也忘了做到的事情，就是去找到她和周明憲的媽媽，提醒她們不要和顏聰敏來往，切記要遠離這個渣男。但這就出現了一個悖論：假使他們的媽媽斬斷了和顏聰敏之間的關係，他們姊弟倆就不會出生了，那麼，他們會憑空消失在這個世界上嗎？還是另外產生什麼可怕的後果呢？

楊羽庭沒有腦筋去想那麼多，也不願去想那麼多，要死也好，要消失也罷，她不在乎，反正她也沒打算再回到過去了，現在想改變什麼也來不及了。

「姊！」

隱隱約約的，她聽見了周明憲的聲音。

楊羽庭睜開眼睛，發現天已經亮了，床邊朦朧地蹲著一個人，不曉得看了她多久。

「你怎麼在這裡？」楊羽庭醒來，渾身疲憊，但還是嚇了一跳：「你該不會又偷拿我的印章請假？」

「沒有，現在不能再請了。」周明憲搖搖頭，然後解釋自己如何偷溜：「役政署是用手機定位的，我把手機放在派出所，他們就以為我還待在派出所。」

「不可以這樣。」楊羽庭緊張說道，哪會不清楚這些規定：「要是被發現，你會被處分的，你現在是軍人，雖然是警察役，但等同身在軍營，不能擅離崗位，而且你們不是要定時拍照回報位置？」

「好啦，別再說教了。」周明憲伸手按住她的髮絲：「媽媽去買菜了，等等給妳做雞湯。」

「我媽？還是妳媽？」

「我媽。」周明憲回答。

「你還沒說你為什麼偷溜回來呀。」

「我擔心妳呀。」

「擔心我什麼？」

「擔心妳想不開呀。」周明憲眨眨眼，直率說道：「妳回來之後都沒講話就下班了，阿姨打電話給我，說她一起床就看到老爸的東西全被丟到客廳，她問我怎麼回事。」

「你怎麼說？她在哪裡？」楊羽庭問道。

「她去上班。」周明憲回答：「所以我叫我媽過來。妳是要把老爸的東西全都丟掉呀？」

「那種人的東西也沒什麼好留的。」楊羽庭冷冷撇過頭去。

「真的那麼生氣呀？」周明憲苦笑。

周明憲和楊羽庭不一樣，他不是正規的警察，沒有楊羽庭那麼深的包袱。他可以理解爸爸在想什麼，雖然不認同，但可以理解。

這次見了爸爸，其實非但沒有扣分，反而還是加分的。人總說見面三分情，以前他對爸爸充滿埋怨，恨他拋棄了他們，但見到活生生的人，聽到真真實實的聲音後，很多感覺都產生了微妙的改變。至少顏聰敏這個形象立體化了，不再只是「負心漢」三個字可以簡單帶過。

老實說，他覺得爸爸很霸氣，敢和組長叫板，有理有據，而且一人就可以鎮壓全場，還是個刑警！若不是這次穿越到過去，他永遠看不到爸爸的這一面。

周媽媽的雞湯煮好了，叫楊羽庭來吃。

楊羽庭看了下時間，才發現自己已經睡了超過十個小時，再不久就要上班了。

「我先刷牙。」楊羽庭說道，衝向浴室。

「好好好，不急。」周媽媽說道。

周媽媽有一張大臉，身材比楊媽媽還要豐腴，廚藝也比楊媽媽好。若說楊媽媽是溫柔婉約的代表，那周媽媽就是典型的家政婦了，她會大呼小叫讓周明憲去倒垃圾，拿雞毛撢子追著他打，但只要兩家四口見面，她就會收斂許多，在楊媽媽面前也不太好大聲喧嘩。

「嗯，這個好好吃。」楊羽庭喝了口雞湯，咬了口雞腿，整個精神都來了。

「好吃吧？新鮮的土雞。」周媽媽高興地說，又幫楊羽庭添碗飯：「多吃點吧，瘦巴巴的，女孩子這樣子不行。」

「什麼瘦巴巴的，妳不要宣導錯誤觀念。」周明憲說：「女孩子現在腰越細越好，腿越白越好，妳讓姊吃肥了，害她嫁不出去妳就慘了。」

「你也給我多吃一點。」周媽媽往他的臉頰捏下去：「你從小也是不吃飯的，長大在那邊給我吃什麼炸雞，現在馬上給我吃！全部吃完！」她給他添了特大碗的飯。

楊羽庭笑出來，周明憲看著眼前堆積如山的米飯，臉都愁了。

「阿姨，妳是在什麼季節認識爸爸的？」楊羽庭忽然問道。

他們已經很久沒跟媽媽們打聽爸爸的事情了，小時候媽媽們總是避而不談，現在長大了，情況也沒好到哪裡去。周媽媽一聽到這話，臉色就沉了下去，揮揮手說：「吃飯就吃飯，幹麼問這個？」

「想知道一下，是在秋天嗎？」楊羽庭問道。

乍聽之下她問得很無厘頭，實際上卻很精準。既然媽媽們都不肯透露爸爸具體的訊息，那只要讓她們回答是或不是就好。

楊羽庭認為他們昨晚到達的民國八十七年是夏季，因為天氣熱熱的，老爸當時堅稱自己沒有孩子，也不認識什麼周媽媽、楊媽媽，那就只剩後面的秋季和冬季兩種可能，老爸會在年末遇到這兩個女人。

「是秋天嗎？」楊羽庭再次問道。

「好像吧。」周媽媽眼神飄忽，給了個模稜兩可的答案。

「奇怪，妳幹麼那麼怕談爸爸的事情？」周明憲在一旁按捺不住：「小時候不說就算了，現在我們長大了，總可以講一點了吧？」

「是有什麼好講的？」周媽媽翻了個大白眼。

「比方說你們是在哪裡認識的呀？為什麼沒有結婚呀？」

「都已經那麼久了，問這麼多做什麼？」周媽媽惱羞成怒，像往常一樣，岔開了這個話題：「你有閒工夫打聽八卦，不如多去念點書，退伍後也不知道要幹麼，了然喔，沒出息。」

「嘖，不說就不說，罵我幹麼？」周明憲不爽了。

「我就你一個兒子，不罵你罵誰？」

「痛，還捏我！」

兩人一來一往，楊羽庭的思緒卻已經飄遠了，她突然想起一件很重要的事情，非常重要。

猶記她和周明憲離開民國八〇年代時，新莊分局的警察還在找「CAB-123」這臺贓車。四臺犯案機車中，就剩這臺還沒找到，疑似被丟棄在堤防外，但死活就是找不到。

雖然那臺機車一直都很有問題，但楊羽庭總算明白了，她確實遺漏了什麼：她自始至終，都沒有好好研究過那臺機車，只把引擎箱打開過一次而已。

「走。」楊羽庭飛快吃完手中的飯，肚子已經飽了，她對弟弟說：「我們早點去上班。」

「為什麼？」

「有重要的事。」

周明憲恭敬不如從命，他本來就不想吃眼前的飯，他也不喜歡喝什麼雞湯，趁機逃跑剛剛好而已，但周媽媽卻沒放過他，她一把拽住他的胳膊，舀起湯匙就往他嘴裡塞去。

「妳可不可以不要再把我當成小孩？」周明憲不爽地說，被塞了滿嘴的飯，快要吐了：「我就不吃，妳想怎樣？」

周媽媽往他的屁股捏下去。

「好好好，我吃，痛死了啦！痛痛痛痛痛！」

「你要是能像你姊姊一樣成熟，我就省心多了。」周媽媽無奈地搖搖頭：「你跟你姊姊同歲，知道嗎？爭氣一點，你姊姊現在都已經是公務員了。」

「那又如何？我將來一定會比她強，誰想做公務員，無聊死了！」

「還在耍嘴皮子。」周媽媽又捏了他一把，這次卻說出發人深省的話：「你是這家裡唯一的男人，我會老，你楊媽媽也會老，將來我們走了，只有你可以保護姊姊，你什麼時候才能獨當一面，撐起整個家？」

這話讓周明憲安靜了，他坐下來，乖乖地吃起飯。

「把飯吃完，然後跟你姊姊上班去，這樣也可以省午飯錢。」周媽媽拍了他一下：「好好上班吶。」

「知道了嘛。」周明憲嘟噥著。

楊羽庭和周明憲一到派出所，就先到地下室看那臺贓車去了。「CAB-123」，雖然很熟悉，但楊羽庭發現自己並沒有好好了解過它。她是看過它的車籍資料，見過假車牌的車主，但她從未好好摸索過這輛贓車。

「幫我把它抬出來。」楊羽庭說道，和弟弟合力將贓車抬出來。

楊羽庭已經多少查過了資料，「CAB-123」是民國八〇年代最時髦的一二五ＣＣ機車，金屬外觀還保留了一點老式打檔車的味道，油箱已經從車身中央改到前機體中，騰出了空位可以置放物品。

「聽說這臺就是主嫌黃慶義騎的機車。」楊羽庭說道，往機車左右兩邊打量：「他們當年一直沒有找到，最後被我們找到了，說不定黃慶義在上面留下了什麼線索。」

「例如？」

「例如槍或毒品之類的。」

楊羽庭的猜測頗有道理，當時她就在想一千萬元的海洛因是如何用四臺機車運送的？即便勉強運送，總會留點什麼殘渣在上面吧？

楊羽庭就想找到那些殘渣，她從警至今還沒一個人抓過毒品案件。她在顏聰敏那裡已經受夠了窩囊氣，同樣是警察，顏聰敏那麼廢，倘若她可以從機車上找到槍或毒品，也算揚眉吐氣了一把。

楊羽庭打開車箱，沒有。再打開油箱，也沒有。她搬來工具，把已經看過的引擎再打開，也沒找到任何有意思的東西。

「要不要看看排氣管？」周明憲問道，還是他比較懂，當年偷騎車的時候，他就把鑰匙塞在排氣管裡，讓抓他的教官開不了車鎖。

「你去看，我看這邊。」楊羽庭說道，並繞到了前頭。

這機車畢竟二十年了，布滿歲月的痕跡，但整體結構保存得不錯，當年橫衝直撞運毒時，也沒撞出個什麼凹洞來，可是，楊羽庭還是看出了不對勁的地方。

「明憲你過來。」楊羽庭叫他，然後指著機車的頭燈下方：「你有沒有覺得這裡鼓鼓的？」

「鼓鼓的？」周明憲摸了摸車燈下方，甩掉了手上的灰塵，又再摸一次：「有嗎？」

「絕對有。」楊羽庭讓他閃邊，然後伸腳就是一踹，用力往車燈下方踢去。

「我操，妳真是暴力女金剛啊！」周明憲嚇了一跳。

但接著，兩人就不說話了。

從掉落的塑膠板裡面冒出了幾塊白色的東西，一搖就掉下來，沉甸甸像是磚頭，但又沒有磚頭那麼大，更像是小茶磚。

「我的天……。」楊羽庭看得臉色都發白了，既興奮又害怕：「我就知道，他們一直在說少了好幾百，果然在這裡。」

「什麼好幾百？」周明憲不懂，蹲下來就要去摸那些東西。

「不要碰！」楊羽庭趕緊制止：「那是海洛因。」

那一包一包長方形用紙包裹住的東西，就是海洛因，而且還是原裝進口的頂級海洛因，純度很高。他們講三合會用貨櫃船運進來的走私品，就是這些東西了，原封不動，完全還沒經過分裝與稀釋，每磚的重量大約都是幾百克。

「我們從民國八〇年代回來以前，那些在河邊的人就說過毒品有少，一直找不到，現在被我們發現了，原來被黃慶義藏在車裡。」楊羽庭這才走近，從腰際拿出防塵手套戴上，檢視地上的物品：「你再去把旁邊的板子都拆開，看看車裡面還有沒有。」

「收到。」

楊羽庭數了一下，陸續從車燈下方取出海洛因，總共有五塊，重量摸起來超過兩公斤，這下發了，不管周明憲還有沒有找到，這些都夠了。

「我們發了！」楊羽庭掩蓋不住欣喜地說道，將毒磚塊排成一列。

「什麼發了？」周明憲走過來：「妳要販毒？」

「什麼販毒，亂講！」楊羽庭找來了一個袋子，收起地上的毒品：「有這些海洛因，我們就能破大案了，兩公斤的海洛因，展哥他們抓十年都不見得抓得到一次。」

顏聰敏在民國八〇年代沒完成的警察任務與使命，就讓楊羽庭替他在現代完成，雖然兩公斤只是一小步，卻是楊羽庭的一大步。

兩人趕緊將海洛因收了，把機車再檢查一次，然後就裝回零件，急急忙忙地離開了地下室。這裡畢竟是公共場所，像剛才那樣鋪張高調實在不太好，要是被看到很難解釋。

楊羽庭的女生寢室有人，兩個學姊都在，她只好到弟弟的寢室去，那裡目前是空的。

「把門鎖起來。」楊羽庭說道，手裡提著塑膠袋裝的毒品，實在有點緊張。

男生宿舍很亂，桌上都是啤酒跟香菸，住了五、六個人，但現在都不在。

楊羽庭讓弟弟把桌上都清空，然後將海洛因一包一包排開來，井井有條地排成一串毒品包。

「裡面都是粉沒錯嗎？」周明憲期待地問道，他只在電視上看過海洛因。

「應該是吧。」楊羽庭點點頭，其實她也沒看過。

他們拆開了其中一個包裝，發現裡面還有鋁箔紙，於是又拆開鋁箔紙，移除乾燥劑，這才露出裡面白花花的毒品，好像雪的顏色，卻比精鹽還要細。

「妳說這玩意兒一點點就要好幾萬？」周明憲趴在一旁捏住鼻子，怕自己不小心把那些輕如粉塵的海洛因吸進去。

「對，這是世界上最高級的毒品。」楊羽庭說道。

海洛因是世界上最毒的毒品，成癮性極強，難以戒治。楊羽庭在偵訊室見過，展哥他們抓海洛因，最厲害頂多抓個三十公克，一小包這樣，現在擺在桌上的，都夠他們抓一輩子了。

「所以要怎麼辦案？」周明憲問道。

「我想想。」

楊羽庭等會兒要上的班是巡邏，她已經很久沒上巡邏班了，所長考量到她帶了一個徒弟，總是給她排備勤或是其他輕鬆的勤務。楊羽庭若是要上巡邏班，就得再加一名正規員警，總共三個人出巡。

「有點麻煩，這個案子我不想分給別人，最好是自己辦。」楊羽庭思索著，不願讓別的搭檔占了便宜。

「對，但重點是要怎麼辦？」周明憲還是不懂：「毒品在我們手上欸，妳要找人嫁禍是嗎？」他在電影裡看過警察往歹徒包包裡偷塞毒品的情節。

周明憲說到重點了，楊羽庭現在才發現，她不會辦案。她知道逮到毒蟲之後的流程，包括問筆錄、搜身上銬、扣押證物什麼的，但最困難的往往不是後續的流程，而是抓到歹徒這回事，她上哪兒去找人擔這兩公斤的毒品？

楊羽庭愣在原地。

是啊，她還是太天真了，就算手握這麼多毒品又有什麼用？她的資歷畢竟才一年多，和展哥、或顏聰敏這種資深警察完全比不了，顏聰敏有線人、有情報，甚至還有個臥底黃慶義，但楊羽庭什麼都沒有。

這時，楊羽庭的手機響了起來。

「喂？」她接起電話：「好好，知道了，我馬上下去。」

「怎麼了？」周明憲問道。

「所長要開會，讓午班的人都先到派出所來。」楊羽庭看了下時鐘，明明還沒到上班時間：「說有重要的事情要宣布。」

「什麼事情這麼重要？」

「可能跟績效有關吧？」楊羽庭回答，她心裡有底，先前展哥和所長吵架的聲音還迴盪在她耳邊：「今天好像就是什麼毒品績效的結算日，不是今天就是明天。」

楊羽庭將桌上的海洛因收到袋子裡，打算拿回自己的寢室放。她真是初生之犢不畏虎，這些毒品不管放在誰手上都是違禁品，況且還這麼大量，要是被人知道了，她一樣會被依毒品罪送辦，甚至會因為公務員的身分而加重刑責。

當楊羽庭和周明憲到二樓會議室時，幾乎一半的位置都坐滿了，橋下所很少這樣齊聚二分之一以上的警力。

翁國正站在窗邊，面色凝重地望著窗外，由副所長負責點名，確認是否該上班的人都到齊了。

「報告所長，早班跟午班的都到了。」副所長說道。

「這禮拜連一張罰單都還沒開的人站起來。」翁國正問道，還是背對大家，望著窗外。

許多人都站了起來，至少三分之二，楊羽庭也帶著周明憲站了起來。

「坐下。」翁國正說，然後又接著問：「贓車還沒找到的人站起來。」

這次是全部的人都站了起來，到現在，全派出所連一臺贓車都沒找到。

「張允豐，我們所這次贓車取締月被分配到幾臺？」翁國正點名道。

名叫張允豐的警員起立，想了一下後說：「大概……二十幾臺？」

「陳明賢，我們所這次被分配到幾臺？」翁國正又喊了另一個人。

「十八臺，每個人一臺！」陳明賢義正辭嚴地說道，他計算了派出所的人數，再扣去內勤以及展哥等人的分額，大概就是這個數字。

「王皓宇，我們所被分配到幾臺？」翁國正又點了第三個人，顯然前兩個答案都是錯的。

副所長在前面頻頻用嘴唇打暗號，王皓宇站起來後，支支吾吾地說：「三十八……臺？」

「三十八！我們派出所有三十八人嗎！」翁國正暴怒，嚇了大家一跳。

他鮮少對下屬發怒，更何況在這麼多人面前。

最後他點了一個人：「來，周明憲你站起來。」

「我？」周明憲指著自己，戰戰兢兢地起立，既驚訝又畏懼。

「你說說看，我們所被分配到幾臺？」

周明憲看了眼姊姊，然後在眾目睽睽之下回答：「報告所長，八臺。」

「八臺啊，正確答案，連替代役都知道的事情，你們這群人到底在做什麼？」翁國正怒斥，終於轉過身來，對著大家罵道：「混吃等死，早班跟午班，這最好做事的時間，到底都在幹什麼！」

周明憲雖然答對了，但還不敢坐下，因為所長沒發話。令楊羽庭驚訝的是，周明憲竟然知道績效是幾臺，就算有副所長在那打暗示，一個打雜的小鬼能知道績效要幾臺，簡直不可思議。

真是臭不要臉的，楊羽庭朝他翻了個白眼，難怪他能討所長喜歡，腦袋瓜不用在念書上，專門記一些有的沒的，還很會拍馬屁。

「已經快兩個禮拜了，只要八臺，你們卻連一臺都生不出來！」翁國正指著所有人的鼻子罵道：「我當初為什麼說每個人交一臺？就是知道你們這群爛貨連要出幾臺都不知道，才故意說每個人一臺。然後也沒有人在乎啊，也沒有人去看布告欄啊，也沒有人要做事啊。分局只要求八臺而已，現在連一臺都湊不出來，要是真的每個人交一臺，你們都去吃屎算了！」

翁國正真的非常生氣，楊羽庭來了一年，第一次聽到他這樣罵人，把派出所的關係搞得非常糟，但她卻聽出了指桑罵槐的味道。

翁國正表面上在罵大家，矛頭對準的卻是以展哥為首的第二類集團，他們不做事，問題才大。贓車和罰單固然重要，但毒品及其他高級刑案才是指標，畢竟搞贓車容易，補其他案件卻很難，展哥再不抓個毒販出來，翁國正就要被上級修理了。

「條哥。」這時，翁國正又點名了一個人。

「是，所長。」條哥立刻站起來。

條哥也是第二類人物，只有第二類人物才會被所長稱兄道弟，其他直呼全名的都算小嘍囉。

「你倉庫裡那些贓車該拿出來了吧？」翁國正也不客氣，當眾亮劍，頗有殺雞儆猴的味兒：「你是打算放多久？這次拿八臺出來應該不過分吧？」

「是，所長。」條哥面色僵硬的說道，他的小組的確囤積了一些贓車，但並沒有八臺那麼多。然而，在大庭廣眾之下，所長都這麼說了，就算沒八臺，他也得去生八臺出來了。

這事情不厚道的地方在於，所長不應該當眾戳破條哥有贓車的，這跟搧人巴掌沒兩樣，無論如何也得尊敬第二類人員，這下算是澈底撕破臉了。

「晚上就把陳報單送到我桌上。」翁國正命令道，八臺贓車的問題算是解決了，但也不能讓第三類的基層在那偷樂著：「你們其他早班午班的，從現在開始到六點以前，每個人交一張罰單出來，六點鐘重新開會，我逐一檢討。幹部從今天起，每小時在一樓督勤一次，每天送三份懲處令到我桌上，沒懲處到人就懲處幹部，散會！」

就這樣，翁國正重拍了一下桌子，使出殺手鐧，會議結束。

他也不是省油的燈，更不是第一次當主管，老虎不發威，別當他是病貓了。

整場會議大家都坐立難安，周明憲更可憐，明明答對了所長的問題，卻從頭罰站到尾。乍看之下所長整頓了派出所的頹廢之氣，但楊羽庭還是覺得哪裡有問題，所長怎麼都沒提到最要緊的毒品績效問題？

這個月除了要取締贓車，更大的目標是每年為期一次的「製造、運輸、販賣第一級毒品」破獲行動，用白話文說就是抓毒販。

是毒販，不是毒蟲，抓到就要判死刑或無期徒刑的，所以很難抓，構成的條件也很困難，不是隨便弄一弄就有。

這個案子是展哥負責的，最為迫切，而且照楊羽庭的理解，應該已經到了最終期限才對，怎麼所長沒罵展哥，反而罵了條哥？難道案子已經破了不成？

「所長。」楊羽庭走到所長室前面，敲了敲門。在散會之後，只有她和周明憲留了下來。

「誰？」翁國正的聲音傳來。

「是我，楊羽庭。」

「進來吧。」

楊羽庭開門，隻身一人走進去，周明憲則自動自發地留在外面，沒敢進去。

翁國正在桌上看公文，餘怒未消，過去那種和善的樣子全沒了。

「怎麼了？」翁國正問道。

「所長，我想成立一個專案小組。」楊羽庭鼓起勇氣說道。

「什麼？」翁國正愣住，還以為自己聽錯了：「和誰？」

「就我自己。」楊羽庭回答：「可能還有明憲。」

所謂的專案小組就是指第二類人，負責緝毒或緝槍，處理高難度案件。目前橋下所就只有展哥和條哥成立專案小組而已，但楊羽庭想成立第三組。

「妳自己？」翁國正無奈的揮手，像在趕蚊子：「別鬧了。」

他原本以為是派出所裡哪個有本事的人找上了楊羽庭，想和她一起組隊，讓楊羽庭充當幫手與徒弟，畢竟資淺的好使喚，那麼他或許還會笑一下。但楊羽庭卻說只有她自己和一個替代役，那翁國正可是連笑都笑不出來了，在這個節骨眼上，真的少拿這些事來惹他。

「妳走吧，我很忙。」他意興闌珊地趕人。

楊羽庭沒多說什麼，直接從懷裡拿出了一包海洛因磚，咚的一聲放到桌上。

翁國正瞬間就傻了，在門外偷看的周明憲也嚇了一跳，他以為姊姊已經把海洛因藏好了，怎麼會帶在身上呀？

「妳從哪裡拿到的？」翁國正一眼就看出那是什麼，嚴肅的問道。

「有這個就可以幫到所長了吧？」

「我問妳從哪裡拿到的？」翁國正卻沒有很高興，再問了一次：「這有多少量妳自己心裡清楚嗎？」

他變得很凶，楊羽庭突然不曉得該怎麼回答了，她的原意是想幫所長，但現在所長問起毒品的來源，她就很難解釋了，她該把那輛贓車供出來嗎？

然而翁國正關注的卻不是這些小問題。

只見他小心翼翼拆開包裝，看了裡頭的細粉，喊了句唉唷喂呀，然後就將毒品包一包拿去旁邊的廁所，全部倒到馬桶裡，沖掉，連紙都不剩。

「欸，欸，所長！不行啊！」楊羽庭心臟都快跳出來了，但完全來不及阻止。所長知道那有多珍貴嗎！

「把門關起來！」翁國正卻吆喝道，洗了洗手從廁所走出來。

楊羽庭趕緊去關門，回頭時，見翁國正把天花板的監視器都給掰開來，插頭都拔掉了。

「妳找死啊妳？」翁國正劈頭就罵道：「不要還沒走路就想學飛！」

「所長，我……。」

「警察持有毒品，罪加一等，妳敢把那種東西帶來我的所長室，放到我桌上？」翁國正搖頭，簡直是又氣又無奈，氣對方怎麼能這麼天真：「剛剛那些量，妳一輩子加起來都湊不到，妳去哪裡拿的？」

「所長，那是三合會的海洛因。」楊羽庭想不到其他推拖之詞，便說。

「我知道那是三合會的海洛因。」

「你怎麼知道？」

「包它的紙上印著『和』字，妳連這個都不知道，妳去哪裡弄來的？」翁國正臉頰抽搐。

他雖是快退休之人，但好歹也經歷過大風大浪，在板橋、新莊、蘆洲一帶都混過，寶刀未老。剛剛的毒品他一看就知道是三合會的貨，而且是百年難得一見的頂級貨，他已經好久沒有看到那麼純的海洛因了，白得像雪花一樣，令人頭暈目眩。

他知道楊羽庭亟欲表現，但這未免也太冒失了？天底下豈有如此荒唐的事情，一個警員竟敢公然拿了包毒品就丟在他桌上，倘若是其他主管，早一巴掌揮過去，令人將她拿下，移送法辦了。

展哥、條哥再大尾也不敢這麼亂來，他們從來都只用嘴巴說自己手上有多少數字，不會讓那種東西出現在陽光底下，有些紅線是永遠不能跨越的。

「妳去哪裡弄來的？說啊。」翁國正問道，極不高興。

「從那臺機車找到的。」楊羽庭只好坦白。

「哪臺機車？」

「我找到的那臺贓車。」

翁國正想了一下才記起這件事：「怎麼會有三合會的毒品在那上面？」

「我也不知道。」楊羽庭搖搖頭。

「它被放在哪裡？車箱？」

「在車頭燈下面。」

「妳從哪撿來的？」

「河堤外。」

「現在還找不到失主嗎？拼裝車？」

「對。」

翁國正欲言又止，本想繼續與楊羽庭討論這件事，但想想還是算了，楊羽庭層級太低，只能回答基礎問題，問得越多只會讓她更加蠢蠢欲動，心思越浮躁。

假如是展哥或條哥在前面，他至少可以叫他們去探一下三合會的風聲，看是哪個不怕死的帶出來這麼大量的毒品，但楊羽庭，完全做不到。

「把那臺機車推回原地丟掉。」翁國正說道，用命令的語氣。

「這樣可以嗎？」楊羽庭狐疑問道，不是說要簽呈給分局做無主物宣告？

「只能這樣。」

「不是啊，所長，現在不是危急關頭嗎？」楊羽庭不懂：「派出所不是缺一件販毒嗎？難道展哥他們破了？」

「還沒。」

「那為什麼不能利用這個？我都拿來了……。」

「嘖，羽庭啊，妳真的要搞清楚狀況啊，不然當警察當不了太久的。」翁國正苦著臉，好像在教小學生一樣，也不知道該從哪說起：「我抓不到績效，頂多被釘得滿頭包，妳剛剛那東西一旦出事，全都是牢獄之災呀。妳以為專案在幹的事情很簡單，不是這樣的，妳不要太輕視這份工作了，妳太驕傲了。」

「……。」楊羽庭被他的話給刺傷了。

「妳知道販毒要怎麼辦嗎？妳不知道呀，妳拿了一包毒品，妳以為妳能做什麼？」翁國正越說臉越苦，這東西是要靠數年、甚至數十年的經驗累積的：「要辦販毒，需要兩個證人和一個毒販，有時候還要有額外的報案人，妳就拿著一包東西，妳想做什麼？拿出去外面閒晃嗎？

「妳離專案還太遠了，人家許展皓布一條線，至少也得半年，他有耐心，妳有什麼？」翁國正持續以辦案需要各種配合，得有情報、有線人、有毒蟲幫忙來否定她：「那臺機車裡面的毒品只有一包嗎？還有沒有其他的？」

「沒有了。」楊羽庭撒謊，趕緊搖頭。

「妳確定喔？」翁國正懷疑的問道：「現在林海龍病危，整個三合會動盪，我懷疑那包毒品是有人想奪權，趁機帶出來興風作浪的，妳身為警察要機靈一點，不要被利用了。」

「呃，好……。」楊羽庭哪敢說那包毒品可能來自於民國八十七年。

「那是三合會的海洛因，不要去惹三合會。」翁國正再次強調這點，倘若是一般的毒品，放在小小的夾鏈袋裡，髒髒的、少少的那種，或許還有發揮的空間。但楊羽庭一來就端出個磚頭，嚇也能把人嚇死，它太多、又太純了，根本派不上用場，海關的緝毒警都不敢拿這種規格的海洛因來作文章，更何況是他們？

這麼純的海洛因反倒成了累贅，毫無用武之地，你送去法院給檢察官看看？等同於自找死路，反而遠不及分裝過、摻假過的爛毒品好用。

「那派出所的績效怎麼辦？」楊羽庭小聲問道，有點心虛，仍不肯放棄。

她原本以為那塊海洛因能帶來大功勞的，即使不讓她成為專案人員，所長也可以直接拿去使用，誰知根本行不通，所長直接把它沖掉了，換算成現今的市價，大概沖了快一百萬新臺幣的鈔票下去。

「妳不用管績效，那是我的事情。」翁國正回答：「妳管好妳自己就好。」

「可是……。」楊羽庭不知道該不該說：「所長，你可能被設計了。」

「怎麼說？」

「我有偷聽到，展哥他們好像是故意不抓績效的。」楊羽庭豁出去了，她打算跟所長站在同一邊，便鼓起勇氣說道：「幕後主使者好像就是……副座？」

翁國正沉默了一會兒，看著她，然後噗哧一聲笑出來：「妳怎麼連這種事都知道？」

「所長，你也早就知道了？」楊羽庭很納悶，這可是她在寢室裡用紙杯聽出來的呢。

「我幹了快四十年的警察，都快退休了，我有可能不知道底下的人在做什麼嗎？」翁國正嗤之以鼻：「只是沒想到啊，連妳也知道，你們個個不務正業，每天到底都在幹麼？我的派出所好像在玩扮家家酒一樣，花樣很多。」

「那你怎麼辦！」楊羽庭睜大了眼：「你會被搞到無法退休呀！」

「妳放心好了，他們那幫嫩賊想鬥倒我這個老賊，還早得很。」翁國正笑道：「很多事情我只是當沒看到而已，妳以為他們逼我留著只是想圖個安逸嗎？」

「不然呢？」楊羽庭不解。

「等等說給妳聽。」

這時，不偏不差，電話進來了，翁國正看了眼時鐘，連連稱是，就收拾收拾桌上的東西，站起。

「所長，你要去哪？」楊羽庭也站了起來，問道。

「去一個好地方，妳也來。」

「什麼地方？」

「三合會的大本營，『天和院』。」翁國正公布答案，露出深深的笑容。

第九章

三合會之所以被稱作「三合」會，是由三個黑道角頭合體，共同創辦而成。他們分別叫「擎天」、「地鼠」和「人麒哥」，原本就霸據一方，三人合體後，直接將自己的暱稱改成「天和」、「地和」、「人和」，勢力更加不同凡響，一躍成為全國最大的黑社會組織。

據楊羽庭所了解的，「地和」、「人和」早已去世多年，只有「天和」一直活到現在，並獨攬大權，以一己之力統治整個黑幫集團，讓三合會成了他一個人的帝國。

這位「天和」就是林海龍，至高無上的地位讓他在各界都叱吒風雲，是神一般的存在。但即便名聲響亮如天，也終究不是真正的天，逃不過生老病死。

「天和」在去年被檢查出肺腺癌，住進醫院，六十多歲的身軀往加護病房來來回回幾次後，於上個禮拜宣告病危，隨時可能會走，引起社會一片動盪。

今天，「天和」出院了，卻不是痊癒出院。

醫生評估他只剩下一個禮拜的壽命，於是他簽署了放棄急救書，在家人的陪同下回到了老家，不願在醫院裡死去。

各界政商名流都出動了，前往他名為「天和院」的宅邸探望，該送花的送花、該寫卡片的寫卡片、該請兒童唱聖歌的唱聖歌，這其中，自然也少不了警界。

稍早，「天和」的專車剛從醫院出來，警政署長就帶隊出動了，由於「天和院」就位在新莊分局的轄區，因此包括翁國正在內的所有派出所所長都要參與，新北市警察局長、新莊分局長也全程到場。

「走吧，『天和』五點鐘到家，我們四點半就要到了。」翁國正說道，拿了車鑰匙就丟給楊羽庭，讓她開車，打算就帶她兩個人去。

「那我原本的班怎麼辦？」楊羽庭問道。

「改掉就好。」

「那我呢？」周明憲跟在後面，也著急地問。

「你待在派出所。」翁國正回答，並不打算讓一個替代役參與，他只想讓楊羽庭見見世面。

楊羽庭將巡邏車開出來，這是她第一次載所長，難免有些緊張。前輩們總是不讓女警開車的，都覺得危險，楊羽庭開車的次數寥寥可數。

兩人出發，橋下派出所距離「天和院」並不遠，大概就十分鐘的車程。然而才開不到多久，馬路就開始塞了，到處都是達官顯要的車子，聽說連行政院長也會來，更別提商界的人物。

「我們見得到『天和』嗎？」楊羽庭好奇地問道，握著方向盤等紅綠燈。

「當然見不到。」翁國正百無聊賴地看著窗外：「他都病危了，只有家人才能靠近。」

「那我們是去幹麼的？」

「就在門口送送花，拍個照留念囉。」翁國正講起這些可笑的禮節，也是無奈地搖了搖頭：「一個大黑道死掉，竟然連總統都要來弔唁，這世界真是荒唐。」

「他還沒死呢，只是病危。」楊羽庭提醒。

「哦，對。」

「所長，你還沒說副座的真實意圖呢。」楊羽庭問道。

「什麼真實意圖？」

「你說他們不是只想偷著樂，還有其他陰謀？」

「噢，他啊。」翁國正提起副所長，派出所的亂源：「他想幫他弟弟卡位，他弟弟現在是交通分隊的分隊長，只要再累積一些分數，就能晉升所長了。他想把他弄來橋下所，因此我不能太早退休，否則位置會被別人搶走，我要等他弟弟分數夠了才能退，大概是這個意思。」

「原來啊。」楊羽庭恍然大悟：「他弟弟也是我們新莊的嗎？」

「當然是我們新莊的，才可以內部關說，分隊長調所長。」翁國正說道：「許展皓他們也大概明白這層內幕，雖然沒有講破。」

「那他們就一定要幫他嗎？為什麼不幫所長？」

「幫我做什麼用？我都快退休了。」翁國正咯咯大笑：「就是我快走了，他們才得趕緊巴結副所長啊，不然就沒依靠了。到時候這些都是功臣，所長和副所長假如都自己人，日子還不好混嗎？」

「原來如此！」楊羽庭猛點頭，難怪展哥、條哥硬著頭皮也要和所長對幹，因為所長的職業生涯已經接近尾聲，再跟著他也沒意思了，還不如趕緊認清誰才是未來的老大。

「只是他們這樣也很矛盾吶，把我卡在這裡，不讓我退休，接下來的一年，不是會被我整得更慘嗎？日子過得更苦罷了。」翁國正嘆了口氣。

「苦是一年而已，撐過之後，副座就會一直罩著他們吧？」楊羽庭猜測道。

副所長和所長的警銜不太一樣，以橋下所為例，所長是警官，而副所長只是警員而已，所以副所長不會升遷，最高最厲害就做到副所長，可以一直在原單位待著，待十年都沒問題，是個很好抱的大腿，跟所長那種流水的官不太一樣。

「我自有辦法對付他們。」翁國正眨眨眼說道，一切早已了然於心：「反正我今年一定要退休，不退休不行了，這轄區太累了。」

「嗯，真的很累。」

很快他們就到了「天和院」，一路塞車過來的。

這是一座複合型的宅邸，由一幢又一幢的木造房屋搭建而成，都是老宅子，最高雖不超過兩層樓，但幅員寬廣，一窪池塘連著一座和室、一株松樹、一棟廟塔、一圈迴廊，頗有「庭院深深深幾許」之感，它也是國定古蹟，但材質早已都換成防火的了，什麼光纖網路也都有，住起來舒適宜人。

這裡就是「天和院」，林海龍的老家，他最後指定要臨終的地方。

院外的圍籬早已擠滿了媒體記者，無數的黑幫小弟在維持秩序，黑壓壓的一片擋在門外，以人數優勢做到滴水不漏，控制現場的進出。

警政署長、警察局長的黑頭車可以直接進去院內，但橋下所的破車不行，楊羽庭將車停在停車場後，就和翁國正一起走向「天和院」。他們即使穿著警察制服，在人群中也很渺小，跟一般人沒什麼兩樣，無人搭理。

翁國正和楊羽庭都出示了警證，被黑衣人稍微刁難一下，才順利進到「天和院」中。但裡頭也只是另一個擠滿人的廣場，擠的人比較高級罷了，都是達官商賈，再往裡頭就不讓人走了，連署長都不能進去。

「欽，國正，這邊。」迴廊外，幾個人喊道。

那些都是其他派出所的所長，所長沒來就由副所長代勞，翁國正帶著楊羽庭走過去會合，他們幾乎是這廣場裡最小咖的，平時在派出所裡如何逞威風都沒用，此時也只是個小雞仔。

「分局長來了嗎？」翁國正問道。

「來了啊，在那邊。」某位所長指著另一區說。

迴廊內，果然有另一群人在說話，他們都是分局長——有新莊、樹林、與板橋，自成了另一個圈子。當然，再過去還有局長等級、署長等級、甚至是立法委員，大家都在自己的同溫層內聊天打屁。

明明是慰問現場，卻搞得好像逢年過節的大拜拜似的，大夥兒齊聚一堂，跟與自己同階級的人寒喧，談談最近過得如何、老婆生了沒，歡樂無比，毫無肅穆的氣氛。

這可能是大家唯一可以放鬆的場合了，一回到工作崗位上，又得擺起階級樣子，該做什麼就做什麼。

「喂，來了。」

「來了，來了。」這時，眾人忽發騷動，又陷入一片寂靜，全盯著門口看。

「天和」的車隊開了進來，由市價兩千萬的勞斯萊斯作為領頭車，像脫拉鍊一樣使黑衣人自動往兩側退開，倏忽一下，整列長龍就駛進了內院，消失在廣場之中，眾人踮起腳尖都沒能看清楚「天和」在哪臺車上。

就這樣，大夥兒千里迢迢遠道而來，就只為了看一個車影而已。

「走走走，過去。」所長們推擠著踏上臺階，彷彿受到誰的號召，朝迴廊內走去，楊羽庭及其他警員也迷迷糊糊地跟了上去。

局長們和署長的花早就送完了，該跟家屬講的客套話，現在正在排隊等著講。所長們湊到了長官的跟前，原來是局長想趁時間訓話一下，大夥兒才聚集起來。

「那個，明順。」局長喊了一個人名：「接下來是三合會的關鍵期，多派幾個人顧，多弄一點巡邏表在門口簽，知道嗎？」

「是，局長。」

這位局長就是他們的大家長，新北市警察局局長，胡建斌，一個人管全部的新北市。而他口中的明順，是新莊分局的分局長，叫做陳明順，是橋下所的直屬上司，管整個新莊，對「天和院」的治安要負全責。

局長見「天和」的車隊已經消失很久了，便又嘟噥幾句，叮囑道：「你們全部要加強戒備啊，現在的三合會很亂，『天和』今天死還是明天死都不知道，隨時會出事。新莊、板橋、海山、樹林、土城、蘆洲、三重，尤其是你們幾個分局，嚴格執行專案巡邏，主管幹部全部親自督導，明白嗎？」

「是，局長。」

「遵命，局長。」

「那些堂口都給我顧好，哪個轄區出包，哪個轄區的分局長就給我走著瞧，我說得很清楚了啊。」他語帶威脅地說道：「皮繃緊一點，我看他那樣子也活不了多久了，新聞說是一個禮拜，可能就……兩、三天的事吧？」他思索了一下：「死後也不能掉以輕心，死後才是麻煩的開始。」

胡建斌說話的時候，楊羽庭注意到，他們的新莊分局長，陳明順都一直癟著嘴，剛剛接受訓話時也是這個樣子，好像不太服氣。她越看越出神，越看越奇怪，然後腦門一熱，竟被她發現了一件事情！

她盯著兩人的長相，以及胡建斌ＰＯＬＯ衫上的鈕釦，怎麼就這麼熟悉呢！這不就是民國八十七年時，她在河堤外遇見的刑警隊長，以及在桃園鐵皮屋外遇到的刑警隊長嗎？

陳明順，就是當年的新莊刑事組長，被顏聰敏耍得團團轉的那個人。

胡建斌，就是當年的板橋刑事組組長，在山上命令顏聰敏放行黃慶義的那個人。

同樣都是組長，二十年後，一個竟然成為了局長，而另一個則平平庸庸，只是順理成章地成為了新莊分局長，命運大不相同呀！

要知道，局長可是比分局長還大很多的，在場有十幾個分局長，每個都歸胡建斌管，而陳明順只是其中一個被管的人。

難怪他會不服氣，同樣的起跑點吶，結局竟如此不同！

「等等我說幾句話我們就可以解散了。」胡建斌望著家屬那邊，感覺快到他了：「新莊的最後再走，這你們轄區，等最後一個官員走了，你們再走。」

「收到。」陳明順低聲下氣地應和。

楊羽庭看著他們兩個，還是覺得很驚奇，她來新莊一年多了，沒什麼注意局長和分局長的經歷，現在才知道，原來她和他們早在民國八十七年就打了照面，只是沒認出彼此。

8

「天和院」的集會結束後，已經快晚上八點鐘了，楊羽庭一回到派出所，馬上被翁國正帶去地下室看那臺「CAB-123」贓車，翁國正可沒忘記楊羽庭惹出來的麻煩事，在這個節骨眼上，所有和三合會有關的問題都不能掉以輕心。

「妳說毒品是藏在哪裡？」翁國正問道。

「這裡。」楊羽庭蹲下來，扳開車燈下的塑膠版。

翁國正拿起手電筒照了又照，伸手進去摸，左顧右盼老半天，確認機車裡沒其他東西後才放心。

「妳等等就把機車推到河邊丟了。」他說道，也不忌諱這樣講：「看原本是在哪裡撿到的，就丟回原處。」

「收到。」

「確認只有一包毒品啊？」翁國正瞇起眼睛打量她。

「對。」楊羽庭大聲說道，信誓旦旦地撒謊，她知道絕不能在這裡露餡。

翁國正又摸了一下機車，然後就腰痠背痛地走了，扶著屁股走起路來唉聲嘆氣。

楊羽庭之所以不敢說還有另外四包毒品，並不是想暗藏，而是她發現：那四包毒品有問題。

「喂?弟，你在哪？」她拿起手機打電話給周明憲，一面匆忙上樓。

「我在上妳的班啊。」周明憲回答。

「上我的班？」

「妳原本要巡邏的啊，妳被所長帶走了，變成我繼續跟妳的搭檔巡邏。」周明憲無辜地說道：「他好無聊喔，就一直騎也不知道在騎什麼，熱得要死。」

「你快回來，要交接班了。」楊羽庭說道，進入寢室，發現裡頭沒人，便說：「來女生宿舍。」

楊羽庭鎖上門，打開衣櫥，將剩餘的四包海洛因拿出來，在桌上一字排開，放在燈光下檢視。

所有的海洛因都用一種特殊的白色薄紙包起來，摸著觸感綿密，但卻能定型，方方正正的，上面印著無數「和」的字樣，代表三合會的權威。

以前的黑道膽大包天，敢這樣堂而皇之冠上自己的名號，現在倒收斂許多，縮到檯面下，不敢那麼張狂了——卻沒有賺比較少，勢力反而越來越大。

楊羽庭拿出了其中的兩包毒品，這兩包毒品不一樣，正中間有紅色的指印與落款，分別寫下「地和」和「人和」字樣，蓋過了底層裝飾的「和」襯字。

那暗紅色的字跡有起有落，大方款款，細處還有明顯的指紋，頗有英雄豪情壯志、把酒歌來、歃血為盟的氣勢，一看就是人血畫成的，掐指一落，「地和」、「人和」，便結為兄弟。

四包毒品中只有「地和」和「人和」，唯獨不見「天和」的蹤跡，楊羽庭記得被挾走的毒品總共有五十公斤，算起來可能有好幾百包，但她的直覺告訴她，不是每包都印有血字，總共只有三塊海洛因印著「天和」、「地和」和「人和」，它們很可能是林海龍和另外兩位黑道大佬的親手之筆。

這麼重要的資訊，她一開始拿到毒品時就注意到了，卻沒有放在心上，她以為那跟底下透明的

「和」襯字是差不多意思，無作用，現在才發現，它們很重要！

「姊。」周明憲敲門，從門外喊了一聲。

「你來啦？」楊羽庭趕緊開門，不忘提醒：「記得在外面要叫我師父。」

「妳幹麼？怎又拿出來？」周明憲看著桌上的毒品問道。

楊羽庭拿起海洛因磚解釋：「我懷疑這兩塊，是『地和』和『人和』的親筆。」

「什麼是『地和』和『人和』？」周明憲問道。

楊羽庭只好從頭解釋，她現在也沒任何隊友，只有這麼一個老弟。

三合會是由創始元老，「天和」、「地和」和「人和」所組成的，「地和」和「人和」後來都死了，聽說是被「天和」給暗殺的，最後就由「天和」一人獨霸天下，直到今日。

現在擺在眼前的四塊磚，似乎就能驗證這點，其中兩塊染了鮮血，經過漫長的二十年依然醒目，只有「地和」和「人和」，卻沒有「天和」。

「為什麼要叫這麼奇怪的名字？哈哈，好像在打麻將！」周明憲笑道。

「黑道角頭都有自己的綽號，否則底下小弟那麼多，總不能直接喊老大的名字吧？」楊羽庭回答。

「但也挺威風的，『天和』、『地和』、『人和』，我喜歡！」

「我懷疑這東西是信物之類的。」楊羽庭猜道，拿著海洛因磚端詳，雖樸素，上頭的字卻蒼勁有力，透露出一股赤心誠意：「三合會大佬的信物。」

「類似印章嗎？」周明憲問道。

「嗯，更像投名狀、結盟書之類的吧。」楊羽庭說，也找不到其他形容詞了：「不然誰會在毒品上面印上自己的血？」

在毒品上留下自己的血跡，等同把自己和犯罪扣在一起了，一驗ＤＮＡ，血是誰的就都知道了。會犯下這種愚蠢的錯誤，只可能是二十年的三合會，他們那時還囂張幼稚，上街殺人都要報自己是三合會的，惟恐天下不知。

現在雖然與時俱進，變低調了，幹的壞事卻不見得比較少。

「那現在咧？妳打算拿這些毒品怎麼辦？」周明憲問道。

「呃，不知道欸。」這問題真考倒楊羽庭了：「先藏著吧，以我現在的力量根本辦不了，而且『地和』和『人和』早都死了，『天和』也命在旦夕，你現在拿這磚頭丟他們也沒用，人也不會從墳墓裡爬出來。」

「還有個任務要完成。」楊羽庭提到：「所長叫我們把那臺機車丟了，丟回原處。」

「還要丟啊？」周明憲既驚訝又無奈的問：「都第幾次了？」

「沒辦法，那車很怪，又跟三合會有關係，最好不要放在地下室。」

「可是……。」姊弟倆四目交接，似乎都想到了同一個問題，周明憲問道：「我們把機車牽到河邊，會不會又穿越時空，遇到老爸？」

楊羽庭沉默了，她擔心的也是這個問題，倘若再回到民國八〇年代，不曉得又要節外生枝什麼。

但她不是不想回去，她也不知道自己該不該回去，問題在於顏聰敏根本不聽他們姊弟倆的呀，楊羽庭都說了，黃慶義會殺人，顏聰敏還當著她的面把黃慶義放走，就這點，楊羽庭到現在都還在生氣。

「我實在不太想管老爸的事情了。」楊羽庭坦承說道：「我們可能也無法改變歷史吧，回去只能當個旁觀者。」

「但我還想再見老爸。」周明憲說出心裡話：「妳見了老爸兩次，我才見一次，不公平，我還有好多話都還沒問他。」

「例如呢？」

「我想問他為什麼給我取這個名字，很難寫欸，第三個字筆畫那麼多。」周明憲抱怨：「如果可以的話，叫他給我改個名。」

「噗，你竟然是為了這種事情？到底有多懶！」楊羽庭被逗笑了：「不過你不怪老爸了嗎？不怪他把你生下來？」

「還是怪吧。」周明憲若有所思的說道：「我也不知道……。」

「嗯。」其實楊羽庭和弟弟有一樣的感覺，他們從小都認為爸爸是壞人，現在反而覺得沒那麼壞了。楊羽庭主要還是想知道，為什麼兩個媽媽會被這個壞男人給騙，他都那麼忙了，身負刑案東奔西跑，還能抽空生出兩個孩子，也挺不簡單的。

「走吧。」楊羽庭說道，帶著弟弟下樓：「我們到河邊去。」

「又要『套條子』是嗎？」周明憲開玩笑。

「套成功，車子就給別人囉，要是套不成功，我們就準備見老爸了。」楊羽庭提醒道：「少穿點衣服吧，老爸那天氣正熱，是七月夏季。」

「好。」

晚上九點多，兩人推著「CAB-123」，再次來到新莊堤外公園。

這時間有點尷尬，正是老人和小孩玩耍的高峰，跑道和草地都是健走的人，籃球場也客滿，到處乒乒乓乓的，十分吵雜。

但兩人沒差，所長只叫他們把機車丟掉，沒說要用老爸的密技，套給其他警察去接，所以只要隨便丟在路邊就好。

「放這裡吧，如何？」周明憲問道，將機車推到一個不顯眼的角落。

「嗯，好。」楊羽庭點點頭。

「那現在呢？我們去水邊等等看？」

「試試看吧。」

兩人沒有打算就此告別機車，他們想繞一圈再回來，看看會不會再次穿越，再次回到民國八十七年。

「妳覺得老爸那邊現在到什麼階段了？」兩人蹲在草叢中，望著河水，周明憲問道：「他們抓到黃慶義了嗎？」

「不知道欸，時間跳來跳去的。」楊羽庭回答：「如果還沒抓到，我們這次一定要說服他馬上抓住黃慶義，免得無辜的三十二個人受害。」

「黃慶義不是警察嗎？警察真的會做這種事？」周明憲納悶。

「不知道。」楊羽庭搖頭：「真的不知道。」

有關當年的資料實在太少了，只有「維基百科」上面短短兩頁的內容而已，什麼前因後果都沒寫清楚。黃慶義的臥底身分，也是姊弟倆從父親口中才得知的，這種機密根本沒有人會知道。

「欸，上面有聲音！」這時，周明憲拍了拍姊姊。

兩人都很興奮，以為回到民國八〇年代的廢車場，新莊那群傻子仍在找贓車，但探出頭去，竟是其他轄區的員警在翻動他們的「CAB-123」，想將它帶走。

「喂，不行！」兩人想也沒想，衝了過去：「那是我們的車！」

兩個警察嚇了一跳，他們剛剛查了車牌，見獵欣喜，以為找到了輛贓車，推著就要帶走，結果楊羽庭和周明憲卻憑空跳了出來。

「是我們先找到的！」周明憲抓住了機車。

楊羽庭也趕緊解釋：「前輩，機車是我們先找到的，我們在旁邊埋伏，看偷車賊會不會回來。」

「原來是這樣啊。」兩位警察嘟噥著，惋惜地多看了機車兩眼，只好掃興地走了。

這下真是反反覆覆，沒有原則了，本來他們還想「套條子」，把贓車推給其他倒楣的警察，真的發生時，他們反倒後悔了。畢竟失去了贓車，就失去了見老爸的最後機會。

「我們再把機車往裡面推吧，藏隱密一點。」周明憲倔強地說道，抓著「CAB-123」不放：「要是真的被帶走就不好了。」

「可是所長要我們把它丟掉……。」楊羽庭陷入猶豫。

「我們再試一次，如果不成功就不管它了。」周明憲提議。

於是兩人把機車塞進了一輛半毀的貨車裡，然後退到河邊，再次埋伏。結果他們才剛蹲下，就察覺到空氣中有什麼不一樣了。

「風是熱的！」楊羽庭激動說道，馬上站起：「我們回到民國八〇年代了！」

兩人衝出來，先是看到籃球場不見，整個廢車場變了個樣子，然後就發現那臺塞「CAB-123」的貨車不見了，當然「CAB-123」也不見了。

「又這樣！」周明憲衝過去，一跳一蹦地說：「反正只要在二十年前，車就會不見；二十年後，車就會出現！」

「規則好像是這樣。」楊羽庭點點頭，稍微抓到一點頭緒了：「走，我們先去找老爸，看現在是什麼狀況。」

這次兩人有備而來，周明憲準備了一堆一元、五元和十元銅板，那是唯一二十年來都沒有經過變革的貨幣，什麼一百元鈔票、五百元鈔票都已經換了款式，想拿到舊版的非常困難。

「你這麼有心啊？老早就想見老爸了吧？」楊羽庭有些驚訝，見周明憲掏出了一大袋銅板，就準備攔計程車。

這年代的物價低，十元和五元還是挺有用的，搭計程車一趟約六、七十起跳，計程車司機也不會拒絕零錢。但楊羽庭還是發現了問題，這些銅板雖是舊制，上面的年分卻是新的，印有民國一〇六年、一〇七年等等字樣，稍微檢查一下就會穿幫。

「放心啦，這錢這麼小，他們不會仔細看的，而且我們是警察欸！」周明憲卻信心十足。

民國八〇年代的河堤十分荒涼，方圓半公里內連個人影都沒有，兩人走了很遠很遠，才終於攔了臺計程車。

「大哥，」周明憲氣喘吁吁地趴在窗戶上說，甩了甩自己身上的制服，讓熱氣冒出：「能不能借個手機用一下？」

「手機？」司機不解：「大哥大喔？」

「對。」

「蛤，我沒有欸。」

「呃，那……載我們去有公共電話的地方。」

「遵命，大人，上車。」司機畢恭畢敬說道，也不敢多問什麼。

楊羽庭拿出了上次偷來的、民國八〇年代的警用無線電，調整頻道，想再次聽到顏聰敏的聲音，卻找不到。顏聰敏早就關閉了私頻，最後楊羽庭只勉強接通某個勤務指揮中心的電臺，也不知道是誰家的。

「明德，明德，六洞兩呼叫。」無線電傳來聲音。

「回答。」

「那個車禍，民眾自行解決，不用警方協助。」

「有送醫院嗎？」

「沒有啊，民眾自行解決。」

無線電聽起來一片祥和，不像是出重大社會刑案的樣子，卻讓楊羽庭和周明憲無法放鬆警惕。

「大哥，明德路在哪裡？」楊羽庭打算從基地臺的名稱推斷對方的身分。

「明德路？土城明德路嗎？你們要去那裡？」司機問道。

「沒有，沒事。」楊羽庭趕緊搖頭。

可以確定了，這是土城分局的指揮中心電臺，土城跟板橋挨在一起，就在新莊對面而已，如果土城這麼和平，其他地方也應該沒事才對。

幾分鐘後，計程車司機載他們到了板橋火車站，周明憲往公共電話裡投幣，完全管用，二十年來，一元、五元和十元銅板，基本上維持不變。

他們上次記下了父親的電話號碼，直接輸入，很快就撥通了。

「喂？」顏聰敏接起了電話，是熟悉的聲音。

周明憲原本要喊爸爸，但想來沒面子，便改口：「鹽哥，是我們。」

顏聰敏沉默了一下，然後說：「又來了，你們這次又想幹麼？」

楊羽庭在旁邊乾著急，搶過電話就說：「我們有重要的情報要告訴你！」

「重要啦，哪次不重要？」顏聰敏嘲諷道：「你們到板橋刑事組來找我，我在這裡。」

得知顏聰敏的位置後，兩人再次搭上計程車出發。

此時的板橋警分局還位於舊火車站，也就是他們現在的位置，其實走路就可以到，但他們還是怕迷路，搭了計程車，不一會兒就下車了。

顏聰敏已經坦然接受了他們存在的事實，未來人也好，兒子女兒也罷，既然無法用常理解釋，他也只能忍著，畢竟他們真的知道他很多祕密。

顏聰敏讓他們直接上三樓進刑事組，沿途遇到很多警察，但都沒人攔他們，來去自如。這個辦公處所很大間，光刑事組就占了一層樓，進門後，放眼望去，都是刑警和桌子，少說也有四十個人在上班，除去菸味和檳榔味，頗有外商公司的架勢。

「這邊。」顏聰敏坐在角落的一個位置上，朝他們招手。

他的桌上堆滿案件，比人頭還高，有的紙沾上了咖啡漬，不曉得積了多少年月。

「這次又怎麼了？有話快說。」顏聰敏盯著眼前的兩人問道。

「現在是幾月幾號？」楊羽庭問道。

「距離你們上次離開是四天後。」顏聰敏斜眼望著她，不客氣地就將腳翹到桌上，抬起下巴挑釁她：「不是罵我是劣警嗎？現在又回來做什麼？」

「你就是劣警！」

「好了好了。」周明憲趕緊出面緩頰：「黃慶義抓到了嗎？」

「還沒，還在找。」

「你們就這樣放任他到處跑？」楊羽庭插嘴問道，兩手撐在桌上：「真的是不懂欸，你們到底想做什麼？」

「妳不是有情報嗎？跟我交換情報啊。」顏聰敏痞痞地說道。

「好啊。」楊羽庭坐了下來，信手就拈來一則未來人才知道的訊息：「這次的動亂是三合會故意引起的，『地和』、『人和』最後會被殺，剩下『天和』活下來，獨攬大權，統治整個集團。」

顏聰敏笑著的臉迅速僵掉，他知道她說的是真的，因為事情的確正朝這個方向發展。未來人果然不是蓋的，跟開外掛沒兩樣，已經知道二十年後的變化。

「在你們那裡，『地和』和『人和』都死了嗎？」顏聰敏問道，變得嚴肅起來。

「對，而且死得很早，就死在今年，民國八十七年。」

楊羽庭自從上次回去後，也沒白忙著，她查了許多資料，再配合所長講的內幕，以及她自己看到的沾血毒品，她可以推斷，民國八十七年是三合會劇變的一年。

「地和」和「人和」死在今年，已經是既定的事實了，雖然「維基百科」上沒寫，但民國八十七年之後，三位大佬之中，就只剩「天和」活下來。

「你上次說，三合會從阿富汗走私一批市值超過百億的海洛因對吧？」楊羽庭問道。

「對。」

「那個『天和』就想獨占這批貨，只要吃下來，夠三合會玩轉十幾年。」楊羽庭說出她的推理：「所以他殺了『地和』和『人和』，從此就一路暢通無阻，稱霸整個黑社會。」

這就是三合會轉進「天和」手中的歷史脈絡，自民國八十七年之後，三合會就成了「天和」一個人的王朝，直到民國一〇七年，「天和」病危，才又掀起繼承權風波。

「喂，換你回答我了。」楊羽庭敲了敲顏聰敏的手：「我都講這麼多了。」

顏聰敏原本陷入沉思，被楊羽庭這麼一搖，思緒都中斷了：「啊？妳想問什麼？」

「你們為什麼要放任黃慶義到處亂跑？到底想幹麼？」

「跟妳說的有關。」顏聰敏拿了張紙出來，將「天和」、「地和」、「人和」寫在上面，準備連結人物關係圖：「這次三合會出亂子，大家都有各自的盤算，政府高層那邊可能是想趁機一網打盡，把黑道檯面上的勢力瓦解掉，所以放任他們去亂，越亂越好，到時候再出手解決，才不去抓阿義。」

顏聰敏解釋，但又補充道：「這是好的狀況。」

「好的狀況？」楊羽庭聽出弦外之音：「所以壞的是？」

「壞的狀況就是高層選了一邊站隊，目前有『天和』、『地和』、『人和』三個候選人，聽妳說來，他們應該是和『天和』站同一隊，要幹掉其他兩人。」

楊羽庭知道民國八〇年代的警察很黑，但沒想到這麼黑，還能和黑道站隊，幫助黑道奪得統治權，想必之後的油水利益十分可觀。

「你所謂的高層是高到哪裡？」楊羽庭問道。

「妳覺得會高到哪裡？」顏聰敏莞爾一笑：「妳說三合會在你們那個年代，勢力更上得了檯面了，在未來，三合會會高到哪裡去？」

一聽到這句話，楊羽庭不寒而慄，他下午才和所長一起去參加慰問而已，當時高官雲集，不僅僅立法委員到場，連行政院長最後也出現了，署長、局長更是一個也沒缺席。

「那批海洛因能順利到港，傳聞海關與港務警拿了一千多萬，這還只是小數字。」顏聰敏侃侃而談，也不怕被人聽到：「海洛因開始賣之後，所到之處都要『繳稅』的。小至派出所管區，大至局長、市長，你不掏點錢擺平，讓大夥兒樂一下，你東西賣得出去嗎？」

「……。」楊羽庭說不出話來。

「選舉也快到了，下屆國會認不認得你，就看你的誠意到哪裡。國會就掐著所有政府機關的脖子，你三合會不割點肉出來，警察、海巡、法院、市府各部門能認得你嗎？怕是戴兩副眼鏡也看不清楚你是誰。」

「那你也有收錢嗎？」楊羽庭直擊要害問道，她盯著父親的雙眼。

「楷模警是不會有這種汙點的。」顏聰敏坦然回答，迅速而毫無猶豫。他靠著椅背，雙手一張，身後一排獎章赫然鼎立：「這是國家最後的貞節牌坊，他們敢把獎牌發給我，就是肯定我能擋在他們面前當砲灰，踩住警紀的底線。」

楊羽庭偷偷瞄了一眼，獎章所表揚的，是顏聰敏偵辦某起貪瀆案的英勇表現。楊羽庭心裡對父親的芥蒂微妙地釋懷了，眼前的獎章和二十年後她扔進紙箱中的，幾乎不變，都一樣熠熠生輝。

「那你覺得這次是『好的狀況』還是『壞的狀況』？」楊羽庭回歸話題，問道：「照你的說法，政府不可能懲奸除惡吧？他們是打算站隊？」

「嗯……這也很難說，當官的那些人，翻臉比翻書還快，畢竟幹掉一批大黑幫，也是頗具歷史價值的，可以名垂青史。」顏聰敏思索著：「但依妳剛才的說法，『天和』都獨攬大權了，那應該是『壞的狀況』。」

楊羽庭的心沉了下去：「果然是這樣吶……。」

「高層不讓我們抓阿義，我們也沒辦法。」顏聰敏苦笑道，他也是很難做人的：「你要是不聽話，他明天就把你調離島去了，換個聽話的人上來。」

「我們未來是沒這麼誇張，敢這樣隻手遮天……。」楊羽庭說道，接著話鋒一轉：「但黃慶義可是警察呀，你們沒要救他嗎？」

「他之後會怎樣？」顏聰敏問道：「他未來怎麼了？」

「死了。」

「死了？」顏聰敏愣了一下，心態被動搖了：「在今年嗎？因為這次事件？」

「對。」

看得出顏聰敏對黃慶義還是有感情的，畢竟都是警察，所以楊羽庭不敢跟他說，黃慶義最後就是被他給殺死的，是顏聰敏親自斃了他。

「你們還是不救黃慶義嗎？」楊羽庭再次試探道，她真的很希望能改變歷史，她已經不只一次說過了：「這人最後會變成殺人魔，但我看他本性應該是好的，他上次在桃園都求你們抓他了，你們要是再放任下去，他真的會殺很多人，我不騙你。」

「阿義嗎……。」顏聰敏陷入了苦思，已經不再像前幾次那麼斷定了。

「對，趁現在還來得及，趕快抓他，他在屏東，他最後會在屏東。」楊羽庭一急，又吐露了一個珍貴情報，她殷切地看著顏聰敏說：「你們如果找不到人，就去屏東等他，他一定會落網的。」

「這事情不是我一個人說了算，我已經講了。」顏聰敏無力地說道，攤手看了看偌大的辦公室：「我也只是一名小小警員，我也想做點什麼，我也急，但你們覺得我有辦法嗎？」

「但你是名警呀！」這時，周明憲插話了，指著後邊的獎牌說：「你剛剛說過的，你跟別人不一樣，你辦過很多大案，連檢察官都怕你，為什麼做不到呢？」

「那是在體制內，在風向對的狀況下，才能做一些平常不能做的事情。」顏聰敏苦笑，並不覺得自己有什麼了不得的：「當警察就是要會看眼色，當整個警界的氛圍都傾向於背棄某個人、甚至落井下石時，你才能去動這個人。」顏聰敏解釋道，他的檢察官就是這樣抓來的：「但現在的狀況明顯不是，三合會的氣勢如日中天，你要是敢去動，就是跟所有人過不去，就算你是現任的局長、署長，下一秒也有可能丟掉小命，那些人都是玩真的，連縣議員都敢殺。」

楊羽庭和周明憲聽完都愣住了，均沒想到這個年代治安竟如此敗壞。

「但你不是說國家掐著三合會的脖子嗎？」楊羽庭問道。

「他們互相掐著對方的脖子。」顏聽敏苦笑的解釋道：「妳總有一天要明白，黑道與白道是相互依存的關係，從來都跟課本寫的不一樣。今天死了一個三合會，還會有下個三合會；死了個議員，也還會有下個議員。但大方向不變，只要達到平衡，雙方就能共同謀取利益，這是當今社會最大的運行邏輯，誰要是敢背離這個邏輯，誰就得死。」

顏聽敏嘆了口氣：「再告訴你們一件事好了，『人和』已經死了。」

「咦？已經死了嗎？」楊羽庭和周明憲異口同聲，驚訝是驚訝，但也沒很驚訝，畢竟他們已經知道了事情的發展，只是不知道現在到哪個階段而已。

「對，我也是剛剛才接到的通報，三合會終於放消息出來了，他們說，是阿義殺了『人和』，拿毒品跑路了。」顏聽敏轉述他聽到的說法：「阿義本來就是跟著『人和』混的，當天晚上他暗殺了『人和』，帶著五十公斤的海洛因就跑路了。」

「這種話你信嗎？」楊羽庭問道。

「當然不信，事情都發生了那麼多天，現在才出來編故事。」顏聽敏搖了搖頭：「但『人和』應該是真的死了，被他們內部殺死了，現在應該就像妳說的，剩下『天和』和『地和』在鬥爭。」

「那阿義就要當替罪羔羊嗎？」楊羽庭問道：「你們怎麼不問他那天到底發生了什麼事呢？他是當事人，應該最了解吧？」

「問啦，他不說。」

「為什麼不說？」

「呃，這有點尷尬……。」顏聰敏眼神飄移：「因為我騙了他，他要我抓他，我沒理他，我是幾個為數不多，知道他是臥底的人，所以他就不相信警察了，他覺得自己被背叛了，警界不會幫他。」

楊羽庭聽了都快暈了：「他說得沒錯啊，你們的確背叛了他！」

「那也不叫背叛，他在三合會混那麼久了，都快忘了自己警察的身分，現在出事才要別人幫！」

「但他還是警察呀。」楊羽庭強調：「你們越不幫他，他只會走得更黑，他最後只能當真正的黑道了。」

「但現在我也沒辦法啊，我上面有組長的壓力，下面權限也不夠，妳要我做什麼？」顏聰敏沉重的說道。

「讓我來跟他講吧。」

「什麼？」顏聰敏愣住。

「我也是警察，我可以說服他的，他得講清楚當晚到底發生了什麼事，『人和』是誰殺的？又是誰指使的？只要他肯講，事情就有轉機。」楊羽庭想到了那遙遠的未來，她實在無法忍受一個大黑道生前占盡風光，死後還要被人追捧的模樣。做壞事就要付出代價，至少「地和」、「人和」是誰殺的，她得查清楚才行，這是身為警察的天職。

「妳別開玩笑了，妳跟他講？」顏聰敏噗哧笑出來：「小姐，他連我都不信了，他又怎麼會信妳呢？」

「因為我來自未來，我手上有他想知道的事情。」楊羽庭一句話就堵上了顏聰敏的嘴。

顏聰敏瞬間收起笑容，不再調侃了，他都忘了眼前這兩人不是平凡人。他立刻將桌上的人物關係圖給揉碎，陷入沉思，最後決定照著楊羽庭的話做，讓她和黃慶義通話。

「聽好了，妳的機會只有一次。」顏聰敏帶著楊羽庭和周明憲到了裡頭的偵訊室，關上門，隔絕外頭：「知道阿義臥底身分的只有我、組長和刑事局裡面一個管事的人，連分局長和局長都不知道有這號人物。」顏聰敏解釋道：「要是他臥底的身分被洩漏出去，當場就會被其他兄弟給分屍了，所以妳這次的談判，一定要談好。」

「我明白了。」楊羽庭點點頭：「那你先出去吧。」

「要我出去？」顏聰敏愣住。

「對。」楊羽庭堅持，卻說：「明憲留下來。」

顏聰敏沒有辦法，只好照她說的話做，將手機放在桌上，寫下阿義的電話號碼，然後就默默關上門，退了出去。

「妳打算怎麼跟阿義說？」周明憲問道，拉了張椅子在姊姊對面坐下。

「先別管那個了，明憲，你會操作這年代的手機嗎？」楊羽庭問道，拿起顏聰敏的手機就打開通訊錄，完全不理會阿義的電話號碼。

「啊？妳要幹麼？」

「趁現在找我們的媽媽呀，看他們都傳了什麼簡訊，是怎麼認識的！」

周明憲傻住：「妳認真？妳不是要幫忙破案嗎？」

「那個等等再說，我們先公器私用一下，老爸的手機你可能只有這次能摸到了。」楊羽庭盯著小小的手機看，硬梆梆的按鍵把她的手指都弄痛了：「不會吧，他的簡訊匣竟然是空的？」

「手機剛發明的時候傳簡訊很貴吧？」周明憲回答：「而且也不叫手機，叫大哥大。」

「什麼呀，這樣要怎麼約會？」楊羽庭不解，便繼續在通訊錄中尋找自己媽媽的電話號碼：「你媽的手機是幾號？」

「〇九一××××××。」

「她有換過號碼嗎？」

「沒有捏。」

「奇怪，找不到捏，你媽跟我媽都沒有。」楊羽庭納悶，顏聰敏與這兩人都沒來往。

「會不會她們都還沒買手機，只有爸有手機？」

「那就無解了。」楊羽庭靈機一動，直接拿起手機，播了〇九一××××××，想打給周媽媽，結果是空號。她改打給自己的媽媽，還是空號。

「煩欸，這傢伙到底是怎麼拐到我們老媽的？」楊羽庭懊惱道。

「妳這麼在意的話，乾脆直接去找老媽她們啊，我記得我媽的娘家在高雄。」周明憲回答。

「這樣不行，太遠了，至少現在不行。」楊羽庭抱頭苦思，見顏聰敏瞇著眼在窗戶外面打量，好像已經起疑了，便趕緊執行真正的工作：「快快快，打給黃慶義，紙上的號碼是什麼？念給我聽。」

電話一下子就撥通了，彷彿黃慶義那邊也已經等了很久似的，讓楊羽庭有些措手不及。

「喂？」黃慶義的聲音傳來，見都沒人說話，變得狐疑：「阿鹽？」

「咳，不是他。」

「妳是誰？」黃慶義見電話發出了女生的聲音，驚嚇起來。

「聽著，黃慶義，我們找到了你那天作案的機車。」楊羽庭打出了她的籌碼，這是只有她和周明憲才有的王牌，畢竟機車一直到二十一世紀才被找到。

「那又如何？」但黃慶義卻不領情，他仍在意楊羽庭的身分：「妳是誰？為什麼阿鹽會派妳出來？」

「我們找到了你藏在機車裡面的五塊海洛因。」楊羽庭打出第二張牌。

這回黃慶義有點反應了：「那你們把海洛因交出去了嗎？交給誰？」

「還沒交出去，在我手上。」楊羽庭回答。

「還沒交出去？為什麼不交出去！」黃慶義的語氣變得十分激動。

他之所以將海洛因藏在車裡，是因為放在自己身上不安全，除此之外，他也希望贓車在被找到的時候，海洛因能一起被警察搜出來，並掀起一些波瀾。誰知海洛因竟被壓在一個女警手裡，難怪整個警界都沒什麼動靜。

「那裡面有三合會的鎮館印信，你們現在還不出手，要等到什麼時候！」黃慶義氣呼呼罵道。

「印信？你是說『地和』和『人和』嗎？」楊羽庭問道，她自己也被搞混了，手上的牌都打光了，竟越打越迷糊。

「阿鹽怎麼會派妳一個狀況外的人來跟我講？叫他來聽！」黃慶義嚷道。

「我⋯⋯。」

走。

「叫他來聽！」

楊羽庭和周明憲對看一眼，馬上就往窗戶拍了兩下，請顏聰敏進來，深怕電話被掛斷。

楊羽庭搞砸了，她一度以為自己掌握的資訊能使她取得重大進展，結果事情完全不照她的掌控

顏聰敏走了進來，接過手機，安靜的空間讓大夥兒都聽得見他們的對話。

「去你媽的，你們現在到底想做什麼！」黃慶義劈頭就罵道：「把印信交出去，讓警政署直接去衝三合會，把『天和』、『地和』抓起來事情就結束了！」

顏聰敏和楊羽庭及周明憲對看一眼，雖然聽不懂黃慶義在說什麼，但還是設法斡旋，旁敲側擊將事情的脈絡給弄清楚。

原來三合會在走私那批百億毒品時，三位大佬為了牽制彼此，防止被黑吃黑，選了三塊海洛因磚，用彼此的血，畫下「天和」、「地和」與「人和」三個字樣，作為印信，一人擁有一枚。

當時的血液鑑定技術已經引入警界，「天和」、「地和」、「人和」每塊磚頭都有三人的鮮血及指紋，這使得不管哪個人出事，都可以立刻拿出自己的印信交給警方，將其他兩人拖下水。

在毒品上檢測到ＤＮＡ，這聽起來似乎只能判個「持有毒品」的罪，但用來牽制彼此已經足夠，它可以直接瓦解三位大佬的力量；要是判刑成立，被抓進監獄，即使只判六個月，出來之後三合會也變天了；這三枚印信就是玉石俱焚用的，要是誰敢要小手段，那誰也別想活。

「我都已經把『地和』和『人和』偷出來了，你們到現在還沒有動作！」黃慶義持續飆罵：「隨便一枚拿出去都行，因為那上面也有『天和』的指紋，三個印信的作用一樣！」

「嘖嘖嘖嘖，不對呀。」顏聰敏卻淡定自如，聽來聽去，潑了黃慶義一盆冷水：「你什麼時候變成正義的化身了？我都不曉得你幹了這麼偉大的事，你為什麼今天才跟我講，你之前做什麼去了？現在才想起來自己是警察？」

黃慶義開始支吾，楊羽庭也覺得奇怪，倘若黃慶義一開始就拿到了印信，直接交給警察得了，為何要躲這麼多天，繞這麼久？

「你也在押寶吧？」顏聰敏笑道，彷彿已經看穿了對方：「你不曉得是誰會先找到這五塊毒品，可能是警察，也可能會被『天和』或『地和』捷足先登，所以你也不敢先出聲。要是印信落回三合會手中，你這套就白費了，還暴露了自己警察的身分，因此你也一直在等外頭的動靜吧？看是誰找到了印信。」

黃慶義沉默，彷彿被完全猜中了，楊羽庭則很吃驚，才不到十分鐘而已，一個原本都還摸不清楚狀況的顏聰敏，竟能做出如此推論。

「還講得道貌岸然，我早就看出來你是個牆頭草，平時吃香喝辣就跟著黑道混，現在小命不保就想上岸？」顏聰敏數落對方。

「你到底救不救我？」黃慶義直截了當問道，上回在桃園被顏聰敏給擺一道，他已經心灰意冷了：「只有你和胡建斌能救我，你們不救我我就去自殺，免得到時候落到三合會手裡，比死還難過。」

「你可以講講當晚到底發生什麼事了。」顏聰敏輕鬆淡定地說道，他一直在和黃慶義周旋，現在終於找到了突破口。

三合會的印信現身後，基本就能定調一些方向了，它們現在落到警察手中，黃慶義有什麼該講、什麼不該講的都可以講了。

「『人和』被殺了。」黃慶義說。

「這個我們已經知道了，他們說是你殺的。」

「不是我！」黃慶義立刻否認：「是『天和』殺的。」

他開始娓娓道來，將他所知道的一切告訴顏聰敏。

從那批百億毒品到港開始，就已經埋下了組織分裂的禍根，畢竟金錢能蒙蔽任何人的雙眼，在絕對的利益面前，人都是自私的，印信的存在只是稍微推遲了三人相互背叛的時間點而已。

那天晚上，「地和」和「人和」偷偷會面，共商大計，為了更長遠的利益著想，準備聯手對抗「天和」，因為「天和」的勢力最強。

兩人都親自帶來自己的印信，準備祕密銷毀。

「祕密銷毀？」聽到這顏聰敏皺眉：「那不是他們的護身符嗎？為什麼要銷毀？」

「印信是雙面刃，傷人一千，傷自己也一千，上面有三個人共同的指紋，誰也逃不掉。」黃慶義解釋道，說起他那晚聽到的邏輯：「『地和』和『人和』只要一起毀掉自己的印信，兩個人就綁在一起了，再也沒有對方的把柄，他們的共同敵人就變成『天和』了。」

「還有這招啊？」連顏聰敏都聽得掉了下巴，不禁佩服對方的智慧。

「對，因為『天和』的勢力最強，他們只有聯手才有可能除掉他。為了消滅彼此的疑慮，只能毀掉印信，從此就只剩下『天和』有印信，他們不滅掉『天和』，就等著被『天和』滅掉，這是破釜沉舟。」

「然後呢？」顏聰敏問道：「沒順利銷毀嗎？」

「『天和』派來的殺手突然出現，也不曉得他是怎麼知道的消息，往屋內就一通掃射，死了很多人。」黃慶義談起當時的狀況，還心有餘悸。

黃慶義跟著「人和」混，地位不上不下，照理講這麼重要的機密，他不應該知道才是。但「人和」心眼特別多，為了防止消息走漏，他將當晚陪同的人換過一輪，黃慶義就不幸被選上了。

誰知消息還是走漏了，「人和」和「地和」共處一室時，刺客就出現了，不分青紅皂白地往屋內屠殺，雙方展開激烈的槍戰。

混亂之中，黃慶義清楚記得自己被按在地上，「人和」已經中槍，奄奄一息。他抓著他的領子，往他懷裡塞進了兩枚印信，雙眼布滿血絲叫他快跑，帶著印信逃得越遠越好。

「那是『地和』和『人和』的印信嗎？」顏聰敏確認道。

「對。」黃慶義回答。

「『地和』當時跑哪去了？你們拿他的印信他沒意見？」顏聰敏懷疑。

「不曉得躲到哪去了，那時候雙方全拿衝鋒槍互射，根本沒心思顧別的。」黃慶義知道顏聰敏想問啥，便說：「『人和』可能也懷疑是『地和』搞的鬼，就把所有印信都交給我，讓我跑。」

「最後怎麼確定是『天和』的刺客？」

「因為『地和』帶來的親弟弟也在那晚掛了。」黃慶義說道，他在逃亡後，仍然有些三合會的內部消息：「不可能連自己的親弟弟都殺吧？」

「這倒沒錯，而且『人和』最後也死了，那只可能是『天和』下的手。」顏聰敏若有所思地說道：「所以你就逃出來了？」

「對，逃到現在還在逃。」

原本要銷毀的印信，就這麼糊里糊塗跑到黃慶義手中，他帶幾個小弟，從後門就逃離了槍戰現場，一直跑回「人和」的大本營。

誰知任務並沒因此結束，「人和」的二把手聽到「人和」已死，明白大事不妙，便讓黃慶義繼續逃亡，還弄來五十公斤的海洛因讓他帶上，想把事情搞大，引起警察注意，讓警察收了「地和」、「人和」兩枚印信，魚死網破，直接端了三合會。

「誰知他想得太天真了，三合會就算倒了一個『人和』，警察也不敢動。」顏聰敏哼了一聲，終於弄清楚了當晚的脈絡：「然後你就從板橋逃出來了？」

「對，三合會還宣布是我殺了『人和』是吧？」

「嗯。」

「現在『人和』死了，剩『天和』、『地和』兩家，『天和』還想嫁禍給我。」黃慶義憤恨不平的說：「那你們呢？既然已經找到我放的印信了，為何還不行動？那上面也有『天和』的血，叫法院馬上逮捕『天和』！」

「沒那麼容易。」顏聰敏翻白眼說道：「要是這樣能扳倒三合會，他們就不敢在光天化日之下殺人了。」

黃慶義無言以對。

「但還是有點用處。」顏聰敏又安慰了他：「倘若上面真的有血印和指紋，就是直接證據，他想叫人出來擋罪也沒用。」

「所以你們要行動了沒有？」黃慶義問道，語氣中還是充滿害怕：「『天和』的下個目標肯定是我，他要拿回印信，你們要是有點良心，就快把我抓起來，我待在監獄裡也比較安全，不是有個玩意兒叫做什麼，轉成汙點證人？我他媽好歹也是個警察啊！」

「你在哪？」顏聰敏問道。

「苗栗頭份山下街一二一號。」黃慶義直接報了地址。

「沒人要你報得那麼詳細。」顏聰敏懶懶地說。

「你和胡建斌要幫我贖身，我可是警察啊！」

「知道啦，你還敢說？這麼重要的事情，之前怎麼不講？」顏聰敏又打回這個痛點：「別以為我不知道你的心思，那兩枚印信要是被『天和』或『地和』給撿回去，或者『人和』沒死，你現在的立場又不一樣了。你要是真的想被抓，一開始在河邊就乖乖被抓了。」

「……。」

「先這樣，我掛了。」顏聰敏說道。

「喂，鹽哥，你可真的要救我啊！」黃慶義慌了，他已經將全部的事情都透露出去了：「我現在除了回歸警界，哪裡都去不了了，『天和』和『地和』鐵定會殺我的！」

「知道啦。」

「鹽哥，你和胡建斌要救我啊！

「鹽哥！」

顏聰敏掛斷電話，整個偵訊室頓時回歸寂靜。

楊羽庭和弟弟對看一眼，然後三人面面相覷，楊羽庭有些心虛，不曉得自己是做對還是做錯了，誰知下一秒顏聰敏就拍了桌子，對她露出大大的笑容：「妳立了大功啊，終於幫我從這個牆頭草嘴裡套話出來了！」

「真的嗎？」楊羽庭也很高興。

「對。」但下一秒，顏聰敏臉色丕變，朝楊羽庭伸出了手：「所以我說，那兩枚印信現在在哪裡？」

第十章

在楊羽庭的幫忙下，板橋分局對三合會的案件取得重大進展，但黃慶義口中「地和」、「人和」的印信，楊羽庭卻拿不出來。

「我……我沒帶來。」楊羽庭支支吾吾地說。

「放在哪裡？」

「放在未來，二十一世紀。」周明憲代替姊姊回答道：「我們是在二十年後找到的。」

顏聰敏扶著額頭沉思，在原地打轉了一下：「那你們是在哪個地方找到的？怎麼會經過了二十年，我們這邊都還找不到？」他又問。

「這……說來話長。」楊羽庭說道，事情變得有點難解釋：「我們其實是從其他警察手裡偷來的。」

「偷來？」

「印信藏在阿義騎的機車裡面，那臺機車是贓車，某天晚上，有個警察推著它在河邊走，我們趁他不注意，從他手中搶來的。」周明憲誠實講出事情的來龍去脈。

「你們從哪學來這種奧步？」顏聰敏驚訝地問道，重新打量兩人，想不到啊，看起來人畜無害的兩個小朋友，竟然會使用這種缺德的損招：「偷贓車，這手法誰教你們的？」

「呃……。」周明憲偷瞄姊姊一眼，然後看著顏聰敏說：「你啊。」

「我？」顏聰敏指著自己。

「我們是你的小孩你忘了？」楊羽庭回答，不願說得太仔細：「反正現在不在我們手上，要也要等下次了，我們會從未來帶過來。」

顏聰敏的臉揪成一團，實在很難相信這種不科學的事情，兩人已經不只一次認他當爹了，但他卻仍無法接受。

「等不及你們帶來了，你們每次來都要隔好幾天，我現在就要。」他說道，卻決定不再去想這件事：「你們還記得是在哪個位置搶到那臺贓車的嗎？」

「在一個草叢前面。」楊羽庭回答，那天的景象還歷歷在目：「他從左手邊牽過來，應該走了兩、三百公尺。」

「走，我們馬上到原地重新探勘！」

顏聰敏帶楊羽庭和周明憲走出偵訊室，發起緊急動員，徵調了十幾個人，即刻就要前往新莊堤外區域，再次搜尋那臺贓車。

楊羽庭見爸爸這次動了真格，瞬間覺得感動，她一直以為爸爸和黑道同流合汙，現在看來，才發覺他確實有許多苦衷。

「找到印信後可以做什麼？」周明憲也好奇的問道，一切他都看在眼裡：「可以逮捕『天和』或『地和』嗎？」

「不管可以做什麼，那東西都很重要。」顏聰敏回答，後續的事情他無法掌控，但他知道眼下該採取什麼行動：「先拿到手再說，只要印信到了我們警察手上，三合會的鋒芒都要退避幾分。」

「假如又被高層要求交出來呢？」楊羽庭問道。

「那不是我們要擔心的事情。」顏聰敏瞪著窗戶，彷彿已經看到那條河流：「只要拿到手，我們就盡力了，我們會離剷除三合會非常近，就算只比以前近一釐米，也是了不得的成就。」

凡事不是莽莽撞撞向前衝就好，凡事都要細心講究的，找不找印信是一回事，找出來之後會如何，又是另一回事，至少現在，他有施力點了，高層不讓他抓黃慶義，可沒說不讓他找贓車。

「鹽哥，去哪兒呢？」這時，一個人從辦公室裡走了出來。

他的個頭很高，不是誰，正是板橋的刑事組長，胡建斌。

「去找阿義當時騎丟的那臺機車，到現在還沒找到。」顏聰敏回答。

「不是說給新莊的去找了嗎？」胡建斌問道。

「新莊到現在還沒找到，換我們找找看。」

「不要去摻和這件事，當初丟給新莊就是因為很麻煩。」

「但那臺機車上面可能有重要證據。」

「要找到才會知道。」顏聰敏語帶保留。

「什麼證據？」胡建斌狐疑問道。

「我一起去吧。」胡建斌見大夥兒都已經動員，便也回辦公室，拿了件刑警背心出來穿上。

「切，老狐狸精。」顏聰敏小聲罵了一句：「真是想瞞都瞞不過。」

「組長會干涉這件事嗎？」楊羽庭悄悄問道。

「從頭干涉到尾，妳沒看到嗎？」顏聰敏回答。

楊羽庭當然記得，就是這人上次在桃園堅持要放走黃慶義的，不曉得是接獲了上級什麼指示。但她更感興趣的是，這傢伙將來會成為新北市的警察局局長，升官跟用飛的一樣。她不敢告訴顏聰敏這件事，怕洩漏天機，她只能和弟弟眉來眼去，要他多看看眼前這人，回到二十一世紀後，就得隔著好一大段距離才能看見了。

「這兩位是誰？」這時，胡建斌問道，盯著楊羽庭和周明憲看。

「是我以前的同事，叫來幫忙的。」顏聰敏隨口胡謅，反正胡建斌也得信：「自己人，跟我很好。」

「OK。」胡建斌沒多想，一聲令下，眾人就出發。

河岸邊，已經是凌晨一點多了，板橋分局的刑警們大陣仗趕到，連夜就打算找出那臺黃慶義所騎的贓車。

「車號是CAB-123啊。」顏聰敏重複叮嚀：「多找深處，淺的地方就別找了，新莊都已經找過了。」

河堤外是空的，已經沒有新莊分局的人在找車了，畢竟已經事發將近一週，他們也有其他事情要忙，不可能整天都耗在這上面。

此刻，就已經體現了這案件是個爛攤子，CAB-123找不出來，它就無法結案，現在上頭整天盯著新莊要把車找出來，新莊都快瘋了。

它原本是由板橋管轄的，畢竟歹徒是從板橋作案，也是從板橋跑出來的，但新莊硬要分一杯羹，也派人在下游將歹徒抓住，導致案件遭到分割：新莊因為抓到了主謀，成了主辦單位，板橋反而成了協辦單位。

這在檯面上看，板橋可是吃了個大虧，煮熟的鴨子都飛了，肯定要非常蠢才會這樣任人宰割，但實際上，是新莊被板橋給陰了。現在機車找不到，主嫌莫名其妙跑了，三合會又在亂，上頭罵的全是新莊，板橋完全沒事。

什麼一千萬的海洛因績效，你看得到吃不到，黃慶義沒抓到，這案子你敢發破嗎？而且三合會又死了人，理直氣壯地拍板公布「人和」掛了，惟恐天下不亂，全社會都只盯著新莊看。

上級不買單，百姓也不稱讚，捧著一千萬的海洛因就跟個傻子似的，雪球越滾越大，高層直接繞過自己，下指示給胡建斌和顏聰敏，要他們不要抓黃慶義，就新莊被蒙在鼓裡，擺在第一線當靶子，這世間還真找不到比這還冤的冤大頭。

當時楊羽庭就知道顏聰敏這是在下套給新莊跳，如今看來，事情完全按照她的預料發展，這就是一樁教科書等級的「套條子」。

「喂，你們在做什麼？」這時，遠方傳來聲音。

不是誰，正是冤大頭來了。

新莊分局的大批刑警出現，從鬧門外走進來，警車的紅藍燈把夜空都照亮，雙方來勢洶洶，頗有大型聚眾鬥毆的既視感，不知道的人還以為是流氓要打架。

「你們在這裡做什麼？」新莊的頭頭高聲問道，他的個子比胡建斌還矮一截，但氣勢上不輸人，氣得臉紅脖子粗，他正是新莊的刑事組長，陳明順。

「欸？那不是分局長嗎？」眼尖的周明憲認出了他的身分。

「你怎麼知道？」楊羽庭愣住。

「我剛下放單位的時候，在分局有遇到他。」周明憲回答：「他人還滿好的欸。」

「你眼力真好。」楊羽庭呵呵笑道：「但他現在還不是分局長，只是個組長而已，而且他可把新莊分局害慘了。」

「怎麼說？」

「你看著。」

「嘿，大半夜的，怎還不睡啊？」胡建斌望著陳明順，冷嘲熱諷說道。

「我問你們現在在這裡做什麼？這是我們轄區！」陳明順瞪著他。

陳明順這週不太好過，被顏聰敏給耍了之後，就攪上了這攤渾水，對上無法跟分局長交代，對下也安撫不了部屬，對外還沒辦法破案，抓不到黃慶義。

他身為刑事組長，是這起案子的直接負責人，想賴也賴不掉。

「我們在找贓車。」胡建斌見他這麼生氣，便大發慈悲地說道，那平靜的面孔就和顏聰敏一樣討人厭。

「找什麼贓車？白天不找，大半夜來找！」陳明順繼續罵。

他現在已經誰也不信了，他剛剛聽到板橋出動大批人馬出現在堤外，差點沒把茶都吐出來。這群不要臉的鐵定不安什麼好心，凌晨一點多在河邊遛達，他得親自率隊過來看看。

「你們為什麼找贓車？」陳明順問道。

「因為是贓車，所以要找出來呀。」胡建斌不溫不火的說。

「之前不幫忙找，現在才要找！」

「之前在忙呀。」

「現在馬上滾出我的轄區！」陳明順破口大罵，指著河面說道。

大夥兒被嚇了一跳，都停下手中的工作，轉過頭來看著。

胡建斌卻揮揮手，要他們繼續。

「我叫你們馬上滾出去！」

「做不到欸，我們正在忙。」胡建斌居高臨下看著他說。

「好啊，你沒關係。」陳明順氣炸了：「我們分局長等等就過來了，我看你要怎麼跟他說，該算的帳這次一起算一算。」

「哦，好啊，我在這裡等他。」胡建斌完全不怕，抱著手和陳明順對峙，用寬厚的背影指示下屬繼續工作，再大的壓力他都會頂著。

就這個格調的差距，楊羽庭總算明白，為何一個人成為了局長，一個只是分局長。

「喂，妳幹麼？我正在找妳呢。」這時，顏聰敏拍了她的肩膀：「看戲呀？我們是來找車的。」

「噢，對。」楊羽庭趕緊回神。

「你們剛剛說的草叢在哪裡？」顏聰敏問道，帶著楊羽庭和周明憲在廢車場外繞：「你們在哪裡看到CAB-123的？」

「好像是……那邊！」周明憲跑得快，往橋的方向就跑去。

由於相差了二十年的時間，物是人非，三人只能從大橋到河岸的距離推算粗略位置，但找了老半天也沒找到，這回他們不得不認清一個事實，他們可能真的找不到那臺贓車了。

「如果歷史不能被改變，那我們一定找不到那臺車，不然它就不會一直失竊到二十一世紀了。」楊羽庭說出她的推理：「我和明憲在二十年後才找到它，證明它在這個時代是不可能被找到的。」

「難道它憑空消失了不成？」周明憲驚呼。

「我們換個說法好了，它是一直失竊到二十一世紀，不代表它消失了。」顏聰敏說。

「什麼意思？」兩人疑惑。

「它只是沒被我們警察找到而已，不代表它沒被找到。」顏聰敏意味深長地說：「要是有人將它拿走，藏了二十年才又交給你們，也能導致今天這個狀況發生。現在我們只能確定它不在這個河堤，並不能確定它不在這世界上。」

兩人恍然大悟，紛紛驚呼顏聰敏說的有理。

「如果你們回去了，當務之急就是找出當時那個把贓車推給你們的人。」顏聰敏交代道：「他是關鍵線索，有可能是什麼重要人物。」

三人又聊了一下子，索性就不找了，這片區域被新莊折騰了一個禮拜都沒下文，他們應該也找不出什麼東西了。顏聰敏倒是想知道，楊羽庭姊弟是如何穿越時空的。

「你們說這片河堤可以穿越時空?怎麼做到？」顏聰敏詢問，除非讓他親眼看見，否則他真的不太願意相信。

「就是，這有點難解釋欸。」姊弟倆對看一眼：「還是需要那臺贓車。」

「還是需要那臺贓車？」

「對。」

「嗯……但回去的話其實不需要。」楊羽庭又說。

穿越時空的規則有點奇怪，他們得推著CAB-123，把它放在河邊，等它消失，才會發生穿越。但要回來就很簡單了，只需要兩個人在這附近瞎晃一下，就能順利回到二十一世紀了。

「每次都這樣嗎？要是回不去呢？」顏聰敏問道。

「呃，我沒想過這狀況欸……。」楊羽庭陷入思索。

「那我也可以去未來嗎？」他又問。

「這我也不知道。」

「可以試試看唷。」周明憲說道，眼裡透出一絲興奮：「如果老爸到未來去，不就等於復活了？媽媽看到不知道會怎樣！」

「所以我只要跟著你們在這裡走，就能到未來去？」顏聰敏問道：「會不會把其他人也一起帶過去？」

「我真的不知道……。」楊羽庭苦著臉說，顏聰敏真的問太多了：「我也沒懂得比較多啊，我和明憲也是莫名其妙穿越過來的。」

這時，鬧門那邊傳來了騷動，新莊分局的分局長到了，正和胡建斌在吵架。

分局長的位階比組長高兩、三級，他要求胡建斌將他們板橋的分局長叫來，雙方重新界定案件的管轄權，多日以來的怨氣全部發洩在胡建斌身上，但胡建斌根本懶得理他，只是一直敷衍。

「你好大的膽子，我叫你把分局長叫來！」他怒道。

「有什麼事情跟我講就可以了。」胡建斌回答。

「你算什麼東西？一個小小的組長敢在這裡公然違抗我的命令！」

「分局長，你要是想見誰，可以直接打電話給他，我沒有違抗你的命令。」胡建斌說道，淡定的視線中竟帶著一絲鄙夷：「要是我們分局長不見你，你可就要檢討自己了，是不是有哪裡做得不夠好？」

「我需要檢討我自己？」新莊分局長聽出了其中的惡意嘲諷：「我們新莊豈是你們板橋的下級！還得要做得好才能見你們分局長！」

「我不敢，誠如您所說，我只是一個小小的組長而已，但是吶，」他深深的一笑：「未來會怎麼樣還不知道，您要是不讓我們在這裡工作，後果恐怕很嚴重。」

「你們在這裡做什麼？」分局長面色不對，問道。

「當然是在，」胡建斌往前踏了一步，笑道：「收拾你們的爛攤子啊。」

分局長氣得差點暈倒，破口大罵就要揍胡建斌，若非屬下攔著，恐怕已經打上去了。但他最終也沒能把胡建斌趕走，胡建斌都已經說了，他們是在幫新莊破案，這案子歸屬於新莊，黑鍋都已經罩在新莊頭上了，新莊現在毫無頭緒，也只能靠板橋來幫忙，不然只能等死。

楊羽庭遠遠看著，只覺得毛骨悚然，高下立判。

這組民國八〇年代的板橋團隊全是狠人，有胡建斌，又有顏聰敏，分局長根本連出馬都不需要出馬。相反地，新莊那真是只有等死的份，他們連黃慶義是顏聰敏的線人都不知道，想破案根本是天方夜譚。

「姊。」周明憲喊了一聲。

楊羽庭回過神，轉頭，驚覺不對又看向水門，胡建斌及新莊那夥人卻已經消失了。只剩弟弟在她背後。

「我們回來了嗎？」楊羽庭問道。

「對。」周明憲從她眼前晃出來，揮了揮手，然後就跑向被他塞進貨車裡的「CAB-123」輕機車，將它拖出來。

楊羽庭四處張望了一下，果然，就只有他們兩個人而已，顏聰敏沒跟他們一起回到現代，更別提其他人。

周明憲將機車推過來，感慨地說，剛才找了老半天的東西，現在就唾手可得，然而時空背景不一樣，這清朝的劍，無論如何也拿不回去斬明朝的官。

「老爸沒跟我們一起回來喔？」楊羽庭再次確認。

「沒有。」周明憲搖頭。

「現在幾點？」

「九點半。」周明憲拿出手機看了一下：「哇，才過不到半小時呀？」

「那還來得及，走，我們去找一個人。」楊羽庭拍了他一下，並推著贓車向前走。

「誰？」

「老爸所說的那個，關鍵人物。」

顏聰敏說機車在民國八十七年找不到，很有可能是被藏起來了，直到二十年後才又拿出來交給警察。楊羽庭怎麼想就只有一個人很可疑，就是「CAB-123」車牌的車主，那個老阿伯。

趁現在時間還早，楊羽庭帶著弟弟，推著贓車就來到了阿伯的住處，一片擠在河堤旁的矮房子，屋齡悠久，也不知是不是違建。

「有人在嗎？」楊羽庭敲著鐵皮門，她還記得對方的姓氏：「李先生，在嗎？」

無人回應，但屋內的燈亮著。

兩人等了好一會兒，才見到那個滿臉不高興的老人前來開門。

「這麼晚了，有什麼事？」他問道，叉著腰，並沒有因為眼前的人是警察而覺得稀罕。

「我之前有來找你，你還記得嗎？」楊羽庭問道，仔細的留意對方的反應。

「要做什麼？」

楊羽庭退後，直接讓周明憲將機車牽過來，露出機車屁股給老先生看：「你看，『CAB-123』，是不是你的車牌？」

「嗯。」

「我們現在找到你當年失竊的車牌了，你可以再說一下那時候發生的事情嗎？」楊羽庭問道。

「啊就被偷了啊，過那麼久我也忘了。」他不耐煩地說道，老人家一到晚上就很不喜歡被打擾。

「你還記得是誰偷的嗎？有看到人嗎？」

「沒啊。」

「是幾點偷的？」

「不知道啊，醒來就看到不見了啊。」

「你沒去報案喔？」

「有啊，你們警察後來也有來問啊。」

「那你還有想起什麼嗎？」

「沒有啊。」

這番對話好像重複了，跟當初楊羽庭問他的差不多，回答也差不多。但楊羽庭注意的卻不是對話的內容，而是老先生的反應。

若老先生心裡有鬼，是這二十年來暗藏機車的人，一見到這臺「CAB-123」，肯定會有什麼不對勁。只可惜，楊羽庭沒看出他有什麼心虛之處，可以斷定和案子沒有關聯。

「好吧，那沒事了，打擾了。」

「別再來了。」老先生砰的一聲關上門。

「怎麼樣？」周明憲趕緊問道：「有問題嗎？」

楊羽庭搖頭，頗為無奈，老爸交代的任務，這下線索又少了一個：「我們先回派出所吧，我再找找哪邊有監視器離鬧門最近，明天調閱，看看到底是哪個單位的人把贓車丟給我們。」

「話說這個，妳還記得那天那個警察的長相嗎？」周明憲問道。

「不記得了。」

「嗯嗯，那天實在太暗了。」

「而且我們也沒留心他的長相，只想趕快把車拖走。」楊羽庭說：「太緊張了。」

「你覺得他會是幕後主使者？」周明憲好奇的問道。

「不知道。」楊羽庭想了一下：「老爸也只是提一個主意，我倒覺得不一定像他說的那樣。機車的存在本身就很奇怪了，它既然可以帶我們穿越時空，那它自己消失了二十年，也沒什麼困難的吧？」

「也是喔？」

兩人推著「CAB-123」，朝橋下所的方向走去。

楊羽庭想起，翁國正是要他們丟掉贓車的，但現在情況又不相同了，他們還需要這臺贓車，還需要回到過去，至少得知道「天和」、「地和」和黃慶義最後怎麼樣了，老爸還在等他們呢。

「這次把它藏到後院，拿塊布蓋住，別藏在地下室了，不然被所長看到就不好了。」楊羽庭交代道。

「好哦。」周明憲打了個哈欠：「好累喔，我們大概二十幾個小時沒睡覺了吧，雖然時間才過了半個小時。」

「等等回去你先睡吧，勤務我來負責，下班我叫你。」

「不行啦。」周明憲揉著眼睛說。

「快點。」

「不要。」

之後的幾天，楊羽庭都在調查這起案件，它並不只有「CAB-123」的問題，還有「地和」、「人和」那兩枚印信的問題，楊羽庭想藉由現代科技的力量，將她所能查到的情報都先查個水落石出。

他們並不急著再回到民國八〇年代，因為兩邊的時間軸並沒有相關性，就算楊羽庭和周明憲馬上又搭著「CAB-123」穿越時空，民國八〇年代也可能已經過了好幾天，那還不如先好好蒐集資料。

楊羽庭調閱了河堤附近的所有監視器，但距離最近的也有將近半公里，是在一家便利商店門外，根本捕捉不到任何有用的鏡頭，連一臺警車都沒拍到。

楊羽庭早就知道調監視器無濟於事了，大家之所以選在河堤外作案，就是因為那裡沒有監視器。現在線索全沒了，機車的來歷不明，成為一個大大的謎團。

相反的，印信方面獲得了全方位的成功，楊羽庭拍下了海洛因磚上頭的血指紋，拿去偵查隊查驗資料庫，果然查到了林海龍的資料，證實「天和」林海龍與這批毒品有關。

但另外兩枚指紋就查不到身分了，民國八〇年代的犯罪指紋建檔尚未成熟，「地和」和「人和」又死得早，根本比對不到資料。就連林海龍的檔案，也是在民國一百多年才建成的，當時林海龍涉及一起組織犯罪條例，被強制採集指紋，雖然日後全身而退，但指紋就這麼保留下來了。

現在幾乎可以確定，楊羽庭手中的「地和」、「人和」印信是真品，倘若有人對指紋存疑，那再去驗上面的血液ＤＮＡ，總能服人了。對此楊羽庭極為興奮，她心中有一個大膽的想法——以目前的證據力，光憑這兩顆印信，就足以逮捕「天和」，以涉嫌重大毒品案申請收押禁見。

「蛤？妳要抓『天和』喔？」周明憲聽了姊姊的想法，感到震驚。

「噓，你小聲一點。」

兩人在布告欄附近閒晃，等晚上六點開會，剛剛五點半才吃完便當，十分愜意。

「我們現在是有能力請檢察官拘捕『天和』的。」楊羽庭認真說道：「他得解釋清楚為什麼海洛因上面會有他的指紋，而且這麼純，又這麼大量，檢察官可以用販毒來偵辦。」

「可『天和』不都快死了嗎？」周明憲皺眉：「他都病危了，抓了有什麼用？」

「所以我也很猶豫，不知道該怎麼做。」楊羽庭回答。

「天和」自從放棄急救，回家靜養後，也已經快一個禮拜了，社會各界都很關心，偏偏就是等不到他的死訊，醫生也很煩，不斷地告訴大家他的診斷沒問題，真的差不多了，快了，要大家再等等……。

現在去抓「天和」根本毫無意義，怕是警察一摸到他的手，他不斷氣也得斷氣了。乍看之下楊羽庭有兩個選擇，一是現在去抓「天和」，二是回到民國八〇年代去抓「天和」，但想來想去，也只能回到民國八〇年代去抓，在這裡她孤立無援，只有一個弟弟。

「但我感覺會失敗。」楊羽庭又說：「你想想哦，要是老爸真的抓住了『天和』，他又怎麼能爽快到現在？我們的歷史應該會發生改變才對。」

「嗯，有點燒腦呢。」周明憲思索的說：「但我們還是只能把印信帶回民國八〇年代吧？妳不是答應老爸了？」

「我忘了我有沒有答應，但我們也只能帶回去。」楊羽庭嘆了口氣：「要是能真的將這幫壞人繩之以法就好了。」

「開會囉。」

「開會囉，大家上樓。」此時，從大廳傳來呼嚮。

六點鐘，派出所的例行會議到了。

副所長劈頭就是檢討績效，這是自從翁國正生氣後，派出所發生的改變。幹部現在每天都會懲處三個人，深怕要是做不到，自己會受到牽連。

翁國正雖然平時一副老好人的樣子，但一旦實施鐵腕政策，卻反而形成強烈對比，十分恐怖，沒人敢挑戰他。

奇妙的是，翁國正並不在這個會議上，他已經連續請假三天了。

「所長還是不在嗎？」後面有人悄聲問道。

「嗯啊，聽說痛風發作，床都下不來。」

「已經請假三天了啊。」

「有沒有那麼嚴重？」

副所長在前面檢討績效，底下眾人議論紛紛。

是的，翁國正已經連續失蹤三天了，三天都告病在家休養，使派出所籠罩在一片詭異的氣氛之中。

自從上次開會後，橋下所的交通罰單績效、贓車績效全都澈底達標解決了，但展哥的毒品案還死死卡著，分數掛零，這讓分局長和偵查隊隊長十分生氣，把翁國正罵得一無是處。

績效這東西就是這樣，你生不出來也得生出來，全部的人都完成了，就等你一個，沒人會願意幫你做。楊羽庭認為，所長抱病是故意的，他現在搞消失，副所長和展哥就得自己捏著褲襠擔著，全派出所的人都看著他們兩個。

但這不是長久之計，翁國正畢竟還是橋下所的主管，而且即將申請退休，他把分局長弄生氣了，就真的別想退休了，到時候副所長等人就得逞了。

副所長叨念的期間，展哥都一直閉眼沉思，楊羽庭看著他的背影，彷彿見到了兩大陣營在暗中互鬥，一邊是齜牙咧嘴的鬣狗群，另一邊則是老謀深算的狐狸精。

直到副所長說了這麼一句話，展哥才忽然睜開眼睛——

「那個，奉所長之令，楊羽庭、周明憲升任為專案小組，從今天起負責專案查緝，是為C組。」

此話一出，所有人都愣住了，轉過頭來看著楊羽庭。

楊羽庭本人也很震驚，她完全沒有被事前告知，怎麼一下子就成為第二類人員了？

「開什麼玩笑！」展哥立刻站起，瞪著楊羽庭，他本來就對楊羽庭懷有敵意：「楊羽庭憑什麼進專案？還搭檔一個替代役，所長瘋了是嗎？」

「副座，你有沒有聽錯？」條哥也講話了，表情十分不解：「只有他們兩個嗎？所長有叫她搭其他人嗎？」

「沒有。」副所長面色複雜，尷尬地繼續宣布：「我也向所長再三確認了，但這是所長堅持的意思。」

「所長說什麼你都照做嗎？」展哥不客氣地問道：「你現在是代理主管，有權力自己判斷吧？」

「喂，所長還沒走呢，所長還是所長。」副所長翻了個白眼，語氣一下子激動起來：「你們的疑問我都問過了，但這是所長親自下的命令，我能不服從嗎？」

「所長不是痛風嗎？一個痛風的人還能隔空指揮派出所的勤務，厲害啊。」展哥酸溜溜說道，轉身就想走：「讓這個什麼都不會的女人當專案，派出所準備出亂子吧。」

「喂，你要去哪？我開會還沒開完！」

「許展皓，回來坐下！」

但展哥絲毫沒理會副所長，氣呼呼地就走了，留下眾人滿臉疑惑。

楊羽庭才是最亂的那一個，她和大夥兒面面相覷，最後與弟弟四目交接，真的不明白這是什麼狀況。

成為專案人員不見得是什麼好事，倘若所長要求C組抓一支槍出來，她要去哪裡找？她有自知之明，她根本沒有能力領導專案，她不曉得所長這是什麼意思。

「呃，所以，就這樣，應該吧？」副所長盯著手中的紙，語無倫次說道，領導能力真的堪憂：「楊羽庭、周明憲，你們以後就是C組了，班表全部調整。」

「那我們的具體任務是什麼？」楊羽庭忐忑地問道。

「還不知道，所長沒有講。」

「你沒有問嗎？」

「所長沒講啊，反正妳就先這樣上班吧。」

「什麼啊？你應該要問一下吧！」

楊羽庭簡直昏倒，今天派出所的紛亂不就是你搞出來的嗎？現在你連所長在打什麼牌都不知道，還只能照著做，這樣是要怎麼跟所長一決高下啦！

楊羽庭拿出手機，聯絡所長的Line就傳了個貼圖打招呼，但所長並沒有回應，一直到開會結束，所長都沒有看，消失得很徹底。

「姊，所長這是幹麼啊？」開會結束後，周明憲趕忙問道，緊張得很。

「叫我師父。」楊羽庭糾正他，越到這個關頭越要小心：「我也不知道他要幹麼。」

「那怎麼辦？大家都用異樣的眼光看我們。」

「我不知道，我已經夠煩的了。」楊羽庭揮了揮手，在勤務簿上簽名打卡：「我們有八十七年的事情要處理，現在又兜上這麼一齣。」

「專案要上什麼班？」周明憲問道。

「專案就是不用上班。」

「蛤？不用上班。」

「對，你看展哥他們有在巡邏穿制服的嗎？沒有。」楊羽庭簽完名，立刻歸還槍械，脫下腰帶，身分轉變得很快：「等等看要去睡覺、吃飯還是洗澡都可以。」

「有這麼爽的工作？」周明憲納悶。

「這不叫爽，你還不知道所長要叫我們做什麼，專案人員是責任制的，他一聲令下，我們要跑宜蘭、跑高雄，連續上班四十個小時都有可能。」

「像老爸那樣嗎？」

楊羽庭愣了一下，面色釋懷地點點頭，內心深處彷彿有什麼東西被撩撥甦醒了：「對，像老爸那樣。」

她和周明憲在槍械室卸下所有的裝備後，已成了便服之姿，這時，一個明朗的念頭在她腦中變得清晰。

「學長，我開一臺巡邏車出去一下。」她拿了車鑰匙，對著值班檯說道。

「去哪裡呀？」

「執行專案勤務。」

「喔，好。」值班人員愣了一下，也不敢再多問什麼。

是的，她現在已經成為專案人員了，是派出所的C組，她要借車、借槍、借人員，都沒有人敢擋，大家都用異樣的眼光看她，沒人敢再拿她女警的身分說事了。

還不大幹一場嗎？

第十一章

楊羽庭開巡邏車，載著弟弟，來到一個十分陌生、卻又命中註定的地方：板橋分局偵查隊，也就是舊板橋分局刑事組。

經過二十年的歲月，板橋分局已經搬遷到新的大樓，火車站也不再是原本的舊火車站了。楊羽庭推開偵查隊的門，走進大廳，感受一下裡頭的氛圍，似乎有父親存在過的痕跡，但也可能只是錯覺，她從不知道父親有沒有在這新的辦公處所工作過。

她環視屋內，然後走向某個角落，帶著弟弟。

「你們是？」對方問道，正在桌上審視文件，戴著一副老花眼鏡，是偵查隊的小隊長。

「我是鹽哥的女兒。」楊羽庭說道。

周明憲接著就要介紹自己是顏聰敏的兒子，但立刻被楊羽庭給截斷：「他是我的徒弟。」她說道，並瞪了周明憲一眼，差點就露餡了，姊弟關係可不能曝光。

小隊長愣住，緩慢拿下眼鏡，瞧了楊羽庭一會兒，然後搖頭說：「開什麼玩笑？鹽哥沒有女兒。」

「但我就是。」楊羽庭堅持道：「方便借一步說話嗎？」

眼前的小隊長其實楊羽庭並不認識，她只是從之前的記憶中，找出和父親互動最親近的人。她認為這個小隊長就是顏聰敏的好友兼左右手，在河堤邊與桃園鐵皮屋的那幾回，這個人都在場，現在雖然變老了，但圓圓的臉龐很好辨認。

基層員警的升官程度有限，不像胡建斌那樣可以從組長變成局長，二十年過去了，這位小隊長還是在板橋分局當刑警。

「怎麼回事？」小隊長帶他們到了偵訊室，問道。

「我們有問題想請教您。」楊羽庭說道：「有關三合會的。」

「三合會？」小隊長皺眉：「你們是哪個單位的？」

「新莊。」

「新莊的跑來我這做啥？」

「因為你是我爸爸以前的戰友，感覺比較可靠。」

小隊長聽完沉默了一會兒：「他都走六、七年了，妳真是他女兒？」

「真的。」

「好吧，他的私生活，我也搞不太清楚，竟然有個這麼大的女兒……。」小隊長嘟噥著，拉著椅子就請他們坐下：「妳想問三合會什麼事情？」

「現在逮捕『天和』，有可能嗎？」

小隊長原本要坐下了，一聽這話，便哇啦一聲站起，差點沒摔倒。

「逮捕……『天和』！」他吃驚地說。

「對，我們手上有一個很有力的證據。」

「唉唷喂呀。」小隊長搥著胸口，搥了好一陣子才緩過勁來：「我信妳了，妳這他媽絕對是顏聰敏的女兒，親生的。」

「是什麼證據？」他接著問。

「你們當年是不是在找三合會的印信？後來有找到嗎？」楊羽庭問道。

「沒有。」小隊長搖頭，接著問：「難道在妳那裡？」

「對。」

「我的老天，是鹽哥給妳的嗎？」小隊長再次掉了下巴。

「不算是，這說來話長。」

「都過二十年了啊，怎麼現在才拿出來？」小隊長不解，話開始變多：「該死的人都死光了，剩一個半死的還在拖累眾人。好人不長命，禍害遺千年。但妳現在要逮捕『天和』沒意義啊，他隨時要撒手人寰，還沒送進監獄就死了。」

「但只要能伸張正義，還是有意義吧？」楊羽庭說道：「我只想問，有可能嗎？會有檢察官或法官願意處理『天和』的案子？」

「不好講。」小隊長面有難色地說：「妳不能不考慮他現在的病危狀況，在法律上被告一旦死亡，檢察官就必須做出不起訴處分，他就不會進入到審理階段。沒人想碰這個爛攤子，既要得罪三合會，又不可能等到判決出爐，『天和』絕不可能活那麼久。」

「一定是不起訴處分嗎？」

「當然是不起訴處分，妳沒在讀刑事訴訟法嗎？」小隊長有點不高興了。

「唉，如果不起訴，反而就得不到真相了呢。」楊羽庭嘆了口氣：「那更不可能伸張正義。」

「妳有證據的話為什麼不早點拿出來？」小隊長納悶：「偏偏要等『天和』快死了才拿出來？」

「這也說來話長，不是我願意的。」

「那妳現在打算怎麼辦？」

「你建議怎麼辦？」

「印信真的在妳那裡？」小隊長狐疑地問道，並小聲地再次確認細節：「是用血畫著『天和』——」

「『地和』、『人和』的三塊海洛因磚。」楊羽庭跟著他一起說完。

「真的在妳那裡呀？」小隊長再次驚訝，然後神色變得警戒，壓住楊羽庭的手說：「那很簡單，從今以後不准再提這件事，把那三塊海洛因磚銷毀，燒了。」

「咦？為什麼？」楊羽庭納悶。

「『天和』一旦死了，妳那些東西就再也沒有用了，反而會為妳帶來殺身之禍。」小隊長提點她：「他的後代兒女鐵定不希望自己老爹的名譽被毀，妳這印信在他死後既然不能定他的罪，又何必留著呢？」

楊羽庭不說話，十分不甘心。

「聽著，一定得銷毀，妳今天來找我，算妳心臟夠大顆，而且沒找錯人。」小隊長擔憂地說道：「這要是傳到其他人耳裡，妳會有危險，不要以為警界是妳看到的這樣子，經過了二十年，其實什麼也沒改變。」

「知道了。」楊羽庭點點頭：「我知道了。」

他們又再聊了一下，然後楊羽庭就帶著弟弟離開了板橋偵查隊。

只是，楊羽庭並沒有灰心喪志，眼神反而變得更加堅定。

「看來二十一世紀解決不了我們的問題。」她對著周明憲說。

「還是要回到民國八〇年代嗎？」周明憲問道。

「還是要回到民國八〇年代。」

「那走吧！」周明憲爽朗的說，朝著巡邏車就一蹦一跳地走去。他回頭看，卻見姊姊還停在原地：「妳怎麼了？」

「你怎麼都無條件支持我的決定啊？」楊羽庭問道，用一種奇異的目光打量周明憲，漸漸笑了：「你都不怕啊？」

「因為妳是我姊姊啊。」周明憲理所當然地回答：「而且我知道我們在幹麼。」

「車鑰匙拿來啦。」楊羽庭走過去就撞了他一下：「別以為我忘了你沒汽車駕照。」

「切，借我開一次又不會怎樣！」

「我又不是副座，那麼白痴。」楊羽庭數落道，和弟弟有說有笑的就上了巡邏車：「整天讓你幫他停車，自以為占了便宜，哪天撞車了就不要哭。」

「我才不會！」

就這樣，兩人朝新莊方向返程。

還是得回到那個最初的地方，回到河堤，回到民國八〇年代。

當楊羽庭和周明憲再次穿越到民國八十七年時，這裡已經出大事了。

「天和」知道兩枚印信被黃慶義拿走後，直接殺了黃慶義的媽媽、老婆和女兒，掃了他們全家。「天和」性情殘酷、脾氣暴躁是眾所皆知的事情，板橋刑警隊都還來不及插手，他就已經把人殺光了，甚至連「地和」出面周旋的餘地都沒有；這丟失的明明是「地和」和「人和」的印子，「天和」卻比誰都還激動，頗有老大哥的架勢。

現在「人和」死了，「地和」和「人和」的印信又被偷走，三合會算澈底炸開了鍋。無論他們內部有什麼鬥爭、「人和」是不是「天和」殺的，對外的槍口都必須一致——「天和」下令捉拿黃慶義，死的活的都行，他的氣勢最強，想藉此一統江山，團結內部。

從歷史結果來看，「地和」已經廢了，黃慶義只是「天和」用來除去另外兩家的幌子，所以三合會才會聯合警界放任黃慶義到處亂跑，他只要能除掉「地和」和「人和」就行了，印信甚至落到警察手中也沒關係。

但他顯然還是太低估黃慶義了，黃慶義的前身可是警察。

「三號，三號，三洞五呼叫。」顏聰敏喊道，他的代碼是三洞五。

「三號回答。」無線電裡傳來胡建斌的聲音。

「三號你位置在哪？」

「交流道閘口。」胡建斌說。

「三號不要下交流道啊，持續往南，嫌犯在豐原啊，根據線報會一路下彰化。」

「三號收到。」胡建斌慢條斯理地說：「各臺聽令啊，全數往彰化移動，指揮中心有收到嗎？嫌犯由豐原往彰化移動，請通知國道公路警察，於中部路段全程啟用攔截圍捕。」

「指揮中心收到。」

這是胡建斌、顏聰敏和指揮中心在說話，氣氛嚴肅，嚴肅到會將空氣燃燒。

傍晚，高速公路上，一臺警車內，楊羽庭、周明憲已經和顏聰敏會合。顏聰敏開著車，頭髮燥亂，副駕駛座空著，後座則有楊羽庭和周明憲。

距離上次見面，又幾乎是一個禮拜過去了，但情況已經發生了一百八十度轉變。三合會殺了黃慶義全家，連七歲的女兒都不放過，這直接讓黃慶義斷了神經，喪失理智，永遠地變了個人。

他不再是那個懦弱的黃慶義了，他帶著不知從哪湊來的八個弟兄，直接抄了三合會在雙北地區的兩個堂口，殺了一堆人也搶了一堆錢和軍火，然後不費一兵一卒地離開北部，向南移動。

這讓三合會顏面盡失，也讓警察顏面盡失，一個本來已經流亡到桃園以南的人，竟然可以殺回北部，還進進出出殺了兩次，社會一片譁然，暴戾之氣橫行，黃慶義已經被冠上了槍擊要犯的標籤，每個家庭都不敢讓孩子夜出。

楊羽庭此時才知道，原來警政署的「掃黑行動」是現在才發布的，是黃慶義大開殺戒後，他們才開始實施宵禁、動員全國的警察、認真地要追緝這個凶嫌。

是他們逼黃慶義走到這個地步的，每一舉每一行，都是他們親手促成的。

「喂？喂？我知道了，他已經不接我電話了，我沒有辦法！」顏聰敏拿著手機，不曉得在向誰解釋什麼：「我也找不到阿義，你現在跟他講，對，對，我找不到！」

顏聰敏滿臉油光，握著方向盤的手都變得乾燥枯黃了，再也沒有往日的風采。連日以來，他備受折磨，良心的折磨。

「對，他女兒被三合會殺了，我知道。」顏聰敏持續講電話，換了個對象：「我也不知道他再來會做出什麼事，他暴走了，行嗎？有，我們在找了，有線報，我想辦法，好，你請刑事局動作快一點！」

楊羽庭和周明憲在後座默默看著，不敢吭聲，原本前來的目的也忘了，只是把「地和」、「人和」兩枚印信牢牢藏在懷中，不敢拿出來，拿出來也派不上用場了。

楊羽庭早就說過了，不抓住黃慶義，黃慶義就會變成殺人魔，顏聰敏不聽，現在可好了，三十二人起碼已經殺了一半以上，這還只是媒體報出來的數字，其他死掉的黑道、無名小卒，不曉得有多少。

但楊羽庭和周明憲沒那麼白目，不敢在這時候發話，雖然楊羽庭心裡真的很不滿，一切都是警察害的，全都是警察害的。

嘰的一聲，顏聰敏突然踩了煞車，楊羽庭和周明憲瞬間失去平衡，身體往前擠，險些飛到前座去。

「唉唷。」

「痛……。」

車子停在路中間，輪胎在冒煙，四周根本沒人，因為高速公路已經實施管制，只有警察可以通行。

楊羽庭扶著額頭爬起，才發現顏聰敏已經關掉手機，趴在方向盤上。

「爸！」她嚇了一跳，趕緊推推他：「你怎麼了！」

「全都是我的錯。」顏聰敏說道，他疲憊地抬起頭，透過後照鏡看著他們兩個：「當初就不應該那麼消極，放任給新莊那群白痴去辦案，要是早點把阿義抓起來，就不會發生這種事了。」

「跟新莊無關。」楊羽庭冷冷地說道：「是你自己的問題。」

「喂，姊。」周明憲阻止她繼續講下去，嚇得臉色蒼白。

「對，妳講的沒錯，都是我自己的問題……。」顏聰敏又趴了下去，似乎想死在方向盤上：「阿義全家都被殺了，他女兒才上小學啊。」

兩人沉默，沒有再接話了，他們讓顏聰敏自己靜靜。

楊羽庭縮著身體，看向窗外，她不曉得未來會怎樣，她也沒有頭緒，但她知道最終的結果會是阿義被殺，還是被顏聰敏親手殺的，她真不希望走到那一步。

周明憲不像姊姊有那麼多心思，他看著爸爸，替他難過，悶了好一會兒後，終於忍不住伸手拍拍他的背，說一句：「我們趕快去找他吧，現在還來得及，我們可以阻止他繼續殺人。」

顏聰敏抬起頭來，透過鏡子看了看周明憲，又看了看楊羽庭，然後說：「你們兩個真的是我的孩子？」

「對。」兩人都回答了。

「但你們個性根本不一樣啊，相差那麼多。」

「有嗎？」姊弟倆對看一眼。

「有啊，一個比較龜毛，另一個比較貼心。」顏聰敏說道。

「嘿嘿。」周明憲笑道。

「沒有人在稱讚你，當警察不需要貼心，貼心會死人的。」顏聰敏潑他冷水。

「我又沒有要當警察，我只是一個替代役。」周明憲嘟噥道。

「替代役是什麼東西？」顏聰敏沒聽過這個名詞。

「就是一種兵役，只是改成當警察。」楊羽庭幫他解釋。

「還有這種事？」顏聰敏真是開了眼界。

「你們這年代沒有替代役嗎？」周明憲問道。

「沒有啊，我們該怎麼當兵，就怎麼當兵。」顏聰敏回答，持續看著這兩個孩子：「話說回來，貼心也不見得比較差，學聰明點就好，倒是妳，」他點名了楊羽庭：「別太白目了，在警界，白目更嚴重。」

「我哪裡白目？」

「妳現在這樣跟我頂嘴就是白目，我說妳白目就是白目。」

「是我覺得你們很奇怪。」楊羽庭不服氣，就說出了自己內心累積已久的疑慮：「你們都對女警有偏見，覺得我們就是做不好事情。」

「女警就是做不好事情啊，怎麼了？」顏聰敏不客氣地說。

「憑什麼！」

「妳抓得到歹徒嗎？妳打得過毒蟲嗎？」

「又是這些話！又是這些偏見！」楊羽庭真的生氣了，不敢相信從父親口中會聽到和其他人一樣的歧視。

「妳不信嗎？好啊那我問妳，妳三千公尺跑幾分鐘？」顏聰敏問道。

楊羽庭一聽這問題就弱了：「十……十六分多。」

「呵呵，我平均十二分半，最快十一分。」顏聰敏調侃道，並問周明憲：「你呢，小子？」

「三千公尺跑步嗎？」周明憲回答：「我大概十一分。」

「那又怎樣？」楊羽庭不甘示弱：「我射擊都很準啊，接近滿分。」

「嘿，不要扯開話題喔，我們現在在說跑步，沒人在跟妳比射擊。」顏聰敏精明地說道：「女孩子天生體力就是比男孩子差，這是不爭的事實，所以我說妳抓不到男歹徒，有什麼不對？」

「我們哪裡體力差？」楊羽庭還是不認輸。

「好啊，那妳現在，馬上跟妳弟弟比腕力。」顏聰敏攤手說道，在椅子上畫一塊場地出來：「現在，立刻，馬上！」

「我……。」楊羽庭看了周明憲一眼：「我當然比不贏啊！」

「那不就是力氣小、體力差嗎？妳是正職的員警，妳弟都還不是了，我講了妳還不承認。妳不要跟我說這是個案，女生的平均體力就是比男生差。」顏聰敏說道：「所以說妳們打架打不贏，這不是偏見，是事實，今天妳有種就打贏給我看，我就服了妳，帶妳上第一線。」

「……。」

「對嘛，那我上前線是不是還要照顧妳？那我帶妳做什麼？」顏聰敏持續打擊。

「既然這樣，為什麼還要招募女警？」楊羽庭變得激動起來：「就不要用女警了呀！」

「女警有女警的用途。」

「如果你講的是婦幼隊或內勤……。」

「婦幼隊或內勤有什麼不對嗎？」顏聰敏反問：「妳在那裡難道就不能成為一個令人尊敬的警察嗎？妳知道有很多指揮中心的老前輩都是女警嗎？是不是妳自己帶頭就對這些工作有歧視？」

「我……我沒有！」

「妳就是有，妳一味追求齊頭式的平等，但人本來就不是齊頭式的。不帶妳出門不代表歧視妳，只是妳真的不適合那個崗位。」顏聰敏說道：「多用妳的腦袋，找好妳的優勢，別老是腕力比不過別人還想比腕力，有很多偉大的工作都是女性做的，性別從來就不是重點，只是剛好妳們在那個領域比較擅長，我們在這個領域比較擅長而已。」

顏聰敏講得有理有據，楊羽庭即使聽不進去，也無法反駁。她只能瞪著弟弟，讓他不要再扮鬼臉，否則她真的會揍他。

「三洞五、三洞五，三號呼叫。」這時，無線電傳來聲音。

三人都嚇了一大跳，這怎麼搞的，他們竟然忘了正事！

「三洞五回答。」顏聰敏趕緊說道。

「三洞五你在哪啊？為什麼都沒看到你？」胡建斌問道。

「在你後面啊，剛剛油門出了一點問題。」顏聰敏一面解釋一面繫安全帶，重新驅車上路。

「三洞五接電話。」胡建斌的語氣變得嚴厲：「你的情報有誤，歹徒不在豐原，也不在彰化啊。」

「那歹徒在哪裡？」顏聰敏愣住。

「歹徒已經到高雄了啊，三洞五接電話！」

高雄？

怎會跑那麼遠！

三人都臉色大變，顏聰敏趕緊接起剛才被他關了靜音的電話，神情一秒比一秒難看，油門也越踩越快。

他的情報錯了，黃慶義耍了兩面手法，派小弟開了一臺假車在中部慢速閒晃，他本人帶著核心團隊卻已經跑到高雄去了，他竟然連他都要騙，到底想做什麼？

「阿義已經瘋了，他的野心比我們想得還要大。」胡建斌在電話中說道：「他劫持了『天和』的姪子，占了『天和』在高雄的舞廳，現在有六十幾個人被困在裡面，當地的警察才剛到而已。」

「什麼時候的事情？」顏聰敏不敢置信。

「剛剛而已，比坐飛機還要快，不曉得怎麼辦到的。」

「他不是只有八個人嗎？怎麼劫持舞廳？」

「我也不知道，現在所有人都不清楚他的底細，感覺是有人在暗中幫他，可能是『地和』。」胡建斌說出他的推論，又是三合會的人摻攪在其中：「『天和』也沒料到會出這種事，正從臺北揮軍南下。」

「還揮軍南下？警察都不管了嗎？高速公路不是封了？」

「封了是封了，你也要看他會不會硬闖，各路段駐守的警察又不一樣，他總能挑一個匝道上去，送點錢就好了。」

「高層怎麼說？警政署都不管了嗎？」

「高層要是有什麼指示，自然會告訴我們的，現在全力捉拿阿義就是了。」胡建斌說道：「你要小心一點，他已經不是阿義了，他的目標很明顯，『天和』怎麼對他的，他就怎麼對『天和』，他會殺光整個舞廳的人。」

說完胡建斌就掛斷了電話，轉而向無線電通報指示：「三洞各臺注意收聽，剛接獲勤務中心指示，歹徒一行人已經抵達高雄了，請三洞各臺儘速前往高雄市苓雅區四維路五百一十三號，請預估到達時間，依序回報。」

顏聰敏腦袋亂哄哄的，輪到他時，他只隨便報個時間就作罷。他人才在豐原附近而已，要到高雄起碼還要兩個小時。

兩小時吶！

等他到高雄之後，都不知成了什麼景象，他光想就心裡發怵，冷汗直流。

「對了，印信呢？」顏聰敏忽然想起了這件事。

「在這裡。」楊羽庭立刻從懷中掏出了層層包裹的海洛因。

顏聰敏撥開了紙，一面分心開車，終於見到傳說中的「地和」、「人和」兩塊毒磚。他又瞧了瞧裡頭的海洛因，簡直被那純白的顏色給吸引住了。

——這才叫做「白粉」！這樣子的海洛因才有資格被稱作「白粉」！

「收、收好它。」顏聰敏有些顫抖。

「事到如今還管用嗎？」楊羽庭擔心地問道。

「不知道，但有總比沒有好。」顏聰敏握緊方向盤，重新匯聚精神。

現在的當務之急，就是趕到高雄去。

第十二章

黃慶義殺到了「天和」姪子所經營的舞廳，還綁架了六十幾個人，這件事直接引起軒然大波，鬧得社會沸沸揚揚。

之前衝堂口只是他們組織的家內事，死的都是黑道小混混，這次可就不一樣了，那六十幾個人中有不少都是無辜的老百姓，和三合會根本一點關聯都沒有。

當顏聰敏一行人趕到高雄時，已經晚上了，舞廳被重重的警力包圍，但營救人質卻一籌莫展，因為黃慶義既不要錢、也不要其他東西，他根本無法談判，只要警察稍微逾越雷池一步，他就會立刻殺光所有人。

黃慶義要的只有一個，他要見「天和」，因此全部的人都在等「天和」到來。顏聰敏預估還要半個小時，「天和」的車隊才剛到臺南而已，警察已經睜一隻眼閉一隻眼讓他走高速公路了，沒有辦法更快了。

三合會也有其他據點在高雄，但礙於警察在場，他們無法插手，只能遠遠圍觀。現在各方面都處於一個極度僵持的狀態，等會兒「天和」出現，警方的立場就會更加尷尬，這「天和」並不是警察、也不是什麼談判專家，警方要在大庭廣眾之下找個理由放他進去舞廳，還真不太容易。

「沒有任何窗戶可以進去嗎？」顏聰敏在封鎖線一百公尺外的路邊踱步，來回問道：「天花板看過了嗎？」

「刑事局都調過結構圖了，但阿義的防守很嚴，各方面都有小弟看著，警察只要進去，他就動槍了。」胡建斌說道。

「他哪來那麼多小弟？不是只有八個？」顏聰敏狐疑問道。

「現在有三十幾個了。」胡建斌回答：「百分之百有人暗中幫他。」

「重點是，為什麼舞廳裡會有這麼多客人？」顏聰敏再問：「六十幾人？剛剛不是才五點多而已嗎？高雄人這麼閒？五點多就在跳舞？」

「今天剛好在選舞女啊，不然『天和』那好色的姪子怎麼會在場？」胡建斌說道：「才五點多而已，他那麼閒吶？」

「高雄沒政府嗎？說要綁架六十幾個人就能綁架六十幾個人？還是又有人放水？」

「大家的注意力都擺在北部，黃慶義又特別狡猾，沒人料到他會闖到高雄來。」胡建彬回答：「警察發現的時候，他已經控制舞廳了。」

值得一提的是，政府原本要宣布高雄市進入緊急狀態，實施戒嚴，但礙於等會兒「天和」要來，必須放行，只能作罷。否則一旦實施戒嚴，所有百姓都得回到家裡，哪還容得下三合會的混混在遠處觀看？

「來了！」

「來了來了！」不久後，人群開始傳來騷動。

一排黑頭車開了進來，停在警方故意預留的空位上。

車門打開，一個戴黑色高帽的男子走了下來，他手腕上金光閃閃都是綴飾，高調無比，銜著一口雪茄，掛著墨鏡，在部屬的掩護下走向舞廳。

「天和」出現了。

楊羽庭挨在父親旁邊，踮腳觀看，她原本以為「天和」會是胖胖的一個人，但事實卻與她的想像大相逕庭，這「天和」不僅沒有電影裡黑幫教父的架勢，還更像是個長腿小丑，怎會和晚年時差那麼多？

「黃慶義，出來！」

「天和」嚷道，從懷中掏出一把左輪手槍，朝舞廳擊發，砰的一聲在窗戶開出一個洞。

警察全都原地蹲了一下，卻無動於衷，這在楊羽庭眼裡跟造反了似的，公然持槍、公然開槍，這麼多警力在場，竟無人反應？

就算是為了談判著想，警察也太窩囊了吧？楊羽庭終於知道父親為何難做人了，在這種社會風氣之下，他想辦案也辦不成。

「黃慶義！」

「天和」再次嚷道，又走得更近，部屬怕他被射殺，都紛紛拿著盾牌圍上來，卻被他給一腳踹開，他根本沒在怕的。

他又喊了一次黃慶義的名字，然後就從懷中拋出一個東西，黑嚕嚕的滾到舞廳門口——是顆人頭。

眾人都看傻了，群情駭然，連見多識廣的顏聰敏和胡建斌都變了臉色。

「他媽的，警察還不動嗎？」顏聰敏額頭冒青筋。

「快了，你不用急。」胡建斌在旁邊說道，也極難按捺：「囂張沒有落魄的久，警察的忍耐是有極限的，時機一到就一網打盡。」

「天和」高聲笑了幾下：「你出來看看這是誰的人頭啊！」

警方一聽，察覺不對，派了隻警犬去撥兩下，頭顱滾到正面，這才露出它的真面目——竟然是「地和」。

「天和」已經殺了「地和」，這下三合會時局已定，真正的寡頭浮現，將由「天和」一統江山。接下來就看警方的態度了，警方究竟是會縱容「天和」，還是藉機將「天和」也拉下臺，就此瓦解三合會？

但警方還來不及表態，舞廳內就先出現反應：「天和」的瘋狂行徑已經引發恐慌，只見門打開，許多給黃慶義支援的三合會混混全都棄械投降，跑了出來。他們本就是烏合之眾，被喚來喚去，沒有什麼忠誠度可言，現在見連「地和」都被幹掉了，便失去了凝聚力。

警方哨聲吹起，出來一個就逮捕一個，但就是不見有人逮捕「天和」。

「你還要他的命嗎？」這時，高空中傳來聲音。

黃慶義出現在了頂樓，手中押著「天和」的姪子，隨時會一槍砰了他。

「阿義，別做傻事！」顏聰敏立刻朝他喊道。

但此時的黃慶義根本聽不見任何人的聲音，雙眼只盯著「天和」而已：「我數到三，告訴我你要不要他的命。」

所有人都知道他跟「天和」一樣瘋，他已經變成一臺殺人機器，只要數完，他就會扣動手中的扳機。

「一。」

「二。」

「我要啊，拿來啊！」

「天和」笑道，打斷他。

「那我要的東西，你帶來了嗎？」黃慶義冷酷的問道，臉上沒有任何笑容。

「天和」從懷中掏出一包東西，像展示魔術一樣，捏在眾人眼前。

那不是什麼，正是三合會的最後一枚印信，畫著「天和」兩個字的海洛因。原來黃慶義想讓「天和」以印信作為代價，來交換姪子的性命。

「拿上來給我。」黃慶義命令道。

「天和」卻沒有反應，而是拋著印信：「何必呢？你若要抓我，我直接交給旁邊的條子兄弟就好了？」

「不必了，我不相信他們，你拿上來給我。」

「天和」臉上的笑容卻瞬間冷卻，就像陰晴不定的月亮一樣，凹了一個洞，癟成猙獰的面貌：

「你以為你在跟誰說話？」

他捏碎手上的海洛因，塞回自己懷中，並指示外場的下屬衝進舞廳：「殺了他。」他說。

現場直接陷入混亂，一大群黑衣人衝進門已經敞開的舞廳，而頂樓的黃慶義也砰的一槍殺了「天和」的姪子，並將他從高空中扔下來。

談判破裂，眾人傻眼，但或許從來就沒有什麼談判，只是兩個瘋子在一搭一唱而已，他們根本沒把人命放在眼裡，「天和」大老遠跑下來，也只是為了娛樂一下，把姪子當成玩具罷了。

舞廳裡陸續傳來槍聲，警方一疏忽，竟沒看清楚「天和」跑哪裡去了，貌似也跟著衝進了舞廳。高層頓時陷入糾結，研議該不該攻堅，署長和幾個局長爭論不休，顏聰敏卻已經看不下去了。

「跟我走！」他喊道，拔出腰際的槍就往舞廳走去。

第一秒無人動作，胡建斌甚至想拉住他；但下一秒，周明憲和楊羽庭就衝了上去；再下一秒，有更多的警察衝了上去；接著，幾乎全部的警察都衝了上去。

嗶嗶嗶嗶，哨聲響起，高層急了：「喂，你們做什麼！聽命行事！」

「聽命行事啊！」

但已經沒人理他了，警察們全往舞廳裡衝，各自有各自的工作，按照原訂計畫從大門、側門、樓梯、窗戶進行攻堅，亂中有序。

楊羽庭追著周明憲，周明憲則追著顏聰敏，三人跑進黑暗狹窄的甬道中，像走電影院一樣，摸索著未知的劇情與看不透的人生。

「明憲，你慢一點！」楊羽庭喊著，上氣不接下氣地追著他們：「危險啊，明憲，你要是有什麼三長兩短，我怎麼跟你媽交代！」

「爸！」周明憲則往前追著顏聰敏：「爸，等我！」

顏聰敏沒理他們，他一路向前，已經被經年累月的憤怒及無力感給吞沒，他舉著槍，彷彿只要開一發子彈，就能為自己的懦弱與這不公平的世道爭一點回來。

「阿義，你在哪？」他喊道，終於走到了大廳。

眼前的畫面卻令人窒息，十幾具屍體倒在地上，橫七豎八的，有男有女，都不是黃慶義的手下或三合會的小嘍囉，都是人質，也就是普通老百姓。

「這畜生。」顏聰敏摸了一下屍體的脈搏，已經涼透了，說明他們被殺有一段時間了，鐵定是黃慶義殺的：「阿義，給我出來！」

顏聰敏持續往內走去，周明憲和楊羽庭也隨後趕到，卻被眼前的景象給嚇住。

「姊！」周明憲終於回到姊姊身邊，面如死灰，這是他第一次看到屍體。

「你……不要再往前走了！」楊羽庭臉色蒼白，死死地拉住弟弟：「我們沒有防彈衣，也沒有帶槍來，什麼都沒有，等後面支援！」

「可是爸爸……。」

「顏聰敏，你不要命啦！」楊羽庭直接朝前面喊道，讓回音響徹大廳，無論如何都不肯再往前走了：「顏聰敏！」

她剛喊完，後面的警察就到了，沉重的腳步聲與警械碰撞的聲音讓人產生強烈的安全感，他們再也不是孤立無援的了。

「快點快點快點，跟上！」攻堅的首領說道，指揮著方向，看著滿地的屍體，也感到怵目驚心：「這等等後面會處理，前面有活人，快跟上！」他說道。

警察們從四面八方冒出來，往舞廳深處衝去。

這時，樓上傳來槍聲大作，響了一會兒，又停了一會兒，也不知道持續多久了。畢竟「天和」的手下比他們還早一步進來，正在和黃慶義搏鬥。

「爸！」周明憲再喊道，掙扎著想要上樓。

「不行！」楊羽庭牢牢地抓住他，都快哭了：「你就不能聽我一回嗎？你現在上去做什麼？找死而已！」

「爸是警察，妳是警察，我現在也是警察！」周明憲衝著她嚷道：「爸現在就在樓上跟歹徒戰鬥，我們卻在這裡什麼也不做，為什麼差這麼多呢！」

楊羽庭被他給罵傻了，與其說是無地自容，她是真的被罵到懷疑人生。

是呀，她一直希望自己能像個英雄片裡的警察一樣勇敢，幹出一番驚天動地的大事，怎麼現在機會來了，自己卻成了一個懦夫？

她既生氣又害怕，既悲傷又羞恥，哽咽地抓著弟弟的衣服不斷顫抖，原來她就是一個虛偽的人，弟弟說的沒錯，她自始至終就是一個徒說大話的假聖者。

「二樓！這邊！需要支援！」樓上忽然傳來顏聰敏的吼聲。

「爸！」周明憲再也顧不得姊姊了，他推開她，像匹脫韁的野馬般奮不顧身就往舞廳深處跑去。

「明憲！明憲！」楊羽庭雙腿發軟跪了下來，哭得一塌糊塗：「回來啊！」

舞廳的一樓作為舞池，有五光十色的霓虹燈及布幕高臺，但在這個完全沒有營業、失去電源的夜晚，座席被掀得一塌糊塗，球狀的水晶霓虹燈也整個砸在地上碎成粉末，所見之處一片狼藉。

二樓是貴賓席，能夠望見底下的全貌，但二樓的景色更加慘無人道——有數十名女性被雙手反綁，丟棄在角落，有的已經失去生命跡象，有的還在掙扎。

顏聰敏一上樓，部分的警察已經從樓梯及窗戶突襲進入，眾人都被眼前的景象給驚得腦袋打結、胃部緊縮。

「別擔心，沒事。」顏聰敏立刻衝向一個女人，用手止住她脖子上的傷口。

她的頸部被刀子割出一條大口子，傷口不深，但很長，一直延伸到鎖骨。未凝的傷口還在汩汩冒泡，一點一點向外滲出鮮紅色。

周遭還有很多受難女子，她們都被剝光了衣服，雙手被繩子綁住，自生自滅，身上有遭到毆打的痕跡。顏聰敏看得出她們是今日前來應徵的舞女，本來與這案件無關的，卻全都慘遭毒手。

「來人啊，幫忙啊！」顏聰敏撕心裂肺地叫道，掐著傷者的手也不敢太大力，怕把她給掐死了。

周圍的警力也全蹲下來協助救護，但他們全是男人，也不知道該怎麼做，只能學顏聰敏壓住傷口。

「救護人員還沒到嗎？」顏聰敏問道。

「現在在攻堅階段，他們不會進來。」某個警察說道。

「叫他們馬上進來！」顏聰敏都快瘋了，拿起無線電就喊道：「三洞六、三洞六，你在外面待命嗎？」

「對。」

「叫消防隊和救護班馬上進來，部分人質已經獲救，有大量傷者！」

「有的，他們剛剛已經進去了。」

「叫他們快一點！」

「警官……。」顏聰敏懷裡的女子忽然說話，渾身抽搐，艱難地從喉嚨發出聲音，還湧出一口鮮血。

「噓，妳先不要說話！」

她緊緊地抓住顏聰敏的領子，死死瞪著他看，隔沒幾秒鐘就斷氣了。

顏聰敏目眶泛紅，雙手指間握得都泛白了：「妳……安息吧。」他將女子緩緩放下，看了一眼她飽受侵犯的下體，拿塊布遮住，然後就站起來。

「這個禽獸。」他舉起槍，殺氣騰騰地就要繼續往更高處衝去。

這時，周明憲卻從樓梯間跑了上來：「爸！」

他跑向顏聰敏，一時之間沒煞住，就要撞在一起，但顏聰敏往旁邊一閃，伸手箝住他的肩膀，瞪著他問道：「你姊呢？」

「在……樓下。」

「叫她上來！這裡需要她！」顏聰敏說道，發現高臺對頭還有許多女子，便驚恐地跑過去。

「這是怎麼了？」周明憲渾身顫抖，這才發現空氣中充滿血腥味，這層樓比底下那層樓還更恐怖。

顏聰敏沒多做解釋，他掀開坍塌的布簾，找到另一個還活著的女子，便趕緊檢查她的傷勢，並讓周明憲去呼叫支援。

「救命呀！這邊有人需要救護！」周明憲趴到欄杆邊，對著底下的大廳吼道：「快來支援！」不幸中的大幸，顏聰敏懷裡的女子並沒有受什麼傷，只是雙手被繩子勒得紅通通。她驚嚇無神地望著顏聰敏，咿咿呀呀好久都說不出話來，已經筋疲力盡了。

「沒事了。」顏聰敏摸摸她的頭，將旁邊的布簾扯過來，遮住她光溜溜的身子：「妳在這裡等候救援，警察已經到了，妳沒事了。」

接著，走廊另一端就冒出楊羽庭，她終於出現了，克服心理障礙跑上來。

「快過來！」顏聰敏對她揮手，不會知道她剛剛經歷了什麼：「快過來啊！」

楊羽庭趕緊跑過去，腦袋混亂不堪，手足無措。

「妳和明憲照顧這些女生，檢查還有沒有別的活人，等醫護人員到。」顏聰敏交代她：「把整層樓都檢查一次，明白嗎？」

「……。」

「明白嗎？」

「……。」楊羽庭還在恍神。

「我問妳明白嗎！」顏聰敏暴怒，抓住她的下巴搖晃幾下就衝著她吼道：「妳不是問我警界為何要招募女警嗎？現在就是需要妳的時候！警界需要妳，妳給我搞清楚狀況！混蛋！」

他伸手掀開女子下體的布，揭露她們遭到強暴的痕跡。

楊羽庭噴淚地叫了出來，腦袋像被雷擊中一樣，連連點頭稱是：「明白！我明白了！警員楊羽庭收到！」

隨後顏聰敏就站了起來，扭了扭脖子，再次舉起槍，往樓上走去。

醫護隊進來了，楊羽庭將所有受輕傷的女子搬到門口，重傷的做記號，有條不紊地完成檢傷分類，並依照嚴重程度逐一送她們上擔架，清點人數。

消防人員和護士完全聽候她的調度，因為時間寶貴，他們沒有閒工夫猶豫。現在要做的，就是儘速送這些傷者到醫院去，能救活多少算多少。

「快輪到妳了，好嗎？」楊羽庭蹲下來，回到那個布幕前，安撫顏聰敏救下來的女子：「妳會沒事的，再等一下。」

「好。」對方虛弱地回答。

楊羽庭流著淚撫摸她的臉龐，她從沒見過這麼泯滅人性的場景，她身為女性，親眼見到傷者遭到如此強暴，十分痛心，彷彿自己也受了同樣的苦難。

若這些真是阿義做的，那他罪該萬死。他們那群瘋狗全都不是人，是畜生，又是殺人又是強姦，被千刀萬剮都不足以贖罪！

周明憲已經不見了，跟著他爸爸走了，楊羽庭沒攔他，也沒想攔他。

他是警察，更是現役軍人。

而捍衛國家、保護人民是軍人的天職，她沒有理由攔他。

「天和」的部隊大概早警察三十秒進入舞廳，顏聰敏到達三樓半時，終於見到雙方的人馬，他們正在樓梯間與一處大型鏤空迴廊進行槍戰。警方的特種部隊也源源不絕從四面八方湧進，霎時改變了局勢。

「天和」的手下和黃慶義的小弟畢竟屬於同一陣營，都是黑道、都是三合會、都是小嘍囉，在警察面前，再不情願也得靠攏在一起，和警察對抗。

三合會的人馬大約有一百多名，警方的數量則大大超出這個數字，不僅從火力上全面壓制，舞廳外還站著上千名的埋伏警察，雙方戰力懸殊。

警方一下子就收復三樓和四樓，將歹徒往頂樓逼近，顏聰敏跟隨其中，義憤填膺。

顏聰敏不打算再看任何人的臉色了，假如「天和」也在這棟舞廳裡面，顏聰敏等等絕對先斃了他。他媽的，再怎麼囂張飛天也不過是肉體之軀，顏聰敏就不相信，被子彈射了不會死。

「青山、青山，兩號呼叫。」攻堅部隊的無線電響起。

「兩號收復一、二、三、四樓層，擊斃歹徒約二十七人，抓補約十八人，現在往頂樓移動。」

「靖平一號、綏遠一號抓到了嗎？」青山問道，語氣有些擔憂。

青山是這次緊急行動所成立的特別指揮部，背後由警政署長親自坐鎮，他還說出另外兩個代號，指的是黃慶義與「天和」兩個頭號目標。

「靖平一號逃往頂樓，沒見到綏遠的蹤跡。」

「那請兩號迅速捉拿靖平一號，各臺聽令，跟隨兩號往頂樓移動，迅速捉拿靖平一號，奉青山總指揮官之令，為確保同仁安全，除非靖平一號有明確的投降意願，否則直接擊斃。」青山下了指令。

頂樓很快就到了，顏聰敏擠過眾人，往那陰暗窄門所透來的一縷陽光移動，好不容易才擠出門外，到達頂樓。

眼前一片豁然開朗，特種警察排成一列，持著衝鋒槍，瞄準前方。

在遙遠的欄杆邊，黃慶義就站在那裡，劫持一個戴高帽的傢伙，乍看之下有點像「天和」，但仔細一看並不是，那是個女人，和剛才在樓下見到的舞女一樣。

女人面色驚恐，被黃慶義給拿槍抵著額頭，高帽子被風吹得亂亂飛，但仍被一條帶子緊緊繫在她的脖子上。

「怎麼回事？」顏聰敏問道，竟看見胡建斌就站在最前線，不知道是什麼時候上來的。

「『天和』跑了，剩下黃慶義。」胡建斌咬著菸回答，還是那樣淡定自若。

「怎麼跑的？這方圓一公里內全都是警察。」顏聰敏不解。

「他自有他的本事，你以為他瘋了，哼，瘋子有辦法成為一個黑道集團的大幫主嗎？」胡建斌笑道：「說不定就是警察放走的呢。」

「阿義不是要殺他嗎？為何還把他放走？」顏聰敏望著黃慶義手上那個女人，深知那頂高帽子就是「天和」本人的高帽子，他堅信「天和」與黃慶義見過面了。

「我不知道，我問過幾個人，他們說一上來就是這副景象了。」胡建斌回答：「雖然時間倉促，但他們應該達成某種協議，『天和』不會隨便將他的帽子送人的。」

顏聰敏還是覺得奇怪，「天和」屠了黃慶義全家，這麼大的血海深仇，「天和」怎麼可能全身而退？

「你別搞錯狀況了，鹽哥。」胡建彬卻提點他：「主動殺來舞廳的可是『天和』，大局從來都是掌控在『天和』手上，區區一個黃慶義想殺『天和』？會不會太搞笑了一點？」

顏聰敏無言以對，但確實被點醒了。

「天和」的部隊比警方還早到達頂樓，他們之間存在著數十秒甚至是數分鐘的資訊落差，沒人知道當時頂樓發生了什麼事。以「天和」的實力來看，他沒把黃慶義斃了就該偷笑了，他們反而該問：「天和」為何放黃慶義一條生路？

攻堅指揮官在此時對著黃慶義嚷道：「黃慶義，我再說一次，就剩你一個而已，現在投降還來得及，否則別怪我們無情！」

黃慶義沒有回答，只是歪了下脖子，將槍上的膛火擊槌往後扣，發出啪的聲響，隨時可以擊發。

他手上的女人尖叫，嚇得花容失色。

「黃慶義！」

「嘿，讓我來！」顏聰敏趕忙攔住攻堅指揮官，要求讓自己上場。

「你是誰？」

「我們是板橋分局的，這起案件的主辦方。」胡建斌直接走過來說道，替顏聰敏爭取：「靖平一號是我們的線人。」

「線人？」指揮官愣住。

胡建斌沒多說什麼，直接拿起手機打了通電話，過不了半分鐘，無線電就傳來聲音：「兩號，青山呼叫。」

「回答。」攻堅指揮官狐疑地看了胡建斌一眼。

「奉青山總指揮官之令，現場談判工作交由板橋刑事組負責，兩號注意維安事宜，保護同仁安全。」

「收到。」攻堅指揮官露出震驚的表情，究竟是誰，竟可以直達天聽。

獲得許可後，顏聰敏朝黃慶義走去，他收起自己的槍，高舉雙手，要黃慶義放開人質。

「顏聰敏。」黃慶義卻只是冷冷看著他：「事到如今我還會再相信你嗎？」

「對不起。」顏聰敏道歉了，眼裡複雜的情緒更多是後悔和遺憾。

「不用跟我道歉，事情已經發生了，而且就像你說的，我本來就不是什麼警察，現在投降也只會被判死刑。」黃慶義回答。

「但你如果不投降就會死在這裡，你也什麼都得不到。」

「我還要得到什麼！」黃慶義暴怒：「我全家老小都死了啊！」

顏聰敏皺著臉，垂下頭，不說話。

「你可以滾了，顏聰敏，我跟你沒什麼好說的。」

「我可以幫你抓住『天和』，將他繩之以法。」顏聰敏說道。

這話卻令黃慶義笑了，仰天長嘯、哈哈大笑、撕心裂肺的笑，笑得全場震動：「將『天和』繩之以法？你是得多沒尊嚴，才有辦法昧著良心，說出這種你自己聽了都不要臉的鬼話？警界連你這塊最後的金字招牌都要拆了嗎？」

他笑得響徹雲霄、笑得全場低頭，無人敢吭聲。

「天和」當著他們的面，開槍、抛頭顱、大殺四方時，沒有一個警察敢說話，現在又是從哪裡生出來的臉，竟敢在光天化日之下說要將「天和」繩之以法，都不怕遭天譴嗎？

「我知道你現在不相信我，但我會做給你看。」顏聰敏回答。

「做你媽！」黃慶義轉而將槍口對準顏聰敏。

鎮暴警察立刻起了反應，卡嚓一聲全部舉起槍，對準黃慶義。

其實在這一瞬間，黃慶義就已經輸了，他的槍口不在人質頭上，只要特警扣動扳機，就能結束一切，但黃慶義卻沒注意到這點，且顏聰敏也伸手阻攔，不讓特警輕舉妄動。

「『天和』跟你說了什麼？」顏聰敏問道：「他都已經跟你碰面了，你還不殺他？他不是你的仇人嗎？」

黃慶義不說話，只是將槍口對準顏聰敏，隨時會扣下扳機。

顏聰敏突然注意到他腳下、以及這附近的地面上都有一些不尋常的白色粉塊，他腦中靈光一閃，該不會「天和」將那塊被捏碎的海洛因印信交給他了吧？

「『天和』把印信交給你做什麼？」顏聰敏小聲說道，越走越近，後面的人已經聽不清楚他們說什麼了。

「你再接近一步，我會殺了你。」黃慶義威脅。

「你別忘了『地和』和『人和』的印信在我這裡。」

就這句話，讓黃慶義的臉抽搐一下，動搖了。

顏聰敏十分能洞察人心，既然「天和」用印信就能擺平黃慶義，證明印信對黃慶義是極其重要的，至少在這個他一無所有的關頭，只剩印信能勸降他。

「你和『天和』到底交換了什麼？」顏聰敏再次問道，並提出自己的籌碼：「告訴我，我會將『地和』和『人和』的印信也交給你。」

「我有可能再相信你嗎？」黃慶義猙獰說道。

「不試試看怎麼知道？」顏聰敏說著，從懷裡就掏出兩塊海洛因。

那正是楊羽庭交給他的，從二十一世紀帶回來的海洛因。

黃慶義瞪大了眼，盯著顏聰敏的手，真的有「地和」和「人和」的字樣，是印信！

「我們應該……可以好好談談了吧？」顏聰敏說道，又將印信納回懷中。

「我老婆和女兒不是『天和』殺的。」黃慶義直接說出他這個祕密：「凶手另有其人。」

「凶手是誰？」

「『地和』。」黃慶義回答。

「他這樣說你就相信？」

「不是他說的。」黃慶義歪著頭，面無表情地打量顏聰敏：「我家人被屠殺我會不知道是誰做的嗎？我好歹也在三合會混了十幾年，我知道是誰的人馬，就是『地和』殺的。」

聽到這個答案，顏聰敏並不意外，反正印信被拿走了，「天和」不動手，「地和」也會動手。只是，「天和」主動攬下這個鍋，也算是高招，他就挾著一統天下的氣勢而來，他搶了「地和」的功績，就是要吞食整個三合會。

但顏聰敏還是不懂：「既然不是『天和』殺的，你砸他的舞廳、綁架他的姪子做什麼？」

「我的目標不是『天和』，綁架他的姪子只是為了逼他交出印信。」黃慶義講出自己的真實動機：「倒是他，提了『地和』的頭過來見我，算替我報了一箭之仇。」

「啊？你的目標是印信？為什麼？你想做什麼？」顏聰敏越聽越迷糊：「你已經把『天和』的姪子給殺了，他沒把你碎屍萬段就不錯了，竟然還將印信交給你？他到底換到了什麼？」

「你是不是問得太多了？」黃慶義回答：「該輪到我有好處了吧？」

顏聰敏從懷中掏出「地和」的印信，蹲下來，滑過地板就送過去給他。

黃慶義將槍口重新擺回人質頭上，撿起印信，滿意地看了看，然後收進口袋裡。

「可以回答了吧？」顏聰敏問道。

「回答什麼？」

「好傢伙，別給我裝傻。」顏聰敏瞪著他：「你湊齊三枚印信想做什麼？」

「這問題無可奉告。」

「那『天和』得到了什麼好處？」

「這也無可奉告。」黃慶義回答。

「談判可不是這樣談的呀，你還要不要印信了？」顏聰敏拿出最後一塊海洛因，並堂而皇之向對方議價：「剩下最後一枚印信，可以換多少籌碼？你把那女人放了，好好回答我問題，行嗎？」

「你當我傻啊？放了這女人我還要活嗎？」黃慶義回答。

「我不給你印信，你也永遠少了這個印信。」

黃慶義沒有動作，似乎在等待什麼。

「我只能告訴你一件事，你自己評估看看有沒有價值。」黃慶義露出意味深長的笑容，蹲下來，準備再次接受顏聰敏的籌碼：「三合會最後會鹿死誰手還不知道，你們自己多想想，是不是還遺漏了什麼？到底有沒有遺漏什麼？不要被眼前的事情給蒙蔽了。你剛剛自己提到，『天和』明明舞廳被砸，卻放我一條活路，甚至將印信交給我，這種不可思議的條件，到底是換到了什麼珍貴的情報？」他接著說：「光是對你們證實有這件事存在，你就該把印信給我。」

顏聰敏想了一下，愣住，這番不著邊際的話，竟勾得他氣血翻騰。

「天和」的地位照理說已經屹立不搖，三合會究竟鹿死誰手，豈還能不知道？到如今這個階段，還能夠撼動「天和」揮軍南下，不惜一切代價換得的情報，只可能與整個三合會的掌控權相當，價值連城，莫不是——

他僵著臉，心甘情願將最後一枚印信給扔過去，而黃慶義也很講道義，接過印信後就撒手放開了人質，然後向後一翻，從高樓墜下。

「阿義！」顏聰敏瞪大眼，立刻衝上去。

特警人員也全數跑過來，霎時霹靂啪啦亂作一團。

顏聰敏趴到圍牆邊，只見舞廳後方有一堆鐵皮屋，當中隱藏著一條小河，向外直接連通高雄港。在黃慶義消失的地方有許多鐵皮屋都被撞凹了，河中擠了數艘逃亡用的橡皮艇，屋頂上還鋪著許多減輕衝擊的軟墊，完全是有備而來。

從這裡跳下去，可能會骨折，但應該不會死。黃慶義也真是絕了，行到山窮水盡之處，完全脫胎換骨，和之前唯唯諾諾的小人模樣完全不同了。

「他媽的，又是被橡皮艇給接走！」顏聰敏罵道，左右張望，一時之間竟不曉得要找誰算帳：「明明已經全部包圍了，為什麼就這裡沒有圍到？警察呢！」

「這小溪擠在矮房子和工廠裏面，到處都是違建，連路牌都沒有，根本封鎖不起來。」當中有在地警察回答道。

「青山、青山，兩號呼叫。」攻堅指揮官說道：「歹徒自舞廳後方河川逃逸，乘坐橡皮艇三至四艘，請立刻封鎖河道，沿線加強追緝，並通知港務警察局全面攔截，聯繫海巡單位支援。」

「收到。」

這下，不只兩枚印信丟了，人還給跑了，顏聰敏十分懊惱，自己的一世英明，竟會讓一個小小的黃慶義，在這數千名警察的團團包圍下毀了！

然而回過神來，黃慶義最後那番耐人尋味的話卻給顏聰敏莫大的臆想，驀然回首，被劫持的人質女子已經被救下，她頭上那頂屬於「天和」的高帽子卻飛走了，在眾目睽睽之下，飛上天際，越飛越遠。

第十三章

周明憲在混亂之中上了頂樓，目睹顏聰敏與黃慶義談判的一切，雖然聽不清楚他們說了什麼，但結果很明顯的，警方全面挫敗，不僅黃慶義和「天和」這兩個頭號罪犯沒抓到，爸爸的印信還被拿走了，輸到一點都不剩。

但周明憲一點都沒有瞧不起爸爸，反而興起莫大的尊敬，他終於明白，為何世人會說，他老爸是個了不起的刑警了。他老爸既勇敢又無私，在眾人都還猶豫不決時，是他老爸開的第一槍，率先踏進舞廳；和黃慶義談判，面對黃慶義的槍口時，更是連眼睛都不眨一下。他是那樣威風，無所畏懼，眾人都難以望其項背。

「青山打算怎麼做？」顏聰敏問道，並和胡建斌會合，在大夥兒都還一團亂時，他們已經討論起更遙遠的未來。

青山雖然只是個暫時性的代稱，但用他來稱呼警政署長也未嘗不可，胡建斌背後的高層，有一部分就是指警政署長。

「他要去衝三合會嗎？」顏聰敏問道。

「沒有吧。」胡建斌回答。

「事情都鬧這麼大了，他們還想繼續放任三合會？」顏聰敏納悶：「現在舞廳的暴亂全城皆知，警方要是再縱容，青山就不必繼續幹了。」

「他們可以有一百種方法處理掉。」胡建斌冷冷地說道：「抓個替死鬼來擋罪不就好了？也沒人敢出來作證剛剛那就是『天和』本人。而且警方和三合會打起來，是你帶的風向，若不是你擅作主張帶隊衝進舞廳，事情不會變成這樣。」

顏聰敏無言以對。

「阿義剛剛都跟你說了什麼？」胡建斌關注的卻是這個問題，他在等顏聰敏主動交代：「你們講了什麼？」

「很多。」

「你丟給他什麼？三合會的印信？」胡建斌問道。

「對。」顏聰敏回答道：「我只能說，不要相信那小子的任何鬼話，他就是個牆頭草，謊話連篇。」

「怎麼說？」

「他背後絕對有人，他不是只有自己一個人。」顏聰敏篤定地說道。

「這我們早就知道了，都有人接應他逃跑了，還源源不絕的給他供應小弟和軍火。」胡建斌語調稍微起伏了一下，起疑了：「啊？還是這背後主謀不是三合會的人，而是外部的人？」

「不知道。」顏聰敏搖頭：「但應該不可能吧，那些小弟都是三合會的。」

「你最好趕緊查清楚，現在這案子已經關乎到青山的職業生涯了，辦不好，整批人都得下臺。」

「他直接把三合會衝了不就好了？既然頭都洗下去了。」

「你跟誰在這玩扮家家酒呢？」胡建斌笑道：「有多少官員、多少國會議員靠三合會吃飯？『天和』獨霸一家的趨勢已經定了，他們巴結都來不及了，現在做掉『天和』，誰要來收爛攤子？你以為那些小弟會自動解散嗎？眼下的當務之急，就是抓住黃慶義。」

剛才攻堅時，青山刻意忽視綏遠一號：「天和」的存在；並決心要緝拿靖平一號：黃慶義——高層的企圖已經明朗了，在確定「地和」死亡後，他們就沒有理由繼續放任黃慶義亂搞了，黃慶義只是黑白兩道用來加速整個進程的催化劑，現在三合會的主人已經浮現，高層便決定扶持「天和」上位。

兩人聊著聊著，顏聰敏卻忽然發現，周明憲站在遠處看他。

於是他打斷了胡建斌，終止與他的對話，朝周明憲走去。

「你姊呢？」顏聰敏問道。

「應該在二樓處理傷者。」

「你怎麼沒陪在她身邊？」顏聰敏譴責道：「警察不能隨便落單，你要跟她在一起。」

「知道了嘛，我等等就下去。」

「話說這個，你們之前說過，阿義最後會在屏東落網？」顏聰敏問起這件事。

「對。」周明憲點點頭。

「有詳細的地址嗎？還記得在哪裡？」

「啊……。」周明憲面有難色，還真記不起來了，而且這年代沒有訊號，網路不能用，現在也查不出來：「可能要再回去查一次了。」

「反正在屏東就對了？」

「嗯嗯。」

「聽起來也有道理。」顏聰敏望向背後的高雄港：「他們橡皮艇只要能逃過海巡的追緝，跑到屏東就很好躲了。」

「欸，爸，你到底是怎麼認識我們媽媽的？」周明憲問道，還是很在意這件事。

顏聰敏癟著嘴，一直以來都覺得談這個問題很彆扭：「我說了，我沒有結婚，現在也不認識什麼女人，更不可能生孩子。」

「未來呀。」周明憲期待地說道：「你一定會生的，相信我。」

「……。」

「而且，我有件很重要的事情要跟你講。」周明憲的神情變得嚴肅，跟顏聰敏借一步說話：「關於那個印信……。」

「印信怎麼了？」

「印信其實是假的。」

顏聰敏愣住，瞪大眼，十分震驚：「假的？」

「對，我和姊姊那時候覺得印信是最後的王牌，一定要謹慎出手，我們身邊又剛好有兩塊空的海洛因磚，就拿顏料在上面模仿寫字了。」周明憲描述起他們從二十一世紀出發前的場景，楊羽庭心眼比較多，就做了這道保險，並將假的海洛因磚交給顏聰敏。

「這種事情，怎麼不在車上就告訴我呀！」顏聰敏又想氣又想笑。

這絕對是晴天霹靂、又絕佳奇妙的一手了，他和黃慶義談判了老半天的東西，竟然是假的，真正的印信現在還留在他們手上。

然而這可不一定是好事，要是黃慶義發現手中的印信是假的，顏聰敏將從此失去他的信任，而且也難保不會引發什麼蝴蝶效應，導致意料之外的事情發生。

「那真的印信現在在哪裡？」顏聰敏問道。

「在姊姊那裡。」

「你們打算收在她那裡嗎？還是交給我？」顏聰敏問道，嘟噥著：「嘖，很難抉擇啊，感覺還是放在未來比較保險，但倘若需要用到，還得等你們回來。」

「我們作假作得很認真，你可以放心，應該不會被發現。上面的字完全是先掃描列印，再剪紙放在上面畫出來的。」周明憲描述著細節，悄悄靠近顏聰敏，越靠越近，越靠越近，並引開他的注意力：「我親手畫的字跡唷，完全一模一樣，指紋也是我蓋的。」

「可是——欸？」顏聰敏原本想說話，卻感覺後腦杓有點刺痛，往回看卻什麼都沒有。是周明憲偷拔了他的頭髮，並迅速握在手掌心，藏了起來。

「怎麼了？」周明憲故意問道。

顏聰敏沒回答，只是摸了摸自己的後腦杓，順了順頭髮，想著自己應該是太久沒洗頭，頭髮都打結了。

周明憲順利得到了他的頭髮，之後再聊什麼，對他而言都不重要了。

夜幕漸深，一下子來到凌晨十二點多，高雄的警力並沒有解散，仍然大街小巷搜索黃慶義，但主力仍在海上，海巡署的船隻全面出動，在高雄沿岸搜索，範圍甚至擴大到臺南、屏東，卻都沒找到黃慶義的蹤跡。

這小子實在太會躲，而且也太厲害了，說不定已經逃到花蓮、臺東，躲進山裡了都不知道。甚至有人猜測，他可能已經越過臺灣海峽，偷渡到對岸去了。

在沒有監視器及手機定位的年代，要找人真的很困難。

全國上下忙得焦頭爛額，警政署長所部署的青山指揮中心依然鎮守在高雄，板橋刑事組也沒敢走，胡建斌和顏聰敏都駐紮進當地的警察宿舍。

三合會方面最有趣，傳聞「天和」已經回到臺北，但就是沒警察去抓他，甚至問候他。他究竟該不該被立案調查，沒人敢提，也沒檢察官敢介入。

大夥兒就當殺人鬧事那批人全在槍戰中被擊斃了，死者姓名全列在清單上。就算有抓住活口，也就辦他一個人，不牽扯三合會。

周明憲和楊羽庭作為顏聰敏團隊的一員，都住進當地的宿舍，但他們只是坐在交誼廳，也不曉得該做什麼，只是等待消息，看人到底抓到沒有。

楊羽庭自從進舞廳再出來，就一副魂不守舍的樣子，弟弟喊她都沒用，得用搖的，她才肯無精打采地喝口水。

她一低頭，就彷彿能看見自己的雙手布滿鮮血，她待在二樓照顧那些被強暴的女人，有的一抬上擔架就死了，有的頭皮被扯破了一半，都不知道生前到底遭受怎樣的暴行。

她問過顏聰敏，這些真是阿義做的嗎？顏聰敏沒回答。

即便不是黃慶義親自做的，也肯定是黃慶義指使的，那群狼心狗肺之徒將舞廳裡裡外外屠殺了一次，他們根本沒有把那六十幾個人當人質，警方都還沒溝通，他們就先殺過一輪了，為了洩憤，「天和」的姪子還被當眾槍殺，從高空中推下去

黃慶義根本不是人類，他是惡魔，楊羽庭在心裡發顫，歷史都是真的，「維基百科」寫的也是真的，黃慶義就是個殺人魔，他就是！

「不然我先送你們回去吧。」顏聰敏說道，再次走過交誼廳時，終於心生不忍，對姊弟倆說：「我載你們回新莊。」

「不行啦。」周明憲搖頭：「很遠欸，而且案件都還沒結束。」

「一時半刻也結束不了，你們畢竟不是這裡人，待在這個時代也不自在。」顏聰敏說道，他早看出姊弟倆在這起事件中飽受驚嚇，尤其是楊羽庭，他們還只是個孩子，都二十出頭而已，經歷這種殘酷，即使不心理輔導一下，也該好好休息，警察不是無敵的。

「走，我帶你們回去。」顏聰敏扶住楊羽庭的肩膀。

「啊？」楊羽庭這才回神，抬起頭來。

「真的不用啦，超遠的欸，要四、五個小時吧！」周明憲搖著頭。

「你安靜。」顏聰敏說道：「你們現在也幫不上什麼忙了，該給我的東西都給我了，就回去好好休息吧，等下次過來，說不定已經破案了。」

「好吧。」周明憲代為回答，趴在桌上，真的很累。

顏聰敏連夜載著楊羽庭和周明憲北上，由於高速公路依然在管制，所以一路暢通，警車想開多快就開多快。

楊羽庭睡著了，睡在弟弟懷裡，經歷了這些事，她真的整個人都不好了。

當她醒來時，已經回到自己家裡，她從床上驚起，一度不知道自己是在哪個年代，後來看著桌上的月曆，才明白自己肯定回到了現代。

她不曉得自己怎麼回來的，朦朧之中就是一直顛簸，父親的背影在駕駛座，弟弟的胸口在她耳邊。

是周明憲帶她回來的吧？從河堤邊。

「明憲？」楊羽庭虛弱地喊道，有點頭痛。

房間的門半掩著，外頭好像有亮光，她搖搖晃晃地站起，扶著牆走過去，嘴唇蒼白：「明憲？」

都沒有人回應，但屋內卻不是寂靜的，有一種窸窸窣窣的聲音。

「媽？」

終於，她走出房間，看到一團黑色的東西在客廳。

她嚇得渾身顫抖，拿起身旁的鏡檯就要防衛：「是誰！」

「姊？」周明憲抬起了頭，笑道：「是我！」

原來是周明憲蹲在地上，不曉得在忙什麼，蜷縮的身體就像一坨黑影。

「你在做什麼？」楊羽庭問道，還心有餘悸。
「找東西。」
楊羽庭疲憊地走過去，真的已經心力交瘁了。
她發現周明憲正在翻動爸爸的東西，那些遺物已經被她丟進箱子裡，準備扔掉了，周明憲卻又將它們翻出來。
「你翻它們做什麼？」
「在找一個東西。」
「什麼東西？」
「等一下跟妳講。」
「現在幾點？」楊羽庭轉頭看時鐘，清晨五點多，已經天亮了，難怪不點燈也看得見：「我們回來多久了？」
「好幾個小時了。」
「爸開車有那麼快？」
「兩邊的時間不一樣呀，我們過去又回來，時間也才跑一下子而已。」
「你在找什麼東西？」楊羽庭再次問道。
「等一下跟妳講。」
「我們不用回去交接班嗎？」
「不用，我們現在是專案人員。」

「你要待在派出所呀，不能亂跑！」

「我把手機放在派出所定位了。」

楊羽庭胡思亂想，見弟弟一直背對著她在翻爸爸的遺物，越問越生氣，但也不知道自己在生氣什麼。

「哈，找到了。」周明憲說道，拿出那枚被壓在最底層的，顏聰敏的「楷模獎章」，就將它放在電視櫃旁的檯子上。

獎章是沒有照片的，但周明憲不曉得去哪裡弄來了一張，套在相框裡，擺在旁邊。照片中的父親站在一棟建築旁邊，酷酷地笑著，照片已經褪了色，卻還是勾勒出他那股滿不在乎、毫無所謂的神韻。

「看，我們家老爸多帥。」周明憲滿意說道，背後卻一片寂靜。轉過頭，他才發現姊姊哭了，擦著眼淚，低頭坐在椅子上。

「嘿，怎麼了？」周明憲趕緊過去：「沒事吧？」

「我是不是……不適合做一個警察？」楊羽庭哽咽問道，在八十七年受到的衝擊與創傷，此時都憋不住了。

「幹麼這樣說？怎麼會？」

「我不適合做一個警察，根本不適合！」楊羽庭抓著周明憲的衣領哭著：「我們本來可以阻止一切的，本來可以的！」

「沒有這回事。」周明憲抱著她：「我們盡力了。」

「我們沒有盡力，我們沒有認真告訴爸爸，阿義會殺人！」楊羽庭哭著說：「她們死在我的面前，我喊她們的名字，跟她們說話，但她們還是死了。」

「那不是妳的錯，就算我們沒有回去，它還是會發生。」

「你不懂！你不懂！」

「我懂。」周明憲搖著她說：「妳只是在氣自己沒辦法拯救全部的人，但我們本來就不能拯救全部的人。」

楊羽庭沒說話了，只是哭著。

「妳跟老爸好像。」周明憲說道，聲音輕輕的，從朦朧的上面傳下來：「你們都是完美主義者，都想掌控全部的事情，不是嗎？」

周明憲在爸爸身上看到好多特質，都與姊姊很像，他們太精明了，都不服輸，都想支配每一件事，無法忍受有東西超出他們的控制，都想做救世主。

爸爸看似玩世不恭、吊兒郎當，其實脾氣就和姊姊一樣拗，他有他的原則，而且非要達成不可，一旦沒達成就會崩潰，周明憲只覺得這樣好累，好累好累。

「妳不可能阻止所有的悲劇。」周明憲說道，他一直陪著他們，看得很清楚：「妳只是一個警察而已，不可能拯救所有人。」

「但我們明明可以的。」

「我們不行。」周明憲直接搖頭，戳破她的理想主義：「妳得接受自己的能力有限，我們真的盡力了，我們把所有可以講的都告訴老爸了，剩下的只能交給命運。」

「所以命運真的無法改變嗎？歷史無法改變嗎？」

「可以改變。」周明憲卻說：「我們已經幫了老爸很多很多，是我們把印信交給他的，也是我們打了那通電話，幫他說服阿義的。」

「妳要振作。」周明憲拍著的她的背說：「痛苦和傷心會過去，但好的事情會留下來。妳幫助過的人都會記得妳，她們，那些女生，她們會記得妳，一輩子記得有個女警，在那個可怕的夜晚，她陪在她們身邊，把她們救出來，救出那棟可怕的房子。不是所有人都活下來，但是她活下來了，她的傷口會痊癒，她的惡夢也會離去，她會記得她的眼睛，記得是她幫她們裹好的毯子……。」

周明憲像在說故事一樣，說一個很好聽、一個不再有恐怖的恐怖故事。

楊羽庭又睡著了，睡在他的懷裡。

他將她抱到床上，蓋好被子，關上門，然後收拾地上剩餘的父親遺物。

一個鮮明的念頭已經在他腦海裡形成，他必須弄清楚一件事情。

第十四章

周明憲來到了板橋分局偵查隊，獨自一人。

他找到了那位父親的老戰友，板橋分局的小隊長，戴老花眼鏡的小隊長。

他一出手就將印著「地和」兩個字的海洛因磚扔到他桌上，差點沒把他嚇死。

「唉唷，我的媽呀。」小隊長從椅子上摔落，掙扎著揮舞四肢，都還沒讓自己起身，就趕緊將手中的文件往桌上扔，遮住那塊海洛因。

「你這天殺的是想害死我嗎！」他喘了口氣，終於從喉嚨擠出響亮的罵聲。

頓時所有人都轉過頭來看。

「到底有沒有辦法扳倒『天和』？」周明憲只是如此問道，拉了張椅子就坐下，也不扶小隊長一把。

「你……。」小隊長被氣到無話可說，好不容易站起，趕緊再扔更多文件把桌子給填滿：「我上次還說得不夠清楚嗎？一個半死不活的人你們搞他做啥？」他小聲罵道。

「難道就沒有一點辦法嗎？」周明憲執著地問道：「只要能動搖『天和』就好。」

「什麼叫動搖『天和』？」小隊長不悅地問道。

「比如說起訴他？」

「你是警察嗎？」小隊長狐疑的問道，覺得眼前的人不太懂法律：「我上次不是講了，他只要掛掉一定是不起訴？」

「但不起訴也算是一種起訴吧？可以讓大家覺得他有罪。」周明憲天真地問道。

「你他媽根本就不是警察吧？你是誰？」

「我就上次那個女警的徒弟。」

「我知道，但女警的徒弟一定得是警察，你根本就不是警察！」小隊長怒道。

周明憲無奈之下只好拿出自己的軍人證，說明自己是警察役。

「見鬼了，現在連替代役都冒出來了？」小隊長不樂意了：「替代役根本就不是警察。」

「是。」

「不是，替代役根本不能觸碰警察的公文！」小隊長說道：「胡搞瞎搞，你們到底在做什麼？我真的要生氣了，快給我滾！」他一想到桌面下還壓著一塊海洛因，就幾乎要爆炸，替代役軍人手中竟敢持有海洛因，這是在挑戰他的底線嗎？

「你不能趕我走，你真的要幫我們！」周明憲急了，懇求地說：「你沒看到嗎？那是『地和』的印信，是貨真價實的真品！」

「印信又如何？」小隊長已經麻木了，這招楊羽庭上回使過一次了，不管用了：「都二十年了，林海龍也要死了，印你個頭！」

周明憲不得已，只好再拿出殺手鐧。

他掏出一張紅色的警察證，方方齊齊地擺在桌上。

小隊長瞬間沉默，整個人都被鎮住了，因為這張警察證不是誰的警察證，正是顏聰敏的警察證，上面還印著他的頭像。

「你……你想拿顏聰敏來壓我？」小隊長面色發白：「你為什麼會有這個東西？」

「因為我師父是他女兒。」周明憲想了一下倫理關係：「他的遺物都在我師父那裡。」

「叫你師父親自來跟我說。」

「她現在不方便，我來跟你說也一樣，抓住『天和』是鹽哥的遺願，你一定要遵從他的遺願。」周明憲說道，直接用手戳在顏聰敏照片的鼻孔上，證明自己的地位也很高。

「你這傢伙！」小隊長氣得七竅生煙：「把你的髒手放開！」

警察證對小隊長是真的有威懾力，它就像聖旨一樣，直接坐實了楊羽庭的身分，她肯定是顏聰敏的女兒，才會擁有這個東西。

小隊長看著顏聰敏的照片，實在是不敢拒絕。

「你們到底想做什麼？」小隊長再次問道。

「辦『天和』。」周明憲簡短有力的說道：「有辦法嗎？」

「你這下面的印信是真正的印信？」小隊長敲著桌子問道，和周明憲大眼瞪小眼。

「絕對真實。」

小隊長陷入沉思，他當年身處在這案件的漩渦中心，又怎可能不知道該如何辦「天和」呢？印信上面有「天和」的血液和指紋，事隔二十年還是採驗得出來，隨便用一條毒品罪都能辦他。

「是可以用『毒品危害防治條例』，隨便找一條都行。」小隊長回答：「但我剛剛講了，他撐不到那個時候，最終一定是不起訴處分。」

「不然就別管起訴了，有抓，至少代表我們努力過。他死了、他不起訴是他家的事情，我們就要讓全世界知道『天和』觸犯毒品罪。」周明憲回答。

「唉，麻煩吶。」小隊長嘆了口氣，若有所思：「不過這還真符合鹽哥的思路，辦不辦案是我們的事情，法官不想判，那跟我們也沒有關係，我們就偏要辦。」

「是吧！」周明憲眼睛一亮，彷彿聽見了顏聰敏的語氣。

「最棘手的部分在檢察官，只有檢察官才能提起公訴，這個案子要有檢察官才能動。」小隊長向周明憲這個外行的說明一下法律概念。

「那就去找檢察官呀。」

「哪那麼容易？」小隊長嘀咕道，講半天都是在繞圈子，上次都講過了：「好啦，知道了，我去找總行了吧？」他放棄與周明憲爭論，看在顏聰敏的面子上，他不能不幫這個忙。

「真的？你要去找什麼？」

「當然是去找一個可靠的檢察官。」小隊長翻了翻白眼：「但光有檢察官也不夠，你要對抗的是整個三合會集團，這件事沒有一個大警官出面是不行的，你沒警力。」他做出個錢袋空空的手勢。

「那就麻煩你囉。」

「……什麼鬼啊！」小隊長真的要暈了：「你叫你師父再來跟我談一次，我和你這個替代役根本沒法談！」

「好，我想辦法，我儘快。」周明憲回答：「那你先開始部署可以嗎？」

「你先叫你師父過來！」

「好好好，但你手腳也要快，別忘了，『天和』快死了。」

「你叫你師父過來！」

「好。」

周明憲跟個賴皮鬼似的，讓小隊長氣到不行。

談話到最後，小隊長讓周明憲將警察證及海洛因都收走，然後看著他離去的背影，陷入深深的感慨。

他知道，他一旦攤進這件事中，恐怕晚節不保了。

但他哪有辦法呢，當年懸而未解的案件，一直是板橋刑警隊這夥人心中永遠的結，誠如周明憲所說的，這輩子沒看見「天和」付出點代價，好像真的很不甘心呢。

周明憲張羅完小隊長的事情後，已經中午了，但接下來才是重頭戲，他要趕去另一個地方。

楊羽庭一直在問他跑去哪裡了，他都沒有認真回答，只是敷衍。

他悄悄來到位於臺北市的刑事警察局，搭電梯來到鑑識科，熟門熟路地找到了隔壁的生物科，前來取他的檢驗報告，他早上才來過而已。

一般的DNA鑑定需要將近一週的時間，交給私人診所處理會更久，但周明憲自有辦法加速整個流程。他是警察役，跟他同梯次的鄰兵恰好就被分配到刑事警察局，而且是有學術背景的技術員。

周明憲跟他很好，於是聯繫上他，要求他偷偷幫他做一項DNA鑑定。兩人一起受過訓、吃過飯、洗過澡、穿過同件褲子，軍人的同袍關係大於警察役的平行關係，所以對方再怎麼為難，還是答應幫忙了，畢竟只是動動儀器而已。

「明憲，這裡。」從科室內的隔間冒出一顆頭，朝著周明憲招手。

周明憲趕緊跑過去，見到了他的同袍，一個戴眼鏡的斯文男生。

「你在這裡很好喲？」周明憲打量四周，跟他窩在這小小的隔間裡，只有一張椅子：「都不用出去巡邏，這樣也叫警察喔？」

「少廢話，在這裡也是很累，要幫忙東幫忙西。」對方說道，用手指快速按著電腦：「我趁我師父不在弄的，這是他的電腦，你等等看完我就刪了。」

「我要看什麼？」周明憲望著螢幕上眼花撩亂的數字：「不是告訴我陰性陽性就好了嗎？」

「好你個頭，哪有那麼簡單，這個不是二分法！」

周明憲要求他幫忙做的，是他們姊弟倆與顏聰敏的ＤＮＡ鑑定，也就是俗稱的親子關係鑑定。

周明憲雖然頭腦簡單，卻始終對顏聰敏的身分有疑慮，他和姊姊已經見顏聰敏那麼多次了，他卻感覺不到有任何一點顏聰敏會生出他們的跡象。

照姊姊的說法，他們兩人是在民國八十八年出生的，無論如何媽媽也得在八十七年懷孕，但姊弟倆跟著顏聰敏東南西北奔波，卻始終沒有看到媽媽的蹤影。而且顏聰敏又那麼忙，根本不像是藏有兩個情婦的人。

所以周明憲偷拔了顏聰敏的頭髮，他一定得搞清楚自己是誰的孩子。

「咳咳，經過ＤＮＡ序列比對。」他同袍望著電腦上的數據，露出複雜的表情，不曉得這是好消息還是壞消息：「你們的基因位點重複性極低，百分之九九・九九非屬於直系血親關係。」

「什麼？」周明憲愣住，有如天打雷劈。

「意思就是，你們沒有父子關係。」

「我知道是這個意思！」周明憲崩潰地張大嘴，眼淚都要流出來了：「那另一個人的呢？我姊的呢？」

「她喔，她的基因定序更低了，也是百分之九九．九九非屬於直系血親關係。」

周明憲幾乎要暈倒，這是怎麼回事，搞了半天，他們和顏聰敏竟然沒有血緣關係！他根本就不是他們的爸爸！

「你確定你沒算錯嗎！」周明憲扭曲著臉問道，抓著他的手搖晃。

「這不是用算的，這是用……。」

「我知道！」周明憲打斷他，抱頭哀號：「但這不可能啊，如果他不是我爸，那誰是我爸爸？為什麼媽媽要騙我！」

「說到這個，我另外測了你們姊弟的關係……。」他同袍吞吐地說道，雖然怕傷害周明憲的感情，但還是很直白地說出來：「你們的基因定序也很低，百分之九九．九七非屬於三等親之內的關係。

「你們不是姊弟。」

「……。」周明憲暈倒。

「喂，周明憲！周明憲起來啊！白痴喔！」他同袍推著他：「我師父要回來了！別睡在這裡啊！」

周明憲並沒有睡著，也沒有真的暈過去，只是陷入無限的困惑之中。

顏聰敏不是他的爸爸，楊羽庭不是他的姊姊，那這世界上還有什麼可以相信？他到底是誰的孩子？他媽媽是他的媽媽嗎？他是不是孤兒？他的親生父母到底是誰？

為什麼連姊姊都不是他的姊姊呀？他們從小這樣相處過來，從彼此疏離到互相親近，兩家子明明過得好好的啊，現在竟然告訴他，他們非親非故，根本就沒有什麼血緣關係！

「節哀。」同袍終於將周明憲搖醒了，推著他出門：「我師父要回來了，你快走！」

「等等，最後再幫我驗一個東西。」周明憲渾身發冷，有氣無力地回過神來，抓著對方就說：「比對刑案資料庫。」

「蛤？刑案資料庫？」

「對，你們有一個資料庫吧？」周明憲記得姊姊說過。

「為啥要比對刑案資料庫？」

「我也不知道，你做就是了。」周明憲苦著臉說。

他心中有個極為可怕的想法正在成形，從聽到顏聰敏不是他爸爸後，他就有股很不祥的預感。他的第六感一直都很準，唯一能將顏聰敏和他們姊弟倆拴在一起的可能性只剩一個。

「呃……。」他同袍看完資料庫的答案後，整個人呆住了，和剛才的反應都不一樣。

比對刑案資料庫和基因鑑定不一樣，速度很快，查一下就有了。警察的刑案資料庫用來蒐集罪犯的指紋及ＤＮＡ，既然周明憲和楊羽庭的ＤＮＡ已經測出來了，直接對比掃描，馬上就可以找出誰和他們有相似的基因。

「你們兩個的基因定序和某兩筆資料重複性極高，百分之九八・八一、百分之九八・二四屬於直系血親關係。」同袍面色僵硬，又匪夷所思地說道：「一個犯有殺人罪、毒品罪、懲治盜匪條例……。」

「別再說了！」周明憲摀住耳朵。

「另一個也是犯有殺人罪、強盜罪……。」

「我叫你別再說了！」

「兩人都於民國八十七年被關進臺北監獄，由於牽涉重大社會案件，後來均被判處死刑，槍斃……。」

「不要再說了！」周明憲終於忍不住了，揍了他一拳，然後就逃離了房間。

他的世界崩塌了，完全崩塌了！

他不是顏聰敏的孩子，姊姊也不是顏聰敏的孩子，他們是罪犯的孩子，是三合會那群流氓的孩子！

顏聰敏看他們可憐才收留他們的，顏聰敏二十年來默默的認他們母子女兒做家室，死後還把遺產給他們，是出於對他們的虧欠。

周明憲想起來了，全都想起來了，楊羽庭說她媽媽年輕時在舞廳工作，他們就是當年黃慶義燒殺擄掠的受害者！

他們是強姦犯的孩子！

「明憲！」楊羽庭嚇了一跳。

她正在宿舍翻冊子，是下午的時候從國家圖書館借來的，裡面收錄民國八十七年到八十八年所有的報紙副本，用來研究黃慶義的案子再適合不過。

天氣悶，她們沒關，走道口遠遠的站了一個人，也不知站了多久，是燈光閃爍一下，她才發現那裡站著周明憲。

「你幹什麼站在那裡？」楊羽庭站起來，拍著胸脯：「嚇死我了，你整天跑去哪裡了？」

周明憲已經消失了一整天，役政署的軍官遲遲等不到他的拍照定位回報，是楊羽庭替他唬弄過去的。她自己也一直在找周明憲，每隔半小時就打電話，但都打不通。

「你到底跑哪去了？」楊羽庭走過去：「知道我有多擔心嗎？」

這時她才發現，周明憲哭了，他傻傻站在走廊上，雙眼紅腫，滿臉淚痕。

「怎麼了？」楊羽庭驚慌失措地跑過去，拉起弟弟的手，她第一次看到他這樣子：「你怎麼了？發生什麼事了？跟姊姊講。」

周明憲搖搖頭，只是一直哭著。

「你去哪了？為什麼這麼髒？說啊！」楊羽庭抹去他臉頰的泥巴。

周明憲沒有去哪，就在河堤邊狂奔而已，那裡沒有人管他，他怒吼、他咆哮、他摔倒在地上也沒人會理他。大河永遠都是那麼平靜地往前流，平靜得比誰都冷酷，它是一切的起點，將他們扔回民國八〇年代，放事情的真相將他們淹沒。

周明憲和楊羽庭都是強姦犯生下的孽種，在舞廳那晚，事情發生了，他們的親生父親作惡，媽媽懷胎十月才將他們生下來。根本就沒有顏聰敏什麼事情，他們沒有爸爸，他們也不是親生姊弟，更不存在什麼同父異母，全部都是謊言。

「嗚嗚嗚嗚，姊……。」周明憲靠在楊羽庭懷裡，放聲大哭。

「嗚嗚嗚……。」

周明憲的世界完全崩塌了，他一直是個開朗的人，過一天算一天，每天都很樂觀，但現實給他的考驗真的太沉重，他頭一次覺得自己是這麼驚恐無助，未來無處可走。

「我們……我們以後如果不再聯絡了怎麼辦？」周明憲哭著問道。

「怎麼會呢？」楊羽庭哄著他，也是嚇了好大一跳：「誰這樣亂講？我們怎麼可能不聯絡？」

「假如、假如有那麼一天呢？」

「不會有那麼一天，就算有，我也會把你找到。」

「妳要怎麼找我？」

「你那麼吵，一定很好找。」

周明憲並沒有笑，反而哭得更淚不能停。

「誰欺負你了？把你嚇成這樣？」楊羽庭問道，輕拍他的背，等了一會兒，又說：「不說沒關係，之後再告訴我。」

「不會有之後了。」周明憲卻說。

「為什麼不會有之後？」

「不可能一直有之後。」

「誰說不會有？」楊羽庭說道，猜測到底發生了什麼事情：「你要是敢消失，我也會去把你找出來。除了媽媽外，我們是世界上唯一的親人，我會照顧你一輩子，你也要跟著我一輩子。」

「我們是世界上唯一的親人嗎？」

「當然是世界上唯一的親人。」

周明憲靠在她肩上，像個孩子般哭著。

楊羽庭抱著他，心中一個強烈的想法越來越堅定。

昨晚，她徬徨不安，是弟弟安慰她、哄她入睡。今天，他們不是角色互換，他們本來就沒有什麼角色，他們是相依為命的兩人，要一直走到最後的最後。

人生就像一輛不斷掉行李的列車，爸爸已經掉了，不見了。她會將弟弟、媽媽，一家四口都抓好，未來會去哪裡不知道，說永遠也不可能是永遠，但她會盡力，盡力帶著自己最親愛的人，看到最美的風景、越過最遠的山洞。

她不曉得弟弟出了什麼事，但她知道肯定跟三合會有關，這可正中了她的下懷。她翻了民國八十七年的報紙，已經確定了黃慶義最後的下落，弟弟說得沒錯，他們不是不能改變歷史，他們一直在改變歷史。

她已經振作了精神，重拾她的志氣，她整個下午都在沙盤推演，她必須讓這些為非作歹的人付出代價，她是顏聰敏的女兒，她會帶著這份驕傲，在時代的巨輪之間殺出個窟窿。

「你去見了小隊長對吧？」楊羽庭問道。

「妳怎麼知道？」周明憲哽咽地抬起頭。

「你前腳剛走，他後腳就打給我了。」楊羽庭回答，並認為弟弟此時的氣餒肯定和這件事有關，雖然不知道他後來都去哪裡、受了什麼挫折：「你放心，這件事交給我解決，『天和』並不是屹立不搖的，我們一定要抓。」

「怎麼抓？」

「小隊長說的沒錯，這件事需要有一個大警官出面，光憑我們的力量不可能對抗三合會。」楊羽庭說道，目光變得深遠，已經有了全盤的計畫：「我知道有一個人，他很適合辦這件事。」

「誰？」

「我們的新莊分局長，陳明順。」楊羽庭公布答案。

當年的三合會事件，讓身為刑警隊長的陳明順成為最大輸家，他吞下了所有的悶虧，像跛腳一樣，從此仕途不順、人生坎坷，輾轉了二十年才辛苦博得分局長的頭銜。

他已屆齡退休，最高官位也就做到這樣而已，他內心肯定有恨，恨顏聰敏、恨胡建斌、恨板橋分局、恨三合會、恨這所有的一切。

和他同時期的人，哪個沒過得比他好？那個年代治安敗壞，幹刑警並不難，只要沒在槍戰中被射死，個個都飛黃騰達。打死一個槍擊要犯就升一級，破一個黑道堂口就加一階，長官殉職率又高，昨天才在罵你，今天就掛了，稍不注意你就頂替他位置了，升官升得比搭電梯還快，和現在這太平盛世根本不能比。

陳明順卻錯過了所有的一切，成為警界的邊緣人，被排除在升遷之外。直到近幾年，高層看他都快退休了，很可憐，才勉強給他升分局長，讓他在老單位新莊待著，等候卸任。

「只要能辦了『天和』，陳明順就有可能繼續升官，延長退休年限，為自己出一口氣。」楊羽庭說道：「他的權力也夠大，不要以為分局長很小，他底下的人馬加起來，少說也有四、五百個。」

「陳明順那麼膽小，怎麼可能敢辦『天和』？」周明憲納悶道，雖然臉上還有淚，但已經被轉移了注意力。

「二十年前或許很膽小，但現在可不一定。」楊羽庭回答：「他一直在刑事體系裡，好歹也辦了二十年的刑案，不長進也該有長進了。」

「有長進不代表敢碰三合會呀？」

「所以我說他很適合，沒說他一定會接受。」楊羽庭說，但心裡卻很有把握：「這件事還是得靠我們說服，我們只要把相關證據準備好，確定能讓『天和』一刀斃命，他沒理由不接受。」

陳明順都已經是快退休的人了，能在最後時刻為自己出一口氣，有什麼損失？反正他未來也不可能再升遷了，「天和」一死，林海龍家族勢力衰退，他也不怕被尋仇，哪還有道理不抓？

「最重要的是，他可以賞胡建斌一巴掌。」楊羽庭講出最關鍵的點：「胡建斌是他一生的仇人，他在胡建斌眼皮子底下逮捕『天和』，就是在拆胡建斌的臺。」楊羽庭補充道：「別忘了當初是誰縱容三合會到處殺人放火的，黃慶義最後一個人扛下罪責，就是警察和黑道勾結的成果。在背後護航的，就是胡建斌那夥利益集團。」

「竟然是這樣啊。」周明憲驚訝地點點頭。

「當然是這樣，否則他怎麼可能當上局長，現在還劍指署長的大位？」楊羽庭將這些藏汙納垢的事直接攤在陽光底下：「逮捕『天和』就是在挑撥胡建斌和三合會的關係，三合會可不喜歡一個窩裡反的局長。只要辦了『天和』，胡建斌就不必當署長了，甚至連局長都坐不穩，陳明順做鬼都不會放過這個機會呀！」

說到這，楊羽庭自己都覺得事情已經成了，她就是要這樣幹，即使「天和」熬不到審判就一命嗚呼，她也要完成這項歷史壯舉。

她要為那些在舞廳裡死去的女孩討回公道！

「你已經幫忙開了個頭，很好。」楊羽庭拍拍他的背說：「但你找錯人了，我當初也找錯人了，我們不該找板橋偵查隊的，板橋偵查隊是胡建斌發跡的地方，全是胡建斌的人馬，絕對不可能幫我們。小隊長也說了，他能力有限，只能幫我們尋找可靠的檢察官，但警界方面，他幫不上忙。」

周明憲靜靜聽著，沒說話。

「我們應該給自己人一個機會，我們既然是新莊人，就應該站在新莊的陣營，哪可以去投靠老爸那群板橋的狡猾鬼？」楊羽庭說道，大事已定：「我這就去找分局長，他才是我們的老大，我們要給他這個機會。」

說完，楊羽庭就興沖沖地想去拿資料，她推開周明憲，卻推不開。

「姊。」周明憲若有所思的說道，眼角還掛著淚，抱著她不放：「這些事情結束之後，我們還是一樣對吧？」

「傻瓜，當然一樣。」楊羽庭回答。

「一言為定喔。」

「嗯，一言為定。」

周明憲這才鬆開手。

兩人回到女生寢室，楊羽庭用筆將某張報紙圈起來，塞到周明憲手裡，動作很快：「這是黃慶義最後落網的地方，到處都查不到地址，只有這家報社當年有寫。你把它交給老爸，讓他們去抓他。」

「我？」周明憲愣愣地接過報紙：「我一個人？」

「對，我們分頭行動。」楊羽庭說道，忽然間抬起頭來，看著弟弟，起初有點不放心，但最後還是釋懷了：「你比我勇敢，你是現役軍人，你一定可以的。」

「那妳要幹麼？去找分局長？」

「對，時間真的不多，新聞上說，『天和』已經陷入昏迷狀態，家屬靈堂都布置好了。」楊羽庭談起這件可笑的事情：「我們不能這麼簡單放他走，你回去帶老爸抓住黃慶義，順便幫我看看最後到底怎麼了，三合會的紛爭，最後究竟鹿死誰手，對破案會有幫助，因為當年的報紙完全沒寫。」

「印信呢？妳放在哪裡？妳要交給我嗎？」周明憲左右張望。

「印信留在現代。」楊羽庭早已看透了全貌，就「天和」當眾拋頭顱的那幕，已經讓她明白，再有一百個印信也扳不倒民國八〇年代的三合會：「印信只能留在現代，我們不能相信民國八〇年代的警察。」

周明憲嚴肅地點點頭，認同姊姊的話。

「快，你快去找老爸，機車在後院。」楊羽庭收拾起桌上的東西，又催促起來：「我們在和時間賽跑，不能讓死神先帶走『天和』，我們要親手趕在死神之前，將他上銬！」

周明憲被她推了一下，就此抹了抹眼淚，抓著報紙，衝出了宿舍。

第十五章

周明憲沒有直接前往河堤，他知道姊姊很急，但他還有一件事情必須先確認清楚。

他回到家裡，脫掉身上的裝備，往屋內走去。

周明憲家沒有姊姊家那麼大，但卻更溫馨可人，牆都刷成黃色的，還有綠色的草，那是周明憲小時候亂塗鴉的，雖然被媽媽打了，但媽媽一直留著，也沒重新粉刷。

周明憲沿著溫暖的橘光往廚房走去，他聽到歌聲，看到媽媽在煮菜。一般他沒回家的時候，媽媽是不下廚的，這應該是臘肉之類的醃漬品，可以保存起來的，等等會放到冰箱。

「媽。」周明憲喊道。

「怎麼這麼早回來？」他媽背對著他問道：「今天不住姊姊那裡嗎？」

「我爸爸是誰？」

「哼哼哼哼哼——」他媽沒理他，仍在哼歌。

「我爸爸是誰？」周明憲再問了一次。

這次，周媽媽停下手邊的動作，整個人好像靜止一樣，默默地站在瓦斯爐前。

小時候的周明憲總是問一樣的問題，問爸爸是誰、問爸爸在哪裡、問爸爸什麼時候回來，她以為這次也一樣，但她卻忘記，周明憲已經長大了，已經好久沒有問這個問題了。

周媽媽轉過身來，震驚卻又平靜地看著周明憲，這是一種難以言喻的表情：「為什麼這麼問？」

「我爸爸是誰？」周明憲執著地再次問道。

周媽媽低下頭，顫抖地放下鍋鏟，她知道，兒子已經發現真相了。

「為什麼不回答？」周明憲走了過去，抓住母親，不讓她躲避。

「……。」

「妳說啊？為什麼要騙我這麼久？為什麼要騙我們這麼久！」

「我出門一下。」周媽媽迴避他的視線。

「不准走，妳要去哪裡？」

「去找妳楊媽媽。」

「不准去找她，妳給我回答！妳給我回答！」周明憲拉著她，將她推在地上，撞倒一堆鍋碗瓢盆，吭吭咚咚大響。

周媽媽跌坐在地，震驚地看著周明憲，兩行淚流下來，終於從他的力量感覺到，兒子已經長大了，不能再用哄的了，她以為能永遠瞞住的事情，終究還是瞞不住。

「我爸到底是誰，妳說啊！」周明憲蹲下來，激動地搖著她，一點都沒有要放過她的意思。

「我……我不知道……。」周媽媽哭著說：「我忘記他們的長相，也不想記得。」

「不只一個嗎？」

「……。」

「那妳為什麼要把我生下來！明明是強姦犯的孩子，為什麼要把我生下來！」

「因為我發現的時候，已經四個月了啊！」周媽媽大哭，終於止不住淚水：「我明明已經看了醫生，也吃了墮胎藥，為什麼你還是冒出來！」

「為什麼我還是冒出來！」周明憲也哭了。

母子倆一拉一扯，最後抱在一起痛哭。

那晚是惡魔橫行的夜晚，跟地獄沒兩樣，她們前來應徵，懷著夢想，有的想當歌手、有的想成為舞女，不幸卻降臨到她們身上，許多人死了，有些人活下來，但卻比死還難堪。

警察出現時已經太晚了，她們已經被折磨了數個小時。她躺在三樓，是最後一批被送上救護車的，她看著一具又一具屍體在她眼前經過，她想著，究竟是死了比較好，還是活著？

「對不起，明憲。」周媽媽抱著他哭：「給了你這樣的人生。」

「嗚嗚嗚嗚。」周明憲揮著淚：「姊姊也一樣嗎？」

周媽媽點了點頭，她們兩個女人是唯一看過醫生，吃過中藥和西藥，卻還是懷孕的人。楊媽媽更慘，她被娘家人趕出去，嫌棄她不檢點才會落得如此下場，要不是顏聰敏找到她，並收留了她，說不定已經懷著孩子橫死街頭。

「我發現你的時候，已經四個月了，手腳都長好了。」周媽媽嚎啕大哭：「我捨不得把你打掉啊！」

「嗚嗚嗚嗚……。」周明憲都快哭死了。

「沒有人幫我們，在那個年代，又是那種事件的倖存者，我連工作都找不到。」周媽媽哽咽說道：「要不是你爸爸，我們都活不到現在。」

「他不是我爸爸！」

「他是你爸爸！」周媽媽生氣的說道，抹掉眼淚就瞪著周明憲：「養育之情大於天，就算沒有血緣關係，他就是你爸爸。」

「他為什麼要幫我們？」周明憲問道，雖然心裡早已知道答案。

「其實，我和你楊媽媽也不太清楚，他從來都不說，話很少，只是給錢……。」周媽媽苦澀地說道：「後來才多少知道，他覺得那都是他的錯。又過了幾年，他要求我們說謊，他想做你們的爸爸，他不要讓你們沒有爸爸，所以他就成了你們的爸爸，雖然他很少來看你們。」

這話摻和著兒時記憶，在周明憲腦海裡勾勒出他朦朧的印象。

顏聰敏會站在門口，遠遠看著躲在房間裡的他，不打招呼，也沒打算進來，只是看著，一年就那麼幾次。

以前周明憲不懂，只知道自己很討厭他，現在他才明白，比起沒有爸爸，至少他還能討厭爸爸。這就是顏聰敏為他們所做的，顏聰敏背負罵名，雖然不能給他們一個完整的家，但至少逢年過節時會出現一下，讓他們還有個風流的爸爸可以罵。

「我和你楊媽媽拒絕過的，但是，他堅持。」周媽媽的眼淚稍停，像在回憶往事那樣，剎那間竟露出個一閃即逝的笑容：「情婦的孩子，總比強姦犯的孩子好，對吧？但真是委屈他了，成了一個拋家棄子的男人。」

周明憲含著淚，躺在母親懷裡。

「他是你爸爸，是你唯一的爸爸。」
「這件事不要告訴姊姊好嗎？」周明憲突然說。
「那當然。」周媽媽低頭看向他：「雖然不知道你是怎麼知道的，但我和你楊媽媽早就發誓過，會將這個祕密帶進墳墓裡，才不枉費你爸爸的一片苦心。」
「嗯……。」
「顏聰敏，那個警察，」周媽媽看向遠方：「他就是你爸爸。」

周明憲隻身一人，帶著有關黃慶義的情報，來到了民國八十七年。
他熟練地利用公共電話和計程車找到顏聰敏，顏聰敏等人還在高雄，距離大舞廳慘案已經過了兩天，警察還是沒找到黃慶義，他好像人間蒸發了一樣，透過一條小溪，竟能消失得無影無蹤。
「肯定不是從高雄港逃走的，我們中了障眼法。」某個警察說道，在攤開的地圖前來回走動，與其他人討論：「他一定是從溪旁的鐵皮屋逃走的，否則早就被海巡隊抓到了。」
「鐵皮屋那時候都趕過去超過一千個警察了，最好是能從鐵皮屋逃走。」另一個人翻白眼：「不可能是走陸路。」
「『天和』呢？『天和』是怎麼跑的？」
「『天和』就不用管了，局長和署長都不想查。」

「『天和』很簡單吧？他只要改個裝扮，混在小弟之中逃出去就好了。」

「說不定他一開始就沒進舞廳。」

「他不是跟黃慶義交涉了？還沒進舞廳？」

眾人在指揮部吵得七嘴八舌，顏聰敏卻忽然帶著周明憲走了進來，拿起粉筆，大大地在黑板上寫下一個地址：「找到了，阿義躲在屏東，現在全員出發！」

眾人都愣住。

顏聰敏先前就聽楊羽庭姊弟倆說過黃慶義躲在屏東，只是屏東面積太大，他苦無更詳細的線索，也不敢亂提報告，只能派人私下去找。現在周明憲出現了，還帶來確切的地址，於是他們馬上出動。

「你哪來的線索？」眾人問道。

「這你就不用問了。」顏聰敏瞪了他一眼，雙手撐在桌上，再次重申：「組長有令，全部整裝集合，十分鐘後車隊出發，往屏東恆春移動！」

眾人這才亂成一團，開始動作。

顏聰敏也忙著在找車鑰匙，裝填子彈，將一堆寫著筆記的紙張塞進口袋。

周明憲看著眼前這個人，心中好生奇妙。他曾經深信不疑地把他當成爸爸，現在卻不是了，但其實也還是，他依然是他的爸爸，比血緣關係還更珍貴的那種爸爸。

顏聰敏可能會一直困惑到好久以後，才明白自己到底是從哪裡多出來的兒子女兒，但那一切，都得等這些事情塵埃落定之後。

「你還愣著幹麼？」顏聰敏看了他一眼：「上車，我們走。」

「收、收到！」

周明憲坐上顏聰敏的車，就他們兩人，浩浩蕩蕩引領車隊出動，朝著屏東縣揚長而去。

根據周明憲提供的線報，黃慶義躲在一處湖畔邊，那裡其實沒有門牌，報紙上只寫著一個檳榔攤的地址，然後描述黃慶義躲在半公里外的湖泊處。

前往恆春的只有板橋刑警隊大約四十個人，這是胡建斌的意思。依顏聰敏的說法，目前這件事由胡建斌全權作主，他不僅沒通知青山指揮部，也沒告訴全國上下正在賣力尋找黃慶義的警察們。

但胡建斌不可能自己做得了主，這背後一定是青山、也就是警政署長的意思，他讓他們先去探探虛實，確定狀況後再決定要不要出動特勤警察支援。

「真是把我們當神了，對方可是殺人如麻的槍擊要犯，還搭了三合會一群亡命之徒，竟然要我們這些手無寸鐵的刑警過去。」車上，顏聰敏抱怨道。

「不是把我們當神，是把我們當砲灰。」周明憲回答。

「對，把我們當砲灰，他媽的。」顏聰敏罵道。

很快的，他們就到了周明憲所說的那個檳榔攤，遠處果然能看到群山綠水，其中有一片建在河川地中的別墅，貌似是違建。

「三洞五，三號呼叫。」無線電裡傳來胡建斌的聲音。

「三洞五回答。」顏聰敏說。

「你們到了嗎？」

「到了，看到目標門牌了。」

「你說的是那座湖？」胡建斌問道。

「正確。」

「收到。」胡建斌轉而命令：「三洞各臺到達目的地後分散停車，藏匿車輛，然後徒步走到目的地，在三洞五車邊會合，收到沒有？」

「收到。」

「收到。」

「收到。」

不得不說，胡建斌指揮起來還是挺有兩下子的，對於如何捉賊、如何攻堅，都有他自己的兵法在，不是瞎亂一通的整團直接衝過去。

眾人在顏聽敏的車旁集合後，胡建斌開始說起他的部署計畫。由於顏聽敏的情報就到這裡而已，因此還不知道歹徒在哪裡，他命令眾人分成三個小組：一組徒步走往別墅，偵查別墅的燈火狀況；另一組在周邊民宅蒐集情報，詢問當地百姓；第三組開著車，繞著湖泊外的公路不停畫圓行駛，守望把風，一有可疑人士出現立即通報。

「就這樣，開始行動！」胡建斌說道。

顏聽敏和周明憲被分配到第一小組，負責最危險的任務，就是接近別墅，而胡建斌自己也在這個小組裡。

周明憲的存在其實很尷尬，他一直有被胡建斌監視的感覺，胡建斌肯定懷疑過他的身分，也知道這情報一定是他給的，只是從來就沒有問過顏聽敏什麼。

周明憲覺得處境艱難，他根本不是板橋刑事組的，早晚會被拖出來拷問，所以只能緊緊跟著爸爸，深怕一落單就會被生吞活剝。

眾人走了將近二十分鐘，從樹林走到別墅邊，這時顏聰敏忽然停下來，說道：「這別墅有問題。」

「我也看出來了。」胡建斌回答，並持望遠鏡觀察。

別墅其實空蕩蕩的，附近都沒有車輛，房子裡也沒有燈火，但按照顏聰敏的直覺，肯定有人在裡面，而且還不只一個。

「這是個圈套。」胡建斌馬上察覺過來，揮了一下手，示意大夥兒直接停止在這裡，蹲下身體，切勿再往前。

所有人的無線電早就關掉了，這裡不適合用無線電，會洩漏蹤跡。他們距離別墅只剩一公里，湖泊就在眼前而已，連水波都看得一清二楚。

「岳漢，你們停止任務，不要在路上走，現在馬上回車上。」胡建斌打電話給第二組的人員，讓他們不要再繼續進行居民訪查：「你們跟第三組一樣，沿著湖泊周圍的公路繞，兩兩一組，總共十臺車把湖泊給我全方位繞死，提高警覺，小心一點，知道沒有！」

「收到！」

接著胡建斌再次拿望遠鏡看一眼，然後面色嚴厲地對後方的眾人說：「這別墅有鬼，全部背對背，埋伏所有方向。」

顏聰敏也看出這是個圈套，別墅的主人在等人自投羅網，他認為這是三合會的基地，裡面可能有狙擊手，再靠近一步都很危險，會瞬間被槍殺。

「鹽哥，你怎麼看？」胡建斌問道，他的心理素質雖好，此時也冒出冷汗。

「噓。」顏聰敏卻閉上眼，聽了一下，然後說出一個驚人的推論：「有別組人也在埋伏。」

「啊？什麼？」眾人都愣住。

「你怎麼知道？」胡建斌問道，臉色發白。

「在對面那邊，聽到了嗎？無線電的聲音。」顏聰敏指著湖泊另一側。

眾人屏氣凝神，仔細查聽，果真聽到一點窸窸窣窣的無線電雜音。

「也是警察嗎？」底下有人問道。

顏聰敏和胡建斌卻同時搖頭：「不可能，目前我們的情報最新，青山就算要另外指派人馬到場，也不可能比我們快。」

「平民也可以買無線電。」顏聰敏解釋道：「雖然不知道是誰，但可以確定對方水準比我們差，都這個狀況了還敢用無線電，以為關小聲點就沒事。」

依顏聰敏的推斷，現在總共有三夥人在場，一是別墅裡那夥人，二是板橋刑事組，三是不知名的埋伏者。然後，他們板橋的優勢最大，因為他們知道有另外兩夥人存在，對方卻不見得知道他們的存在。

為了以防萬一，胡建斌下了一步險棋，他讓在公路巡邏的那堆人全部離開，停到更遠的地方等著，這可以最大程度的保證他們不被發現，但也讓他們的處境更加危險，要是遭遇攻擊，其他刑警要來支援，得半個小時以上，還不見得能找到他們的位置。

「皮繃緊一點，我看會是長期抗戰。」顏聰敏笑了一下，收起槍放回腰際，然後在地上趴著：「別墅的人不動，我們不動，神祕埋伏者也不動的話，大家就卡在這裡吧。」

周明憲從頭到尾都跟在父親旁邊，這時也學著他的動作，整個人趴下來，臉貼在落葉地上。他可能沒聽懂「長期抗戰」是什麼意思，直到二十四小時之後，他終於知道「長期抗戰」是什麼意思了。

沒錯，他們這一趴，竟然直接趴了二十四個小時！

太陽落下又升起，天黑、天亮、白天、晚上，他們十一個人，全都趴在原地，只有幾個人帶水來，輪流喝，小便直接匍匐到遠處解決，肚子餓得嘰哩咕嚕叫，連一粒米飯都沒得吃。

這就是刑警埋伏的真實情況，它沒有電影裡演得那麼酷，他們有百分之九十九的時間都在等待，而且得全神貫注，輪流守望，深夜裡也得有一半的人醒著，稍有不慎就會害全隊人員丟掉性命，所以不是只有趴著休息而已，得一直觀察別墅裡的動靜。

周明憲趴得都快懷疑人生了，他雙手發麻、大腿瘀青、眼神渙散、餓得快要產生幻覺。他一直告訴自己不可以這樣，要振作精神，否則會成為拖油瓶。

說到這，他真的很佩服其他人，他們全部都還很清醒，有的還抓著槍，連續抓了十幾個小時都沒鬆開過。

他終於明白為什麼姊姊說專案人員和刑警不是人幹的工作了，這真的不是人幹的工作，得要有強大的意志力和使命感才能堅持下去。如果讓他選，他真的不敢再輕視展哥或條哥他們了，他寧願去巡邏，準時下班，也不要在這種樹林裡，冒著生命危險埋伏。

「岳漢，你們帶十個人過來交接班。」到了中午一點時，胡建斌終於發話了，天氣太熱，眾人都撐不住了，他拿著手機下令：「用走的，從樹林東邊繞過來，我會派幾個人去帶路。」

全場總共就十一個人，胡建斌決定全部換掉，只留他或顏聰敏在場繼續指揮，畢竟大家真的趴太久了。這裡他得承認他的盤算有誤，他以為敵人會在二十四小時內露出馬腳，結果沒有。

他原本可以讓一半的人去休息，換一半的人上來，如此反覆，保證始終都有一半的菁英在場，但他賭錯了，他沒能讓十一個菁英全部上場發動攻擊，現在就只能讓十一個菁英全部去休息，派二線的出來。

「鹽哥，你去休息吧，現場我來顧。」胡建斌說道，仍拿著望遠鏡在張望。

「我顧吧，你去休息。」

「我顧，你去休息，不然你家小子怎麼辦？」胡建斌瞥了周明憲一眼，說道。

周明憲已經撐不住，三十度的高溫，他直接翻過來，挺著肚皮躺在地上喘氣，嘴唇泛白，可能快脫水了。

「喂！」顏聰敏也嚇了一跳，趕緊從同事手邊接過礦泉水，朝周明憲口中猛灌：「你這小子，不行要說啊！」

無奈之下，他只好帶著周明憲先行撤退，現場交由胡建斌繼續打理。

下一輪的埋伏就不會這麼辛苦了，他們會帶來水跟食物，讓補給有所著落。但也說不定用不上，畢竟埋伏隨時可能會終止，進入戰鬥狀態。

「喂，你沒事吧！」顏聰敏拖著周明憲離開樹林，越拖越走不動，只好將他背起來：「你這樣真的不行欸，二十幾歲的男孩子，跟個弱雞似的！」

其他兩組的刑警已經找到一處民宅休息，顏聰敏將周明憲給帶過去，霎時好像到了天堂一樣，有屋頂、有平坦的地板、有椅子、有沙發，甚至還有電風扇！

顏聰敏持續餵周明憲喝水，確保他不會中暑，然後又端來一碗民眾煮的涼粥，讓他喝下後，狀況才好一點。

「鹽哥，這到底是誰啊？」某位刑警問道，對於周明憲的存在一直很感奇怪：「瞧你像兒子一樣照顧他，我第一次看到你這樣對人欸。」

「少囉嗦。」顏聰敏疲憊地說道，也喝了一碗米粥，昏昏欲睡。

畢竟他們已經埋伏整整二十四小時了。

「他哪個單位的啊？」刑警翻了一下周明憲的臂章，仔細看，嚇了一大跳：「替代役？這什麼鬼啊！」

「不關你的事！」

「你就講一下會怎樣，我們都幾年的深交了？」

「深交個頭，上次跟我借的五千什麼時候還？」顏聰敏伸手要錢。

「哎，你提這個就傷感情了。」對方嘿嘿笑道，不放棄地問：「到底是誰啦？你就說一下會死喔！」

「是我兒子。」

「蛤？」對方愣住。

「我說是我兒子，這樣你滿意了嗎？」顏聰敏嗤的一聲說道，嫌棄地將他趕走，讓他別再來煩人。

周明憲卻聽到了，聽到顏聰敏喊他是兒子。

他靠在父親懷裡，不知不覺地流下淚水，然後就沉沉睡去，睡得很安穩。

8

三個小時後，傍晚四點左右，出事了。

只聽遠處傳來砰的一聲槍響，屋內眾人便如驚弓之鳥跳起來，睡著的顏聰敏和周明憲也跟著醒過來，天南摸不著地北，差點摔到沙發下。

「怎麼了？」顏聰敏問道，搖晃地站起來，下意識握住腰際的槍。

沒人可以回答他，這是突發狀況，幾個刑警紛紛在打電話，但根本打不通。

這說明了一件事，是埋伏小組出事了，所以根本無法接電話。

「鹽哥，走！」

眾人衝出民宅，趕往湖泊去，顏聰敏拉著周明憲也趕緊跟上去，一面繫衣服一面咬著筆，拿了張不知道是誰遞來的地圖就說道：「阿強走東側進樹林，小寶你們直接繞到別墅後面，有狀況直接衝別墅，不用報告了，我們看得見。其他人跟我走，全部開車！」

他一面跑一面調度，洪亮的聲音傳遍前後左右，大家都在跑。

湖泊樹林那邊槍聲大作，聽得顏聰敏心驚膽跳，他擔心胡建斌的安危，雖然胡建斌不是什麼正派人物，但好歹也是個人才，還是他的組長，可千萬別栽在這件事上頭。

顏聰敏開車，載著周明憲，油門踩到底，領著一夥人直衝公路中線。這條路能夠直達湖畔，對頭就是別墅，雖然隔著水過不去，但可以用最大的視角看清楚所有事物。

「你防彈衣穿起來！」顏聰敏對周明憲命令道，指著後座他們剛剛交接班時卸下的防彈衣：「拿一件來給我。」

「收、收到！」周明憲趕緊照做。

顏聰敏已經完全醒了，雖然只睡了三個小時，但在這種精神極度緊張的狀況下，已經足夠，他又回歸戰鬥狀態了，該填飽的肚子也填飽了。

顏聰敏等一夥人到了湖畔邊，這才發現別墅正在槍戰，院子裡外都是三合會的人，正在火併。他暗自慶幸不是樹林裡頭出事，樹林裡的胡建斌應該率隊繞過去了，由於事態緊急，才沒有接電話。

顏聰敏將無線電開啟，事到如今也沒有關閉的必要了：「三洞各臺注意收聽，歹徒正在湖中別墅進行槍戰，數量不明，切勿靠近，小寶你們也別靠近。我方狀況現在進行釐清，三洞三、三洞四、三洞五小組均平安無事，請三號回報，目前剩三號狀況不明。」顏聰敏點名胡建斌，三號就是刑事組長的代號。

「三號、三號，三洞五呼叫。」顏聰敏喊道。

無人回答。

「三號、三號，三洞五呼叫。三號小組有任何人聽到無線電，請回報目前狀況，你們在哪裡？是否遭遇危險？」

還是沒人回答。

「該死。」顏聰敏站在湖畔邊，很慌，他看著遠方別墅裡電光閃爍，槍聲連連，趕緊讓其他刑警繞過去，湊近一點觀察別墅內的狀況，看胡建斌究竟在哪裡。

「三號、三號，三洞五呼叫。」顏聰敏再次喊道，然後換了個人：「三洞三，你們到達樹林了沒？有看到三號嗎？」

「回答，快到了啊，目前沒看到三號。」

「快點到達埋伏點，三號狀況不明！」

「收到。」

這時，胡建斌的聲音終於出現了：「三號回答。」

「三號你沒事吧？」顏聰敏有點感動。

胡建斌卻沒回答他，無線電另一頭訊號十分混亂，都是雜音，他過了一會兒才又繼續說，用激烈的語氣：「三洞各臺注意收聽，靖平一號、綏遠一號全部在現場，各臺請勿靠近，聽見沒有！」

顏聰敏愣住了，這些代號雖然是暫時性的，但他怎麼可能忘記？

「天和」以及黃慶義都在現場！

「再重複一次，靖平一號、綏遠一號都在現場，戰況極為混亂，三號已通知青山指揮部支援，各臺注意安全，敵方火力強大，在支援到達以前，切勿靠近！」說完，胡建斌就再也沒有發話。

雖然組長要他們不要靠近，但刑警終究是刑警，根本坐不住，顏聰敏拉著周明憲，離開湖泊這端，重新開車就要繞到別墅那端去。

況且，從胡建斌的無線電來聽，胡建斌根本也跑到現場去了，否則怎麼會知道靖平、綏遠都在？

「爸，『天和』和阿義在搏鬥是嗎？」周明憲聽出了一點端倪，擔憂地問。

「沒錯。」顏聰敏點點頭，加快油門，再繞過一個彎就到了。

「他們兩個幹麼還要搏鬥？上次在舞廳，他們不是放對方走了嗎？如果要殺，上次就殺了不是嗎？」

聽到這，顏聰敏也覺得奇怪，確實是不合常理，難道不是這兩個人在搏鬥？

顏聰敏終於開到了別墅邊，一切都變得清晰起來。只見院子外停了數十輛黑頭車，熟悉的款式，都是「天和」的車；院子裡，「天和」的人馬正在和別墅的主人進行槍戰。

顏聰敏找到胡建斌，他正帶隊在別墅外的一座巨石後方偷窺，他們畢竟只是刑警，專長偵查工作，並不適合進出這種重火力的現場，要與歹徒搏鬥，還是得請警政署的鎮暴部隊過來。

「什麼狀況？」顏聰敏帶著屬下衝過去，跟著一起躲到巨石後方。

「在打架啊。」胡建斌回答。

「我當然知道在打架，是『天和』在和黃慶義打？」顏聰敏問道，實在也想不到其他可能了。

「當然不是。」胡建斌卻說。

「蛤？那是誰跟誰在打？」顏聰敏愣住。

「我也不知道。」胡建斌瞇著眼睛說：「『天和』跟別墅裡的人在打，剛才『天和』的車隊突然出現，直接衝別墅，我來不及通知你們就已經打起來了，他們還帶手榴彈。」

「看起來兩邊都是三合會的啊？」顏聰敏望著別墅的狀況說，院子外的黑衣人正利用各種設施做掩護，對著別墅掃射，企圖攻進去。

「對，都是三合會的。」

「那你怎麼知道不是阿義？阿義帶的人也都是三合會的。」顏聰敏問道。

胡建斌懶得解釋，直接瞥了別墅邊緣的坡道下水處一眼。

顏聰敏朝那個方向一看，頓時愣住了，黃慶義竟躲在那裡，也跟著藏在一塊巨石後方，帶著一夥兄弟朝別墅頻頻打量，鬼鬼祟祟，觀察局勢。

他們的無線電不停發出擦擦聲響，跟警方的有得一比，原來先前在樹林裡埋伏的神祕人物，就是他們。

「黃慶義！」顏聰敏瞪著他看，不敢相信。

倘若黃慶義在那裡，那究竟是誰在別墅裡？「天和」又是在打誰？需要費這麼大的勁兒，幾乎是帶了上百人過來打？

而且，黃慶義跟著在樹林裡埋伏做什麼？

「這到底是怎麼回事？」顏聰敏想破頭也想不明白。

「我也不知道。」胡建斌搖頭：「如今三合會只剩下『天和』一人，他們內部根本沒有其他勢力可以對抗他，他還要除掉誰？」

這時，黃慶義也注意到顏聰敏的存在，兩人四目交接，大眼瞪小眼。

他們都沒有想射對方的意思，彼此的情感有點複雜，胡建斌也懶得開啟槍戰：隔著兩塊巨石互射，只是徒增傷亡罷了，還不如等警政署的鎮暴部隊來。

他看著黃慶義，別讓他跑掉就行了，他可不想讓他的組員在這裡丟掉性命。反正只要沒人開槍，雙方就可以假裝對方不存在，相安無事地繼續觀察別墅內的戰鬥。

現在別墅才是重點，胡建斌明白，三合會的動亂，將定在此時此刻。

第十六章

湖中別墅占地近千坪，槍戰依然持續著，沒有消停的跡象，但顏聰敏卻始終找不到一個人物。

「『天和』呢？」他向胡建斌問道：「你剛不是說他也在現場？」

被這麼一問，胡建斌的視線這才從別墅中轉移開來，他左右張望了一下，臉色大變：「奇怪，剛剛還在這裡的！」

「天和」親自率隊前來攻擊這棟別墅，出動將近二、三十臺黑頭車，火力強大。胡建斌明明看見他在圍籬外觀戰的，他就坐在某臺車上，被左右兩名小弟給護著，窗戶都是防彈材質的，怎麼現在那臺車空空如也，裡面的人都不見了？

「『天和』呢？」胡建斌趕緊問身邊另一個刑警：「剛剛不是叫你看著嗎？」

「有啊，明明一直在車上啊，怎麼不見了？」

「去你的！這麼重要的人你也能看丟！」胡建斌趕緊率隊退出別墅周圍，來到靠馬路的圍籬外。

黑頭車停得亂七八糟，其中一臺斜插在馬路中央，占據半個車道，囂張無比，這正是「天和」的座車，但裡頭已經沒有人了。

「奇怪，剛剛就坐在這臺車上的。」胡建斌用槍指著車子說道：「剛才旁邊的車也都坐滿了人，總共有十幾個護著他，怎麼全不見了？」

顏聰敏卻聽出了不尋常之處：「『天和』都已經親自殺到這裡了，他為什麼不下車？」

「天和」個性猖狂，以顏聰敏對他的了解，別墅內在戰鬥，「天和」不可能躲在車上看，那不是他的作風。

「天和」是個不怕死的瘋子，他一定會下車，拿著機關槍往屋內掃射，就像那天他在舞廳外當眾開槍一樣，有再多的下屬攔著、護著，他也不怕被射殺。他總能戲劇性地出現，然後戲劇性地消失，不把危險當一回事。

「找！快找！」胡建斌隱約覺得不妙，顏聰敏說得有理，倘若別墅是主戰場，「天和」不可能坐在車上旁觀，真正的戰場一定在別處！

刑警們四處狂奔，除了別墅太危險，不敢靠近外，幾乎將馬路四周都看過一遍了，但「天和」好像人間蒸發一樣，消失得無影無蹤。

「這下面是什麼？」顏聰敏突然問道。

在別墅的側邊，挨著樹林的方向，有一處不起眼的柵門，看起來像圍籬的一部分，但鐵製的插栓已被拉開，柵門半掩，輕輕一推就整個敞開來，驚人的寬度幾乎可以容納兩臺砂石車進入。

「這是……？」眾人圍在門邊，議論紛紛。

下方是一個大坡道，拐著彎連通別墅底層。

原來別墅還有地下室，它挖深距離湖面有將近兩公尺，下方空間廣闊，另藏玄機。

「他們跑到下面去了。」顏聰敏指著地上紊亂的腳印說道。

「下面有什麼？下面是什麼地方？」胡建斌問道，一夥人徘徊在門口，卻不敢下去。

這別墅很大，上面還在火併，下面卻靜悄悄的，建築似乎沒有貫通，只能從這條柏油車道下去。三合會已經燒了別墅東側的建築，熊熊大火映照在湖面之上，給空氣帶來灼熱的氣息。

「全部退回去，等候支援到來。」胡建斌下令，讓大家遠離已經燒起來的別墅：「如果『天和』在下面，最好是燒死他。」

顏聰敏雖然心急，卻也沒打算下去，太危險了。

但他真的很想知道下面有什麼，「天和」帶了將近二十個人進去，究竟想做什麼？難道真正的大魔王就在下面嗎？

「組長！」這時，另一頭傳來聲響：「黃慶義跑了！」

大夥兒一聽，趕緊衝回巨石那邊，但他們並不是無頭蒼蠅，哪裡有事就往哪裡跑，胡建斌原本就留了一半的人在巨石邊守望，監視黃慶義和別墅，現在他又留了一半的人在原地看守「天和」，帶其他人去追黃慶義。

「他跑什麼呢？」胡建斌問道，已經衝回巨石了。

「應該是槍戰已經差不多了，所以……。」刑警面色複雜地看往別墅。

是的，在大火之中，別墅已經逐漸安靜下來，只剩建築爆裂燃燒的聲音。

三合會的混戰告一段落，黑道們死的死、傷的傷，逐漸地退出危險區，拖著傷兵來到庭院外，或躲到湖邊。

雖然看不出是誰輸誰贏，但對黃慶義這個搖擺鬼而言，他是該跑了沒錯。

「他跑哪兒去了？我們的人在追嗎？」胡建斌又問道。

「對，在追。」刑警回答：「應該在樹林裡。」

「是誰帶隊在追？」

「小寶。」

「三洞四，三號呼叫。」胡建斌直接用無線電向小寶下令：「你們位置在哪裡？」

「在……樹林東側，往湖畔公路的方向啊！」對方氣喘吁吁回答。

「靖平一號在你們視線之中嗎？」

「在！」

「給我跟緊了，絕不能追丟！」胡建斌怒道，早已受夠了黃慶義這個始作俑者，再說了，他們大老遠跑來屏東，也是為了抓補黃慶義的：「奉青山之前的命令，必要時直接擊斃靖平一號，聽見沒有！」

「收到。」

「對方只要沒有投降意願，就直接擊斃！格殺勿論！」胡建斌說道，指揮身邊的人馬上開車，從湖畔公路對黃慶義進行包圍：「三洞各臺聽令，除了留守別墅的，其他全部前往湖畔東側圍補靖平一號！」

此時顏聰敏卻發現一件事，周明憲不見了。

「明憲？」

「周明憲？」

他到處找他，開始慌了：「周明憲，你在哪裡！」

「明憲！」

到處都看不到周明憲的蹤影，顏聰敏記得他剛剛還跟在他身邊的，怎麼突然不見了？

「三洞各臺，有誰看到我帶來的小鬼？」他急了，馬上對無線電喊道。

「鹽哥，」馬上就有人回答，是小寶隊伍的聲音：「他在我們這裡。」

「什麼？」顏聰敏瞪大眼：「誰准你們帶他去的！」

「他自己跟來的，而且……他跑很快，他就追在靖平後面而已，我們怎麼喊，他都不停……。」

「明憲！」顏聰敏崩潰了：「危險啊，你們快去攔住他，他根本就不是警察啊！」

「不是警察？」胡建斌狐疑地走過來：「說清楚，他到底是誰？」

顏聰敏卻不理他：「明憲，你不要亂來啊！三洞四，你快點追上他！」

樹林裡，周明憲拿著槍，飛快地追著眼前的人。

黃慶義帶著一夥手下逃跑了，他剛跑的時候，周明憲就注意到了，他是第一個去追他的人，也是唯一一個從頭到尾盯著他的人。

他對「天和」沒有興趣，也對別墅的槍戰沒有興趣，他只想殺了黃慶義，為自己的媽媽以及姊姊全家報仇。

他眼神堅定，腦海裡只有一個聲音，他要讓這個禽獸不如的傢伙付出代價！

別墅底層是一個寬闊的空間，像地下水族館似的，一半的視野可以看見湖面，另一半的視野可以看見湖下世界。半公尺厚的強化玻璃擋住了水壓，以人為的力量將大自然變成收藏品，全收進這個鋼筋建築之中。

但是，它太空了，除了前臺的湖景觀賞區外，後面都是空的，彷彿東西都被搬走了一樣，近百坪的面積，只在角落停了幾臺豪華跑車。

「天和」帶著一群人馬，從緩坡道走了下來，沿路踢開所有的閘門，最後進到了這個別墅的底層。

「老大，都沒人啊。」他身邊的屬下說道，已經把那兩臺跑車檢查過了，到處都是空的，就連說話都有回音。

「噓。」

「天和」卻讓他們安靜，他豎起耳朵聆聽，嘴巴咧成彎月形狀，用細長的手指推開臉上的墨鏡，露出魔鬼般的妖異笑容：「他就在這裡。」

然後眾人就看到了，遠方的湖面上靜靜地滑過一艘小船，有個男人獨坐在上面，持著槳，逐漸滑到眾人的目光中心。

所有人立刻舉起槍，瞄準他，這景象十分詭異，由於他們有一半的身體在地下室，男人就像漂浮在他們頭頂上似的，餘波從遠處打過來，撞在強化玻璃上，發出咚咚聲響。

「你把帽子撿回來了？」男人對「天和」問道。

「天和」刺耳地笑起來：「不，這是新的，我只要把帽子送人，就不會拿回來了。」

「他還真是個背骨仔啊，連我的位置都可以洩漏給你。」

「誰才是背骨仔？」

「還記得這裡嗎？」男人問道。

「當然記得，不就是我們的祕密基地嗎。」

這偌大的空間，是三合會當初用來存放海洛因的地方，出於戰略考量，數百噸重的毒品就直接堆在這裡，遇到非常狀況時可以引入湖水湮滅它們。但可真是委屈了那些海洛因，它們不該被放置在這麼潮溼的地方。

「你氣數已盡，『天和』。」男人直接說道。

「你還真敢講啊？」啪的一聲，「天和」掏出他的左輪手槍，隨時能砰了對方。

「政府高層已經放棄你了，你沒看出端倪嗎？」男人笑道，絲毫不怕這些槍口：「你以為這個世界是我們說了算嗎？錯，是他們說了算，他們想讓誰接三合會，誰才能接三合會。」

「你以為你是誰？竟敢這樣跟我說話！」似曾相似的暴躁語氣傳來，「天和」舉起了槍，面目猙獰地就朝男人扣下扳機。

砰的一聲，子彈朝男人射去，還不曉得有沒有擊中他，眾人前方的玻璃就一陣晃動，發出清脆的碎裂聲。

「我勸你們不要再開第二槍，不然就準備死在那裡。」男人笑道。

眼前隔著水的防彈玻璃已經被做過手腳，它的強度被大大削弱，現在只能剛剛好承受水壓而已。巨大的槍聲在空曠的地下室中迴盪，繞了十幾秒鐘都還不停，這放大的衝擊波正在摧毀玻璃最後的結構。

「你們的回合結束了，可惜啊，沒有射中我，果然是天命。」換男人掏出他的槍。

「你以為你能活著逃出這片湖嗎？周圍都是我的人。」

「你是說埋伏在樹林裡的那些狙擊手嗎？」男人笑道。

眾人都覺得「天和」是個瘋子，只有他知道他的可怕之處。

「天和」看似魯莽跋扈，其實凡事都有盤算，他在攻擊別墅的時候，就已經另外派人掃除了所有的埋伏者，免得自己遭人暗算。

「天和」也知道有警察在附近，但不殺警察是黑道的鐵則，那些警察基本上也不會動他，這是一種默契，就如同那天在高雄的舞廳一樣。

當然，他的運氣也很強，即使經常脫稿演出，他也總能在生死關頭中全身而退。因此，他覺得這次並沒有什麼不同：「你那把槍又殺得了我嗎？」他輕蔑地問道。

男人手上抓著的也是把手槍，按他們之間的距離，誰也射不準對方。男人很巧妙的將船停在一個不近不遠的地方，除非奪下別墅，否則連樹林裡的狙擊手也射不到他。

「我不用殺你，我只要射破玻璃就行了。」男人將槍口往下，對準了玻璃。

「天和」的小弟害怕了，開始往唯一的小門逃竄，否則以這玻璃的面積，湖水會瞬間將一切吞沒。

「誰他媽的也別想走！」不料「天和」砰砰兩槍幹掉了逃得最快的兩個人。

隔水玻璃喀嚓喀嚓的裂開一條大縫，即將整個碎開。

「你所犯的最大錯誤就惹毛了社會大眾。」男人說道。

「那不是你在暗中搞鬼嗎？」

「再見了，『天和』。」

「去死！」

「天和」從小弟手中搶來一把衝鋒槍，對準遠邊的男人就要開下去，但為時已晚，巨大的玻璃稀里嘩啦碎掉，無止境的湖水湧了進來，吞沒一切事物，將所有人都捲進黑暗深處。

一會兒後，地下室內的湖水就和湖面平行了，像打嗝那樣從狹長的窗洞吐出幾口髒水，還帶著血，也不知男人暗中動了什麼陰險的機關。

沒有人浮上來，只有一頂帽子，「天和」的高帽子。

周明憲在樹林中不停追著黃慶義跑，板橋刑警隊跟在他身後，大夥兒體力漸漸不支，邊跑、邊躲、邊開槍，子彈在耳邊穿梭，槍聲此起彼落。

周明憲也不是個傻子，當自己不會死，他躲在樹木後方喘氣，眼睛直盯著黃慶義的藏身之處，連眨都不眨一下。

「你他媽是誰啊？」黃慶義罵道，早就注意到有人黏著他不放，跟鬼魂似的。

周明憲沒回答，直接朝他的方向開了兩槍，嚇得他縮了回去。

「看來你的槍法不太好啊？」他挑釁道。

「喂，小子！」這時，後方有個刑警喊他，躲在石頭後方，面色嚴厲地朝他招手：「過來！鹽哥在找你！」

周明憲不聽他的話，見黃慶義又跑了，便衝出樹幹追上去。

他們沿著樹林不斷奔跑，遇到障礙物就跳起，稍有疏忽，彼此之間的距離就會被甩開。

黃慶義和屬下全走散了，大部分的警力都追著他跑，這全是周明憲害的，他真的快瘋了。馬路上汽車的聲音從坡道傳來，他知道警察全在外面等著捉他，因此他不敢走出樹林，只能沿著湖畔繞。

「你到底要追我追到什麼時候！」黃慶義縱身一躍，躲到一截斷木下方，然後伸出一隻手，拿著槍扣動扳機。

周明憲立刻趴下來，閃避子彈，並翻滾地找到藏身處，舉槍反擊。

「你必須下地獄！」周明憲怨恨地說道。

「為什麼？」黃慶義愣住，可不記得自己跟這個人有什麼深仇大恨。

「你殺了那麼多人，你一定會下地獄！」

「……我妻女都被殺了！」黃慶義激動罵道。

「那就可以隨便殺人嗎？」

「你這個猴死囡仔滾一邊去吧！」黃慶義看出周明憲是個菜鳥，槍法也不準，於是跳出來就跑。

「站住！」周明憲追上去：「給我停下來！」

兩人又跑了好長一段距離，竟將其他刑警都甩開了。黃慶義邊跑邊晃，跌跌撞撞，幾乎快把心臟都喘出來了，兩隻腳發麻得無法再動彈。

「你……。」他漲紅了臉，腿軟地靠在一棵樹後面，筋疲力盡地坐下來：「你要死啊？算我認輸……算我……認輸！」

嘴上雖然這樣講，他還是用雙手拿槍，警戒地伸出去瞄準周明憲的位置。

「你身為一個警察，怎麼能做出這種事？」周明憲氣得渾身顫抖，也喘得渾身顫抖。

「你們警察，有把我當成警察過嗎？」

「你自己有把自己當警察過嗎！」

「你們只不過是有牌的流氓，跟我們有什麼區別？」黃慶義冷笑：「為何有這麼多人被殺，你們警察不就是幫兇嗎？」

「胡說八道！」

「我底下的人和『天和』底下的人交戰時，你們在做什麼？」他主動提起了高雄舞廳的場景：「要不是『天和』殺進來，你們警察會進來嗎？攻堅的竟然是三合會，而不是警察？」

「輪不到你這樣顛倒是非！」周明憲吼道，舞廳的事完全戳中了他的痛點：「你們是畜生，六十幾條無辜的生命，有多少被你們給糟蹋了！」

「那也是警察放任一切。」

「不是！」

「就是！」黃慶義終於忍不住探出頭來，想好好瞧瞧這個小鬼。他瞪著周明憲，和周明憲四目交接：「你以為三合會為什麼要做得這麼難看？因為不難看，政府就不會動，為了給政府一個名正言順的掃黑理由，他們把那些女人都糟蹋了。」

「你竟敢提到她們！」周明憲暴怒。

「提到她們怎麼了？」黃慶義笑道：「如果不是為了引起仇恨，把屎盆子往『天和』頭上扣，讓政府對『天和』的信心動搖，他們有必要百忙之中還抽空操那些女人嗎？」

「住口！閉嘴！你這個畜生！」周明憲快瘋了，恨不得衝過去將他碎屍萬段：「就是你做的，你是惡魔！」

「哈哈哈哈，小朋友，你會不會太天真了？怎麼會是我做的？」黃慶義無奈地笑了：「你也太看得起我了？我從頭到尾都只有我自己一個人啊，那些混混全是別人派來給我的，我只不過是個靶子罷了，他們要操那些女人，我阻止得了嗎？全都不是我的意思嘛。」

「你……你……。」周明憲氣得臉冒青筋，不怕死的就站出來，發抖的指著黃慶義：「不是你做的，那是誰做的！那是誰做的！」

必須要有一個人出來承擔這些罪孽才行，周明憲必須殺了那個人，替他和姊姊報仇。如果不是黃慶義，他要去哪裡找凶手？他殺了黃慶義也沒用！他殺了黃慶義也沒用！他崩潰了，他不知道該怎麼辦！

「現在，滾。」黃慶義自然而然的舉起槍，對準了他：「我數到三，你再不走，我直接殺了你。」

「一。」

「二。」

「三。」

「三你個頭。」黃慶義身後突然冒出了一個人，像拔山倒樹一樣，直接將他揪起來，往地上扔去。

是顏聰敏，顏聰敏出現了。

「爸……。」周明憲跪了下來，眼眶含淚，已經沒有主意了。

顏聰敏沒空理他，黃慶義被過肩摔拋出去後，倒在地上眼冒金星。

顏聰敏朝黃慶義走去，誰知黃慶義一見到顏聰敏那魁梧的身形瞬間就醒了，像老鼠似地往旁邊一滾，躲過顏聰敏的手，然後往前一竄，竟然竄到周明憲眼前，直接搶過周明憲的槍，將他給勒住，靠著一棵樹挾持。

「我警告你，不要過來啊！」黃慶義拿槍抵在周明憲頭上。

「噢噢噢噢。」顏聰敏立刻舉手安撫：「阿義，冷靜，你看清楚，你現在抓的是一個警察。」

「警察又怎樣！」黃慶義失去理智大吼，他已經完蛋了，周遭都是警笛聲，他已經被包圍了。

「阿義，冷靜。」顏聰敏看著他的手壓在扳機上，冷汗狂流：「你是警察，你現在要殺警察嗎？」

「我是什麼已經無所謂了！」黃慶義激動地說道：「我早就一無所有了！」

「你不是一無所有，你還是警察。」顏聰敏安撫道。

「我不是！」

「你是，我會保你，我和胡建斌會保你，聽見了嗎？」顏聰敏給出承諾：「只要你說出幕後主使者是誰，我就保你。」

「你覺得我還會相信你嗎！」黃慶義轉而拿槍指他。

「你要相信我，因為你已經沒有別條路了。」

這時，黃慶義不曉得看到什麼，將槍又抵回周明憲頭上，嚇得臉色發白：「你別過來，再過來我開槍了啊！」

遠方的坡道上駛來一臺黑頭車，副駕駛座門打開，走出一名小弟，替後座開門。

率先丟出來的卻是一頂高帽子，「天和」的高帽子，隨後一隻腳出現，踩在那高帽上，將它踩扁，一個男子走了出來，正是在湖畔上划船的男子。

「是『人和』。」黃慶義哆嗦著，直接供了出來，他向顏聰敏說道：「一切都是他指使的！」

「『人和』？」顏聰敏愣住，雖然有想過這個狀況，但實際聽到時還是很震驚：「他不是已經死了嗎？」

「我也以為他死了，但沒有，他就是一切的幕後主使者！」黃慶義顫抖說道。

那晚，「地和」和「人和」銷毀印信，殺手卻忽然出現，大殺四方。那並不是「天和」派來的刺客，而是「人和」安排的人手。

混亂之中，「人和」搶走了兩枚印信，交給黃慶義，並中彈裝死。黃慶義起初完全不知情，是後來接到「人和」的消息，才知道自己的老大還活著，並持續接受老大的祕密援助。

黑道內部的資訊通常極不透明，一位角頭老大死了，沒見到屍體，你也不知是真死還是假死，就算棺材抬出來，也不知道裡面有沒有人。

「天和」就懷疑過這件事，並進行深入調查，但都被糊弄過去。他為了搞清楚真相，便找上了黃慶義，藉舞廳的機會，利用印信問出了「人和」的下落，打聽出「人和」就藏在屏東的三合會別墅裡。

當初所謂價值連城的情報，就是指這件事。

「那些小弟都是『人和』塞給我的，知道嗎！」黃慶義牙關顫抖地說道，用槍不停地頂著周明憲的頭，試圖證明自己的清白：「他故意犯下那些惡事，到處殺人放火、姦淫婦女、攻擊堂口，就是要增加社會大眾對三合會的敵意。」

「他為什麼要這麼做？」顏聰敏問道。

「因為整個三合會就只剩下『天和』一人而已啊！我幹的事情、三合會幹的事情，看在老百姓眼裡，全都是三合會的錯！三合會就只剩下『天和』，三合會惹出來的仇恨，『天和』一個人要全背了，他就是要消滅『天和』的威信，讓你們警察主動除掉他！」

老百姓只認得三位角頭，可不認識什麼黃慶義或其他無名小卒，即使報紙報社能帶風向，把罪惡往黃慶義身上扣，但一旦事情鬧得太大條，政府還是得宰了角頭來平息眾怒，拿小弟出來當代罪羔羊是沒用的。

大舞廳慘案就是這樣，光靠黃慶義一個人是背不下來的，檯面上你可以把過錯都推到黃慶義頭上，但檯面下，隨著事件持續發酵，「天和」是不可能繼續接三合會了。老百姓都看在眼裡，黑道、白道、圈內、圈外，都很難再容得下「天和」了。

顏聰敏恍然大悟，世界上竟有如此歹毒的計畫。

「人和」在第一回合就直接裝死，宣告退出鬥爭，讓「天和」和「地和」兩個人去打，這招簡直無敵了，你要拖他下水也不行，人家都已經死了，不見你，你根本拿他沒辦法。

接下來就是「天和」和「地和」的事情了，「人和」還派出黃慶義到處鬧，手段不停加劇，他甚至故意讓印信外流，跑到警察手上也沒差，反正他已經死了，先死先贏，警察如果要辦，先把那兩個大佬辦了再說。

警察如果不辦，他也能坐收漁翁之利，他把「天和」的名聲搞臭，傾全天下之力弄死他，最後再出來收拾殘局，宣告復活。反正大家對他的印象也不深，舞廳不是他去的，人也不是他殺的，他順理成章地接收三合會，警界也不會說什麼，他是最好的人選。

雖然事情的發展曲折離奇，兩枚印信消失，黃慶義又出賣了他，但局勢仍對他最有利，命運本來就不可掌控，只要他最後能取得三合會的權力，他就贏了。

「哦，你也是挺聰明的，光靠自己一人可以推論出這麼多呀？」這時，一個陌生的聲音出現了。

「人和」走了下來，沿著土坡朝他們靠近。

他看起來是那麼的平凡，三七分梳理的油頭，穿著白襯衫，沒有搭外衣，一條皮帶勒緊的褲腰收平了小腹，豐碩的臉龐十分親民，就和路上趕去上班的中年男子沒什麼兩樣。

但他黝黑的雙目和舉止言行，仍透露出一股奇異的氣質。

「林……林海龍。」周明憲愣愣地說，即便在黃慶義的挾持之下，仍不禁脫口而出。

「噓，你別亂喊他的名字。」黃慶義在他耳邊小聲告誡，似乎忘了自己是哪個陣營的。

眼前這人，就是二十一世紀的「天和」，林海龍。周明憲在電視上看過他的，他當初就覺得奇怪，那高帽子的「天和」根本不像「天和」，如今他才知道，原來兩個年代的「天和」不一樣。民國八〇年代的林海龍，叫做「人和」，而不是「天和」。

「『天和』已死，告訴你們上頭的人吧。」林海龍對顏聰敏說道。

「老大！」黃慶義一聽這話，立刻瞪大眼，直接放棄抵抗：「救我啊，老大！」

「你還敢叫我老大啊？」林海龍步步逼近：「你把我出賣給『天和』，我都還沒找你算帳呢。」

「我是有苦衷的！」

「你有什麼苦衷？你這個牆頭草，一會兒跟警察合作，一會兒又跟『天和』合作，別以為我不知道你都在幹麼呢。」林海龍說著，也不畏懼黃慶義手裡的槍，像在磨指甲一樣，優雅緩慢地戳破黃慶義的小人面貌：「你在我別墅外面埋伏做什麼呢？你在等『天和』殺我是吧？還是在等我們分出勝負後，你才要來認爹呢？」

「我不敢……。」

「你不敢？」林海龍突然提高音量，然後以迅雷不及掩耳之勢，竟當著黃慶義的面，硬生生就搶下他手中的槍。

黃慶義和周明憲頓時摔成一團，顏聰敏趕緊伸手過去，將他兒子拉回來，一面驚嘆道，這「人和」的膽識也不會比「天和」還要差。

「老大，我不是故意的啊……。

「老大，你要相信我啊……。

「老大，你答應過我的啊！」黃慶義哭成一團，突然想到了什麼，趕緊從懷中拿出三塊海洛因印信：「我已經一無所有了，不是說把三枚印信找到，會帶我重新開始的嗎？」

林海龍被這話給逼出了青筋，他頂了下槍膛，就將槍口對準黃慶義：「我是讓你用『天和』的姪子去交換印信，你拿我的命去交換印信，竟還敢主動提起這件事？」

「喂！」顏聰敏喊道。

此時此刻，該到的刑警們都已經趕到了，胡建斌也在現場，個個都睜大了眼，屏氣凝神。

所幸，林海龍不像「天和」那般盛氣凌人，他冷笑一下，伸手就從黃慶義手裡搶過三塊海洛因印信，然後將槍遞給了站得最近的顏聰敏：「交給你們處理吧。」

他點了一根菸，抽起來，走到湖邊，將所有的海洛因揉成粉末，丟進水裡，只留下三張包裝的紙，看著它們點燃，發光，消失在一片灰燼之中。

全場只有他知道，印信只是他用來安撫黃慶義的手段而已，從他挑中黃慶義的那一刻起，他就沒有信任過這個人。這是一場套中套，他就是知道黃慶義有可能洩漏他的蹤跡，才會特意讓黃慶義去和「天和」交鋒，否則以黃慶義的等級，他怎可能讓黃慶義知道自己還活著，且還透露出自己的位置？

黃慶義只是他手中的一枚棋子，在聽到「地和」死亡的消息時，他就準備收網了，他在別墅內布下陷阱，等待對手自尋死路，而黃慶義果然不負他的期望，理所當然地出賣了他，將他的下落告訴給「天和」。

「組長，高層的幕僚來了。」這時，從山坡上跑來一個刑警。

他在胡建斌耳邊說幾句話，胡建斌轉頭一看，果然在上方的馬路邊見到三位戴墨鏡的黑衣人。

林海龍依舊望著湖面。

印信銷毀，在這個動盪不安的年代，似乎沒有什麼實質意義，但卻有重大的象徵意義。再也沒有什麼三足鼎立了，從此三合會就是他林海龍一個人的天下，他一個人的帝國。

「高層要你更換稱謂，用『天和』的名號繼續辦事。」胡建斌朝林海龍說道，傳達訊息。

「用他的名號？為什麼？」林海龍納悶。

「你自己知道為什麼。」胡建斌轉達道：「他說。」

林海龍沉默了，想了一會兒，然後苦笑地搖搖頭，果然還是這群高居廟堂的老爺子們毒辣。

「天和」的形象很差，當眾開槍、丟人頭、藐視警察的模樣早就深植人心，黃慶義幹的那些惡事還得一併扣在他頭上；政府就要他沿用這個臭名，以方便控制他，將來就算除掉他也是順著民意，這等同於給他上了一道金箍鎖。

真想不到啊，自己砸出來的爛攤子，最終還得自己收了。

「記得殺了這個背骨仔。」最後，林海龍只說了這麼一句話就離開現場。

大事已定，天下太平，多日以來的紛亂告終，三合會由林海龍繼續領導，殘存的「天和」、「地和」勢力都必須歸他所有。

警政署的鎮暴部隊已經到達，掃蕩了別墅以及樹林裡全部的歹徒。無線電直接傳來呼聲，說靖平一號、綏遠一號均已遭到擊斃，普天同慶，青山指揮部取得重大成功，稍後將由總統府發布記者會，宣告解除國家緊急狀態。

這就尷尬了，被稱作「靖平一號」的黃慶義癱倒在樹邊，他根本沒死，這下他不死也得死了。

「你們還在等什麼？殺了他。」馬路上方的高層幕僚說道。

黃慶義是這整起案件的關鍵人物，他知道得太多，必須得死。

「顏聰敏，殺了他。」胡建斌命令道。

顏聰敏憤怒地轉過身，不幹了：「你自己殺！」他扭頭就走。

「顏聰敏，殺了他，不然我把你辦了！」胡建斌威脅道。

「你要辦什麼？」顏聰敏直接走到他面前，殺氣騰騰地瞪著他，用手指敲他的額頭：「你好大的膽子，竟敢叫我殺人。」

這時馬路上邊傳來催促：「署長說了，這件事結束，功勞歸你們板橋的。」

「歸我們什麼狗屁板橋！」顏聰敏回罵。

「我還沒說完。」對方冷冷地接著說：「這件事得用板橋顏聰敏的行頭才能壓下來，不管誰殺的，最後都必須是顏聰敏殺的，媒體那邊才好寫。」

「我去你的狗屁媒體！」

「顏聰敏。」胡建斌卻面色鐵青地抓住顏聰敏的手：「他要是不死，可能就是我們得死了，因公殉職，你知道是什麼意思吧？」

顏聰敏愣住，胃在翻騰。

上頭那夥人高冷地看著他們，確實，這件事牽扯太廣，青山的背後就站著國會與府院機關，要是他們不從，有洩漏口風的跡象，政府會連他們這些警察一起殺了，到時候黃慶義一樣得死。

顏聰敏轉頭看了面孔呆滯的黃慶義一眼，伸手要舉槍，卻手軟得舉不起來。

黃慶義是罪該萬死，之前他也有好幾次可能一槍斃了他，但那和現在的狀況不同，現在要他殺死一個手無寸鐵的人，他做不到。

「你不行就我來吧。」胡建斌自己掏出了槍。

「等等！」這時候，周明憲卻說話了。

「怎麼，難道你要殺？」胡建斌不耐煩問道。

「我、我爸……我師父殺。」周明憲看著顏聰敏，想著不知道該如何說悄悄話，只好拉著他的手，在那彆扭晃了幾下。

顏聰敏被晃得一頭霧水、火冒三丈，然後才發現，手中的槍有點奇怪，似乎不是警槍。顏聰敏從警這麼久，槍的重量多一公克少一公克他都感覺得出來。

他望著周明憲在那跟他眉來眼去，他也不敢低頭去看手中的槍，怕露餡，但——這該不會是一把假槍吧？

「到底你們誰要辦了這件事？」馬路上方的黑衣人催促道：「槍擊要犯在逃亡過程中被擊斃，天經地義。」

顏聰敏鼓起勇氣，走了過去，用手上屬於周明憲的槍，抵在黃慶義的頭上。

「裝死。」他說。

然後他就砰的一聲扣下扳機，瞬間火藥味四散。

胡建斌半信半疑，走上去看，他推了黃慶義一把，見黃慶義的額頭流下一攤腦漿，口吐鮮血，這才服氣。

「辛苦了。」他拍拍顏聰敏的肩膀說道。

當顏聰敏回過頭時，高層那夥人已經拍拍屁股走了，他們永遠不會知道，周明憲這把槍根本是把模型槍、空包彈。而黃慶義就更絕了，他在眾人還猶豫不決、不敢開槍的時候，早背地裡摳了一堆樹皮芯子做腦漿，還把自己的舌頭咬斷，弄出一堆血，利用自己頭上原本就有的傷口，往死裡演。

幸運之神確實眷顧了黃慶義，周明憲的模型槍原本就握在他手裡，當他挾持周明憲做人質時，就察覺到了不對勁——之前在樹林裡的追逐戰，周明憲的子彈死活射不到他，他便明白了七八分——這槍有問題。

他並不事先知道槍即使有子彈也無法擊發，他只希望自己在中了第一槍沒死時，能夠馬上裝死，結果好樣的，連一槍都沒挨就撿回一條性命。

第十七章

民國八十七年的夏季大動亂就這麼告一段落，表面上是在追剿槍擊要犯黃慶義，實際上卻是三合會內部分裂又融合的過程。

媒體將這件事全往黃慶義身上寫，對三合會著墨甚少，即使黃慶義就是三合會的一分子，他們也將他單獨塑造成一個大毒梟，持有一千萬的海洛因，並最終定調他殺了三十二個人，讓數字不至於太難看。

知道黃慶義沒死的人，只有顏聰敏和周明憲。

「你帶了多少錢？」顏聰敏問道。

「好幾千。」黃慶義回答。

「人民幣？」

「對。」

八里一處不起眼的海岸邊，顏聰敏帶著周明憲和黃慶義碰頭，黃慶義要偷渡到中國大陸去，接應他的走私漁船正在前來。那是他唯一，且最終的歸宿了，臺灣已經容不下他的存在。

「去那邊別鬧事，最好待在農村裡，至少悶個十年再出來。」顏聰敏交代道：「你的身分很特殊，要是被人知道你沒死，不只三合會要殺你，政府也會遠渡重洋派殺手過去幹掉你。」

「我知道。」黃慶義嘆了口氣，望向遠方。

經歷了這些事，他已經乖了許多，妻女的命他救不回來了，但他還想活。他本就是無名小卒，這輩子沒殺過一個人，若非莫名其妙被林海龍推到最前線去，他的命運肯定不會變成這樣。

但事情發生就是發生了，他能撿回一條命已經是奇蹟。顏聰敏答應過要保他，顏聰敏還真做到了，這條命算是顏聰敏給的了。

「真沒人懷疑我沒死？」黃慶義狐疑問道，還是很害怕。

「沒有，你大可放心。」顏聰敏回答道。

那天，顏聰敏在樹林裡待到最後才走，美其名是為了照顧脫水暈倒的周明憲，背地裡卻偷偷掩護黃慶義安全離開。當警政署的人過來拉屍體時，黃慶義已經幫自己找了個替身，他背來一具被湖水泡爛的浮屍，換上衣服及各種裝備，假裝自己後來又滾入水中，五官膨脹難以辨認，所有細節都做得面面俱到。

在這個沒有法治的年代，凡事全憑一人一張嘴算數。當時，顏聰敏已經親自朝黃慶義的頭頂開槍了，胡建斌、板橋分局的刑警以及三位高層幕僚都見到了，這件事便直接向政府回報了。

當屍體被集中送往火葬場焚化後，一切都好辦了。三合會小混混的死，本就無人關心，該讓家屬領走的領走，民間葬儀社想接手的就接手，政府根本懶得花資源在這上頭，連造冊都造得亂七八糟。

即便高層事後有疑慮，顏聰敏也做了假的資料：遺體照片被保存在板橋刑事組、死亡證明由屏東地檢署統一開立、連骨灰被灑在哪裡，殯儀館都寫得一清二楚，根本無從挑剔。

堅持要救黃慶義，卻是周明憲的意思。

「所以你到底把那臺機車放在哪裡？」周明憲問道。

此時，漁船已經近了，夜幕之下，遠遠的能聽見馬達聲，就好似又回到了那天晚上，黃慶義一夥人搭著橡皮艇逃走的場景。

「CAB-123」依舊沒找到，而且這個謎團將一直延續到二十年後，才會被破解。

「我如果告訴你，不就破功了嗎？」黃慶義笑道，點燃一根菸。

「人和」詐死那晚，他帶著兩枚印信逃走，他確實騎上一臺機車，並拔了別人的牌子來偽裝，但他說謊了，他並沒有將機車丟在河邊，所以警察們才會找不到。

「我把它藏在一個很隱密的地方，不在逃亡軌跡上，所以你們怎麼找也找不到。」黃慶義說道：「印信就藏在車頭燈下面。」

那臺重要的機車跟保命符沒兩樣，黃慶義當然不會輕易亂丟，後來，楊羽庭說找到了他的機車，他還覺得不可思議，直到聽了顏聰敏的話，他才一知半解地明白，原來機車並沒有被找到，被林海龍拿走的「地和」和「人和」，是造假的冒牌貨。

是的，真正的印信還留在二十一世紀；但另一方面，民國八〇年代的印信也還保存在「CAB-123」機車上，被黃慶義藏在不知名的某處。

「你確定不會被找到就好。」顏聰敏意味深長的說道，並不需要知道它在哪裡：「記得我們的約定，那是你這輩子的最後一次任務，也是最重要的任務。」

「明白。」黃慶義點頭，並看向周明憲，那是周明憲提出來的主意：「民國一〇七年九月十七號，晚上十二點多，我會重新回到臺灣，偽裝成警察，將那臺機車推到新莊大橋河堤外，等候兩個警察的埋伏，讓他們把車牽走。」

顏聰敏曾說過，將「CAB-123」交給楊羽庭和周明憲的人至關重要，如今想來，他只能是黃慶義了，只有黃慶義知道機車在哪裡。他藏了它二十年，最終在那個夜裡，他遵循二十年前的約定，回到臺灣，並在那熟悉的大河邊，將機車交給不知名的兩人。

楊羽庭和周明憲所遇到的那個警察，就是二十年後的黃慶義。

「印信和機車留在這個時代都沒用，還不如讓它們沉睡著。」顏聰敏感慨說道，以目前的社會氛圍，誰都不可能除掉三合會，有再多印信也沒用。掃黑也是掃假的，政府的目的只是想穩定三合會。況且比起「天和」，林海龍的城府更加可怕，他能屈能伸，政府逼迫他改用「天和」的名號，他都能忍受，日後必成大業，說不定還能使「天和」的名號更加響亮。

「我該走了。」黃慶義熄滅了菸蒂，往前踏一步：「後會有期，鹽哥。」

「不是後會有期，是再也不見。」顏聰敏笑道：「再也不見才是平安。」

「嗯，再也不見。」

就這樣，黃慶義的身影逐漸消失在海潮之中，只有那走私漁船的聲音越來越遠，越來越遠，最後遠得聽不見。

「現在做不到的事情，也許未來可以。」顏聰敏盯著遠方，朝身邊的周明憲說道：「那兩枚印信，就放到未來給林海龍一刀斃命吧。」

「嗯，一定可以的。」周明憲點點頭。

「林海龍真的得了肺癌？」

「是肺腺癌。」

「差不多啦。」顏聰敏笑道：「二十年？也沒很久啊，那他也只活到六十幾歲而已囉？」

「……。」說到這個，周明憲的心情就一陣低落。

顏聰敏比林海龍還早走，最後會死於心肌梗塞。

「爸。」

「嗯？」

「你……要注意身體，至少要活到我長大的那一天。」周明憲苦澀地說。

「好哦。」顏聰敏坦然回答，也不曉得有沒有聽出弦外之音：「你真是我兒子？」

「對。」

「哼，那你可得加把勁啊，別丟我的臉。」

「我才不會。」

「呵呵，你說的。」顏聰敏笑道，又陷入沉思之中：「周明憲、楊羽庭，是個好名字呀，可怎麼沒跟我姓呢？奇怪。」他嘟噥著，對這件事其實仍存有很大的疑慮：「算了，反正就是我兒子。」

「沒錯！」周明憲靠在父親身邊，心情極好地說道。

他有預感這是他們最後一次見面了，所有謎團均已浮出水面，他和姊姊再也沒有理由回到民國八〇年代。

不是後會有期，而是再也不見。

再也不見才是平安。

一回二十一世紀，周明憲立刻跑去找楊羽庭，他已經知道真相了，他全部都知道了！

「真正殺人放火的幕後主使者，就是林海龍！」

「其實『人和』沒死，林海龍就是『人和』！」

「他拿走我們偽造的印信，他以為那是真的，哈哈哈，他錯了！」

周明憲興奮地說道，對著姊姊比手畫腳，楊羽庭雖然聽得十分混亂，但也多少知道了個大概。

「好好好，反正凶手一樣是林海龍，對吧？」楊羽庭回答，只聽重點，手裡正忙不迭在整理資料。

他們在派出所二樓的公務區，現在不是開會時間，二樓都沒有人，而且他們是專案小組，也不會有人來打擾他們。

楊羽庭桌上堆了許多密密痲痲的文件，有林海龍的身分證資料、林海龍的照片、林海龍的車籍資料、「天和院」的內部結構圖、林海龍身邊親信的資料，與各種辦案會用到的東西。

其中最關鍵的，莫過於海洛因磚上的血跡鑑定報告，那兩個「地和」、「人和」印信，楊羽庭已經找私人診所祕密採檢出ＤＮＡ定序了，再使用周明憲之前所使用過的刑案資料庫，果真比對出林海龍的身分。

指紋和血液都是林海龍的，鐵證如山，現在就差報請檢察官申請搜索票，拘捕林海龍到案，請他說明他與這兩塊毒品是什麼關係。

而一旦到了這個環節，他們就勝利了，經歷過民國八〇年代的人，誰會不知道「地和」和「人和」是什麼？林海龍要說自己和海洛因沒關係，簡直是個笑話，他自己就是當代的「天和」，是全臺灣最大的毒梟。

「小隊長怎麼說？」周明憲問道，他知道他們還是要仰賴這個人。

「他瞞著他們板橋分局，偷偷找到了一個檢察官。」楊羽庭回答：「檢察官也有參與當年的案子，算是正義感比較強的人，他願意處理這件事。」

「那就好啦！」

「還沒好。」楊羽庭翻了個白眼：「檢察官要逮捕人需要拘票，這上面除了他的印章外，還得經過一堆人的同意，只要任何一個環節被掐住，或是走漏風聲，那我們就不用玩了！」

「能不申請拘票嗎？」

「怎麼可能？我們要想將『天和』繩之以法，程序就要光明磊落，這樣才能服眾，否則我們和以前胡搞瞎搞的警察有什麼兩樣？」

「那有光明磊落，不申請拘票就能搞倒林海龍的方法嗎？」周明憲接著問道。

楊羽庭愣住了，她看著弟弟，竟彷彿看到了父親狡猾的影子：「你……你去民國八〇年代也沒有很久，怎麼說話越來越像爸爸了？」

顏聰敏的旁門左道最多，楊羽庭坐了下來，仔細思索日記裡曾寫過的內容，竟真的被她想到一條絕技：「我們不走『有票拘提』，我們走『緊急搜索』！」

想殺入「天和院」需要拘票或搜索票，但等這兩種票發下來，事情都涼了，因此，照顏聰敏以前所使用過的方法，只要「天和院」內有緊急狀況發生，比如群歐、打架、發生命案，警察就能直接硬闖現場，進行強制性的「緊急搜索」。

而一旦他們進入到「天和院」內，就用不到拘票了，檢察官有權進行「無票拘提」，只要親自到場，見到林海龍，檢察官就能繞過所有的程序，以自己司法官的身分發動拘提，下令逮捕嫌疑人。

「這行得通。」楊羽庭站起來走動，躍躍欲試：「只要我們在『天和』的宅子內製造動亂，就能順理成章殺進去了。」

「怎麼製造動亂？那裡防守那麼嚴格。」周明憲說道。

「這可不一定哦。」楊羽庭笑道：「現在的狀況就好比二十年前，各個勢力都想在『天和』死後謀奪大位，我們要讓他們起內鬨，開個幾槍並不困難。」

「『天和』已經病危，根本沒有人能管控三合會，這是他專制多年的後果。

「走，我們去找分局長。」楊羽庭說道，見大事已定，將所有的文件收進公事包，就準備出發。

臨走前，楊羽庭看了最後一眼塞進包包裡的報紙，標題依舊不變，都是「板橋分局顏聰敏擊斃槍擊要犯」、「高雄舞廳慘案三十二條人命」等等。歷史並沒有改變，黃慶義依然是替罪羔羊，林海龍依然逍遙自在，並沒有被抓出來。

當年父親沒辦法做到的事情，他們現在替他完成。

新莊分局內部，陳明順剛結束在總局的會議，坐車回來。

他一如既往地疲憊、一如既往地心煩、一如既往地諸事不順。總局現在在檢討毒品績效，他們分局還差兩件未達標，其中一件是偵查隊欠的帳，另一件是翁國正橋下派出所的缺額。

他每天都在罵他們，從手機群組中點名，這何嘗又是他願意的？剛才在總局主持會議的，就是胡建斌，胡建斌把他叫起來，故意問這兩件毒品的事，羞辱他能力不足，讓他站了將近十分鐘才坐下來。

他對上要承受胡建斌的數落、其他分局長的輕視，對下要面對四、五百個部屬的冷眼旁觀，他的日子又好過嗎？基層警察可以擺爛，賴在地板不幹事，有鐵飯碗當防護罩擋著，他行嗎？他雖然也是公務員，但他是一方之首長，有他的面子和尊嚴要顧，不能像基層員警那麼不要臉，他容易嗎他！

「叫翁國正馬上到分局來見我！」陳明順一回新莊，就對祕書說道。

「翁所長嗎？呃……。」祕書一臉為難，早就因為其他事聯絡過了：「所長他請假，今天也是沒接電話。」

「請假！請什麼假！這都第幾天了！」陳明順大發雷霆，直接拿起手機，撥電話給他。

嘟嘟嘟……

嘟嘟嘟……

嘟嘟嘟……

翁國正卻都沒有接。

「他媽這是造反了？竟敢不接我電話！」陳明順直接在新莊內部的Line群組發話，威脅翁國正馬上接電話，不然就給他好看。

出來回訊息的卻是副所長：**報告分局長，所長他今天請假**。

陳明順：**我會不知道請假？叫他馬上打給我**！

副所長：**收到**！

「翁國正請假幾天了？」陳明順朝祕書問道。

「嗯，好像五天了。」祕書盯著電腦螢幕說：「您親手批准的。」

「我駁回！現在駁回！叫他馬上回來上班！」陳明順怒火中燒：「從人事室調他的假單出來，我看到底請了幾天！」

「我這邊看得到，他分段請的，一直請到月底。」祕書回答。

「他不想活了是不是？請到月底！」陳明順睜大眼瞪著螢幕：「他到底生了什麼病？」

「痛風跟糖尿病，有診斷證明。」祕書為難的說道：「所長請的是病假，要擋有點困難呀。」

「不能做警察就不要做了，快退休死一死去！」陳明順越罵越難聽。

「他好像會在年底申請退休。」

「叫他不用申請了，想得美！」陳明順又反悔說道，立場怪異，反正他不能讓翁國正稱心如意：「叫他快點回來上班！吊點滴也要給我回來！」

「對了，有個橋下所的女警在裡面等你。」祕書突然想起這件事，說道。

「女警？」陳明順皺眉：「橋下所的？」

「對。」

「來討罵的嗎？」

「不知道，她在會議室裡等你，已經等半小時了。」

「叫橋下所的副所長過來！」陳明順吩咐道，找不到翁國正就找副手：「馬上！立刻！現在！」

接著陳明順就氣匆匆地走進了會議室，他起初還忘記自己要幹麼，在會議室轉了好大一個圈就要回自己的辦公室，後來才想到有個女警在這裡等他。

「嗨，分局長。」楊羽庭站起來，從陳明順面前冒出來。

「哎哎哎哎！」陳明順嚇了一大跳：「妳這是在做什麼！」

「報告分局長，有事情想跟您商量。」

「商量？」陳明順狐疑的打量眼前這個人，完全沒印象：「妳是誰？」

「警員楊羽庭。」

「商量什麼？」

「方便借一步說話嗎？」楊羽庭指著頭上的監視器說道。

「有什麼事情不能在這裡說？」陳明順又叉起腰，變得理直氣壯起來，他正愁沒人可以發洩呢：「你們橋下所的到底什麼時候才要——」

但楊羽庭卻突然拿出一張照片，堵住他的嘴。

陳明順又嚇了一跳，差點沒被眼前的照片給弄成鬥雞眼，他重新聚焦，看了會兒照片，才發現這是一臺機車。

「這什麼？」

「CAB-123，有印象嗎？」

「CAB-123？」陳明順起初還一頭霧水，但一念出來後，整個人臉色大變，勾起他一個久遠且不堪的回憶。

這不就是他當年在河堤邊找破頭也沒找出來的那臺機車嗎？它就像一個詛咒似的，至今車牌號碼還印在他腦子裡，揮之不去。

「妳在哪裡找到的！」陳明順激動地問，還拿起相片猛看。

多年過去了他還是很在意，當初若找到這臺機車，或許結果就不一樣了，他就不會被孤立了。

「在河邊。」

「哪裡的河邊？」

「新莊。」

「胡說八道，我們找了一百年都沒找到的東西，怎麼就被妳找到！」陳明順盯著照片看，有些紅了眼眶。時過境遷，如今能找到這東西，他心底始終懸著的一塊病也有著落了。

「分局長，你想不想升官？」

「什麼？」

「我問你想不想升官？」

陳明順都還沒反應過來，楊羽庭就往桌上丟了一個東西。是印著「地和」字樣的海洛因磚。

陳明順愣住，看了一會兒，腦袋瞬間炸了。他終於明白楊羽庭想借一步說話是什麼意思，拉著她便進了分局長室，順手拿走那塊海洛因。

「妳從哪裡弄來這東西？」陳明順面色鐵青問道，低頭打量手中的海洛因磚。

這就是傳說中三合會的印信，他雖然沒親眼看過，但他知道就是這個東西。傳聞當年就被銷毀了，怎麼如今又跑出來？

「從那臺機車裡找到的。」楊羽庭如實稟報，她知道陳明順會懂的，畢竟那是黃慶義騎的車：「就藏在車頭燈下面。」

陳明順坐下來，拽著手中的海洛因塊，還處在震驚中，楊羽庭卻再次提醒他：「分局長，你想不想升官？」

「妳什麼意思？」陳明順驚恐地問她，忽然覺得這女孩不簡單。

「『天和』現在病危，沒有反抗能力，你要用這些海洛因，辦了他。」楊羽庭說道，又從懷中拿出了另一塊「人和」。

接著楊羽庭就開始訴說計畫，過程中陳明順有好幾次想反駁，但都被楊羽庭給堵了回去，邏輯一層又一層，縝密得讓他忽然間找不到東南西北了。

他不外乎想反駁：

那可是三合會呀，怎麼可以動！

沒人會幫我們呀！就算有證據，要怎麼抓！

抓到之後又能怎樣？有檢察官敢辦嗎！

辦了又怎樣？「天和」撐得到那時候嗎！

硬要辦對我有什麼好處？是想害死我嗎？那可是群會殺人的黑道呀！

楊羽庭一一解答，她已經將檢察官找好了，突襲「天和院」的辦法也想到了，而且林海龍只要垮臺，林家勢力會直接分崩離析，他的後人能不能在黑社會中活下來都不一定，想要向一位警察分局長報仇就更不可能了，現代可不比二十年前那樣治安敗壞。

重點是，這招可以拉下胡建斌，失去三合會支持的胡建斌將前途堪憂。胡建斌既然一開始就站了三合會的隊，和當年的警政署長、府院高層等等一行人支持林海龍取得大位，現在林海龍出事，他們就很難全身而退。

他們全是勾結林海龍上臺的，身上都是林海龍的標籤，現在林海龍被拘捕，很難講會不會查到他們身上。反正只要沾了這塊汙，胡建斌想再升上去就有困難了，三合會的背景會變成一個巨大的障礙。

陳明順一聽可以拉下胡建斌，整個人都安靜了，也不再支支吾吾，而是聽楊羽庭把話說完。

「印信上面的ＤＮＡ已經鑑定好了，符合刑案資料庫的數據，就是林海龍的，我們可以用毒品罪辦他。」楊羽庭說道：「他販了這麼多年的毒，總算有一條證據可以直接卡死他了，他再也不能叫部下出來背黑鍋。」

「有個黃檢察官也願意辦這件事，他就是當年處理高雄舞廳案的檢察官之一，死了四、五十個人都是他報驗的。」楊羽庭接著說：「黃檢察官會代表檢察體系過來辦這件事，我們警方只需要出動警力。」

「『天和』就算在逮捕過程中死了，我們也可以對外宣布，說海洛因上面的指紋與血跡和他吻合，讓輿論去發酵，老一輩的都知道三合會有三枚印信，政府扛不住壓力，必定得繼續調查。」楊羽庭持續說著：「我們趁機搜索住宅，說不定能找到『天和』賄賂胡建斌的證據。」

基本上已經說完了，說得陳明順眼皮子一直跳，心臟狂竄，竟找不到什麼破綻。是呀，他堂堂一個警察分局長，豈會怕黑道尋仇？就算政府高層未來找他算帳，他也已經屆臨退休了，沒什麼好怕！他一生清白，毫無把柄落在別人手上，他們要想弄死他可不太容易。

「就這麼定了！聽妳的！」陳明順大拍桌子，激動說道，雙眼望著楊羽庭：「妳來擔任召集人，我馬上啟動專案勤務！」

「我……召集人？」楊羽庭嚇了一跳，但先把正事說完：「分局長，這件事一定要保密進行，最保密的那種保密，警界的眼線太多，要是洩漏了口風，傳到胡建斌或三合會那裡，我們麻煩就大了。」

「我知道！」陳明順猛點頭：「我他媽幹了警察這麼多年，不知道警察是什麼德性嗎？所以我讓妳來當召集人！」

他接著就拿出一張紙，開始寫下他的信任名單。分局內大大小小將近五百名的官兵，他想要找出一百名可靠的人都有困難，他開始陷入沉思。

「我們可以把特勤那招搬出來。」楊羽庭在旁邊幫忙，說出一個戰術：「先把人動員起來，不告訴他們要做什麼，到達目的地後，他們才會發現是要攻堅三合會。」

「對！沒錯！就是這樣！」陳明順趕緊寫下，計畫有了眉目：「只給少部分的人知道就好，就像國家元首的維安特勤一樣，都安排好了，最後一秒才知道是總統要來。」

「那，分局長你打算什麼時候行動？」楊羽庭問道。

「什麼時候？」陳明順回答：「他媽的就是現在，反正是蒙眼戰術，下面的也不知道我們在幹麼。妳都已經找到印信了，我們不快點出手，隔牆有耳，說不定事情馬上就傳出去了，越快出手越好！」

楊羽庭喜出望外，這陳明順也真是個急性子，完全切中她的主意：「這是檢察官的電話。」她拿出一張名片。

陳明順沒說的是，他也不能完全信任楊羽庭，所以才讓她來擔任召集人，她若想設計陷害他，她得先自己跳坑。

兵貴神速，陳明順就連門外那個祕書也不能百分之百信任，這楊羽庭的上級，翁國正也不能信任，要是不趕緊將這事情辦了，難度會直線上升。

攻擊就是最好的防禦，胡建斌剛剛還在會議上數落他，他現在就抽他一巴掌，最狠的那種。

「檢察官說他等會兒就到這裡。」陳明順打完電話後說道。

「這麼快？」楊羽庭有些驚訝。

「對，我們二十年前交手過，高雄那個舞廳我們新莊也有下去，那是我們當年案子的一部分。」說起這件事，陳明順心裡還有氣：「我大概知道要怎麼辦了，雖然讓妳當召集人，但我是分局長，依然是真正的指揮官，躲不掉。妳先回去召集你們派出所的人馬，你們翁國正我不曉得他在搞什麼鬼，一小時後我會到你們派出所去，妳再詳細說一次妳的計畫。」

「收到。」

陳明順並沒有跟她要印信，只把ＤＮＡ比對檔案和其他文件留下來，準備再次研究。他們之間的信任基礎才要建立，但楊羽庭很想說，其實他們在二十年前就見過了，她知道他全部的苦衷。

楊羽庭前腳剛進派出所，派出所就炸了。

分局直接下令給各派出所，要他們立刻調集三分之二的警力，進入待命狀態，分局長有臨時專案勤務要宣布。

三分之二，這可不是個小數字，一般來說，每天休假的人會有三分之一，剩下的人再拆成早班、中班、晚班。以六十人的大派出所為例，同一時段上班的人可能只有十幾位，分局卻一下子要了四十個人，等於得把休假的人全部叫回來了。

「怎麼搞的啊？突然要這麼多人？」

「喂，你打給小漢，你，你打給條哥，叫他們全部回來。」

「把剛剛早班下班的人全叫回來上班，你，你去打電話！」

副所長和幾位幹部忙得不可開交，用電話不停調度警力。分局乍看之下要了三分之二的人，其實是要了三分之三，也就是全部，因為總得有一批人留下來執行日常勤務，假如派了三分之二出去，要上哪兒找人待在派出所？因此是三分之三，也就是百分之百。

「韋平、漢祥、羽庭！」副所長在一樓點名，喊到楊羽庭的名字：「叫明憲來幫忙，替代役也能湊人數。」

「收到！」楊羽庭趕緊去找周明憲。

誰也不會知道，這番動亂其實是她搞出來的鬼。陳明順正在召集全分局的警力，照這番氣勢來看，各派出所加上偵查隊、警備隊，想湊個三百人沒有問題。

分局長還是很厲害的呀，一聲令下就能動員三百個人出來，相當於十幾個黑道堂口，而且還訓練有素，掛著國家的牌子，槍械警棍樣樣都有。

楊羽庭在院子找到了周明憲，周明憲根本沒有去哪裡，他跟她一直在一起，剛剛才一起去分局而已。

「你在做什麼？」楊羽庭見他鬼鬼祟祟的，便問道。

「我要回報狀態呀，軍人要隨時回報定位。」周明憲咧嘴笑道，拿起自己的手機展示。

「我想，你等等就別去了，待在派出所就好。」

「那怎麼可以！」周明憲不樂意了：「妳不要一直小瞧我，我可是和老爸一起埋伏和攻堅過的！」

「嗯，也是……。」楊羽庭若有所思：「但分局長說要讓我當召集人，我真不知道做不做得來。」

「一定可以呀，我們不是都把戰術想好了，也把資料準備好了嗎？」周明憲給她打氣：「我們可是專案小組。」

「對，專案小組。」楊羽庭來了自信。

「但還是要小心一點。」周明憲提到：「老爸說過，無論如何都不要百分之百相信眼前的處境。」

「怎麼說？」

「嗯……反正這是老爸最後的交代。」周明憲語重心長，他看過警察的黑，知道凡事都得留一手，他們姊弟倆恐怕還得自立自強。

想到這裡，他又看了眼手機，確認自己駐守陣地的狀態。

不久後，陳明順如約來到橋下派出所，帶著兩名刑警小隊長，黃檢察官也出現了，他只帶了名助手。以要辦大案而言，這樣子的陣仗奇小無比，看來眾人都是認真的，怕洩漏了天機。

「那個，楊……楊羽庭呢？」陳明順一走進派出所就問道。

「報告分局長！」副所長立刻走向前去，像個小太監似的，兩手拍了兩拍，準備彎腰報告，卻被陳明順給攆走。

「楊羽庭在哪裡？」陳明順再次問道。

「這裡！」楊羽庭立刻舉手。

「走，上樓。」陳明順使了個眼色，就帶著檢察官和屬下，虎虎生風地往樓上走去，也不問副所長的意願。

「這怎麼回事？」

「分局長找羽庭幹麼？」

「奇怪？」

眾人一片七嘴八舌，副所長也拉住了楊羽庭，狐疑地問道：「羽庭，分局長找妳做什麼？」

「噓，這是專案勤務。」楊羽庭笑道，拉著弟弟就上樓去。

「搞什麼鬼，憑啥那女人可以真的做專案？」背後，展哥憤恨不平的聲音響起，他像個怨婦一樣始終都在執著這個問題：「沒天理了，分局長竟然繞過我們，直接找她！」

「好了啦，別再說了，等等被聽到……。」副所長趕緊安撫。

楊羽庭跟在陳明順身後來到了所長辦公室，他們直接借用所長辦公室，連問都不必問，反正分局長最大。

兩個刑警扯掉了所長室裡的監視器插頭，等候楊羽庭進來，就準備關門。

「等等，他也要參與。」楊羽庭拉著周明憲說。

「他是誰？」陳明順懷疑問道。

「也是關鍵人物，雖然是替代役。」楊羽庭解釋道：「是信得過的人。」

就這樣，陳明順、檢察官、楊羽庭等一夥七個人在所長室裡展開祕密會議。

「還有需要介紹一下嗎？」陳明順看了看楊羽庭，又看了看檢察官，見他們好像不認識，便沒好氣地說：「這位是新北地檢署的黃檢座，這位是楊羽庭警員，就是她為我們從中牽線的。」

「我能看一下印信嗎？」檢察官開門見山問道，蒼老的面孔已經禁不起等待，他法令紋很深，年紀超過六十歲，等這一刻不知道等多久了。

楊羽庭從公事包中拿出了「地和」和「人和」，擺在桌上。

眾人屏氣凝神，圍到桌子旁邊，瞬間激動起來。

這就是傳說中三合會的印信，厚實的海洛因磚上寫著褐紅色的血字，潦草有力。在場每個人都經歷過當年的三合會事件，包括陳明順、檢察官，以及他們的助手，無人不曉得這東西的來歷。

「DNA鑑定，符合刑案資料庫嗎？」檢察官拿出了複印的文件，對比上頭的資料，以及林海龍的指紋照片。

「符合。」楊羽庭回答。

「檢座，這下成了吧？」陳明順殷切問道：「構成犯罪要件了吧？」

「可以啟動偵辦，但要拘捕有困難。」檢察官回答，已經帶來了他所簽署的法院傳票：「凡事都得先傳喚，傳喚不成才能拘捕。」

「拘捕我們這邊有辦法搞定。」陳明順說道，立刻讓楊羽庭解釋她的戰術：「來，妳講講看怎麼做。」

「我們請人在『天和院』裡引發動亂，報警叫警察，我們順勢進去就可以了。」楊羽庭簡單解釋道：「如果他們不從，就讓裡面再開個幾槍，檢察官立刻發動『緊急搜索』，讓警察破門而入。」

「妳要怎麼讓裡面開槍？」檢察官問道，他認為難度最高的點在這裡。

「一點都不難，我們這邊有人脈。」陳明順立刻看向他帶來的刑警：「你已經找到三合會內部適合的人選了吧？」

「對，已經聯絡好了。」刑警回答：「是我培養了多年的線人，趁現在『天和』病危，他們內部也迫不及待想搞破壞。」

「你有把計畫內容透露給他？」檢察官擔心問道。

「當然沒有，只有在場我們幾個知道而已。」陳明順搶著說。

「那就成了啊。」檢察官忽然攤手，兩眼睜大，霎時所有的地圖已經在他腦海裡成形：「『天和院』裡的敵人並不多，我聽說只有家人陪著他，離『天和院』最近的幾個堂口，你們派人鎮住就行了。只要裡面發出槍響，我們立刻破門而入，直搗黃龍，傳喚『天和』至最近的司法單位問訊，傳喚不成，立刻逮捕押送！」

「程序上沒問題嗎？」陳明順問道。

「沒問題，檢察官親自執行的拘捕，不需要拘票！你只要讓我見到『天和』，我當場以新北地方法院檢察署的身分！代表國家！代表正義！將這個人送辦！」檢察官激動地回答。

能聽出他對「天和」有極大的恨意，但他們忘記了，當年的「天和」與現在的「天和」不同，當年的「天和」是個高帽子，林海龍卻是被迫改名的。可以說當年政府所下的這招毒計，餘威一直持續到現在，人們還是將所有的新仇舊恨、將高帽子那囂張跋扈的模樣，都算到「天和」頭上，不管「天和」是誰。

「你有多少人？」檢察官問道。

「三百個左右。」陳明順回答。

「那夠了，『天和』現在昏迷，根本逃不掉，我們連圍都不用圍，甕中捉鱉就行了。」檢察官盤算著，再次推演一下戰術，然後看向楊羽庭：「對了，妳有什麼想補充的嗎？」

「我嗎？」楊羽庭被問得有點心虛，她並沒有任何攻堅經驗：「沒、沒有。」

周明憲卻插話了：「誰要做第一批人？」

眾人都轉頭看向他：「你什麼意思？」檢察官問道。

「雖然我們不告訴基層任務是什麼，但他們一到『天和院』，鐵定能猜出個八九分。」周明憲說道，這件事的完整脈絡終歸只有他們七人知道而已：「你要讓他們衝進『天和』的家，得要有第一批人行動，否則後面的一定喊不動，甚至臨陣倒戈。」

檢察官看向陳明順：「你認為呢？」

周明憲點出了這起計畫最大的疑慮，陳明順的威嚴不夠，他雖然在新莊打滾已久，但他和胡建斌以及顏聰敏畢竟不是同一類人；胡建斌或顏聰敏喊一聲，基層連滾帶爬都會執行命令，陳明順可就難說了，要是喊不動屬下，到時候就好笑了。

「你們怎麼認為？」陳明順竟看向他帶來的兩位刑警，他自己都回答不了這個問題。

「呃……。」兩個刑警面面相覷：「我們分局很多人都和三合會關係很深，尤其是偵查隊，隊長跟『天和』的義子很好。」

檢察官一聽生氣了：「你他媽該不會找來了三百個烏合之眾吧？」

「我有什麼辦法？人那麼多，新的舊的來來去去，我又不是每個人都認識。」陳明順喊冤。

「我有辦法。」楊羽庭卻忽然說：「這第一批人確實很重要，我來組織第一批人。」

「你去哪組織？」陳明順問道。

「就我們橋下所。」楊羽庭回答，莞爾一笑：「我也只認識他們而已，比起聽上級指揮，有時候同僚的凝聚力更強，就讓我來組織橋下所做先鋒吧。」

陳明順等人離開後，橋下所的眾人立刻圍著楊羽庭不放，十分好奇。

「羽庭，到底是什麼事啊？」

「那是檢察官嗎？連檢察官都來了？」

「專案勤務到底是什麼？」

面對眾人的提問，楊羽庭看了看條哥，再看了看展哥，最後看向副所長問道：「副座，你聽過『楷模獎章』？」

副所長愣了一下，然後點點頭，不明白楊羽庭為何這麼問。

「楷模獎章」，又或者更高一級的「功績獎章」，是由總統親頒，授與對國家有重大貢獻的人物，幾乎是警察的最高榮譽，必須破獲重大危害國家安全案件，消弭禍患，才有機會拿到。

顏聰敏既拿過「楷模獎章」，也拿過「功績獎章」，聽媽媽說，遺物裡只有「楷模獎章」而已，「功績獎章」早被顏聰敏給砸了，因為那是破獲黃慶義案件時，政府所授與的。

「這次案件如果成功，我們很有可能拿到獎章。」楊羽庭故弄玄虛地說道，觀察眾人的反應：「畢竟我們所是主導方，衝第一線的。」

「什麼意思?這到底是什麼案件？」副所長越聽越納悶。

楊羽庭知道任務的內容是機密，不能提前洩漏，她無法保證眼前的人和三合會有沒有勾結，於是便故意撒謊：「分局長已經指示了，這個案子由我們C組全權負責，其他人作為協辦人員參與。」

「妳還沒說是什麼案件！」副所長生氣了。

「是機密案件。」楊羽庭回答：「等等分局就會下指示了，內勤把資料傳真過來的時候，你們再去看看吧。」

說完她就上樓去了，她那趾高氣昂的背影和臭屁的神情，真是令人討厭。現在全所人員都已經聚集了，連休假的都被叫回來，大夥兒卻全被蒙在鼓裡，不曉得發生了什麼事。

但楊羽庭已經挑起了眾人的敏感神經，她見展哥和條哥忙不迭的在和副所長說悄悄話，就明白事情大概已經成了。

「妳在下套，對不對？」周明憲問道，湊到姊姊的耳朵邊。

「噓，等會兒你就知道了。」

第十八章

陳明順一直壓到攻堅行動前的半個小時，也就是晚上十一點半，才讓幕僚將專案勤務的執行內容下派到各單位去。

通報中指出，偵查隊接獲消息，「天和院」將有動亂發生，分局長緊急調動全轄區警力，即刻前往指定地點待命。這奉行了局長胡建斌一再提點的原則，要消弭犯罪於無形、防患災禍於事先，寫得十分聰明，還把胡建斌給搬出來了，經過漫長的二十年，陳明順果然長進了不少。

新莊分局各方警力按照編排，有的來到「天和院」，有的則負責鎮守轄內堂口，路上充滿警察，警用機車、汽車全面出動，他們得在二十分鐘內就定位，個個都開啟了警笛。

楊羽庭和周明憲理所當然都被分配到了「攻堅組」，要前往「天和院」，他們原本要騎機車出發，卻被副所長給攔住，副所長人坐在巡邏車上，向他們招手，要他們上警車。

「羽庭，到底是怎麼回事？」一上車，副所長就問道。

前座坐著條哥，開車的還是展哥，重量級人物全到了，於是楊羽庭就明白，計畫奏效，他們上鉤了。

「三合會內部今晚有事要發生，可能有人要奪取權力了。」楊羽庭一本正經地撒謊。

「『天和』還活著，怎麼奪取？」條哥率先起疑。

「他們等不及了吧？」楊羽庭回答。

「是誰想奪取？龍叔？還是『天和』的小兒子？」展哥隨後問道，說了兩個楊羽庭沒聽過的人。

「我也不知道，反正就是在今晚。」楊羽庭直接把話說死：「分局長一定是接獲了什麼線報，否則怎麼會集結這麼多人？」

副所長被說服了，馬上說：「我就講！肯定是三合會內部有事要發生了！」

「妳說的『楷模獎章』又是什麼意思？」展哥問道。

「二十年前三合會的動亂，有參與的警察不是都拿到了勳章嗎？」楊羽庭回答：「第一線的都拿到『功績獎章』，其他人多少也拿到了別的獎章。」

「這倒沒錯！我們局長就是拿『功績獎章』之後一路平步青雲的！」副所長提起胡建斌，雙眼發光地說：「就算沒『功績』，第二等的『楷模』也不錯。」

展哥和條哥卻都沒什麼興趣，他們基層的拿再多獎章，也跟升遷無緣。副所長也是個不會升官的人，拿獎章幹麼？

「你們傻了嗎？那是國家頒發的獎章，只給有特殊貢獻的人，拿到是至高無上的榮譽！」副所長說道：「國家已經二十年沒給警察發獎章了，這次說不定會發！」

「那是要玩命的，副座。」展哥提醒道：「二十年前，就是三合會到處殺人放火，才會有那麼多警察拿到獎章。這次，又是三合會的繼承權再次鬆動，你以為不會死人嗎？」

「活下來的才拿獎章，死掉的就追封加撫卹。」條哥跟著說。

「時代已經不一樣了，現在不一定會死人好嗎！」副所長還是信心滿滿：「你們沒看分局長出動了這麼多人，他一定也是想大幹一場。而且『天和』已經病危，三合會早就沒以前那麼危險了。」

「不危險就拿不到獎章。」展哥再次提醒，點出邏輯上的問題：「要出人命才會頒發獎章，不出人命，你連一塊石頭都拿不到。」

「小妹不是已經講了嗎？」副所長不死心，拉來楊羽庭幫腔：「這次案件如果成功，很有可能拿到獎章，這是分局長講的，不是我講的。」

楊羽庭剛才那有意無意的幾句獎章，已經刻進了副所長心裡，無風不起浪，鐵定是有什麼風聲傳進來，才會連楊羽庭這種菜鳥都知道獎章的事情。

「所以你想怎麼做？」展哥問道，一副潑冷水的語氣。

副所長看向楊羽庭：「羽庭，分局長到底給你們什麼任務？」

「不能說，是機密。」楊羽庭還是搖頭。

「沒關係，我們就全力支援妳！我們的任務編組是攻堅嘛？我們一切都聽妳的！」他賊笑，現在翁國正不在，打電話也不接，他成了理所當然的負責人，橋下所今天出的所有努力，全都要算在他頭上，翁國正一點湯也別想分到。

「派出所的裝備都帶了嗎？」副所長問道，用無線電再次確認。

「都帶了，都在任務編組裡頭，警力剛剛都過去了。」條哥說道。

他們雖然是基層員警，但也都受過鎮暴訓練，什麼盾牌、頭盔、警棍、照明燈以及步槍樣樣都有，而且按照分局安排，該裝備長棍的就裝備長棍、該負責破門的就負責破門，有條不紊。

「這案子我們橋下所出全力啊，在第一線啊。」副所長再次強調，拿起自己的槍喀嚓一聲上膛，將身上的防彈衣再裹緊了一些。

「天和院」很快就到了，隔著一條大馬路，上百名的警察聚集在外頭，與宅邸門口的黑衣人遙遙相望，氣氛劍拔弩張。

沒人知道發生了什麼事，越來越多的警察出現，拿著步槍與盾牌，將道路都封鎖起來。警車停了一長排，全都閃爍著警示燈，將「天和院」圍得嚴嚴實實。

「天和」的小弟們正在用電話聯繫外頭，試圖釐清是怎麼回事，宅邸內大大小小燈火亮起，有越來越多的黑衣人跑到門口，問警察們想做什麼。

但警察也不知道。

黑衣人請求支援也沒用，陳明順已經將新莊轄區內的三合會堂口都控制起來了，但他們速度還是要快，這件事很快就會驚動到鄰近的板橋、土城、萬華、三重、蘆洲等地區，也會驚動胡建斌以及刑事警察局，他們得趕在高層插手之前，完成任務。

陳明順的座車出現了，後方跟著一臺新北地方法院地檢署的車，停在道路正中央。陳明順意氣風發地走下來，黃檢察官也走了下來。

陳明順使了個眼色，他身旁的刑警立刻拿大聲公說道：「我們接獲有人報案，園林路一百四十八號有糾紛，被害人稱遭到挾持，警方現在勒令你們開門！」他喊出宅邸的住址。

劇本都已寫好了，警察安插在三合會內的線人報了警，提供給警方一個合法的理由盤查。

第一小隊共十個人立刻走上前去，這十個人除了一個當地派出所的員警之外，其他都是橋下所湊出來的，根本不是本轄區的。

楊羽庭走在最前面，雖然緊張，但她穩住了陣腳，朝著堵在門口的黑衣人就說：「讓我們進去。」

「憑什麼？」黑衣人氣燄囂張的問道，數公尺寬的青銅門牢牢地鎖著，裡外擠了將近二十個黑幫小弟。

「裡面有人報案，說遭到攻擊，我們需要進去看一看。」楊羽庭說道。

「你們有搜索票嗎？」黑衣人很聰明，早知道警方來意不善，搬出法律便問道：「這個時間圍在這裡，你們想做什麼？知道這是誰的地盤嗎？」

這時候，宅邸內傳出了槍響，砰的一聲在夜空中迴盪。

眾人都嚇了一跳，然後黑衣人先亂了陣腳，跑了一半的人回宅邸內院，瘋喊著有刺客入侵，要保護老大的安全。

「開門！」楊羽庭對黑衣人喊道。

「不可能！」

「我叫你開門！」這時副所長也冒了出來，指著裡面說道：「你沒聽到槍聲嗎？」

語畢，有更多的槍聲傳來，炸得人心惶惶。

後方的陳明順先按捺不住了，他喊了一聲：「發動緊急搜索！」

第二小隊的人上來了，他們持著盾牌，拿出鐵撬，往青銅門的門鎖就匡的一聲敲下去。

「你們好大的膽子，竟敢在這裡亂來！」黑衣人慌了，紛紛後退，有更多的警察圍了上來，擠在門邊，黑忽忽的盾牌撞在青銅門上。

鐵撬繼續撬著，匡！匡！匡！不出幾下，銅鎖破裂，警察瞬間如海水般湧入了「天和院」，朝著已經逃竄的黑衣人們衝去。

「各臺聽六號命令，按任務分組立刻找到被害人，立刻找到被害人！」陳明順的聲音從無線電中發出，在每個警察的腰際此起彼落響起。

這大概是他此生最威風的一次了，警察們並沒有如他們原先擔心的那樣，喊不動、不聽命令，而是在他一聲令下就衝入宅邸，好幾百人往內院衝去，執行各自的任務。

當然，根本就沒有什麼被害人，他們的目標並不是那個被害人，各小隊全是衝著林海龍去的。分局根據「天和院」的內部結構圖，早就推算出林海龍可能臥床的地方，於是從四面八方包圍。

「我們走這邊，東側！」副所長也很興奮，帶著橋下所一夥人進迴廊，惟恐落在人後。他們是第一小隊，必須走第一才行，不能被其他人給搶占了。

「警察？」

「怎麼會有警察！」

「你們……怎麼可以進來！」

越往裡面走，就跑出了越多的家僕以及林海龍的親人，他們不是錯愕就是憤怒。宅邸的輪廓逐漸清晰起來，內院裡還有大中廊，已經被布置成靈堂與祈福地，請來了觀世音菩薩等等各路神仙，景象荒誕無比。

中廊東側挨著一間又一間的客房，此時因警察的攻堅都亮起了燈，全是林海龍的遠親，他們趁他將死，趕快來盡點孝，想著在未來撈點好處；幾個外縣市的角頭也在，紛紛被警察壓制在地，從身上搜出槍枝。

「快點！快點！」副所長樂得聲音都有點顫抖了，推著前面的條哥，拉著身旁的楊羽庭，有些分不清楚狀況：「我們現在在找什麼？現在要去哪裡？」

「我哪知道。」條哥抱怨，謹慎地拿著槍，跟著前面的警察走，然後問楊羽庭：「C組，我們到底要去哪裡？」

楊羽庭不說話，只是默默觀察四周，不停往「天和院」內部深入，帶著大夥兒及周明憲。

任務編組是讓楊羽庭帶隊，負責協助攻堅，卻沒說要攻去哪裡。只有楊羽庭和周明憲知道，他們要找林海龍。

「天和院」內部比想像中還要安全，他們幾乎是一路暢通，未受到任何阻礙，甚至沒有生命疑慮，但就在楊羽庭要鬆一口氣時，從宅邸西面傳來槍聲。

砰砰砰砰砰砰砰！

這跟剛剛的槍聲完全不同，這是警察的槍，還是步槍。

「糟糕，出事了。」條哥面色大變，停下腳步。

「六號、六號，三號呼叫。」無線電裡，偵查隊長（三號）向陳明順（六號）報告狀況：「三號在拐洞三兩、拐洞三三兩個區域遭受攻擊，歹徒約十個人，從拐洞三三往拐洞三四移動。」

由於「天和院」太大了，他們事前就對各區域進行編碼，這有利於戰術安排，也能避免無線電洩密後，資訊會被敵人摸透。

他們終究遭到林海龍的小弟給攻擊了，對方還邊打邊跑，不知道會從「拐洞三三」區域跑去哪裡。

「三號儘速制伏歹徒，是否有人受傷？」陳明順問道。

「沒有。」

「迅速制伏歹徒！」陳明順喊道，轉頭就又點名了兩個人：「六洞兩、六洞三，迅速到達定位，回報狀況！」

這兩組代號全是橋下所的代號，六洞兩就是楊羽庭，六洞三則是另外一組小隊。

陳明順在催促他們了，要是不趕快找到「天和」，事情會變得很麻煩。

「到達定位？」副所長急了，他可不記得任務編制裡有這個東西：「是要我們去哪裡啊？」

「走這邊。」楊羽庭若有所思，換了個方向，往宅邸西側過去。

「妳去那邊幹麼？」條哥睜大眼，拉住了她：「我們的任務在東側，而且那邊正在發生槍戰！」

確實，槍聲又響了起來，但凡有槍響的地方必有蹊蹺，楊羽庭認為「天和」就在槍響的位置，否則對方大可以不必和警察動粗。

眾人為了往西側前去，又回到了中廊，但其實到處都是警察，暫時沒什麼危險，只是那槍聲聽得讓人心神不寧，也不曉得到達西側後會看到什麼情景。

「六號，三洞兩呼叫。」這時，無線電傳來另一組關鍵代號

有「兩」的，在此次的行動中都是知情者，這位三洞兩就是七人閉門會議中的那兩名刑警。

「回答。」陳明順說道。

「發現綏遠一號了。」

他這句話說得楊羽庭好像耳鳴一樣，心中一緊，激動萬分。沒錯，他們沿用了當年的代號，以綏遠一號來稱呼「天和」。

「在哪裡？」陳明順立刻問道。

「拐洞四七。拐洞四六往拐洞四七。」對方說出另一個區域名稱，表明「天和」也正在移動：「請六洞兩立刻前來支援。」

「六洞兩收到。」楊羽庭趕緊說道。

「誰是綏遠一號？」副所長問道，他終於發現不對勁了，他們的代碼表裡怎麼沒有這玩意兒：「羽庭，誰是綏遠一號？」

「我們先趕快過去。」楊羽庭說道，並拿出地圖，想趕緊找出「拐洞四七」在哪個方向。

「不，妳先說清楚！」誰知副所長不樂意了，抓著楊羽庭的手就問：「誰是綏遠一號？你們到底在找什麼！王八蛋，快回答我！」

沒錯，代碼弄得他們亂七八糟，一會兒這個一會兒那個，說什麼話都得用通關密語，真是有夠累。重點是，到底誰是綏遠一號？

「妳有沒有要回答我？」中廊裡，副所長用力拉著楊羽庭，雙眼瞪大，一副災難臨頭的模樣，身邊的展哥及條哥也都噤若寒蟬。

已經到了這個關頭，答案早已呼之欲出，楊羽庭勇敢的望著副所長，說道：「就是『天和』，林海龍。」

副所長面色鐵青，整隻手都軟掉了：「你們要抓……林海龍？」

「對，要來不來隨便你。」楊羽庭冷冷看著他，然後朝周明憲使了個眼色：「我們走。」

「拐洞四七」在整個府邸的最深處，連通著一座地下停車場，可以從「天和院」後方的車道出去，直接連接高速公路。按他們之前的沙盤推演，若「天和」跑到該區域，逃亡的意圖就很明顯了。

陳明順立刻調集外圍警力，封鎖後院車道。同時間警匪槍戰真的發生了，在宅邸西側打得一片火熱，黑道分子占據通往「拐洞四七」的唯一走廊，與警察在長廊間展開駁火。

砰砰砰砰！

砰砰砰！

雙方蹲踞在走廊兩端相互開槍，這至少有一個好處，給警察今晚的攻堅一個名正言順的理由，雖然是倒果為因，但「天和院」裡有糾紛是真的，發生槍戰也是真的了。

楊羽庭戴上頭盔，和周明憲一起與刑警們會合，她拿著手槍，不知道敵人在哪裡，只能靠在牆後，朝著對面開槍，而不是龜縮在其他警察後面。

黑暗中，她彷彿回到民國八〇年代，彷彿回到那個舞廳，追著爸爸和弟弟的背影跑。她的手會抖，身體會害怕，但她知道自己要做什麼，現在老爸不在了，弟弟就在旁邊，她得自立自強。

「六號，我們遇到障礙，無法突破。」刑警對著無線電喊道，艱難地在一片槍林彈雨中，將聲音喊清楚：「請六號直接從後門進攻，後門不用防守了，讓警力直接從後門打進來！」

這確實是個好主意，林海龍想從後院逃走，他們就直接從後院突襲，最好是兩邊夾擊，撞個正著，直接把人抓起來。

但陳明順那邊卻沒有回應。

「六號，有收到嗎？我們遇到障礙，請直接從後方支援！」刑警再次喊道。

「六號、六號，三洞兩呼叫！」

「六號，支援！」

無線電另一端依舊靜悄悄的，直到幾秒鐘後，一個令楊羽庭最害怕的代號出現了。

「各臺現在注意收聽，永安通報，各臺注意收聽，立刻退出園林路一百四十八號，馬上退出園林路一百四十八號。」一個陌生的聲音轉達胡建斌的指示，強制接管了所有的無線電頻道，陳明順被噤聲了，永安就是新北市總局的代號：「各臺立刻終止勤務，馬上離開園林路一百四十八號，奉永安六號，胡建斌局長之令，立刻撤退！新莊分局長擅自調動警力，未通報勤務指揮中心，亦未告知上級，濫用職權，情節重大，奉永安之令，將其停止職務，交由督察室調查，現場由永安全面接管。」

「完了……。」楊羽庭面色蒼白，看著周明憲：「我們動作太慢了，胡建斌已經發現了。」

「現在怎麼辦？」

「怎麼辦？」在旁的刑警聽到他們的對話：「繼續啊，混蛋，難道在這裡放棄嗎！」

說完，他又向前開了幾槍。

但無線電的效應已經開始產生，各方面的警力都在撤退，安全的往來時的路走回去。就連最前線，走廊這邊的槍戰也消停了，陸續有刑警落跑，連隊長都不見了，走廊另一頭的黑道也不再開槍，似乎在等警察自行離去。

所謂樹倒猢猻散，大概就是這樣，陳明順一消失，大家就無所適從了。

「大家聽我說！」不料，周明憲卻搶過姊姊的無線電，在上頭喊道：「你們不能走，千萬不能走！要是你們現在走了，就全部都白費了！」

「你在幹什麼！」楊羽庭嚇傻了，趕緊想拿回她的無線電，這無線電現在少說也有三、四百個人在收聽，你不喊術語就算了，不可以這樣亂喊的！

周明憲卻不從，他抓著無線電，躲著楊羽庭的手，眼眶泛紅，瞪著姊姊，竟就這麼擠出一滴淚水：「當年就是警察什麼都不做，才讓那些強姦犯在舞廳裡面亂來的！當年就是警察放跑這些流氓的！當年就是警察勾結三合會，放走黃慶義，才導致悲劇發生的！」

眾人撤退的腳步漸漸緩了下來，挨在他們對面牆壁的刑警們則一個比一個震驚，紛紛臉色蒼白地盯著周明憲看，不懂他為什麼會說這些。

「當年包庇三合會的幕後主使者之一，就是板橋刑事組！」周明憲嘶吼的對無線電喊道：「那時候的組長就是胡建斌，我親眼見到他放走的林海龍，就是他！」

「你是哪個單位的？」這時，胡建斌的聲音終於從無線電中響起：「真是膽大包天敢在無線電裡信口雌黃？」

「就是你命令顏聰敏殺了那個唯一的證人，黃慶義！」周明憲直接反駁他，將這段已經積了二十年的歷史冤屈掀出來：「你敢說你沒有做嗎？你摸著良心，你和你幕後的那些人，就是這一切的罪魁禍首！」

無線電一片寂靜，現場也一片寂靜，彷彿連黑暗深處的流氓們都在聽他說話一樣。

「前輩們，如果你們還有一點良知，就留下來執行任務！抓住『天和』！」周明憲近乎瘋狂地喊道，想起自己和姊姊的悲慘身世，以及顏聰敏後半生的鬱悶，他就飆淚大罵：「二十年了，一定要讓這些王八蛋付出代價！」

還是寂靜，但接著就有人動起來。

大部分是老警察，他們經歷過民國八十七年動盪的始末，即便沒有直接參與案件，但他們知道周明憲在說什麼。而保家衛國、守護百姓、伸張正義，從來就是警察的責任，就算平時混水摸魚、好逸惡勞的事情沒少做，此時也有一股刻在骨頭裡的使命感被激發。

老警察帶頭回歸崗位後，年輕警察也紛紛有了方向，重新投入戰場。除了一些少數的、滑頭的、心虛的、不乾淨的警察溜走之外，大部分都留了下來。

「永安再次通報。」此時，無線電已回到指揮中心手上，胡建斌不再發話：「請各臺馬上終止勤務，立即撤退，永安——」

「永安你閉嘴吧。」不知是誰，從無線電中打斷他：「三合會是什麼德性你不知道嗎？你要不要來現場看看他們用的是什麼槍？你坐在冷氣房說話不腰疼嗎？他們槍都比我們還好啊！」

從此有好長一段時間，無線電都沒有再發出聲音，槍戰也重新開始了。

胡建斌已經失去了對現場的掌控權，被周明憲這麼一攪和，他的威信近乎歸零了，「天和院」內的員警，沒人會聽他的了。

「天和院」外，陳明順帶來的警力已經被團團包圍。

局長胡建斌、局保安大隊、局霹靂小組、局督察室，以及從板橋、土城、樹林、三重等等分局調來的警力均到場了，胡建斌奪下了陳明順的指揮權，令新莊的所有人都只能聽他的。

隨後警政署駐區督察、刑事警察局的人馬也趕到了，都是有頭有臉的大品官員。「天和院」外的警力基本上已經被控制住，宅邸內只出不進，雖然被周明憲攪和了一下，但仍陸續有警察服從命令，退出勤務。

「署長不過來。」某個人湊在胡建斌耳邊說道。

「他會過來才有鬼，那個死老頭。」胡建斌笑道：「一點小事罷了，輪不到他過來。」

「你現在打算怎麼做？」另一邊，刑事局的人也問道。

「再等五分鐘，重新下令撤退。」胡建斌回答：「原地清點人數，不撤退者視同抗命。」

「退得完嗎？看起來沒有要退的跡象。」

「只能等囉，這狀況你不能派人進去，要是沒把新莊的押出來，反而跟三合會打起來，會變得更麻煩。」胡建斌說道。

「我在意的是無線電裡那個男的是誰。」某人問起周明憲。

「我會搞清楚的。」胡建斌嚴肅地回答：「不像是什麼道聽塗說的小鬼。」

這時，原本被督察室給押著的陳明順掙脫了束縛，從胡建斌眼前冒出來：「你沒聽到槍聲嗎！」他急得跳腳：「我的人在裡面賣命，你卻要他們撤退！」

胡建斌板者臉沒理他，被他這麼一提醒，便觀察了「天和院」內的狀況，的確是火光連天，槍聲大作。

但任憑裡頭喊破喉嚨，持有重武器的保安大隊卻只是袖手旁觀，他們可是正牌的鎮暴警察呀，荷槍實彈，現在卻被派來看住其他新莊分局的員警。

「說話啊！他們需要支援！」陳明順急得跳腳。

「閉嘴。」胡建斌冷冷說道：「原本想說可憐可憐你，在你退休之前讓你當個分局長，現在給我搞這齣，你看我之後怎麼收拾你。」

「還他媽收拾，你們這幫妖孽啊！」陳明順指著眼前的人咒罵，幾乎要哭暈在他們腳邊：「你快點去支援啊，我拜託你，我的人要被殺死了，你至少讓我發發無線電啊，幫幫忙啊！」

他挨個去求保安大隊、霹靂小組、刑事警察局，被折磨得沒有一點分局長的樣子，但對方卻都無動於衷，沒有長官的命令，他們連一步都不會跨出去。

「你們真的不幫忙嗎？」此時，從另一臺車傳來聲音。

是黃檢察官，他從頭到尾都待在現場，只帶著自己和一位書記官，總共兩個人而已，勢單力薄，但警察胡搞瞎搞的行為他全看在眼裡。

要辦「天和」，他畢竟是核心人物，見陳明順和胡建斌溝通無效，他拖著年邁的身軀下車了，怒氣沖沖地朝胡建斌走去。

「現在，馬上帶著你的人，進去支援！」他衝著胡建斌吼道。

「檢座，稍安勿躁。」胡建斌平靜的說道，意味深長的就打算說些風涼話，但對方沒給他這個機會。

「我現在命令你，帶著你的鎮暴警察，進去支援！」黃檢察官再次吼道：「地檢署對警察有指揮之權，我現在讓你進去你就進去，你想抗命是不是？」

「檢座，我是在保護你呀。」胡建斌笑著，還是說了風涼話：「檢察長已經知道今晚的事情了，他是你的頂頭上司，我現在攔著你，事後還能幫你緩頰呀。」

「混帳東西，你也是刑警出身的，竟敢這樣對我說話？」黃檢察官怒不可遏，對刑警來說，檢察官就是上級一般的存在，檢察官說要查的東西你就必須查。

「在這裡沒有誰對誰說話的份，在這裡我們用聽的。」胡建斌從容自得，閉目深吸一口氣：「你聽了二十年，還沒聽懂嗎？」

「垃圾。」黃檢察官懶得再跟他多說什麼了，扭頭就往「天和院」的大門走去：「你不去幫，我自己去。」

陳明順慌了：「哇，檢座，不行啊！」他踉蹌的追上去想阻止：「裡面危險你不能進去啊，你是最後才能上場的啊！」

「讓開！」黃檢察官推開他，帶著助理就踏入青銅門。

「胡、胡建斌！」陳明順跳起來，回頭就罵胡建斌：「要是檢察官有個什麼三長兩短，我做鬼也不會放過你！」罵完他便隨檢察官進入宅邸。

「你不去攔嗎？」警政署的高層不安地問道。

「那是檢察官，你攔不住。」胡建斌回答。

「要是檢察官有個什麼三長兩短……。」

「那只能怪他自己倒楣了。」胡建斌笑道。

「天和院」內部，攻堅小組已經失去與指揮官的通訊，再也接收不到陳明順和檢察官的命令，好在他們彼此之間還能相互聯繫，胡建斌還保留著最後一點良心，並沒有把他們的無線電切掉，否則就真的太可惡了，會使大家陷入極大的危險。

「六洞兩，六洞兩，妳在哪？」一個熟悉的聲音響起。

「展哥？」楊羽庭驚喜，她和分局的刑警已經被困在走廊好長一段時間了，此時竟等來意想不到的支援。

「六洞兩妳位置在哪？」

「在拐洞四七通道口，敵方人數太多，無法攻堅。」楊羽庭回答。

「等我。」

不一會兒，展哥就真的出現了，他身後跟著條哥，副所長倒是不見蹤影。

「你們怎麼還在？我以為你們走了。」楊羽庭感動說道。

「開什麼玩笑，同仁都還在裡面。」展哥不悅地說道，看了一眼彈匣，還剩六發子彈。

「你們剛剛也遇到槍戰？」楊羽庭問道。

「對，從東側也冒出來一堆。」展哥回答：「但這院子太大，警力都分散了，既沒了指揮官，眾人又不知道具體任務是什麼，要苦撐也很難。」他道出一個令人憂心的點：「警力只會越來越少，大夥兒會慢慢撤退。」

「只要能攻進這條走廊就行了。」楊羽庭指著前面說道。

「敵人有多少？」

「很多，大概三十個，都躲在角落。」對面的刑警說道，反而是他跟展哥與條哥比較熟：「你們有人受傷嗎？」

「兩個中彈，先抬出去了，救護車應該等等到。」展哥回答：「我就看高層想怎麼處理，才留下來。」

「誰中彈？」楊羽庭驚訝的問道：「不是有穿防彈衣跟頭盔嗎？」

「小姐，不是穿防彈衣就無敵好嗎？」展哥翻白眼：「育明跟承漢被射中腳和肩膀，沒生命危險。」

楊羽庭幾乎眼眶泛紅，當聽到傷者的名字時，一切都變得真實而刺耳。那些昨天還和她有說有笑的同伴，現在全都處在槍林彈雨中，一不小心就會丟掉性命。

對此，周明憲倒沒有太大的反應，他跟著父親經歷過生死關頭，槍戰不是第一次遇到了。他感到古怪的是，這尖酸刻薄的展哥竟然會來幫他們？他一直覺得他長得很像吸血鬼，拚命想找姊姊的碴，如今吸血鬼反倒比其他人可靠，畢竟還是專案組的，屬第二類人員。

「嘿，前面沒動靜了。」此時，對面的刑警說道。

眾人探頭出去，果然見走廊靜悄悄的一片，各處的槍聲也都消失了。

「怎麼會？」楊羽庭納悶。

「難道……『天和』已經被載走了？」周明憲推測道。

眾人驚慌失措，急著想往前，畢竟是警界高層在扯他們後腿，撤掉後門的防守讓「天和」逃走也不是不可能的。

「走走走走走！」眾人邊找掩護邊向前，終於進入長廊的內部。

緩坡向下，眾人來到一個寬闊的空間，周圍都是大理石磁磚，擺設卻十分詭異。牆壁掛著室內裝潢才有的名畫，地板甚至鋪著高級毛氈，但卻開了一面牆向外，形成一個半室內半室外的房間，也沒有門。

石磚、天花板及牆壁上都是彈孔，是剛才激戰過的痕跡，但黑幫們卻全都不見蹤影，這裡根本就沒有門，他們是能跑去哪裡？

就在這時，地板震動了幾下，竟開始下沉。眾人以為發生地震，展哥趕緊跳出房間，但見情況不對，又跳進來，面色有懼，望向頭頂，天花板離他們越來越遠，整個房間都在下沉。

「這他媽竟然是座電梯？」他說道，眾人也明白了過來。

「拐洞四七是座電梯，拐洞四七是座電梯啊。」其他人趕緊用無線電通報狀況：「敵人消失了，拐洞四七請求支援啊，我們正在往下！」

不一會兒，電梯就到達地下室，映入眼簾的是一座龐大的車庫，停著許多在電影裡才看得見的夢幻車輛，其中最多的，還是黑色的勞斯萊斯，那是有錢人的象徵。

眾人互相使了個眼色，就要踏出電梯，但這時，卻有無數的槍口冒出來，全是長槍，指著他們。

原來黑幫們埋伏在這裡，目測超過三十名，全將槍口伸進電梯內，有好幾支還直接抵在他們頭上。

「好啊，我們反而被甕中捉鱉了。」一位刑警說道，立刻放下手中的武器，作出投降姿態，其他人也紛紛效仿。

「你們今晚為什麼這麼做？」黑幫的頭子走了出來，朝電梯內的眾人問道。

有人想回答，卻被楊羽庭給搶著插嘴：「我們找到一個『天和』會感興趣的東西。」

「什麼東西？」

「你轉告他，問他二十年前那批貨賣完了沒有，如果沒有，我們這裡還有兩組正宗的。」楊羽庭打著暗號，她希望林海龍聽得懂。

「不必了，妳跟我過來。」但對方卻說。一開始既然讓他們坐電梯下來，就已經有所盤算了：「還有那個，」他胡亂指著電梯內的其他人：「剛剛是誰在無線電裡和你們長官吵架的？」

「是……我嗎？」周明憲弱弱地舉手。

「對，就是你，你也過來。」黑幫頭子認出他的聲音：「就你們兩個，其他人待在這裡。」

楊羽庭和弟弟互看一眼，惴惴不安地跟著黑衣人走去，留下身後的眾人。

他們持續地深入地下室，原以為「天和」已經準備坐車逃跑了，結果黑衣人只是將他們帶到另一處空間。

原來這裡別有洞天，除了是地下停車場外，內部還接通一個祕密避難處所，頂端滴答聲不斷，應該是建在水潭底下，四通八達，既可以連接車庫，還可以走地道逃往半公里外的一個出口。

黑衣人停在一扇白色雙門前面，伸手敲了敲：「人到了。」

門發出橫軸解鎖的聲音，從兩側被拉開，一個潔白到近乎發光的房間出現在眼前。

是病房。

嗶嗶作響的儀器聲音傳進耳裡，楊羽庭和周明憲被帶往裡頭，看到了一張病床，上面躺著一位老人，兩位女性親屬及私人醫生陪在旁邊，偌大的空間只有這些人，所有的黑幫都退在病房之外，不被允許進入，連剛剛開門的都是醫生。

老人側躺在床上，看著他們走近，似乎剛剛才從樓上撤退到這裡。他身上沒有任何醫療管子，雖已經奄奄一息，仍頑強地睜著眼，盯著他們走來。

「喂，等等。」這時，門外的黑衣人卻喊停了楊羽庭和周明憲，要求搜身：「你們先把身上的東西都拿出來。」

老人卻發出語意不明的呼聲，將他斥走。到了這個關頭，他已經沒有什麼好顧忌的了，如果這兩人是來殺他的，那就算他倒楣吧。

直到走得很近，楊羽庭和周明憲才認出來，這確實是「天和」，林海龍。只是他已經被疾病給折磨得不成人形，眼窩凹陷，面色枯黃，嘴脣都裂成黑色的，即將走到生命盡頭，再無過去威風凜凜的樣子。

林海龍先是看了看楊羽庭，然後盯住周明憲不放，漆黑的瞳孔中閃過一絲驚奇，越看周明憲就越面熟：「這幾天總是在迷離之中……看到過去的事情，像在倒帶……。」他沙啞地說道，用顫抖的手指著周明憲：「你……我們是不是見過？在那個林子裡。」

「對，你記憶力真好。」周明憲笑道。

「為什麼……。」林海龍發出混濁的呼聲，十分不解：「過了二十年，你沒有變老？」

「林海龍，你涉嫌毒品危害防治條例，警方現在要請你到司法單位進行說明。」楊羽庭說道，並從懷中拿出檢察官給她的法院傳票。

林海龍卻沒有理她，只是失神地看著周明憲，直到楊羽庭又拿出另一個東西：「你看看這個，有沒有很熟悉？」她拿出「人和」的印信，抓在林海龍眼前。

林海龍嗆了幾口氣，差點被自己給喘死，家人及醫生趕緊過來，他卻揮手將他們推開，忽然間好像起死回生一樣，不曉得哪來的力氣，雙手一撐就坐起來，弓著背打量眼前的海洛因。

「『人和』。」楊羽庭幫他讀出上頭的字，怕他看不清楚：「這是你當年的稱號，上面有你的血印和指紋，是你們三個人在二十年前留下的。」

「為什麼會有這個東西？」林海龍睜大眼問道，猶如迴光返照一樣，說話都變流利了：「我不是已經燒掉了嗎？」

當年在湖畔，他親手燒掉裝著海洛因的紙，那上頭的血印與指紋也隨之灰飛湮滅了，但如今，印信竟然再次出現。

「林海龍，你認不認罪？」楊羽庭高聲問道：「這些年來市面上流竄的毒品，你就是幕後主使者！」

「呵呵呵。」林海龍卻笑了，眼前的印信雖讓他納悶，倒也沒那麼晴天霹靂，他平靜地笑了幾下，眼角皺成一團，看著楊羽庭就說：「這就是你們今晚肆意妄為，包圍我宅子的理由嗎？」他霎時都明白了。

當年沒親眼看到黃慶義死，是他心裡永遠的一塊病，他就知道，早晚這塊病會出事，那個牆頭草，竟然做了假的印信唬弄他，他燒掉的是冒牌貨！

「現在印信在此，還有檢察官的傳喚書，林海龍，你還有什麼話好說？」

「黃慶義還活著嗎？」林海龍問道。

「我問你認不認罪！」楊羽庭問道。

「黃慶義是不是還活著？」

「你若不接受傳喚，我們只好逕行拘捕了。」楊羽庭拿起無線電就要喊：「六號，六號，綏遠一號已經找到，請通知檢察官……。」

然而她話才說到一半，手中的無線電就被黑衣人給打掉了，幾個彪形大漢終於進到了病房裡，站在她身後，來勢洶洶。

「先別動她，我還沒問完。」林海龍卻說，咳了幾聲，然後瞪著楊羽庭：「我最後再問妳一次，黃慶義是不是還活著？我死了也要拖這個背骨仔墊背，妳不講清楚，我死不瞑目。」

「我講了你就會認罪？」楊羽庭反問。

「我可以考慮。」

「遺憾的是，沒有你考慮的份。」楊羽庭笑著搖搖頭：「罪證確鑿的東西，用不著你考慮，我們已經算便宜了你，只讓你在生前擔上這麼一條簡單的罪，但在你死後，你口中的那個人，會不會出來指證更多真相，可就不一定了。」

「妳……。」林海龍氣得雙手哆嗦，想抓住楊羽庭卻抓不到：「黃慶義，到底是不是還活著！」

他已經用盡了最後的力氣，幾分鐘的迴光返照耗盡了他的生命力，他像枯木一般倒回床上，嘴裡口吐白沫，卻依然掛念著黃慶義。

他不是害怕被抓，也不是害怕黃慶義會將當年的一切翻案重寫，他只是不能接受那個搖擺不定的小人還活在這世上，不能接受！

二十年前，他選擇在屏東別墅內殺死老「天和」，是下下之策。他設計圈套讓黃慶義向老「天和」供出自己的下落，他也付出了慘痛的代價。

老「天和」不僅殺了他的父母親戚，他的元配、孩子、母親娘家，也全死於非命。現在陪在身邊的這些女人、遠親，又有哪些是真心的呢？

當然，做黑道，這是宿命，怨不得別人，但他依然無法容忍黃慶義還活在這世界上，他嚥不下這口氣。

「拿……拿……。」林海龍雙眼翻白，在床上抽搐，醫生聽不懂他在說什麼，兩個女人則哭倒在床邊。

他不是沒有考慮過後果，也不是沒有想過收手，但他當初既然選擇了黃慶義，就註定了遭到背叛的結局——他自詡眼光精準，任人通達和合，怎又可能期待黃慶義回頭，不照著他的盤算走呢？

所謂天時、地利、人和，他終究不能占據所有，他僅憑一介凡人之軀，卻妄想連天與地也一起吃了，自然得承擔苦果。

拿我的遺囑來，命兩岸三地的兄弟全面追殺黃慶義，懸賞金一億！

但他還沒能說出完整的一句話，就已經斷氣了，他的眼睛死死地盯著門口，彷彿能見到那個鬼鬼崇崇的身影從外頭一晃而過，那個沒有死的黃慶義。

一代毒梟林海龍，就此結束了他的一生，享年六十三歲。

第十九章

林海龍病逝了，房間內哭得呼天搶地，但彷彿只是在走過場。

醫生一宣告林海龍死亡後，黑道們霎時此起彼落地打電話，給自己支持的角頭老大通報消息，準備決定由誰來接管三合會。

楊羽庭和周明憲也都沒人理了，楊羽庭去碰林海龍的遺體，從他手中拿回「人和」的海洛因，那些黑道連瞧都不瞧一眼，完全沒阻止她，也不關心印信的事情。

「我們走吧。」楊羽庭說道，在嘈雜的房間內收起自己衣領下的密錄器，也伸手去拔弟弟脖子上的備用品：「證據都已經搜集到了，我們確實將傳票送達目的地，宣告林海龍為嫌疑人。」

「不是說死掉了就不能起訴嗎？」周明憲問道。

「不能起訴是一回事，但我們好歹把林海龍定為嫌犯了，現在就看政府怎麼反應。」楊羽庭回答，見房間內的氣氛越來越暴躁，趕緊拉著弟弟離開：「走走走走走，趁現在沒人管我們，趕快先退出去。」

房間外的地下室很空，上面依舊滴滴答答傳來水流聲，也不知道他們位於地底多少層，隔著多少鋼筋混凝土才能擋住水潭的水壓。

當楊羽庭和周明憲按原路趕到那個華麗的大房間電梯時，所有人都已經不見了，包括警察和黑幫。

「三洞兩，六洞兩呼叫，你們在哪裡？」楊羽庭急了，拿著無線電喊道。

隔了一會兒才傳來回應：「我們在上面啊，我們全被趕到上面了，聽說綏遠一號死了，是真的嗎？」

「正確。」楊羽庭回答，從牆邊找到電梯的開關，按下去，就趕緊帶著弟弟進入房間內。

巨大的房間開始往上移動，夜的冷風灌下來，帶來越來越吵雜的聲音，那些聲音紛亂無章，像極了一堆無所適從的蜜蜂，把原本的冷意激出一股擦槍走火的焦躁感。

楊羽庭和周明憲一回到地面上，就看到警察和黑道已經退出長廊之外，各自盤據一方，三三兩兩交頭接耳，相安無事。

「條哥！」楊羽庭見到眼熟的人，馬上朝他們跑去。

「怎麼回事？『天和』真的死了？」條哥問道。

宅邸內的氣氛十分詭異，彷彿在林海龍斷氣的那一剎那，局勢就改變了。

「對，他死了。」楊羽庭點頭。

「那現在呢?你們的任務到底是什麼？」條哥問道：「妳和分局長到底想做什麼？」

楊羽庭被這個問題問倒了，他們確實安排許多計畫，也預料到林海龍可能會在逮捕過程中病逝。

但現在檢察官和分局長都不在場，她真的不知道該怎麼做，原先應該由檢察官執行拘提的。

「糟糕，我們得先撤退了。」展哥忽然說道，他原本和幾個刑警討論得熱烈，這時卻忽然看向遠邊。

從園子外圍開進了許多黑頭車，都是不速之客，最中間的車子走下來一個中年男子，他留著八字鬍，相貌凶惡，甫一出場，那右腳落地的聲音就威懾四方。

「是龍叔。」條哥面色嚴肅說道：「過來爭繼承權了。」

龍叔是三重地區最大的黑幫堂主，也是三合會中，呼聲最高的接班人。

林海龍還在世時，這些人連一步都不能靠近「天和院」；林海龍臨終時，也只留了兩個女人和一個醫生在旁邊，其他的親戚他一個也不信任；但現在林海龍死了，所以他們都來了。

「他是怎麼進來的？」刑警納悶：「外面不都是警察嗎？」

「你傻啦？鐵定是胡建斌放進來的。」另一個刑警說道：「他們黑道的家務事，警察要他們自己解決。」

與龍叔爭奪權力的另一個角頭也出現了，他是林海龍的么子，意氣風發，竟從同一個入口將車開進來，直接停在龍叔旁邊，戰火一觸即發。

然而兩人不知道湊近說了些什麼，然後一同往警察的方向看過來。

「我們真的該走了！」條哥拍了楊羽庭一下，大驚失色：「全部都往東邊撤退！快點！」

眾人驚慌失措，趕緊奔出走廊。再怎麼沒神經的人，此時也能感覺到空氣中的敵意，黑道盯上他們了，跟一開始被動反抗的模樣不同，他們想抓住他們！

「姊，肯定跟印信有關。」周明憲提醒道，邊跑邊往回看，果然有一群黑衣人朝他們追來：「剛剛地下室那堆人呆呆的，放我們走，現在這些老大想將印信搶回來！」

「別看了，快跑！」楊羽庭說道。

數不清的黑道湧了進來，搞得好像全面失守一樣，宅邸的所有出入口都處於開放狀態，黑道們想怎麼進來就怎麼進來。

印信的存在為三合會埋下隱患，這是任何接班人都不願看到的。林海龍病逝，現在三合會面臨分裂的風險，印信落到誰的手上，都會導致嚴重的後果。

「快點快點快點！」條哥催促道，往遠處的迴廊指去，一旦過了迴廊就能出內院，內院之外就是大庭廣場，離外邊就不遠了：「往那邊最快！」

不幸的是，他們才跑了一半，迴廊就冒出一大堆黑衣人，他們手持棍棒槍械，個個凶神惡煞，就算目標不是警察，也將會在宅子裡引發一場腥風血雨。

三合會終究還是把所有堂口的人都調來了，該爭的繼承權還是要爭的。

「這給你。」楊羽庭用顫抖的手，將兩枚印信的其中一枚放到周明憲懷裡，以防萬一：「要是我們其中有一個死了，至少還保存著另一枚。」

「不要說這種話！」

「這些人是玩真的，而且背後有人撐腰，不然為什麼能輕輕鬆鬆進來？」楊羽庭說道，想起胡建斌那張面目可憎的臉，不禁興起一股憤怒。

小隊長說的沒錯，現在和二十年前，根本沒什麼差別，黑道與白道依然勾結在一起。

眾人停下來，不知該往哪裡去。周明憲卻指著迴廊說道：「你們看，那是誰！」

在唯一通往這裡的走道上，有個步履蹣跚的老人正緩緩走來，他手中捧著文件，旁邊跟著書記官以及跳來跳去乾著急的陳明順——正是黃檢察官。

「檢察官！」周明憲趕緊朝他招手：「我們在這裡！」

黃檢察官慢慢走著，也不管後面卡了一堆黑道，他就走他自己的，誰敢動他一根寒毛試試看。

「我們躲到那裡去！」展哥說道，和其他刑警找到一處樓梯口，上面已經被鐵門鎖起來，只剩下面一處入口，恰好可以用來防禦。

眾人躲到了樓梯夾角，只有周明憲不怕危險，還不肯撤退，在樓梯下方招呼檢察官，讓他們趕緊過來：「檢察官，這裡！」

遠處已經傳來槍聲，黑道們開始駁火了，但他們還有個共同的目標，就是三合會的印信。

黃檢察官終於走到位了，身旁跟著汗流浹背的陳明順以及面如死灰的書記官：「『天和』呢？」他一上來就問道。

「已經死了。」楊羽庭回答：「但我們把傳票交給他看了，也有錄影。」楊羽庭掏出口袋裡的密錄器說道。

「他有認罪嗎？」檢察官問道。

「沒有，他一下子就死了。」周明憲搶著說：「這樣有算任務成功嗎？」

「當然成功，否則這些人追我們做什麼？」檢察官回答。

樓梯口外，黑衣人已經包圍了這裡，但並沒有動手。幾名刑警正在和他們吵架，和他們溝通，但對方不為所動，而是以人海戰術堵住了唯一的出口，正在等待老大前來。

「我一回到法院，就會根據這些證據發動新的調查。」黃檢察官說道：「將擴大偵辦當年的案件。」

「刑案不是有追訴時效嗎？」楊羽庭問道。

「那是從犯罪被發現時起算，我們能查到哪裡算哪裡。」黃檢察官解釋道：「只要能引發社會輿論，上頭想壓案子也壓不住。」

「可林海龍已經死了，怎麼辦？」周明憲插嘴問道，他還是很在乎這個問題。

「被告死亡，就做不起訴處分。」黃檢察官不厭其煩地再次說明法律：「不起訴處分也是一種處分，不代表無罪。」

這時，前方的刑警已經頂不住了，黑道們翻臉不認人，雙方推擠著就要打起來，樓梯口隨時會淪陷，到時不管是警察還是檢察官，都會被壓在地上打，毫無尊嚴可言。

「永安，六號呼叫！」陳明順見情況岌岌可危，便拿起無線電向胡建斌求助：「你們到底有沒有要支援我們！」

無線電另一頭一片寂靜。

「永安，裡面需要支援啊！」陳明順含淚說道：「就算不為了我，也得為了其他人吧？還有一堆人被困在這裡呀！」

「永安早就下令終止一切勤務。」對方終於忍不住說道。

「終止你他媽的勤務，你真的知道狀況嗎！」陳明順破口大罵，但也不為難對方，畢竟對方只是一個小小的聯絡官而已，他將矛頭指向胡建斌：「胡建斌，當年已經一次了，我們新莊被你們害到現在還翻不過身，你難道就這麼狼心狗肺嗎！」

「分局長，注意你的語氣，你早已遭到停職。」指揮中心提醒他，並再次通報：「各臺遵循永安命令，現在馬上撤離園林路一百四十八號，這是最後一次警告，再不撤出，一律以抗命論處，本局督察長、署駐區督察均在現場，請立刻終止勤務，退出宅邸。」

陳明順氣急敗壞，拿起無線電又想說話，卻被身邊的刑警給攔了下來。

刑警比了比天空的方向，接著眾人就聽到了，有奇怪的蜂鳴聲正從遠處傳來，頻率很奇特，不是警察的聲音。

「哈，我等的支援到了！」周明憲說道，趕緊踮起腳尖看：「終於有人來救我們了！」

「什麼意思？」眾人疑惑，均轉頭看向他：「哪來的支援？」

「我爸早就說過，凡事都要留後路，不能相信警察。」周明憲得意的說道：「要突破警察圈子內的障礙，只能依靠外力。」

「到底是什麼意思？哪來的外力？」黃檢察官也急了，他聽外頭的聲響越來越大，實在不相信眼前的小鬼有辦法繞過一個直轄市的警察局局長，叫來支援：「除了警察，你還能從哪裡叫來支援？」

「軍方。」周明憲回答。

「什麼？」眾人都愣住，包括楊羽庭，沒人能料到這個答案。

「我可是軍人。」周明憲驕傲的拍了拍自己的臂膀，露出上頭替代役的勳章：「我找軍隊來支援我們了。」

「天和院」外，響亮的蜂鳴聲從馬路遠處傳來。

胡建斌及警政署的高層都是一臉疑惑，他們站在路邊，引頸望著那像卡車的東西閃爍而來，完全沒有頭緒。

「那是誰？」刑事局的高層納悶的問道：「你還找其他人來了？」

「沒有啊。」胡建斌回答，也十分困惑。

他詢問身邊的人，竟無人知道，遠邊那來勢洶洶的車隊是哪來的車隊，這並不合常理，鄰近的臺北市、桃園市都是自己人，不可能有其他轄區的警察跑過來這裡胡鬧。

直到卡車開近了，他們才看清楚，那竟然是國軍的車子，軍用卡車停了一排，在「天和院」前列陣，車身上印著大大的「憲兵指揮部」五個字。

「他媽的，是憲兵。」胡建斌的臉垮了：「怎麼會有憲兵在這裡？」

眾人議論紛紛之際，憲兵們已經陸續從車上下來了，其中一個軍方指揮官在宅邸前打量了一下，然後走到胡建斌眼前問道：「這裡發生了什麼事？」

胡建斌瞧了一眼他的階級，實在不好唬弄，只好說：「本轄區正在發生重大治安事件，你們呢？國軍怎麼會跑到這地方來？」

「我們接獲通報，這裡有逃兵。」

「逃兵？」

「對。」

憲兵就是專門管軍人的軍人，是軍隊裡的執法者，負責執行軍法，維持軍隊紀律。

而他們的其中一項工作，就是抓補逃兵。

「今晚我們接獲新北憲兵隊通報，有一名軍人行蹤不明，定位系統也消失。」對方解釋道：「經搜索手機訊號後，發現他很有可能躲在這裡。」

「躲在這裡？」胡建斌皺眉：「不可能，我們這裡沒有軍人，只有警察。」

「他是一名替代役，服的是警察役。」對方接著說：「稍早新北憲兵隊已經聯絡你們警察機關，但都無人回應，他的直屬單位也說得迷迷糊糊。」

「他叫什麼名字？」

「周明憲。」

「沒聽過。」胡建斌搖頭，雖有一剎那覺得耳熟，但也沒多想。他再次看了看龐大的車隊，有不好的預感：「你們抓逃兵就抓逃兵，出這麼大的陣仗想做什麼？」

「長官，我們除了抓逃兵外，也負責戍衛首都地區，保護總統及其他政府機關的安全，我們是禁衛軍呀。」他朝胡建斌走近，瞳孔漆黑得沒有情緒，彷彿已經知道什麼事情：「倒是你們，弄出這麼大的陣仗，又是為了做什麼？」

「我說了，我們正在處理重大治安事件。」胡建斌回答，已經聞到了對方的來意不善。

「國安局和總統府，好像不這麼認為。」他笑了一下：「你們是不是，鬧得太大了一點？」

「你有什麼指示？你想做什麼？」胡建斌瞪著他問道。

「稍早接獲憲兵隊通報時，我們已經注意到了這裡的不尋常狀況，並通知憲兵第二〇二指揮部，加派憲兵第二一一、二二九、三三二營、快速反應連、勤務支援連到場。」

「你是要把整個軍營都搬出來是不是？」胡建斌面色鐵青。

「沒辦法，你們已經驚動永和官邸（總統住所），國安局和總統維安特勤隊都注意到了，我們不介入不行啊。」他笑道，不再向胡建斌解釋什麼，一聲令下就朝著宅邸大門喊道：「全軍聽命，立即控制任務指定處所，逮捕所有滋事分子，持槍反抗者直接擊斃。」

說完，所有的軍車都動了起來，轟隆轟隆開進「天和院」裡，警察拿他們一點辦法都沒有。而且從四面八方傳來的聲音就可以知道，軍隊已經包圍整個「天和院」，準備接管後續事宜。

「快、打給署長！」胡建斌一副大難臨頭的模樣，趕緊催促下屬：「還有部長！」

「哪個部長？」

「智障，還有哪個部長！」胡建斌怒斥，卻也沒說明白，但很明顯的，他們都是當年搭林海龍順風車上位的利益集團成員之一。

「你不阻止他們嗎？」其他警界高層也冷汗直流。

「阻止什麼？那是軍人，不是警察。」

「是總統下令這麼做的？」

「不知道，但我們搞砸了。」胡建斌額頭浮現青筋，太陽穴鼓起，不斷在原地繞步：「我們鬧得太久了，怕是要被拋棄了，我們完了。」

就這樣，軍隊進駐「天和院」，由憲兵第二〇五指揮部帶頭，控制整個宅邸，並逮捕包括龍叔等一幫黑道分子，擊斃超過二十人。

軍隊就是軍隊，訓練有素，專為打仗上場，子彈不長眼睛。而且，三合會和軍方並沒有什麼交情，什麼龍叔、昆叔、豹叔的，軍方一個都不認識，要打起來可真是一點顧慮都沒有。

楊羽庭、周明憲、陳明順和檢察官等一夥人也都獲救了，但周明憲卻被逮捕上銬，押上軍車，罪名是違反軍法，有逃避兵役之嫌，必須接受調查。

「你們不能抓他，他不是故意的！」楊羽庭在外頭喊得直著急。

但周明憲卻只是衝著她一笑，然後就乖乖接受安排，被載離了「天和院」。

他哪不是故意的，他就是故意的，他有預料到警察不可靠，因此在出發以前就將自己的定位系統關掉，並與軍區的長官傳了一些不想當兵之類的鬼話，才會引得憲兵隊傾巢而出。

然而，在大格局看來，他也只是一條導火線罷了。廟堂之上，軍方、警方，都是執政者手掌上的棋子，手心手背都是肉，今日三合會的動亂，政府高層豈會不知道呢？若無高層同意，警察又怎麼敢放水呢？高層們只不過順應了局勢，改變了主意，認為還是將三合會處理一下比較好，因此才派出了軍方善後。

警方是澈底被背叛了，成了灰頭土臉的冤大頭，到最後，也只有給大官兒老爺們祭旗的份，是死是活，全操弄在那些人的手掌心。

送走弟弟後，楊羽庭頓失依託，坐在路邊，只有黃檢察官還幹勁十足，糾纏著軍隊，要軍隊帶他去見林海龍。

軍方已經控制了「天和院」，楊羽庭卻無所適從，她懷裡還拽著兩塊海洛因，卻像無頭蒼蠅般，不曉得最後會變得怎樣。

「嘿。」這時，遠處突然傳來呼喊。

楊羽庭抬頭一看，在陰暗的角落停著一臺車，有個熟悉的身影在向她招手，她定睛一看，竟然是翁國正。

「所長？」楊羽庭緩緩走過去，有些恍惚。

翁國正讓她上車，然後就踩下油門，將她載走了。反正留下這稀里糊塗的一片也不是他們要收拾，真正頭大的人很多，不必替他們煩惱。

「所長，你……。」楊羽庭坐在副駕駛座，震驚地看著翁國正：「不是生重病嗎？」

「嗯，糖尿病算重病嗎？」翁國正呵呵笑道，兩眼盯著擋風玻璃，可炯炯有神囉。

「我已經好久沒有看到你了。」

「我也是，回過神來時，你們已經搞出了這麼大的動靜。」翁國正回答。

「所長，你該不會一直在裝病吧？」

「有這麼不明顯嗎？」翁國正故作訝異：「我以為所有人都知道，原來妳不知道呀？」

「我……我知道。」

翁國正一直在裝病，如今看來，他才是最高竿的那個人。

今晚所有參與到這件事中的主管都會接受調查，包括胡建斌、陳明順，以及橋下所的副所長，不管好的壞的，鐵定會受到一定程度的懲戒，輕則調地，重則被免職。

「胡建斌到此為止了，他身為整個新北警局的負責人，不是被送法院調查，就是送監察院彈劾。」翁國正說道，對於事情的全盤可是瞭若指掌：「陳明順倒是比較微妙，雖然他擅自調動了警力，但地檢署那邊好像有不同的看法。」

「不同的看法？」楊羽庭想起陳明順不是被憲兵押走的，跟胡建斌一夥人不一樣，陳明順是被地檢署的車給接走的：「那當然呀！」楊羽庭理直氣壯地回答：「分局長可是奉黃檢察官的命令行動的，他要抓林海龍有理有據，還有傳票，怎麼會跟胡建彬一樣！」

她不禁佩服起自己當初的眼光，正是她堅持要依法行政，大費周章地請來檢察官，遵循所有法源依據，才保住了今日攻堅的正當性，否則，套句她自己常說的話，他們和民國八〇年代的警察有什麼區別？

「妳不要太早下定論了，這世界不是我們說了算，是他們說了算。」翁國正卻吐槽她，潑她冷水：「不管陳明順有沒有地檢署背書，他瞞著上級行事就是不對，逮著這點，隨便要給他開一條瀆職的罪名都行。」

「那怎麼辦？」楊羽庭慌了。

「你不用替他擔心，他自己心裡有數。」翁國正說道：「他都做到分局長了，會不曉得後果嗎？他是鐵了心才敢這樣做，反正他也要退休了，他就是要和胡建彬搏一把，反正也不見得會輸。」

「那你說我們副座也會有事，為什麼？他只是執行分局的命令而已，他什麼都不知道呀！」

「政府為了給社會大眾交代，一定會抓主管出來殺雞儆猴。」翁國正回答：「光是胡建斌和陳明順都不夠，只要今晚有參與到這件事裡頭的，不管是隊長還是所長，全都會調離現職，以示警惕。」

「哼，那傻小子還想著『楷模獎章』、『功績獎章』？」翁國正冷笑道：「想得太美了，這種國家級的榮譽哪輪得到他。」

「你怎麼連這個也知道……。」

「不正是妳的提議嗎？」翁國正越想越好笑：「妳真是太完美了，我只不過想打一張出其不意的牌，才把妳和明憲提拔成專案小組，結果你們直接幫我把這夥吃裡扒外的傢伙給弄倒了。」他笑了出來：「今晚的行動他負全責，蓋的印章全是他的名字，他還以為自己撈到了什麼好處，可以趁我抱病的時候偷占便宜，結果把自己給挪到屎坑裡去了。」

楊羽庭無言，是她害的副所長沒錯，當初為了湊足人數衝第一線，她才下了這個圈套給副所長跳，沒想到圈套背後還有圈套，是翁國正在冷眼看飛蛾撲火，副所長這下有苦說不清了，他想賴帳還賴不成，翁國正連續請假請到月底呢，整個橋下所的唯一負責人就剩副所長了。

「他鐵定會被調離現職，跟胡建彬一起陪葬。」翁國正說道：「我有大概率全身而退，我根本不知道你們那什麼計畫呢，我有病假單為證，現在應該在家裡躺著。」

「所以你能平安退休嗎？」楊羽庭問道，她知道這是翁國正最關心的事情。

「退定了！」翁國正樂得拍方向盤：「我是所長，照理說也應該被調職，但我生病是事實，他們拿我沒辦法，只能同意我退休，才能把新莊的主管全部都換掉。」

哎，最終果然是翁國正贏得了勝利，輾壓副所長和展哥那夥人。

楊羽庭不禁又想起父親所發明的詞彙，這真是一場經典的「套條子」。

「那我們基層員警會有事嗎？」楊羽庭問道。

「沒事，火只燒到主管而已。」翁國正回答：「不過妳啊，妳有事，妳和陳明順不曉得勾結了什麼，你們得把這件事跟檢調單位說清楚。」

「我們不是勾結！」

「我知道不是勾結，但，看在其他人眼裡，有差嗎？」翁國正露出意味深長的笑容：「這就是我現在來載妳的原因，聽說你們是為了抓林海龍，妳能給林海龍開一個罪名，已經很了不起了，適可而止就好，到最後該怎麼辦，還得怎麼辦。」

「什麼叫適可而止？什麼叫該怎麼辦還得怎麼辦？」楊羽庭不開心了，重複翁國正那模稜兩可的話：「林海龍做過的事情，他難道不必付出代價嗎？」

「妳認為他能付出代價嗎？」翁國正反問：「這世界並不是善有善報，惡有惡報，妳當了警察還不清楚嗎？」

「就是因為清楚，所以當機會來臨時，才要去做。」楊羽庭堅定地說道。

「那妳就得認清楚，這不是機會，妳什麼也辦不了。」翁國正拐了一個彎，開進巷子裡：「你們以為可以扳倒三合會，卻不知道三合會的背後是誰。」

「不就是一堆貪汙腐敗的大官嗎？」楊羽庭冷冷說道：「真正的大毒梟，永遠有政府當靠山，警察再怎麼抓，都只是抓小的給老百姓看而已。」

「既然知道靠山是政府，妳還想打倒政府嗎？」翁國正笑道：「妳可是領政府薪水吃飯的呀。」

「這次不同了呀，政府派出了軍隊，還抓住了那些大角頭！」

「傻瓜，政府出手是害怕三合會自己處理不了，而不是想處理掉三合會。」翁國正講出最關鍵的細節：「政府永遠需要三合會存在，一個穩定的三合會，像林海龍那樣子的三合會，才是政府所喜歡的，養寇自重，妳懂嗎？」

車子行到此處，已經開回橋下派出所的轄區，翁國正停在遠遠的路口，最後一次對楊羽庭說道：「即便三合會再虛弱，政府也需要他們存在，妳不要看錯了風向，否則妳這輩子，會吃很多苦頭的。」

楊羽庭不說話，默默地下了車，往派出所走去。

「妳曉得我為什麼來載妳？」翁國正隔著窗戶問她。

「曉得。」

楊羽庭沒有轉身，筆直地走進派出所。

翁國正無非是想叫她明哲保身，什麼印信、什麼海洛因，能趕緊脫手就脫手，現在林海龍已經死了，留著那些東西也沒用。

但楊羽庭有自己的想法，既然頭已經洗下去了，咬著牙也得走完。她理解陳明順，他們都是豁出去的人，為了爭一口氣，大不了不當警察了，有什麼了不起！

這是一場長達二十年的接力賽，父親那時候礙於時空環境，不得不妥協於現實，只能砸了獎牌洩憤，現在棒子交到她和弟弟手上，她豈能就此作罷？

許多人都說，現在和二十年前並沒有什麼不同，但在楊羽庭眼裡，可大不相同。他們有陳明順、有小隊長、有黃檢察官，有許多不畏風雨，挺身而出的官員，和二十年前那沆瀣一氣的模樣，早就不同了。

「天和」病逝當晚的動亂，在社會上引起軒然大波，媒體撲天蓋地報導著，什麼警方包庇、軍方出動、堂口被掃、角頭遭逮、死傷四十餘人，全部出現在電視新聞上，連一個關鍵字也沒有隱藏。

最重要的是，「地和」和「人和」的印信也被公諸於眾了，記者拍下兩塊海洛因的照片，大剌剌放在頭條版面上，名嘴以及政論節目紛紛像瘋了一樣不停討論，電視臺甚至做了專題報導，替老百姓回顧三合會的歷史，並解釋印信的來龍去脈。

現在的社會風氣早已不比當年，沒有什麼事情是藏得住的。

印信是楊羽庭親手交給黃檢察官，黃檢察官再連同其他相關證據，一起送進法院證物庫的。這件事早已立案，傳票、筆錄以及相關偵查程序早就啟動了，有人想吃案可不太容易。

政府高層的態度也很微妙，他們放任這起刑案被擴大調查，追溯回二十年前也沒關係。當年由黃慶義一個人背下來的罪，恐怕要被翻案了。

老「天和」——擎天。

「地和」——地鼠。

「人和」——人麒哥，也就是林海龍。

三人的身家資料全被挖出來，屠殺高雄舞廳的是誰？「地和」又是怎麼被砍頭的？老「天和」最終又是怎麼死的？這些曾經的禁忌話題，現在全都浮上檯面。

反正現在的政府高層和當年也不是同一批了，什麼警政署長、國安局長、市長、部長，該退休的都已經退休了，有的甚至還已過世，查到他們也沒用。

倒楣的是當年的中堅分子，他們還在位，正要大展拳腳，卻一面倒全栽在這場風波之中。

胡建斌首當其衝，因濫用職權，警力調度不當而移送法辦，以瀆職罪、公共危險罪、廢弛職務等罪行遭羈押，並被記兩大過免職，後續還要面對監察院及各個政風單位的追殺；但陳明順卻被擱置了，上級只將他停職，法院讓他靜候調查，然後就沒人理他了。

正如翁國正所說的，他的處境非常微妙，他身後有黃檢察官站臺，出師有名，即便隱瞞上級，擅自動員了三、四百人，法院也暫時不敢動他，一切還是要看未來的輿論風向吹往何處。

楊羽庭終於明白了顏聰敏說過的那番話，他說：當整體社會氛圍都傾向於背棄某個人時，你才能去動這個人，他的檢察官就是這樣抓來的。

短短一句話，道盡了多少苦衷與難處。

回想這一路走來的心酸血淚，她和弟弟僅憑著一臺贓車，拚死拚活地闖，闖到今日這番田地，自以為驚心動魄，驀然回首，竟也只是為了圖個風向而已。

風向終於變了，政府的態度終於變了，林海龍家那道像山一樣不可觸碰的青銅門，終於變了。

除了胡建彬外，其他大大小小的警官也受牽連，該送法院的送法院、該停職的停職；警政署在這波行動中掉了不少官，署駐區督察因當時在場，被視為共犯，和胡建斌一起免職，還得面臨刑事追訴。

但這只是開頭而已，究竟會不會從這些人身上開始查二十年前的弊案，沒人清楚，楊羽庭只覺得欣慰，不管國家最後會查到哪裡，政府高層私底下又有什麼盤算，至少查了就是查了，她對自己、對父親，以及對翁國正所不認同的「天理昭彰，疏而不漏」，都有了交代。

「但是，他們一人一口的高層，高層高層高層，到底是誰呢？」周明憲問道：「我們根本沒有抓到真正的大魔王呀？跟林海龍勾結的大魔王究竟是誰？署長？部長？還是總統？不可能胡建彬就是大魔王吧！」

「弟弟，你還記得爸爸說過的話嗎？」楊羽庭回答：「我們總有一天要明白，今天死了一個三合會，還會有下個三合會；死了個議員，也還會有下個議員。所謂高層，也是同樣的概念，當初聽命行事的胡建彬，如今也成了下達指令的警界高層。高層從來就不是指一個人，也不會只有一個大魔王，而是指我們整個政府。」

「就像雜草一樣，永遠割不完嗎？」周明憲懊惱的看向姊姊：「這樣有什麼意義？到頭來，我們根本沒有伸張正義呀，壞人還是逍遙法外，沒有被除盡呀！」

「我們不是活在童話故事裡，壞人本來就不可能被除盡。」楊羽庭笑了，和周明憲四目交接：「不要做一個完美主義者，我們不可能拯救所有悲劇，這不是你告訴我的嗎？」

周明憲還是不懂：「所以呢？除掉一個胡建彬妳就滿意了嗎？為什麼？」

「我不是滿意，只是理解了爸爸。」楊羽庭平靜的看向遠方：「知道爸爸為什麼被稱作警界的金字招牌嗎？」

「因為他很會辦案？」

「不是。」楊羽庭搖頭。

「不然呢？」

「爸爸之所以被稱作警界的最後底線，就是因為他知道，善惡不一定有報、罪孽也不可能除盡，但他還是毅然決然的捍衛他的立場，做他認為對的事情。就連他的敵人，都不得不頒發獎牌給他，以保全自己的面子。」楊羽庭苦澀的笑道：「真正的勇敢，就是理解前方的路途有多無力，但仍然有辦法負重前行。」

周明憲愣住，有好長一段時間都沒說話。

這幾十年來，拿過「楷模獎章」的警察，只有顏聰敏一人。國家能給胡建彬發第一級的「功績獎章」，卻不敢給他發「楷模獎章」，就是因為，楷模具有不可撼動的象徵意義。這世道有多汙穢，世人們對於楷模的要求就有多苛刻，容不得它一點失貞。

「我們要做的，就是替他守住這塊金字招牌，問心無愧即可。」楊羽庭講出了她內心的頓悟：「我們要讓大家知道，即便過了二十年，還是有人在追查林海龍、還是有人在打擊犯罪，這樣就夠了，很夠了。」

兩人在河畔邊說話，一貫的青草綠地，一貫的水聲潺潺。傍晚，微風吹來，沒有民國八〇年代那股惡臭，是已經被整治過的河川，雖然談不了什麼清澈乾淨，卻幾可接受了。

放眼望去，散步、溜狗、騎腳踏車的遍地都是，它已然成了新時代的河濱公園，你可以看見歷史的沉痾、可以看見廢車場依舊堆滿破車，但無礙於它以它自己新的方式存在。

「其實那個胡建斌，我覺得他並不是什麼大壞人。」周明憲說道：「他只是順著時代的潮流，才坐到今日的位置罷了。」

周明憲見過胡建斌驍勇善戰的樣子，胡建斌是個刑警，曾和他父親一起並肩作戰，面對槍林彈雨也從沒退縮過，是條漢子。他不曉得那算不算一個好人應有的模樣，但比起真正罪大惡極的壞人，胡建斌顯然還差得很遠。

「你說過爸爸被逼著用槍殺人。」楊羽庭提起了這件事：「胡建斌可能也處在類似的境地吧？他身為刑警隊長，被時代的巨輪抵在身後走，除非辭職不幹，否則重來一百次，以他的能力，他還是會當上局長吧？」

「CAB-123，妳已經交給檢察官了嗎？」周明憲問道。

「對啊，印信畢竟是在車子裡找到的，要交給檢察官調查。」楊羽庭回答。

「終於呀，擺脫那臺破車了。」周明憲笑道：「可我們再也見不到爸爸了。」

「嗯。」

在交出「CAB-123」之前，兩人牽著它走了無數遍的河岸，但時空穿越的技能已經失效，它變回了再普通不過的贓車，騎著、坐著、推著、停著，都找不到魔法的開關，那股難以言喻的神祕感消失了，它就只是臺普通的贓車而已。

「你最好運，你有見到爸爸的最後一面。」楊羽庭推了他一下。

「然而爸爸並沒有給我改名，我還是叫周明憲。」周明憲笑道。

「你到底有多討厭寫字？」楊羽庭揶揄他，接著感嘆：「但，好奇怪呀，還是不知道爸爸是怎麼生下我們的，感覺不出他會劈腿呀。」

周明憲沉默了，這個祕密他會放在心裡一輩子，這是他和爸爸之間的默契。

如今想來，每次顏聰敏來探望時，都只遠遠看著他們，或許是想保護他們吧？顏聰敏知道這兩個孩子長大後會幹出一番驚奇的大事，回到民國八十七年與他相遇，因此從未洩漏一點口風，讓任何人知道。

只可惜他還沒等來那天，就因心肌梗塞去世了。

「黃慶義，回到大陸去了吧？」楊羽庭提起了這個人。

「肯定是。」周明憲點頭：「要是被人知道他還活著，他就死定了。」

「那他也很遵守承諾呢，如約把機車交給我們。」

「因為他是在救自己呀。」周明憲回答，這個計畫可是他想到的：「他要是沒讓我們回到過去，他就會被真槍給殺掉，他能活下來是因為我的模型槍。」

「但還真沒想到呢，那天晚上，將CAB-123交給我們的，竟然就是黃慶義。」楊羽庭感慨地說道：「他到底把機車藏在哪裡呢？藏了二十年。」

「不知道，但肯定和我們的穿越一樣，是不可以說的祕密，否則會破壞歷史進展。」

「話說，你逃兵的問題，沒事了嗎？」楊羽庭問道，她前幾天才到憲兵指揮部替周明憲作證而已，她畢竟是他的師父。

「沒事了呀，我從頭到尾都跟妳在一起，並沒有無故失聯，而且那天還發生那麼多緊急狀況。」

「看來他們也是挺講理的。」楊羽庭再次嘆了口氣。

橋下派出所如同翁國正所說的，副所長和幹部都被換掉了，翁國正也強制提早退休，算如了他的願。而除了橋下所之外，整個新北市的警察都遭到大整肅，為了根除人們對警方勾結黑道的疑慮，所有警察也都無差別調動，新莊的調淡水、板橋的調三重，不問你住哪裡也不講道理，就是要將一些根深蒂固的地方連結斬斷，讓你到一個陌生的地方重新開始，只是多年養的線人全白養了。

只有幾個人倖免於難，楊羽庭就是其中之一，因為她是找到三合會印信的關鍵人物，目前還和檢察官配合，警方不敢動她，也沒理由動她，所以她還留在橋下派出所。

但，同事們都走了：翁國正走了、副所長走了，分局長被冷凍，條哥和展哥也都不在了，她真不知道待在原單位還有什麼意義，全都是不認識的人。

「意義可大了唷。」周明憲卻說道。

「怎麼說？」楊羽庭不解。

「人們現在對妳肅然起敬呀。」周明憲說道，還故意比了個敬禮手勢：「再也沒有人敢拿妳女警的身分說事了，妳可是經歷過槍戰，殺進『天和院』地下室的人，還親手要把『天和』給拘提了，大家聽都嚇死了，誰還敢笑妳追不到歹徒？」

「說得也是。」楊羽庭若有所思的點點頭：「新所長來了，好像也沒有要把我們換掉的意思，我們還是在專案小組裡面。」

「妳現在就是名正言順的專案囉，展哥和條哥都走了，新來的都不會懷疑妳的能力。」周明憲得意的說道：「我們應該從C組晉升A組才是，現在派出所裡根本沒有專案人員，只剩我們。」

「哈，希望能像你說的那樣。」

「當然可以，凡事都是一步一步來嘛。」周明憲鼓勵她：「妳現在只要把印信的事情辦好就夠了，那兩塊海洛因那麼屌，可以算好幾年的績效了，新所長樂都樂死了，才剛調單位，毒品績效就到手了。」

「有道理耶！」楊羽庭眼睛一亮，被弟弟這麼一提醒，心中踏實許多：「我們可是找到了海洛因磚，也找到了嫌疑犯，還有檢察官幫我們，現在這兩塊磚不再是沒用的東西了。」

顏聰敏提點過，女警不是沒用處的，性別從來就不是重點，不要手勁沒人家大，還老是要找人家比腕力。

這回，楊羽庭不就切切實實地將三合會給掀得底朝天嗎？是她召集的行動，也是她想到的陳明順；是她提出的緊急搜索，也是她發起的蒙眼攻堅。全都是她想出來的，她運用自己熟識的法規與決心，證明女警不會比男警還要差。

顏聰敏是對的，她不需要找人比腕力，也不需要槍械刀毒樣樣都懂，生命自會找到出路，她也自會找到強處。人家翁國正躺在家裡動也不動，從來都不上第一線，下屬還不是被他壓得死死的？

「對吧，而且我，我也會幫妳的。」周明憲驕傲地比著自己，拍拍胸脯：「我可是從老爸那裡學到不少東西，我還有一年多的役期，我會是妳最堅強的靠山！」

「少臭美了你。」楊羽庭莞爾一笑。

周明憲嘿嘿笑了幾聲，又在楊羽庭身旁坐下來。

楊羽庭常說他們倆的姊弟關係不能曝光，倘若被發現，周明憲就要換人帶了，但周明憲卻沒擔心過這件事。

上頭突然施壓，奕宏跟我拆夥，從我身邊被調到指揮中心接電話，被冷凍，這反而替我大開方便之門，無線電被偷開了五個私頻，最後他們還是得乖乖把奕宏還給我——把黃金搭檔分開，可不是一個明智的決定。

爸爸的日記曾這樣寫過，楊羽庭或許沒印象，但周明憲記得很清楚，因為這個叫奕宏的人就是那位幫忙他們的板橋小隊長。他猜想，二十年前湖畔邊的激戰，他死活沒找到小隊長的身影，就是因為小隊長被臨時調走了。

但小隊長依然在幕後為團隊立下了汗馬功勞。

周明憲不敢說自己能複製爸爸跟小隊長演過的諜對諜戲碼，但他很期待，期待他和姊姊被拆散，到時候，他也要好好的套一場條子。楊羽庭所擔心的事，在爸爸眼中，全都是轉機，爸爸就是這樣的神奇，所有的危機對他而言都是轉機。

周明憲還沒想好退伍後要做什麼，那對他來說，仍算是遙遠的事，他在乎的只有當下。而當下的他，就是警察，是姊姊的好幫手。

他答應過爸爸，會保護好姊姊，但他的姊姊不需要保護，他們相互扶持，一路走來，始終如一。

他們是名警之後，楷模之子，在這混沌的世道中，拿著顏聰敏的光，立身在自己心安理得的地方，攜手遙望那不迷茫的未來。

後記

我想以此敬仰、謹記我生命中重要的人事物。因開罰單而遭刀砍的警員，張家逢，是我的師兄與同事，我們在海山分局任職，由同一位師父所帶。事發當時我們趕往現場、歹徒的問訊我們戒護、醫院探訪時我們輪班。

臺鐵殉職警，李承翰，是我警察學校的隔壁寢同學，我們同屬三十一期四隊。同屆的還有兩名消防員，蔡長融、陳彥茗在桃園新屋大火中遇難，剛畢業不到半年，也是三十一期。

鄭捷殺人案，江子翠站在我們海山分局轄區；太陽花運動時，海山分局警備車停在凱達格蘭大道；偵查隊中有同事在座位上猝死，也有同事目前在監。

雖然盡在筆下，但現實往往比虛構的更加離奇。

鏡小說 069

套條子

作　　者：顏瑜
責任編輯：王君宇、王梓粽
責任企劃：藍偉貞
整合行銷：何文君
副總編輯：陳信宏、林毓瑜
總 編 輯：董成瑜
發 行 人：裴偉

裝幀設計：海流設計
內頁排版：宸遠彩藝

出　　版：鏡文學股份有限公司
114066 台北市內湖區堤頂大道一段 365 號 7 樓
電　　話：02-6633-3500
傳　　真：02-6633-3544
讀者服務信箱：MF.Publication@mirrorfiction.com

總 經 銷：大和書報圖書股份有限公司
248020 新北市新莊區五工五路 2 號
電　　話：02-8990-2588
傳　　真：02-2299-7900

印　　刷：漾格科技股份有限公司
出版日期：2023 年 7 月初版一刷
ISBN：978-626-7229-55-2
定　　價：460 元

國家圖書館出版品預行編目(CIP)資料

套條子 / 顏瑜著. -- 初版. -- 臺北市 : 鏡文學股份有限公司, 2023.7
392 面 ; 21X14.8 公分. -- (鏡小說 ; 69)
ISBN : 978-626-7229-55-2 (平裝)
863.57　　112010464